EENMAAL ANDERMAAL VERLIEFD

Van Jill Mansell zijn verschenen:

Solo ◈
Open huis ◈
Tophit ◈
Kapers op de kust ◈
Hals over kop ◈
Geknipt voor Miranda ◈
De boot gemist ◈
Millies flirt ◈
Niet storen! ◈
Kiezen of delen ◈
Gemengd dubbel ◈
Geluk in het spel ◈
De prins op het verkeerde paard ◈
Schot in de roos ◈
En de minnaar is... ◈
Ondersteboven ◈
Scherven brengen geluk ◈
Eenmaal andermaal verliefd ◈
Versier me dan ◈
De smaak te pakken ◈
Drie is te veel ◈
Vlinders voor altijd ◈
Huisje boompje beestje ◈
Rozengeur en zonneschijn ◈
Je bent geweldig ◈
Lang leve de liefde ◈
Ik zie je op het strand ◈
Stuur me een berichtje ◈

◈ Ook als e-book verkrijgbaar

Jill Mansell

Eenmaal andermaal verliefd

UITGEVERIJ LUITINGH~SIJTHOFF

Oorspronkelijke titel: *Rumour Has It*
Vertaling: Marja Borg
Omslagontwerp: Studio Marlies Visser
Omslagillustratie: Ingrid Bockting

ISBN 978 90 210 2634 3
NUR 343

www.jillmansell.nl
www.lsamsterdam.nl
www.boekenwereld.com

Uitgeverij Luitingh-Sijthoff vindt het belangrijk om op milieuvriendelijke en verantwoorde wijze met natuurlijke bronnen om te gaan. Bij de productie van dit boek is daarom gebruikgemaakt van papier waarvan het zeker is dat de productie niet tot bosvernietiging heeft geleid.

Voor papa,
liefs

1

Hoe kon het toch dat je, zodra je je voordeur opendeed, meteen wist dat er iets niet in de haak was. Heel eigenaardig. Tilly bleef in de deuropening staan, tastend naar de lichtknop. Het was zes uur 's avonds op een gewone koude donderdag in februari; ze kwam net van haar werk en had geen enkele reden om aan te nemen dat er iets was veranderd. Toch was het zo, dat voelde ze gewoon.
De lamp ging aan. Nou, dat rare voorgevoel klopte dus. De reden waarom het anders had gevoeld toen ze de deur opendeed, was omdat het kleed uit de gang weg was.
Het kleed? Had Gavin er soms iets op gemorst? Verbaasd liep ze naar de huiskamer. Haar hakken tikten op de kale houten vloer. Wat was er aan de hand? In de kamer keek ze om zich heen en nam alles in zich op – of beter gezegd: het ontbreken van alles. Oké, ze waren óf het slachtoffer geworden van vreselijk kieskeurige inbrekers óf...
Hij had de brief op de schoorsteenmantel gezet, de altijd even voorspelbare Gavin. Hij had waarschijnlijk een of andere etiquettegoeroe geraadpleegd: Lieve Lita, ik ben van plan zonder enige waarschuwing vooraf mijn vriendin in de steek te laten – hoe kan ik haar het beste vertellen wat ik heb gedaan? Waarop Lieve Lita natuurlijk had geantwoord: Beste Gavin, arme man! In een situatie als deze schrijft de etiquette voor dat je haar de noodzakelijke informatie doet toekomen middels een handgeschreven brief – geen e-mail en alsjeblieft ook geen sms'je – die je vervolgens midden op de schoorsteenmantel plaatst, zodat ze hem niet over het hoofd kan zien.
Want, eerlijk was eerlijk, een andere verklaring had Tilly niet. Ze maakte snel een inventaris op. Waarom zou de dvd-speler – van haar – er anders nog zijn, maar de tv – van hem – niet? Waarom zou driekwart van de dvd's (oorlogsfilms, sciencefiction en dat soort dingen) anders weg zijn en stonden alleen de zwijmelfilms en romantische komedies er nog? Waarom zou de salontafel die ze van Gavins moeder hadden gekregen anders zijn verdwenen, terwijl de...

'Tilly? Hallooo! Ik ben het maar!'
Verdorie, ze had de deur niet goed dichtgedaan, en nu deed Babs van de overkant van de overloop dat overdreven op-haar-tenen-lopen-gedoe, alsof het dan minder erg was dat ze zomaar bij je naar binnen banjerde.
'Hoi, Babs.' Tilly draaide zich om. Misschien had Babs een boodschap van Gavin voor haar. Of misschien had hij haar gevraagd om even te gaan kijken of alles in orde was. 'Kwam je soms theezakjes lenen?'
'Nee hoor, schat, ik kom om in de theezakjes. Ik wilde alleen even kijken hoe het met je gaat. Och, arm kind, en ik dacht nog wel dat jullie zo gelukkig waren samen... Ik had geen flauw idee!' Toen Babs, overspoeld door emotie, haar hoofd schudde, rammelden haar knalgroene oorhangers. 'Het geluk van prille liefde, dat zeiden Desmond en ik altijd over jullie. Arm ding, en al die tijd heb je daar in je eentje mee rondgelopen. Ik wou echt dat je het me had verteld, je weet dat ik je met plezier een luisterend oor had verschaft.'
Met plezier? Babs enige bestaansreden was naar de ellende van andere mensen te luisteren. Roddelen was haar grootste hobby. Toch kon je nooit echt een hekel aan haar krijgen. Ze was een aardige vrouw die het allemaal goed bedoelde, alleen op een nogal hijgerige, bemoeizuchtige manier.
'Ik had het je best willen vertellen,' zei Tilly, 'als ik het had geweten.'
'O, mijn hemel!' Babs slaakte een hoog, ongelovig kreetje. 'Bedoel je soms dat...'
'Gavin heeft de benen genomen.' Tilly pakte de envelop van de schoorsteenmantel. 'Het is óf dat, óf ze hebben hem gekidnapt.'
'Toen ik hem vanmiddag zijn spullen in een huurbusje zag laden, waren er anders geen kidnappers bij hem.' Met een meelevende blik voegde Babs eraan toe: 'Alleen zijn vader en moeder.'

De volgende avond reed de volle forensentrein uit Paddington het station van Roxborough binnen. Het was vrijdagavond, kwart over zeven, en iedereen was op weg naar huis.

Behalve ik, ik ontvlucht dat van mij juist.
En daar stond Erin al te wachten op het perron, ineengedoken tegen de kou in een felroze jas. Ze begon als een idioot te zwaaien toen ze Tilly achter een raam ontwaarde.
Alleen al door de aanblik van haar vriendin voelde Tilly zich beter. Ze kon zich niet voorstellen hoe het zou zijn als Erin niet haar beste vriendin was. Tien jaar geleden, toen ze niet goed wist of ze in Liverpool of Exeter zou gaan studeren, had ze voor hetzelfde geld voor Liverpool kunnen kiezen, en dan zouden ze elkaar niet hebben leren kennen. Maar ze had voor Exeter gekozen – wat te maken had met de nabijheid van het strand en misschien ook met het feit dat een vriendin van een vriendin zich een keer had laten ontvallen dat het in Exeter stikte van de leuke jongens – en daar was ook Erin, in de kamer naast de hare in het studentenhuis. Ze hadden het meteen met elkaar kunnen vinden, het was het platonische equivalent van liefde op het eerste gezicht geweest. Het was raar om te bedenken dat ze, als ze naar Liverpool was gegaan – waar het ongetwijfeld ook stikte van de leuke jongens – een compleet andere beste vriendin had gekregen; bijvoorbeeld een lange, magere triatlete die Monica heette. Jemig, stel je voor.
'Oef.' Erin hapte naar adem, want Tilly kneep haar bijna fijn toen ze haar omhelsde. 'Waarvoor is dat?'
'Omdat ik blij ben dat je geen triatlete bent die Monica heet.'
'Anders ik wel.' Rillend bij het idee alleen al gaf Erin Tilly een arm. 'Kom, laten we naar huis gaan. Ik heb karamelpudding gemaakt.'
'Zie je nou wel?' Tilly straalde. 'Monica zou zoiets nooit zeggen. Die zou zeggen: "Zullen we tien kilometer gaan rennen? Daar vrolijk je wel van op!"'
Het pand waarin Erin woonde, was net zo bizar en schots en scheef als de andere huizen aan de hoofdstraat van Roxborough. Erins tweekamerappartementje lag op de eerste verdieping, boven de tweedehandskledingwinkel die ze al zeven jaar runde. Na haar studie Frans was het niet echt haar droom geweest om een winkel te runnen, maar haar plan om als vertaalster in Parijs te gaan werken, was in duigen gevallen toen haar moeder een hersenbloeding had gekregen, een maand na-

dat Erin eenentwintig was geworden. Van de ene op de andere dag was Maggie Morrison van een levendige, enthousiaste antiekhandelaar veranderd in een fragiele, vergeetachtige schaduw van haar vroegere zelf. Kapot van verdriet had Erin haar droombaan in Parijs opgegeven om terug te keren naar Roxborough en voor haar moeder te zorgen. Omdat ze totaal geen verstand had van antiek, had ze de winkel omgetoverd tot een inbrengwinkel voor de wat duurdere kleren en probeerde ze de zorg voor Maggie te combineren met het runnen van haar zaak.

Drie jaar na de eerste hersenbloeding werd Maggie getroffen door een tweede, die ze niet overleefde. Verdriet vermengde zich met opluchting, waardoor Erin zich nog schuldiger voelde en nog verdrietiger werd, maar toen hadden de bewoners van Roxborough zich van hun beste kant laten zien. En hoewel Erin altijd van plan was geweest om weer naar Parijs te gaan nadat het ondenkbare zou zijn gebeurd, drong ineens tot haar door dat ze dat niet meer wilde. Roxborough, een oud marktstadje midden in de Cotswolds, was een heerlijke plaats om te wonen. De mensen waren er zorgzaam en behulpzaam, er bestond een echt gemeenschapsgevoel, en de winkel liep ook goed. Dit was waar ze gelukkig was, waar de mensen van haar hielden, dus waarom zou ze hier weggaan?

En nu, bijna vier jaar later, had Erin nog meer reden om blij te zijn met haar besluit om te blijven, maar daar kon ze Tilly nog niets over vertellen, want die verkeerde nog steeds in shock over Gavins verdwijntruc. Nee, dat zou echt heel ongevoelig zijn.

Hoewel Tilly er eerlijk gezegd niet uitzag alsof ze in shock verkeerde. Natuurlijk was het wel een schok geweest, maar de ontdekking dat haar vriend haar in de steek had gelaten, was eerder als een verrassing gekomen dan als een vreselijke klap.

'Ik heb hem vanmiddag gebeld,' zei Tilly, tussen een paar happen karamelpudding door. 'Niet te geloven wat hij zei. Hij durfde het me niet recht in mijn gezicht te vertellen, omdat hij bang was dat ik zou gaan huilen, dus het enige wat hij kon bedenken, was gewoon de benen nemen. Hij woont weer bij zijn ouders en zegt dat het hem spijt, maar dat hij niet het ge-

voel had dat het ergens heen ging met ons. Dus toen is hij gewoon vertrokken!' Ze schudde ongelovig haar hoofd. 'En nou zit ik met een flat die ik van mijn salaris alleen niet kan betalen, en ik kan niet eens een advertentie zetten voor een huisgenoot, want er is maar één slaapkamer! Ik bedoel, is dat egoïstisch of niet van die vent?'
'Zou je zijn gaan huilen? Als hij het je recht in je gezicht had gezegd?'
'Wat? Jezus, weet ik veel. Misschien wel.'
'Misschien wel? Als je stapelverliefd bent op iemand en diegene dumpt je, dan hoor je te huilen.' Erin likte aan haar lepel en wees ermee naar Tilly. 'Tranen met tuiten hoor je dan te huilen.'
'Misschien ben ik wel meer van het stille verdriet,' verdedigde Tilly zich.
'Tranen met tuiten,' herhaalde Erin. 'Dus eigenlijk valt het volgens mij wel mee met dat liefdesverdriet van je. Misschien ben je wel opgelucht dat Gavin weg is. Omdat je stiekem, diep vanbinnen, wilde dat hij het zou uitmaken, omdat je dat zelf niet durfde.'
Tilly bloosde, maar ze zei niets.
'Ha, zie je wel? Ik heb gelijk.' Erin kraaide van plezier. 'Het is weer net als toen met Mickey Nolan. In het begin vond je hem hartstikke leuk, maar toen het saai begon te worden, wist je niet hoe je van hem af kon komen zonder hem verdriet te doen. Dus toen ging je je heel afstandelijk gedragen en zo, net zolang tot hij doorhad dat het vuur gedoofd was.' Ineens herinnerde ze zich nog wat. 'En met Darren Shaw heb je precies hetzelfde gedaan. Je voelt je schuldig als je het wilt uitmaken, dus dan dwing je je vriendjes om het uit te maken. Niet te geloven dat ik dat niet eerder heb doorgehad.'
Het was typisch zo'n eurekamoment. 'Misschien heb je wel gelijk,' gaf Tilly toe.
'Ik heb gelijk.'
'Heb ik je ooit over Jamie Dalston verteld?'
'Nee, hoezo? Heb je het bij hem ook gedaan?'
'Nee. Toen ik vijftien was, had ik een paar weken wat met hem. Maar toen ontdekte ik dat hij een beetje maf was, dus

heb ik hem gedumpt.' Tilly zweeg even en staarde naar het vuur in de open haard, terwijl ze oude herinneringen probeerde op te roepen. 'Maar toen werd het nogal vervelend, want Jamie wilde niet gedumpt worden. Hij belde de hele tijd naar ons huis en liep continu door onze straat. Als ik wegging, volgde hij me. En toen ik jarig was, stuurde hij me behoorlijk dure sieraden. Mijn moeder is ermee naar zijn moeder gestapt, en toen werd de politie ingeschakeld. Ik weet niet precies wat er is gebeurd, maar volgens mij had hij geld gestolen om die sieraden te kunnen kopen. Hoe dan ook, ze verhuisden een paar weken later, en ik heb hem nooit meer gezien, maar hij had me wel de stuipen op het lijf gejaagd. En als ik iets in de krant lees over ex-vriendjes die in stalkers veranderen, krijg ik nog steeds de zenuwen. Dus ik denk dat ik daarom liever heb dat de ander het uitmaakt, dan is de kans kleiner dat ze je daarna gaan stalken.'

'Dus eigenlijk ben je blij dat Gavin weg is,' zei Erin.

'Nou ja, het werd toch niks. Hij was zo star met alles. Ik voelde me een beetje vastzitten,' bekende Tilly. 'Maar zijn moeder zei steeds dat hij zo'n goede vangst was en dan durfde ik niet te zeggen dat hij wel wat minder saai mocht zijn.'

'Maar je bent wel met hem gaan samenwonen,' merkte Erin op. 'Was hij vanaf het begin al saai?'

'Dat is nou net het punt! Ik weet het niet! Waarschijnlijk wel, maar hij wist dat goed te verstoppen. Hij had me in elk geval niet van tevoren verteld dat hij lid was van een club van modelvliegtuigjesbouwers!' zei Tilly. 'En al helemaal niet dat hij de kerkklokken luidde. O god, ik schaam me dood. Hoe kun je nou een halfjaar een relatie met iemand hebben zonder te merken dat hij een klokkenluider is?'

'Kom,' zei Erin op troostende toon, terwijl ze de lege puddingkommen op de salontafel zette en opstond. 'Het regent niet meer. Laten we naar de kroeg gaan.'

2

Aan de hoofdstraat van Roxborough wonen had één groot voordeel: de Lazy Fox zat precies aan het eind van de straat; ver weg genoeg om thuis geen oordopjes in te hoeven doen als ze een karaokeavond hadden, maar dichtbij genoeg om je huis terug te kunnen vinden na een wild avondje. Tilly was gek op de kroeg, op de klanten van diverse pluimage en op het vrolijke personeel. Ze vond het heerlijk zoals Declan, de eigenaar, na van Erin te hebben gehoord dat Tilly net was gedumpt, ongedwongen zei: 'Die man is niet goed bij zijn hoofd. Kom toch in Roxborough wonen. Frisse lucht en heel veel cider – daar word je pas een echte vent van.'
Tilly grinnikte. 'Liever niet. Ik ben een echt stadsmens.'
'Brutaaltje. Dit ís een stad!'
'Ze bedoelt Londen,' zei Erin.
'Een vreselijke stad om te moeten wonen.' Declan schudde zijn hoofd. 'Wij zijn veel aardiger.'
'Ik heb daar een baan,' legde Tilly uit.
Hij keek alsof hij diep onder de indruk was. 'O, een baan. Premier? Algemeen directeur van de BBC?'
Erin gaf hem een tik op de hand. 'Laat haar nou maar met rust, Declan.'
Tilly kon zijn sarcasme wel waarderen. 'In onze kranten staat tenminste echt nieuws,' zei ze plagend, terwijl ze een blik wierp op de *Roxborough Gazette* die hij las tussen het bedienen van klanten door. 'Wat staat daar op jullie voorpagina? Koe valt door wildrooster? Op de voorpagina!'
'Ja, maar is het niet fijn dat we niet worden overspoeld door terroristen en moordenaars?' Declan gaf haar een knipoog. 'Daarom bevalt het me hier zo goed. En ik heb dertig jaar in Londen gewoond.'
'Wat is er trouwens met die koe gebeurd?' Tilly boog zich naar voren, maar hij griste de krant snel weg.
'O nee, mensen die grapjes maken over onze krantenkoppen, krijgen het eind van het verhaal niet te horen. Werd de koe in veiligheid gebracht door de brandweer, uit het rooster gehesen

als een parachutist in een film die achterstevoren wordt afgedraaid? Of is ze aan haar lot overgelaten en een vreselijke dood gestorven? Echt een verhaal om van te huilen... Boe, boe, boe...'
Maar toen ze twee uur later de kroeg verlieten, was hij wel zo aardig om de krant op te vouwen en in Tilly's schoudertas van groen en goud leer te stoppen. 'Zo, dan kun je het zelf lezen. Misschien is het niet de *Evening Standard*, maar onze krant heeft zo zijn eigen charme, hoor. In sommige opzichten is hij zelfs erg boe-boe-boeiend.'
Het ergste was nog dat Tilly dit na drie glazen cider stiekem wel grappig vond. Toch lukte het haar op de een of andere manier om haar gezicht in de plooi te houden. 'Dus daarom hebben ze je verjaagd uit Londen. Omdat je slechte grappen vertelde.'
'Je snapt het helemaal, meisje. En ik ben blij dat ze dat hebben gedaan,' zei hij. 'Want ik vond Londen echt stie-ierlijk vervelend.'
Eenmaal buiten sloeg de honger van na sluitingstijd toe en moesten ze noodgedwongen naar de cafetaria aan het andere eind van de straat. Terwijl ze op hun patat wachtten, sloeg Tilly de krant open en las dat de koe – een mooie zwart-witte Friese stamboekkoe die Mabel heette – inderdaad in veiligheid was gebracht door de brandweer van Roxborough en was herenigd met haar kalfje Ralph. Nou, dat was fijn om te horen. Beter dan een langzame dood te moeten sterven met de poten tussen de spijlen van het wildrooster, terwijl de arme Ralph een eindje verderop zielig stond te loeien...
'O sorry, éénmaal schelvis en patat, alstublieft, en éénmaal kabeljauw en patat.'
Buiten scheurde Tilly gulzig de gloeiend hete zak open en stak het eerste frietje in haar mond. 'Mmm.'
'Ik bewaar die van mij tot we thuis zijn,' zei Erin.
'Dat mag niet! Dat doen alleen oude mensen! Patat is veel lekkerder als je het op straat eet!'
'Ik ben achtentwintig,' zei Erin opgewekt. 'Al een dagje ouder dus. Net als jij.'
'Hé, brutaaltje!' Beledigd gooide Tilly een frietje naar haar. 'Ik ben niet oud, ik ben een jonge blom.'

Twee jonge jongens die net de straat overstaken, haalden hun neus op en stootten elkaar even aan. Tilly hoorde een van hen mompelen: 'Mocht ze willen.'
'Allemachtig zeg!' Verontwaardigd spreidde ze haar armen. 'Wat heeft iedereen vanavond toch tegen mij? Achtentwintig is niet oud. Ik ben nog hartstikke jong!'
De andere jongen grinnikte. 'Maar over twee jaar ben je dertig, en dat is stokoud.'
'Ik kan nog precies dezelfde dingen als jij, hoor,' zei ze verhit. 'Minkukel.'
'O ja? Probeer dan maar eens tegen die muur te pissen.'
Verdomme, wat had ze een hekel aan slimme kinderen.
'Of anders dit,' riep de eerste jongen, die een aanloopje nam en vervolgens moeiteloos haasje-over deed over de vuilnisbak met het ronde deksel die voor de cafetaria in de stoep was verankerd.
O ja, dit leek er al meer op. Tegen muren pissen mocht dan problematisch zijn, maar haasje-over was zo'n beetje haar specialiteit. Een klein nadeel was dat ze een behoorlijk korte rok aanhad, maar gelukkig was die wel van stretchstof. Ze duwde haar zak patat in Erins handen, nam een aanloop en wierp zichzelf over de vuilnisbak heen.
De sprong was een fluitje van een cent. Ze zeilde als een volleerde turnster over de bak. Helaas ging het bij de landing volledig mis. Echt, hoe groot was de kans nou nog dat je met je linkervoet landde op het frietje dat je naar je beste vriendin had gegooid toen ze je oud had genoemd?
'Oeeeeiii!' gilde Tilly, toen haar linkerbeen weggleed en haar armen als wieken door de lucht maaiden. Een fractie van een seconde voordat ze tegen een geparkeerde auto aan vloog, hoorde ze Erin nog roepen: 'Pas op, een...'
Au. De auto had dan wel voorkomen dat ze de straat op vloog, maar de botsing deed behoorlijk zeer. Terwijl ze als een stripfiguur tegen het portier gedrapeerd lag, zag ze dat het een ongelooflijk schone en glanzende auto was.
'Hé!' schreeuwde een niet al te blije mannenstem een eindje verderop in de straat.
Nou ja, het was tot vijf seconden geleden een ongelooflijk scho-

ne en glanzende auto geweest. Toen Tilly zichzelf losmaakte van de auto, zag ze dat haar vette patatvingers vieze plekken hadden achtergelaten op het portier, de zijkant van de motorkap en het eerder zo vlekkeloos schone zijraampje. Snel probeerde ze met haar mouw de ergste vegen weg te poetsen. De man achter haar, die steeds geïrriteerder klonk, riep: 'Er zitten toch geen krassen op de lak, hè?'
'Nee, echt niet. Maar je mag hier niet eens parkeren. Kijk, een dubbele streep.' Ze keek even over haar schouder, en toen ze zag dat hij te ver weg was om haar te kunnen pakken, griste ze haar zak patat uit Erins handen en deed wat iedere achtentwintigjarige met een beetje zelfrespect zou doen; ze maakte dat ze wegkwam.

'Ho maar,' zei Erin hijgend. 'Hij komt ons niet achterna.'
Ze vervolgden hun weg in slentergang, en Tilly ging weer patat eten. Terwijl ze naast elkaar over de natte stoep liepen, zei ze: 'Gelukkig maar dat niemand een foto heeft gemaakt. In een dorp als dit zouden vette vingers op een schone auto vast de *Gazette* van volgende week halen.'
'Weet je, volgens mij heeft Declan gelijk. Je zou het hier echt leuk vinden.' Erin, die haar eigen patat nog steeds bewaarde voor thuis, pikte een frietje van Tilly. 'Als je wilt, kun je wel bij mij komen wonen.'
Het aanbod ontroerde Tilly, maar ze wist dat dat onmogelijk was. In de jaren dat Erin haar moeder had verzorgd, had ze op de bank in de huiskamer moeten slapen, omdat Maggie de enige slaapkamer had. Het was verre van ideaal geweest. Tilly wist dat Erin het vreselijk claustrofobisch had gevonden. Een paar nachtjes logeren in het weekend was prima, maar het huis was klein, en het zou niet eerlijk zijn om meer te verwachten.
Ze waren aan het einde van High Street gekomen en hoefden alleen nog maar de straat over te steken en dan waren ze thuis. Terwijl Tilly nog steeds gulzig frietjes in haar mond stond te proppen, wachtte ze samen met Erin tot de bus voorbij was gereden, gevolgd door een glimmende zwarte auto...
'Vuilak!' krijste Tilly, toen de auto door een plas naast de stoep

reed, zodat haar rok en benen overspoeld werden door een golf ijskoud water. Terwijl ze naar achteren sprong – te laat – ving ze een glimp op van de witte tanden van de man achter het stuur, die grinnikte en zijn hand zogenaamd verontschuldigend opstak. Daarna gaf hij gas en reed snel weg.
'Dat was dezelfde man, hè?' Het ijzige water doorweekte haar dikke panty, en ze klemde de zak patat tegen zich aan voor een beetje warmte. 'Die vent die tegen me schreeuwde.'
'Het was in elk geval dezelfde auto,' beaamde Erin. 'Een soort Jaguar.'
'Klootzak. Hij deed het expres.' Toch was ze stiekem onder de indruk van zijn actie. 'Wel goed gedaan trouwens.'
Erin keek haar bevreemd aan. 'Hoezo goed?'
Tilly wees naar Erins brandschone crèmekleurige jas en daarna naar haar eigen kletsnatte rok en panty. 'Hij heeft jou netjes weten te ontwijken en alleen mij geraakt.'

De volgende ochtend werd Tilly op de bank wakker met een droge mond, koude benen en het dekbed op de grond. Het was tien uur, en Erin was een uur geleden op haar tenen langs haar geslopen om de winkel beneden te openen. Tilly zou straks even bij haar gaan zitten en daarna wat door Roxborough wandelen, maar eerst wilde ze lekker lui zijn en nadenken over wat ze met de rest van haar leven aan moest.
Ze zette thee, maakte toast, kroop weer op de bank en trok het dekbed over zich heen. Ze deed de tv aan en pakte vervolgens haar mobieltje uit haar tas om te kijken of er berichten waren. Nee, niks, zelfs niet van Gavin. Wat maar goed was ook natuurlijk, want het laatste waar ze behoefte aan had, was dat hij zich had bedacht.
Nadat ze de kussens had opgeschud en een slokje thee had genomen, pakte ze de *Roxborough Gazette* uit haar tas en streek de kreukels glad. Ze moest weer lachen om het verhaal van de koe. Ze bladerde de krant door en las dat twee vrouwen die in dezelfde straat woonden allebei een tweeling hadden gekregen. Waarom stond dat niet op de voorpagina? Er was ook een artikel over een tractorveiling – goh, ze zou er bijna een hartverzakking van krijgen – en er was een hele pagina gewijd

aan een liefdadigheidsbazaar op de middelbare school van Roxborough. Haar blik gleed langs foto's van bruidsparen, langs een artikel over een overhangende tak die echt gevaar kon opleveren als hij knapte en op het hoofd van een voorbijganger terecht zou komen, en langs een artikel over een bus die het had begeven in Scarratt's Lane, waardoor de straat – o, grote schrik! – drieënhalf uur geblokkeerd was geweest. Er was zelfs een foto van de kapotte bus bij, met passagiers die er met gepast sombere blikken naast stonden, op één jongen na die van oor tot oor grijnsde.

Het was eigenlijk allemaal heel schattig. Het ergste wat er de afgelopen week in Roxborough blijkbaar was gebeurd, was dat een man een hartaanval had gekregen toen hij in zijn volkstuintje aardappels stond te rooien, maar hij was drieënnegentig geweest, dus helemaal onlogisch was het niet. Van haar thee nippend sloeg ze een bladzijde om en kwam bij de vacatures uit. Automonteur gezocht, afwasser gezocht door restaurant, barpersoneel door het Castle Hotel, klaar-over voor de zebra bij de kleuterschool. Ze las vluchtig de rest door – kantoorwerk... taxichauffeur... schoonmaker... tuinman... Hm, misschien was die wel geplaatst door de weduwe van de drieënnegentigjarige man, die iemand nodig had om de rest van de aardappels te rooien.

Haar blik viel ineens op een kleine advertentie onder aan de pagina: manusje-van-alles (v) gezocht, leuke baan, landhuis, tweehonderd pond per week.

Kort maar krachtig. Ze vroeg zich af wat er precies met dat 'leuk' werd bedoeld. Per slot van rekening vonden sommige mensen het misschien wel 'leuk' om minister van Financiën te zijn. Of misschien was de advertentie wel van een rijke mafkees die dacht dat iemand het leuk zou vinden om als persoonlijk slaafje voor hem te werken. Of van een glibberige zakenman die rare dingen van je wilde.

Ze nam een hapje toast, sloeg de bladzijde om en begon de rubriek 'te koop' te lezen: een bruidsjurk van Pronuptia, maat 46, nooit gedragen... een akoestische gitaar, i.z.g.s. op een paar tandafdrukken aan de onderkant na... negenenvijftigdelig servies (het ontbrekende bord was naar een overspelige leu-

genaar van een ex-man gegooid)... complete serie dvd's van Star Trek, reden van verkoop: huwelijk met een niet-Star Trekfan...
Tilly glimlachte weer. Zelfs de advertenties hadden hier zo hun eigenaardige charme. Terwijl ze het laatste sneetje toast opat, ging ze snel door naar de contactadvertenties: man, 63, zoekt jongere vrouw, moet van spruitjes houden – daarna naar de onroerendgoedrubriek: alleen maar huizen die ze zich toch niet kon veroorloven – en toen naar de saaie sportpagina's achter in de krant.
Toen ze de krant helemaal uit had, sloeg ze onwillekeurig weer de pagina met vacatures open, met die ene advertentie: manusje-van-alles (v) gezocht.
Ze had bijna het gevoel alsof hij speciaal voor haar was geplaatst.
Wat natuurlijk belachelijk was, want er stond niet eens bij wat de baan precies inhield, en het loon was ook belachelijk, maar misschien kon het geen kwaad om even te bellen.
Ze pakte haar mobieltje, toetste het nummer in en wachtte tot de telefoon overging.
'Hallo,' zei een ingeblikte stem, 'u kunt uw bericht inspreken na de...'
'Piep,' vulde Tilly behulpzaam aan, maar de stem gehoorzaamde niet. Het enige wat ze hoorde, was stilte; geen stem meer, geen pieptoon, helemaal niks. Het bandje van het antwoordapparaat was vol.
Nou, dat was dan duidelijk. Degene die de advertentie had geplaatst, was natuurlijk overspoeld door telefoontjes en probeerde zich nu iedereen van het lijf te houden. Ach, waarschijnlijk was het toch alleen maar een vacature voor een topless-serveerster.
Ze kon maar beter in de benen komen.

3

Op zondagmiddag bracht Erin Tilly met de auto naar het station. 'Weet je nou al wat je gaat doen?'
Tilly trok een gezicht en schudde toen haar hoofd. 'Nog niet. Een goedkoper huis zoeken, meer niet. Wat kan ik anders doen? Nou ja, behalve dan mijn baas zover zien te krijgen dat hij mijn salaris verdubbelt. Of misschien kan ik George Clooney schrijven en hem vragen of hij er bezwaar tegen heeft als ik in zijn villa aan het Comomeer trek. Dat is ook altijd nog een mogelijkheid.' Het was koud op het parkeerterrein. Rillend gaf ze Erin een kus en zei: 'Bedankt voor het leuke weekend. Ik houd je op de hoogte.'
'Je zou hem meteen kunnen vragen of je niet zijn nieuwe vriendinnetje mag worden.' Erin omhelsde haar. 'Weet je zeker dat ik niet hoef te wachten tot de trein er is?'
'Dat hoeft echt niet. Ik red me wel. Ga jij nou maar lekker naar huis. De trein komt al over tien minuten.'
Beroemde laatste woorden. Nog geen twee minuten nadat ze zich een plaats op een bank op het perron had weten te veroveren, werd omgeroepen dat de trein naar Londen veertig minuten vertraging had.
Iedereen op het perron slaakte een kreun. Zich aan de laatste strohalm vastgrijpend, vroeg Tilly aan de oudere vrouw die naast haar zat: 'Veertien of veertig?'
De vrouw klakte vol afkeer met haar tong. 'Veertig.'
De man van een jongere vrouw, die probeerde hun baby rustig te krijgen, schudde zijn hoofd en mopperde: 'Nou, dat gaat nog leuk worden.'
Leuk.
Leuke baan, landhuis. Tilly dacht aan de krant die ze bij het oud papier had gelegd en wou dat ze nog een keer had geprobeerd om het nummer te bellen.
Toen drong ineens tot haar door dat het nummer in haar mobieltje stond. Ze hoefde alleen maar het laatst gekozen nummer te bellen.
'Hoi, met mij. Die klotetrein is te laat, dus we zijn pas op zijn

vroegst om zes uur thuis. Typisch weer. Die klotespoorwegen...'
Tilly stond op en verwijderde zich discreet van de mopperpot, die inmiddels luidkeels in zijn mobieltje stond te tetteren dat hij knettergek werd van de baby. Ze drukte haar mobieltje stevig tegen haar oor en hoorde de telefoon aan de andere kant overgaan. Dus deze keer geen antwoordapparaat. Helemaal geen antwoord zelfs, zo te merken. De telefoon ging acht keer over, negen keer, tien keer...
'Hallo?' vroeg een jonge-vrouwenstem hijgend.
'O, hoi, ik belde over die advertentie,' begon Tilly. 'Ik wilde graag weten of...'
'Wacht, dan roep ik mijn vader even. Papa!' brulde de stem.
'Au.' Tilly kromp ineen toen de schreeuw haar linkertrommelvlies bereikte.
'O, sorry. Ik heb hele sterke longen. O, daar is hij al. Papa, weer eentje voor die baan.'
'Verdomme, alsof we al niet genoeg keus hebben!' De stem, met een Liverpools accent, klonk vlak, als van iemand die er helemaal tabak van had. 'Zeg maar dat ze te laat is, dat we de baan al aan iemand anders hebben gegeven.'
Meteen kwam Tilly's vechtlust opzetten. Tot twee minuten geleden had ze de baan niet eens gewild, maar nu... Als hij soms probeerde haar met een kluitje in het riet te sturen...
Ze schraapte haar keel. 'Nou,' zei ze, 'je mag hem namens mij vertellen dat ik dat heb gehoord. Het lijkt me wel zo fatsoenlijk dat hij me dat zelf even vertelt.'
Het meisje zei vrolijk: 'Ogenblikje,' en toen: 'Pap, nou is ze boos op je.'
Tilly hoorde dat de telefoon werd doorgegeven, vergezeld door hevig gefluister.
'Oké, sorry.' Het was de stem van de vader, nog steeds met die nasale Liverpoolse klank, maar al een tikje vriendelijker. 'Als je het echt wilt weten, dit hele gedoe is gewoon een enorme klerezooi geworden. We zijn net terug van vakantie, en toen we thuiskwamen stond het hele bandje van het antwoordapparaat vol. Het was de bedoeling dat die advertentie volgende week zou worden geplaatst, niet deze week. Het eni-

ge waar ik nu zin in heb, is een kop thee en een baconsandwich, maar daar kom ik niet aan toe, omdat de telefoon roodgloeiend staat. Hoeveel manusjes-van-alles kan een mens gebruiken, denk je? Maar oké, ga je gang,' zei hij vermoeid. 'Zeg het maar. Geef me je naam en telefoonnummer, dan bel ik je in de loop van de week wel voor een afspraak voor een sollicitatiegesprek.'
'Ho eens even,' zei Tilly. 'Ik weet niet eens of ik wel wíl solliciteren. Wat houdt dat alles precies in?'
'Gewoon alles.'
'En er staat dat het een leuke baan is. Wat houdt dat in?'
'Dat houdt in dat er een kleine kans is dat je het twee procent van de tijd leuk vindt. De andere achtennegentig procent is gewoon dodelijk saai.'
'Volgens mij probeer je het me nou gewoon tegen te maken om onder dat sollicitatiegesprek uit te komen,' zei ze achterdochtig. 'Die zogenaamde baan van je, heeft die iets met porno te maken?'
'Met wát?'
'Porno. Pornografie. Seks.' Tilly hoorde iedereen om zich heen op het perron naar adem happen.
'Nee, het spijt me.' Hij klonk wel geamuseerd. 'Hoezo? Hoopte je daar soms op?'
'Nee, helemaal niet.' Ze deed haar best om damesachtig te klinken, maar ook weer niet meteen al te walgelijk preuts. 'En waarom betaal je maar tweehonderd pond per week?'
Nu moest hij zowaar lachen. 'Het is inwonend. Kost en inwoning zijn gratis en je krijgt ook een auto.'
Nou, dat was op zich al een reden om de baan te nemen. Ze zei dan ook gauw: 'Volgens mij ben ik prima geschikt voor die baan.'
'Goed, goed, ik zal even in mijn agenda kijken.'
Ze hoorde geritsel van bladzijden.
'Goed, laat ik dan maar beginnen met afspraken maken. Kom donderdagmiddag maar, dan kunnen we even kennismaken. Schikt vier uur?'
'Niet echt.' Ze trok een gezicht.
'Vijf uur dan? Zes uur?'

'Wonen jullie in Roxborough?'
'Nee, in Bombay, daarom hebben we ook een advertentie in de *Roxborough Gazette* geplaatst,' zei hij met de typische, droge Liverpoolse humor.
'Nou, ik woon in Londen, maar op dit moment sta ik op het perron van het station in Roxborough te wachten op mijn trein.' Ze besloot het erop te wagen, haalde diep adem en zei: 'Dus het zou echt fantastisch zijn als ik nu even kon komen.'
Stilte.
Gevolgd door nog meer stilte.
Toen hoorde ze gezucht. 'Had ik je niet net verteld dat ik kapot ben?'
'Ik zou natuurlijk altijd een lekkere baconsandwich voor je kunnen maken tijdens het sollicitatiegesprek,' zei ze losjes.
Hij grinnikte. 'Je bent niet op je mondje gevallen, hè?'
'Ik ben er nu.' Ze besloot het ijzer te smeden nu het heet was. 'Als je nu geen tijd hebt, ga ik terug naar Londen, en dan heb jij je kans gemist.'
'En zo bescheiden ook.'
'Gewoon even logisch nadenken. Als ik perfect ben, hoef je verder geen sollicitatiegesprekken te voeren.'
Weer een stilte. Toen zei hij: 'Goed dan. Kom maar hiernaartoe. We wonen in Beech House, aan Brockley Road, net voorbij de brug aan de rechterkant als je uit de stad komt. Ken je het?'
'Nee, maar ik vind het wel, maak je daar maar geen zorgen over.' Dat klonk vriendelijk en efficiënt, vond ze. 'Ik ben er over tien minuten.'
Nou ja, ze zou er over tien minuten zijn geweest als ze een taxi had kunnen krijgen, maar dat was in een ideale wereld. Dit was echter het station van Roxborough op een winterse middag in februari, en iedere zichzelf respecterende taxichauffeur lag thuis op de bank uit te buiken na een zondagse lunch. Tilly kon zich er niet toe zetten om Erin te bellen. Bovendien, hoe ver kon Beech House nou nog zijn? Hooguit een kwartiertje lopen...
Het regende. Het was bijna anderhalve kilometer. Het ging nog harder regenen en de hemel werd steeds donkerder, net

als Tilly's spijkerbroek en grijze sweatshirt, want ze had natuurlijk niet zoiets verstandigs bij zich als een paraplu. De koffer op wieltjes die ze achter zich aan trok, schudde en stuiterde over de stoep.

Na vijfentwintig minuten zag ze aan haar rechterhand een huis opdoemen, en ze versnelde haar pas. Gelukkig, er hing een bordje waar Beech House op stond. Ze liep langs de stenen zuilen die de ingang markeerden en sloeg de oprijlaan van grind in. Het landhuis in régencestijl was chic en indrukwekkend en lichtte in de schemering net zo gezellig op als Harrods met kerst.

Hijgend en doorweekt belde ze aan. Wat deed ze hier eigenlijk? Die man was vast een of andere mafkees. Na één blik op hem zou ze meteen weten dat ze in nog geen duizend jaar voor hem zou willen...

'Allemachtig, zeg. Wat zie jij eruit!' Nadat de mafkees de deur had opengegooid, trok hij haar naar binnen. 'Ik dacht dat je ons had laten barsten. Je weet wel, de oude truc: lekker lullig doen, dan bijten ze wel. Je bent toch niet helemaal van het station komen lopen?'

Ze knikte. Door de verrukkelijke warmte begon ze te klappertanden. 'Er stonden geen t-taxi's.'

'Ja, nou, dat is omdat alle taxichauffeurs hier aartsluilakken zijn. En je hebt niet eens een jas aan.' Hij wierp een schuine blik op haar doorweekte sweatshirt. 'Waarom heb je mij niet gebeld, dan had ik je kunnen ophalen. Als je nou ziek wordt, heb ik dat op mijn geweten.'

'Ik wil anders best iets ondertekenen wat je vrijpleit van schuld, hoor.' Ze gaf hem een hand. 'Tilly Cole. Aangenaam.'

'Hallo, ik ben Max Dineen.' Hij was een jaar of veertig, lang en broodmager, met kortgeknipt golvend blond haar en vriendelijke grijze ogen achter een stalen brilletje. 'Kom verder, dan zullen we gauw zorgen dat je weer droog wordt. Dat zeg ik ook altijd tegen Betty,' voegde hij eraan toe, terwijl hij haar voorging naar de keuken.

'Je dochter?'

Max wees naar de bruin-witte terriër die op een kussen in een van de brede vensterbanken lag. 'Onze hond, maar die fout is

snel gemaakt. Ik haal ze zelf soms ook door elkaar. Maar Betty is degene met de koude neus,' vervolgde hij, terwijl voetstapgeroffel de komst van zijn dochter in de keuken aankondigde, 'en de druktemaker in die gestreepte panty is Lou.'
'Hoi!' Lou was een jaar of twaalf, had een grote bos rode krullen en een aanstekelijke grijns. 'Eigenlijk heet ik Louisa. Jakkes, je bent zeiknat.'
'Goed gezien, zeg. Ik wist wel dat een dure opleiding zijn vruchten zou afwerpen. Lou, dit is Tilly. Ga boven snel even een badjas uit de logeerkamer halen.' Max wendde zich tot Tilly. 'We zullen je kleren in de droger gooien. Hoe lijkt je dat?' Hij knipoogde. 'Hoeveel sollicitatiegesprekken heb je nou nog in badjas gedaan, hè?'
Het punt was dat hij helemaal geen rare toespelingen maakte. Hij stelde het alleen maar voor omdat het logisch was. Toch zou het nogal bizar zijn...
'Dat hoeft niet, ik heb kleren bij me die ik kan aantrekken.' Ze wees naar haar koffer.
'Spelbreker,' zei hij.

4

Het huis was prachtig, en met veel flair en gevoel voor kleur ingericht. Of Max Dineen nu getrouwd was of gescheiden, Tilly durfde te wedden dat dit het werk van een vrouw was. In de wc beneden, met flessengroene en witte marmeren tegels, trok ze haar natte spullen uit en deed de rode angoratrui en zwarte broek aan die ze de avond ervoor ook had gedragen. Toen ze terugkwam in de keuken, nam Max haar spijkerbroek en sweatshirt mee naar de bijkeuken om ze in de droger te stoppen. Daarna gaf hij haar een kop koffie en bood haar een stoel aan. 'Zullen we dan maar beginnen? De situatie is als volgt: Lou's moeder en ik zijn drie jaar geleden gescheiden. Haar moeder woont en werkt in Californië. De eerste paar jaar heeft Lou bij haar gewoond, maar ze miste dit hier...' Met

een ironisch lachje gebaarde hij naar het raam waar de regen tegenaan kletterde. 'Ons heerlijke Engelse weer. Dus vorig jaar heeft ze besloten om voorgoed terug te komen. Ik heb nog geprobeerd mijn naam te veranderen en onder te duiken, maar ze heeft me toch weten te vinden.'
'Papa, zulke dingen moet je niet zeggen.' Lou sloeg haar ogen ten hemel. 'Zo meteen denkt ze nog dat het waar is.'
'Het is ook waar. Ik probeerde me te verstoppen in portieken... ik heb een valse snor geprobeerd... hopeloos. Een politiespeurhond is er niks bij.'
'Als je zulke dingen zegt, vind je nooit iemand die voor je wil werken.' Lou nam het heft in handen. 'Goed, het gaat om het volgende. Ik ben dertien. Toen ik net terug was, is mijn vader wat minder gaan werken, maar nu wil hij weer meer uren gaan draaien.'
'Willen? Moeten, zul je bedoelen,' zei Max. 'Jij kost me handenvol geld.'
Louisa negeerde hem. 'Hoe dan ook, we hebben besloten dat we een manusje-van-alles nodig hebben om ons te helpen, iemand die me van school ophaalt en zo en af en toe een beetje kookt, en papa helpt met de zaak – gewoon, alles wat nodig is eigenlijk. We hebben het vaag gehouden, omdat...'
'We hebben het vaag gehouden,' onderbrak Max haar, 'omdat we natuurlijk nooit iemand zouden vinden als we een oppas zouden vragen voor een chagrijnige ouwe vent en een lastige puber.'
'Je moet echt niet op hem letten, hoor.' Met stralende ogen maakte Louisa een blikje Pepsi Max open. 'Dus. Lijkt het je wat?'
Tilly haalde haar schouders op. 'Dat hangt af van wat voor soort zaak je vader heeft. Als hij de plaatselijke rattenvanger is, heb ik vast niet zo'n zin om hem te helpen.'
'En wat als ik doodgraver zou zijn?' vroeg Max.
'Pap, laat mij het nou doen! Hij is geen doodgraver, hoor,' zei Louisa. 'Hij is interieurontwerper. Hartstikke leuk. Ze willen hem allemaal.' Ze knikte trots. 'Dus dat is het. Dat wordt je werk. Maar nu moet jij ons iets over jezelf vertellen.'
Tilly moest een glimlach onderdrukken, want Louisa was zo

ernstig en sprankelend en bazig en jong. Zij, Tilly, had een sollicitatiegesprek met een dertienjarig meisje met sproeten en rood haar, die reusachtige oorringen in had en een limoengeel hemdjurkje en een veelkleurige gestreepte panty droeg. Bovendien had ze het bij het verkeerde eind gehad toen ze dacht dat de ex-vrouw verantwoordelijk was voor hoe het huis eruitzag.

Plus dat het niet om ratten vangen ging, wat toch een pluspunt was.

'Wil je het eerlijk weten? Ik woon in Londen, mijn baan is behoorlijk saai en mijn vriend heeft net de benen genomen. Wat ik niet zo erg vind, maar het betekent wel dat ik de flat waarin we woonden, niet meer kan betalen, en dat is weer wel erg. Ik ben hier het weekend op bezoek geweest bij mijn vriendin Erin en...'

'Erin? Van Erin's Beautiful Clothes?' Geestdriftig zei Louisa: 'Die ken ik. Ik ging met mijn moeder altijd naar haar winkel en dan kreeg ik van haar aardbeiensnoepjes. Ze is echt cool!'

'Dat weet ik. En ze zal het vast leuk vinden om te horen dat jij dat ook vindt,' zei Tilly. 'Ze is mijn beste vriendin. We kennen elkaar nog van de universiteit. Nou ja. In elk geval, ik las gisteren die advertentie in de krant en toen heb ik meteen gebeld, maar het antwoordapparaat was vol. Maar toen mijn trein vanmiddag vertraging had, leek het me wel een goed idee om het gewoon nog een keer te proberen. Erin zegt dat het hartstikke leuk is om hier te wonen. Ze zou het fantastisch vinden als ik hiernaartoe kwam. Dus vandaar.'

'Kun je koken?' vroeg Max.

'Zo'n beetje. Maar ik ben geen Nigella.'

'Je hoeft niet zo bezorgd te kijken, want we zoeken echt geen Nigella.' Max trok een gezicht. 'Al dat gelik aan die vingers van haar en dan dat extatische gekreun erbij... Dan heb ik meteen al geen trek meer.'

Oef, wat een opluchting. 'Ik ben de koningin van de baconsandwich.'

'Dat is fantastisch. Godeneten. Heb je een strafblad?'

Geschokt piepte ze: 'Nee!'

'Wel eens wat gestolen van voormalige werkgevers?'

'Paperclips.' Ze dacht diep na; het was belangrijk om eerlijk te zijn. 'Enveloppen. Pennen. Goedkope dan,' voegde ze eraan toe, voor het geval dat hij dacht dat ze het over Mont Blancpennen had. 'O, en ook een keertje een rol wc-papier, maar dat was alleen omdat we thuis zonder zaten en ik geen tijd had om naar de winkel te gaan. En het was heel gênant, want toen ik die rol onder mijn jas het gebouw uit probeerde te smokkelen, vroeg de portier of ik soms zwanger was.'
Max knikte ernstig. 'Ik vind het ook altijd heel erg als ze dat vragen. Is je rijbewijs ooit ingenomen?'
'Tuurlijk niet.' Dit kon ze tenminste volmondig ontkennen, vooral omdat ze geen auto had en alleen af en toe de Ford Focus van haar ouders leende, die toch niet wist hoe hij harder moest dan vijftig kilometer per uur, omdat haar vader, sinds hij de auto had gekocht, nooit harder dan dat had gereden.
'Houd je van geel?'
'Sorry?'
'Of je van geel houdt. Want de kamer die je zou krijgen als je hier kwam werken, is geel geschilderd.'
'Ligt eraan wat voor geel precies. Ik ben niet echt weg van mosterdgeel.'
Max lachte. 'O, nu wordt ze kieskeurig.'
Louisa schudde haar hoofd. 'Jullie zijn allebei even erg.'
Ze gingen naar boven waar Max Tilly de kamer liet zien, die geschilderd was in prachtige tinten bleekgoud met hier en daar zilveren en witte accenten. Het uitzicht vanuit de hoge schuiframen was adembenemend, zelfs al waren de heuvels in de verte op dit moment dan in een grijze mist gehuld. De gordijnen waren van een mooie, dikke stof en hingen fantastisch. En wat het bed betreft...
'Nou?' vroeg Max.
Tilly kreeg een droge mond. Was het verkeerd om een baan te nemen alleen maar omdat je verliefd was geworden op een bed? Alleen, dit was niet zomaar een bed. Het was een echt hemelbed, met gordijnen van ivoorkleurig en zilveren damast, en met een matras dat zo hoog was dat je een aanloop moest nemen om erop te springen, met allemaal kussens die echt op een interieurontwerpersmanier op elkaar gestapeld lagen.

Het was puur Hollywood, haar droombed, en ze had zin om er als een puppy op te gaan liggen rollen.
'Ze vindt het vreselijk,' zei Max.
Tilly schudde haar hoofd. 'Niet te geloven gewoon dat je zo veel moeite hebt gedaan voor iemand die alleen maar voor je werkt.'
'Ik ben een erg aardige werkgever,' zei hij bescheiden.
'Leugenaar.' Louisa sloeg haar ogen ten hemel en keek toen naar Tilly. 'Haal je maar niks in het hoofd; hij had deze kamer al zo ingericht toen er nog niet eens sprake van was dat hij een advertentie zou zetten. Het is gewoon onze mooiste logeerkamer.'
'O. Nou. Toch is hij prachtig.'
'En vergeet niet dat ik je ook een van de andere had kunnen geven,' zei Max.
'Maar dan zou je die eerst moeten opruimen en daar had je geen zin in. Maar hij is inderdaad wel mooi, hè?' Louisa keek Tilly onderzoekend aan. 'Dus wat denk je ervan?'
'Ik wil deze baan,' zei Tilly. 'Maar misschien kan ik beter eerst even met Erin praten, om jullie doopceel te lichten. Misschien staan jullie hier wel bekend als een vreselijk asociaal gezin.'
'O, maar dat zijn we ook.' Max knikte. 'En misschien moeten wij Erin ook maar eens even bellen, om te horen hoe jij bent.'
'Ze zegt toch alleen maar aardige dingen. Ze zal zeggen dat ik een schat ben, want ze weet dat ik anders haar arm uit de kom draai.'
Onder het genot van sandwiches met bacon en ei en een mok thee werd de kennismaking voortgezet.
'Dus hoe vaak denk je dat je wc-rollen zult stelen?' vroeg Max, terwijl hij Betty onder tafel een stukje bacon gaf.
'Echt niet vaker dan één of twee keer per week.'
'En als je 's ochtends opstaat, ben je dan erg opgewekt?'
'Als het moet.'
'O, alsjeblieft niet. Ik kan niet tegen mensen die 's ochtends opgewekt zijn.'
'Hij is een ouwe mopperkont,' zei Louisa troostend. 'Hè, pap?'
Tilly keek haar plagerig aan. 'Als ik hier kom werken, wordt het net *The Sound of Music*.'

'Zonder de zingende nonnen dan,' zei Max.
'En je hoeft ook voor veel minder kinderen te zorgen,' merkte Louisa op.
'En ik zou je ook niet dwingen om jurken te dragen die van gordijnen zijn gemaakt,' beloofde Tilly.
'En je trouwt ook niet met Kapitein von Trapp,' zei Max.
Behoorlijk bot eigenlijk.
O. Oké. Niet dat ze met hem wilde trouwen, maar toch. Ze nam aan dat dit zijn manier was om haar te zeggen dat ze niet zijn type was. Jezus, dacht hij soms dat ze met hem had zitten flirten? Want dat was echt niet zo.
Ze zag dat Louisa en Max aan de andere kant van de tafel een blik wisselden.
'O papa, niks zeggen,' jammerde Louisa. 'Dat hoeft toch niet meteen? We kunnen toch wachten tot ze hier woont?'
'Wat precies?' Tilly ging rechtop zitten, met een knoop in haar maag van bezorgdheid. Net nu alles zo goed leek te gaan.
'Ik moet wel,' zei Max kalm. 'Anders is het niet eerlijk.'
Jemig, waren ze soms vampiers of zo?
'Nee, papa, alsjeblieft,' smeekte Louisa.
'Wat dan?'
In de hal begon de telefoon te rinkelen. Max keek Louisa aan en knikte naar de deur. 'Wil je even opnemen, Lou?'
Ze keek hem even aan, met strakke kaken. Toen schoof ze haar stoel naar achteren en rende de keuken uit, met dansende krullen.
'Heeft het soms met je vrouw te maken?' Op de middelbare school had Tilly *Jane Eyre* gelezen. Misschien was Louisa's moeder wel krankzinnig geworden. Misschien was dat verhaal over dat ze in Amerika woonde wel gelogen en hadden ze haar vastgebonden op zolder.
'In zekere zin.' Max knikte en luisterde naar het gemompel van Louisa aan de telefoon. 'De reden voor onze scheiding is dat ik homo ben.'
Jemig, dat was wel het laatste wat ze had verwacht. Tilly legde haar sandwich neer. Meende hij het of was het weer een grapje van hem?
'Echt?'

'Ja, echt.' Hij keek haar onverstoorbaar aan. 'Goed, ik zal het je even uitleggen voordat Lou terugkomt. Toen ik in de twintig was, was het gemakkelijker om hetero te zijn. Ik leerde Kaye kennen en vond haar fantastisch. En toen raakte ze zwanger. Niet echt gepland, maar het was prima.' Om zijn mond verscheen een scheef lachje. 'En mijn moeder was opgetogen. Nou ja, we trouwden, Lou werd geboren en ik hield mezelf voor dat ik hetero moest blijven voor hen. En dat is me bijna tien jaar gelukt. Ik heb Kaye in al die jaren geen enkele keer bedrogen. Maar uiteindelijk hield ik het niet meer vol, en zijn we uit elkaar gegaan. Arme Kaye, het had niets met haar te maken. En Lou heeft het fantastisch opgenomen. Ze is echt een topper.'

'Dat heb ik gemerkt,' zei Tilly.

'Maar het is helemaal niet gemakkelijk voor haar geweest. Op het ogenblik heb ik geen partner, wat het een stuk eenvoudiger maakt. En het is ook niet zo dat ik het type ben om elke week een nieuwe vent mee naar huis te nemen.' Hij zweeg even en zei toen: 'Je moet niet vergeten dat we hier niet in Londen zijn. We zijn in Roxborough. Voordat we die advertentie zetten, heb ik gepraat met iemand van een uitzendbureau en zij zei dat ik beter helemaal niet kon vertellen dat ik homo ben. Blijkbaar zou dat veel potentiële werkneemsters afstoten, vooral degenen die misschien hoopten het met de rijke alleenstaande vader te kunnen aanleggen.' Met een half lachje voegde hij er droog aan toe: 'En toen kwam jij met die opmerking over *The Sound of Music*.'

'Maar zo bedoelde ik het niet,' protesteerde ze.

'Nou, dat is fijn om te horen, maar volgens die vrouw van het uitzendbureau zouden sommige mensen liever niet onder één dak willen wonen met een homo.' Hij haalde zijn schouders op. 'Dat zijn haar woorden. Blijkbaar zouden sommige mensen het een beetje... vies vinden.'

Toen Tilly achter zich een geluid hoorde, draaide ze zich snel om.

Louisa was terug. Ze stond in de deuropening. 'Nou?' vroeg ze bezorgd.

Tilly was nog steeds niet over de schok heen. 'Die vrouw van

dat uitzendbureau, hoe oud was die? Tweehonderdzeventig of zo?'
Opgelucht liet Louisa haar smalle schouders zakken. 'Bedoel je dat je het geen probleem vindt? Dat je hier nog steeds wilt komen wonen?'
Het kostte Tilly moeite om haar gezicht in de plooi te houden toen ze zei: 'Dat is het probleem niet. Maar over vies gesproken, ik wil wel graag weten of je vader zo iemand is die het botermes voor de jam gebruikt en theezakjes in de gootsteen laat liggen en de dop niet terugdraait op de tube tandpasta en dat soort dingen.'
Lou wierp haar een samenzweerderige blik toe. 'Meestal gaat het wel goed. Als hij zijn best doet tenminste.'
'Nou, dat is mooi,' zei Tilly, 'want zo werkt het bij mij ook.'

5

'Tilly! Tilly!' De deur van de flat stond open, en Babs kwam als een speer naar binnen rennen. 'Gavin is er! O, het is zo romantisch, hij wil je terug...'
Tilly bleef als door een wesp gestoken staan. Niet weer. Ze ritste de laatste koffer dicht en liep naar het raam.
Inderdaad, Gavin stond beneden. Met een bos lelies in zijn hand en gekleed in een overdreven gestreken spijkerbroek met messcherpe vouwen. Ongetwijfeld het werk van zijn moeder. Het verbaasde haar dat hij, hoewel ze hadden samengewoond, nog steeds niet wist dat ze lelies verafschuwde.
Omhoogkijkend riep Gavin: 'Tilly, niet weggaan. Ik kan er niet tegen. Ik heb me vergist, het spijt me.'
'Het is net als in zo'n heerlijke film met Cary Grant,' verzuchtte Babs, terwijl ze haar handen ineensloeg.
Dat was het helemaal niet. Cary Grant had het nooit goed gevonden dat zijn moeder zijn spijkerbroek zo raar zou strijken.
'Gavin, hou daarmee op. Je bent bij mij weggegaan, weet je nog? Het is voorbij.' Gavin had spijt gekregen van zijn be-

slissing en smeekte haar sindsdien continu om te blijven. Dit was precies wat Tilly zo erg vond aan het einde van een relatie, maar gelukkig bleef haar een schuldgevoel bespaard, want hij had het als eerste uitgemaakt.
'Maar ik houd van je!' Als bewijs stak hij wanhopig de bos lelies in de lucht.
'O Gavin, het is te laat. Hoe kan ik je ooit nog vertrouwen? Dan ben ik iedere dag als ik thuiskom van mijn werk weer bang dat je bent vertrokken.' Eerlijk gezegd had ze er de afgelopen tijd juist erg van genoten dat hij er niet was wanneer ze thuiskwam.
'Ik heb een fout gemaakt. Ik zal het niet weer doen, echt niet.'
'Dat zeg je nu. Maar het is sowieso te laat, ik heb mijn baan opgezegd.' Hoera! 'Ik ga weg uit Londen.' Joepie! 'Eerlijk gezegd...' Ze knikte naar de taxi die achter hem tot stilstand kwam. 'Ik vertrek nu.'
Babs hielp haar de koffers naar beneden te slepen. Het was behoorlijk emotioneel om afscheid van haar te moeten nemen. Ze mocht dan wel de nieuwsgierigste buurvrouw ter wereld zijn, ze bedoelde het goed.
Toen was Gavin aan de beurt. Plichtmatig omhelsde Tilly hem en kuste hem op de wang. 'Nou, tot ziens dan maar.'
'Ik heb het echt helemaal verknald, hè?' Terneergeslagen keek hij haar aan. 'Ik heb je hart gebroken, en dit is mijn straf.'
Moedig zei ze: 'We overleven het wel.'
'Ahum.' Terwijl Tilly in de taxi stapte die haar naar Paddington Station zou brengen, stootte Babs Gavin aan en zei: 'Zou je haar die lelies niet geven?'
O god, alsjeblieft niet. Ze stonken verschrikkelijk, een beetje naar een dierentuin.
'Ik denk niet dat ze zin heeft om ze mee te nemen in de trein.' Nu zijn truc om haar voor zich terug te winnen niet had gewerkt, had hij blijkbaar geen zin meer om de bloemen aan haar te geven. 'En ze hebben me wel twaalfeneenhalve pond gekost.' Hij deed haastig een stap naar achteren toen Babs hem verwachtingsvol aankeek. 'Dus ik denk dat ik ze maar mee naar huis neem en aan mijn moeder geef.'

Was dit hoe winkeldieven zich voelden als ze zich zo onopvallend mogelijk door een winkel bewogen om kleine spulletjes in hun zak te stoppen, op de toppen van hun zenuwen en zich er voortdurend van bewust dat ze betrapt konden worden als ze ook maar het minste of geringste foutje maakten? Erin deed haar best er zo ontspannen mogelijk uit te zien, om rustig te blijven ademhalen, maar haar angst werd er niet minder door. Ze had het gevoel alsof ze elk moment dat foutje kon maken, dat ze zichzelf elk moment kon verraden.

En om het nog erger te maken, dit speelde zich allemaal in haar eigen winkel af.

Omdat haar handen vreselijk trilden, vertrouwde ze zichzelf niet met het draagbare stoomapparaat, en ze ging snel achter de computer zitten en deed alsof ze zich verdiepte in een spreadsheet. Op nog geen meter afstand van haar stond Stella Welch een rek kleding te doorzoeken, terwijl ze met haar vriendin Amy kletste die in het pashokje stond.

'Trouwens, ik heb Fergus gisteravond nog gezien. Ik kwam hem tegen in de Fox.'

Ja, omdat je hem stalkt, dacht Erin bij zichzelf. Je hebt hem de Fox zien binnengaan en toen ben je hem gevolgd.

'Hoe ziet hij eruit?' Amy's stem zweefde boven het pashokje uit, begeleid door een hevig geritsel van kleren.

'Eigenlijk nogal witjes.'

Ja, hè hè, het is februari.

'Ik heb hem ook gezegd dat hij maar eens een zonnebankje moet nemen.' Stella schudde haar lichtbruine haar naar achteren, hield een granaatappel-roze zijden blouse tegen zich aan en bestudeerde haar spiegelbeeld. 'Vind je dat deze kleur me staat? Jawel, hè?'

'Hij staat je fantastisch.' Erin knikte. De kleur stond inderdaad perfect bij Stella's permanent gebruinde huid.

'En ik heb ook tegen hem gezegd dat hij een klootzak is.' Stella vervolgde moeiteloos haar gesprek met Amy. 'Niet te geloven gewoon dat hij alweer een halfjaar bij me weg is. Ik bedoel, waarom zou iemand bij mij weg willen? Ik heb toch nooit iets verkeerd gedaan? En het is ook niet zo dat Fergus er zo fantastisch uitziet! Dus ik heb het echt nergens aan verdiend dat

hij me zo behandelt. Elf jaar getrouwd, en dan neemt hij de benen, zomaar. Allemachtig, hij mag blij zijn dat hij me überhaupt heeft weten te krijgen! Sommige mannen snappen het echt niet!'
'Heb je hem dat verteld?' vroeg Amy.
'Wel honderdduizend keer. God, die man maakt me zo kwaad. Ik heb hem gisteravond gevraagd of hij soms een ander heeft, maar hij blijft zeggen dat dat niet zo is. Nou, dat is hem geraden ook! O ja, die staat je prachtig.'
De deur van de paskamer was opengegaan. Amy draaide een rondje in de nachtblauwe Nicole Farhi-jurk. 'Niet té voor een eerste afspraakje? Ik vroeg me af of ik niet beter een beetje nonchalant kon doen, gewoon een spijkerbroek en een topje aantrekken, maar stel je voor dat hij dan denkt dat ik hem niet leuk genoeg vind?'
'Nee, dat risico kun je niet nemen,' verklaarde Stella. 'Neem die jurk nou maar.' Ze wendde zich tot Erin. 'Amy gaat uit eten vanavond. Met Jack Lucas.'
'Goh. Wat leuk.'
'Ik ben zo zenuwachtig!' Met glanzende ogen draaide Amy nog een opgewonden rondje voor de spiegel. 'Ik kan vast geen hap door mijn keel krijgen! Ik vind het echt onvoorstelbaar!'
Erin snapte niet wat er zo onvoorstelbaar aan was. Jack Lucas ging met zoveel vrouwen uit dat het haar eerder moeilijk leek om géén afspraakje met hem te hebben. Erin meende zelfs dat zij zo'n beetje de enige was die niet iets met Jack Lucas had gehad. Maar ja, ze had zich ook nooit geroepen gevoeld om met hem te flirten; het was veel leuker om te kijken naar de andere vrouwen die als motten om het licht om hem heen fladderden en ze dan te zien verbranden.
Jack Lucas proberen te verleiden was zo'n beetje de grootste hobby van de vrouwelijke inwoners van Roxborough.
'Ik neem hem.' Amy huppelde de paskamer weer in om zich te verkleden.
'Als Fergus eruit zou zien als Jack Lucas zou ik snappen waarom hij bij me weg is gegaan.' Stella schudde ongelovig haar hoofd, terwijl ze een lichtblauwe sjaal paste. 'Maar als je eruitziet als Fergus? Hoe dúrft hij!'
'Misschien bedenkt hij zich nog en komt hij je op zijn blote

knieën smeken om hem terug te nemen,' opperde Amy.
'Ja, dat is precies waar ik steeds op zit te wachten! Maar het duurt nou al een halfjaar, en hij is nog steeds niet terug! Jij komt toch ook wel in de Fox?'
Erin begreep dat die vraag aan haar was gericht, en haar nekhaartjes gingen overeind staan. Met tegenzin keek ze op van de computer. 'Af en toe.'
'Heb je wel eens wat over mijn man gehoord? Geruchten, iets wat erop wijst dat hij een ander heeft?'
Met droge mond zei Erin: 'Nee. Ik geloof van niet.'
Stella's perfect gevormde wenkbrauwen gingen iets omhoog. 'Je gelooft van niet?'
'Ik bedoel, nee, ik heb niks gehoord, niks wat erop wijst.'
Stella knikte tevreden. 'Dat is hem geraden ook. Verdorie, hij probeert gewoon mijn leven te verpesten. Ik verdien het echt niet om zo behandeld te worden. Over egoïstisch gesproken. Ik bedoel, hoe oud ben jij, Erin?'
Wat? Hoezo? Even wist Erin niet meer hoe oud ze was.
'Drieëndertig?' gokte Stella. 'Vijfendertig?'
Oei.
'Ik ben achtentwintig,' zei Erin.
'O. Ik had je ouder geschat. Ik weet dat ik er jong uitzie voor mijn leeftijd, maar ik ben zevenendertig. Zevenendertig! We zouden dit jaar aan kinderen beginnen, maar toen kreeg mijn man een of andere bizarre zenuwinstorting of zo en heeft in plaats daarvan de benen genomen! En in de tussentijd word ik er niet vruchtbaarder op. O, ik kan me daar zo kwaad om maken. Ze zouden het moeten verbieden dat mannen vrouwen dit aandoen.'
'Snel, ik zie ineens dat het bijna twee uur is.' Amy kwam het pashokje uit denderen, zwaaide fanatiek met de Nicole Farhijurk naar Erin en begon naar haar creditcard te zoeken. 'Ik moet over vijf minuten bij de kapper zijn. Mijn wortelpunten moeten worden bijgekleurd, anders kan ik echt niet naar die afspraak met Jack Lucas!'
Twee minuten later waren ze vertrokken. Erin kon weer ademhalen. Ja, ademhalen wel, maar ontspannen niet, want ze voelde zich compleet verscheurd.

Fergus was het beste wat haar in jaren was overkomen; hij was het zonnetje in haar leven. Als ze 's ochtends wakker werd, dacht ze als eerste aan hem, en voordat ze 's avonds in slaap viel, wijdde ze haar laatste gedachte aan hem.
Maar niets mocht blijkbaar eenvoudig gaan. Want Fergus was de afgelopen elf jaar getrouwd geweest met Stella, en hoewel hij inmiddels niets liever wilde dan die jaren vergeten en zich van haar te laten scheiden, zette Stella haar hakken in het zand, niet in staat om te begrijpen dat hij niet meer van gedachten zou veranderen en niet meer bij haar terug zou komen.
Het grappige was dat Erin, hoewel ze Fergus en Stella allebei al jaren kende, al sinds ze weer in Roxborough was komen wonen, in al die tijd nooit stiekem een oogje op Fergus had gehad. Ze had hem altijd gewoon heel aardig gevonden. Iedereen had altijd wel gezegd dat Fergus en Stella eigenlijk niet goed bij elkaar pasten, maar zelfs toen bekend werd dat ze uit elkaar waren, had Erins hart niet stiekem een sprongetje van vreugde gemaakt. Met zijn slordige donkere bos haar, vrolijke ogen, grote voeten en eeuwige strijd om zich netjes te kleden, was Fergus Welch gewoon een ontzettend aardige man om te kennen.
Waardoor het als een complete verrassing was gekomen dat er, toen ze elkaar zes weken geleden onverwachts tegen het lijf waren gelopen, ineens een vonk was overgesprongen. Het was zo'n complete verrassing dat je je willekeurig afvroeg wie de volgende zou zijn die je ineens onverklaarbaar onweerstaanbaar zou vinden. Gordon Brown? Rubeus Hagrid? Ricky Gervais?
Niet dat die arme Fergus op een van hen leek. O nee! Snel zette Erin zich die gedachte uit het hoofd. Maar toch, wie had kunnen denken dat haar gevoelens voor Fergus in een – jemig, wat was het geweest – een paar uur tijd zo verschrikkelijk zouden veranderen?
En dan te bedenken dat het allemaal nooit was gebeurd als het die dag niet had geregend.
Hoewel het een understatement was om het regenen te noemen. Het was een zware onweersbui geweest, met regendruppels die als kogels neerkletterden uit een staalgrijze lucht. En

die onweersbui had een stelletje verveelde tieners er blijkbaar toe aangezet op het parkeerterrein bij de supermarkt tegen de ruitenwissers van een hele rij auto's aan te meppen.
Erins Fiat was helaas de oudste auto in de rij geweest en haar ruitenwissers de kwetsbaarste. Toen ze de supermarkt aan de rand van Cirencester uit was gekomen en haar boodschappen in de auto laadde, waarbij ze helemaal doorweekt raakte, had ze niet onmiddellijk gemerkt wat er was gebeurd. Ze was achter het stuur gaan zitten en had de motor gestart. Ze begreep niet waarom de ruitenwissers het niet deden toen ze ze aanzette. Pas toen ze weer was uitgestapt, zag ze dat de ruitenwissers op de grond lagen. Een kakdame van middelbare leeftijd in een SUV die vlakbij stond, deed haar raampje een paar centimeter open en bulderde: 'Ik heb het ze zien doen, die kleine etterbakken! Toen ik tegen ze begon te schelden, zijn ze ervandoor gegaan. Van die rotjochies met capuchons. Allemaal ophangen, dat tuig! Laat de honden erop los!'
Wat allemaal heel leuk en aardig was, maar niet echt een oplossing voor Erins probleem. Met haar haren tegen haar schedel geplakt en haar kleren als papier-maché tegen haar lichaam, staarde ze ontzet naar de afgeknapte ruitenwissers. In deze stortbui kon ze onmogelijk zonder ruitenwissers rijden, dat zou zoiets zijn als een blinddoek dragen. Totdat het ophield met regenen zat ze hier vast, vijftien kilometer van huis, en in de tussentijd zouden haar drie bekers Marshfield Farmijs smelten en zou alles onder het...
'Erin! Wat is er gebeurd, heb je hier soms wortel geschoten? Pas maar op dat je niet nat wordt!' klonk het ironisch achter haar.
Toen ze zich omdraaide, zag ze Fergus Welch aan komen lopen over het parkeerterrein. Hij hield een half kapotte golfparaplu boven zijn hoofd en zwaaide met zijn autosleuteltjes naar een donkergroene Lexus die vlak bij Erins auto stond. De raddraaiers hadden zijn auto links laten liggen, waarschijnlijk uit vrees dat het alarm zou afgaan. Toen Fergus vlakbij was, hield Erin de geamputeerde ruitenwissers op. Ze had geen verstand van auto's, maar misschien wist Fergus hoe hij ze weer kon vastmaken.

'O nee.' Hij kreeg rimpels in zijn voorhoofd van bezorgdheid. 'Vandalen?'
'Nou, ik heb het in elk geval niet zelf gedaan.' De regen drupte van haar wimpers en neus. 'En aan de lucht te zien, zit ik hier nog uren vast. Het is maandag, mijn vrije dag – goh, wat een bof weer.'
'Hé, niks aan de hand. Ik kan je wel even naar huis brengen.' Naar zijn auto wijzend vervolgde hij: 'Stap maar in. Ik heb wel een afspraak in Tetbury, maar die zal niet lang duren. En daarna ga ik rechtstreeks door naar kantoor.'
'Echt?' Ze haalde opgelucht adem. 'Maar ik heb heel veel boodschappen in de kofferbak.'
'Die zetten we wel in mijn kofferbak. Als we dan door een vloedstroom worden overvallen, zullen we in elk geval niet verhongeren. En als het vanavond niet meer regent, rijd ik je wel even hiernaartoe... O, wat zie ik daar... Honingijs. Mijn lievelingsijs.'
Ze verhuisden de tassen met boodschappen. Daarna probeerde Fergus zijn paraplu dicht te klappen, maar die begaf het, dus zette hij hem in een vuilnisbak die vlakbij stond. Toen maakte hij met een zwierig gebaar het portier van de Lexus voor haar open.
'Weet je het zeker? De stoel wordt helemaal nat.' Erin zag er inmiddels uit alsof ze net uit een zwembad was geklommen.
'Maak je niet druk. Je mag me terugbetalen met ijs.'
En zo was het allemaal begonnen. De regen had hen samengebracht. Ze had in de auto zitten wachten, terwijl Fergus een potentiële koper een huis in Tetbury had laten zien, en daarna had hij haar teruggebracht naar Roxborough. Omdat het nog steeds had geregend, had hij haar geholpen met de boodschappen naar binnen brengen. Erin had koffie gezet, en ze hadden samen een hele beker ijs leeg gegeten – half gesmolten inmiddels, maar nog steeds verrukkelijk.
Ze hadden elkaar niet besprongen, hadden niet in een onstuitbare vlaag van lust de kleren van elkaars lijf gerukt. Natuurlijk hadden ze dat niet gedaan. Maar zonder dat er een woord over werd gezegd, hadden ze zwijgend moeten toegeven dat... nou ja, dat ze dat graag hadden willen doen.

Stella was het grote struikelblok.
'De afgelopen elf jaar heeft ze me continu voorgehouden dat ik haar niet verdien, dat ik niet goed genoeg voor haar ben,' vertelde Fergus, terwijl Erin nog een pot koffie zette. 'Ze heeft me duizenden keren verteld dat ik niet aan haar kan tippen. Ik dacht dat ze blij zou zijn toen ik wegging, maar ze reageert er heel slecht op. Ik had dat helemaal niet verwacht.'
'Denk je dat jullie ooit weer bij elkaar komen?' Erin deed haar best onpartijdig te klinken.
'Nee, nooit. Het is voorbij.' Fergus schudde zijn hoofd en ging iets onderuit zitten, terwijl hij zijn vingers door zijn warrige, nog steeds vochtige haar haalde. 'Ik heb me haar fratsen jaren laten aanleunen. Ze houdt niet van me, ze is alleen maar woedend omdat ik het lef heb gehad om weg te gaan. Net mijn neefje. Hij is te oud geworden voor zijn Teletubbies,' vervolgde hij droog, 'maar je had hem moeten horen krijsen toen mijn zus ze naar de kringloopwinkel wilde brengen. Hij begon te schoppen en te slaan en gilde dat hij ook nog van de Teletubbies zou houden als hij vijftig was.'
Erin hoopte maar dat Stella zich niet nog steeds aan Fergus zou vastklampen als ze vijftig was. Toen voelde ze een steek van schuld, want Stella was wel zijn vrouw.
'Misschien leert ze wel iemand anders kennen,' zei ze hoopvol.
Hij knikte. 'Dat is precies waar ik op hoop. Ik zit er zelfs al over te denken om brieven te gaan schrijven naar Ewan McGregor en Hugh Grant.'
Daarna had hij terug gemoeten naar kantoor. Hij werkte bij Thornton and Best, de makelaardij aan het begin van High Street. Later die avond had hij Erin een lift naar haar auto gegeven, en de avond was geëindigd met een voorzichtig bedankkusje van haar op zijn wang. Oppervlakkig gezien totaal kuis en onschuldig, maar daaronder broeiend van verlangen en niet zo onschuldige mogelijkheden.
Erin kwam met een schok terug in de werkelijkheid toen de telefoon op het bureau overging. Sinds die avond ontmoetten Fergus en zij elkaar stiekem, en het kuisheidsaspect naderde ook zijn einde; ze was stapelverliefd op Fergus en gelukkig leek hij net zo...

Oké, genoeg gedroomd over de lieve Fergus. Neem de telefoon op.
O, misschien was het Fergus wel!
'Hallo, met Erin's Beautiful Clothes.'
'Hoi!'
Het was Tilly. Niet helemaal Fergus, maar bijna net zo leuk.
Vrolijk vroeg Erin: 'Hé, hoe gaat het?'
'O, gewoon. Ben je bezig of heb je even tijd om te praten?'
'Er zijn geen klanten, ik kan wel even praten.'
'Fijn. Wacht even.'
Tot Erins teleurstelling hoorde ze de deurbel die de komst van een klant aankondigde. Net nou ze eens even lekker wilde bijpraten met haar vriendin. Toen schoot haar hoofd omhoog. Haar mond viel open, want daar, in de deuropening, stond...
'Tilly! Wat doe je hier?'
Tilly spreidde haar armen. 'Verrassing!'
'Verrassing? Je hebt me bijna een hartaanval bezorgd! Ik dacht dat je uit Londen belde! Waarom heb je niet gezegd dat je kwam?'
'Zo te horen heb je nog heel wat te leren over verrassingen. Die werken beter als je ze niet aankondigt.' Met stralende ogen voegde Tilly eraan toe: 'En dit is geen bezoekje.'
'Nee? Wat dan?' Erin begreep er helemaal niets meer van. Tilly had niet eens een weekendtas bij zich.
'Je zei toch dat ik het hier leuk zou vinden? Nou, je kunt maar beter gelijk hebben,' zei Tilly, 'want ik heb het gedaan, ik woon hier. Vanaf vandaag.'
'Wat? Waar? Waar woon je?'
'Beech House. Ik werk als manusje-van-alles voor Max Dineen.'
Erin schoot rechtovereind. 'Dineen! Max Dineen die getrouwd is geweest met Kaye? Een dochter met rood haar die...'
'Lou. Ja, die.'
Verbaasd zei Erin: 'Wow.'
'Zeg dat wel! En we kunnen het hartstikke goed met elkaar vinden.' Ze trok een gezicht. 'Ga me alsjeblieft niet vertellen dat hij een of andere gestoorde idioot is.'
'Nee hoor, iedereen vindt Max aardig. En Lou is een schatje. Ze kwam hier vaak met Kaye en dan kreeg ze...'

'Aardbeiensnoepjes. Dat heeft ze me verteld. En nu woon ik hier, in hun huis! Ik kan bijna niet wachten om het die ouwe mopperkont van een Declan in de Fox te gaan vertellen! Hij zal zijn oren niet geloven!'

'Ik ook niet.' Erin schudde haar hoofd, nog steeds met stomheid geslagen.

'Ja, te gek, hè? Nieuwe baan, nieuw huis, een heel nieuw leven! En op mijn vrije avonden kunnen we samen uitgaan!'

Op dat moment ging de winkeldeur weer open en kwamen er wat nieuwe klanten binnen. Erin bedacht dat het lot, met zijn gebruikelijke verkeerde gevoel voor timing, het weer eens helemaal fout had gedaan. Was ze na jaren eindelijk niet meer single en dan kwam Tilly ineens aanzetten. Misschien was dit Gods manier om haar te vertellen dat ze niet in de wieg was gelegd om een liegende en bedriegende, maninpikkende trut te zijn.

'Wat? Wat is er?' vroeg Tilly.

'Niks.' Erin omhelsde haar. 'Ik ben gewoon blij dat je er bent.'

Terwijl ze het zei, begonnen de nieuwe klanten jurken van de rekken te pakken en aan elkaar te laten zien. Dit was waarschijnlijk niet het juiste moment om Tilly de opbloeiende geheime romance met Fergus op te biechten.

6

'Daar is ze,' verkondigde Max toen Tilly, terug van haar bezoekje aan Erin, op haar sokken de keuken in drentelde. 'Dat is de vrouw over wie ik je vertelde.'

Tilly draaide zich om om de bezoeker te begroeten, maar bleef toen als aan de grond genageld staan. Want tegen het Agafornuis stond, met zijn armen losjes over elkaar geslagen en met een fantastische glimlach om zijn mond, een van de alleraantrekkelijkste mannen die ze ooit had gezien. Groene ogen, omrand met dikke wimpers, namen haar geamuseerd op. Over zijn voorhoofd viel een lok glanzend zwart haar. Zijn

gezicht was gebruind, wat zijn witte tanden benadrukte, maar de tanden waren gelukkig niet volmaakt genoeg om het werk van een tandarts te zijn.
Oef. En hij droeg Timberlands, een spijkerbroek met verfvlekken erop en een lichtbruin poloshirt onder een afgedragen asgrijs vest. En zijn lichaam was ook nog eens behoorlijk spectaculair.
Ze werden door Max aan elkaar voorgesteld. 'Tilly, dit is mijn... vriend, Jack Lucas. Jack, dit is Tilly Cole.'
'Oké, even voor alle duidelijkheid. Ik ben niet Max'... vriend,' zei Jack. 'Ik ben gewoon zijn vriend. Zonder aarzeling, zonder veelbetekenende nadruk. Max vindt het leuk om het op die manier te zeggen om mij in verlegenheid te brengen. Hij hoopt dat mensen zich gaan afvragen wat hij precies bedoelt. Dat vindt hij grappig. Gewoon negeren dus.' Hij maakte zich los van het fornuis en gaf haar een hand. 'Hoi Tilly, leuk je te leren kennen.'
'Hoi.' Tilly probeerde te doen alsof ze dagelijks werd voorgesteld aan mannen die zo aantrekkelijk waren dat haar knieën ervan knikten. Zijn hand voelde warm en droog aan en toen ze inademde, rook ze een mengeling van verf, lekkere aftershave en steenstof.
'Ken ik je niet ergens van?' Jack liet haar hand los en maakte met zijn wijsvinger een rondje in de lucht, terwijl hij het zich probeerde te herinneren.
'O god, daar gaan we weer.' Max schudde vol afkeer zijn hoofd. 'Je laat er ook geen gras over groeien, hè? En zo origineel ook. Pas maar op, meisje,' zei hij tegen Tilly. 'Zo meteen geloof je hem nog en ga je je ook afvragen waar je hem van kent.'
'Max, houd je mond. Dit is geen versierpraatje, het is echt zo.' Hij lachte echter terwijl hij het zei, dus Tilly wist nog steeds niet of hij de waarheid sprak of niet. 'Ik kom uit Londen, dus we kunnen elkaar niet kennen.' Als ze hem eerder had gezien, had ze dat heus wel geweten.
'Nou ja, je woont nu hier. En Max en ik werken af en toe samen, dus we zullen elkaar nog wel vaker zien.'
Uit de speelse glans in zijn ogen kon ze opmaken dat hij zich

goed bewust was van de dubbele bodem van zijn opmerkingen. Maar tegelijkertijd gebeurde er iets veel indrukwekkenders, ontdekte ze. Wanneer hij naar haar keek, was het alsof al zijn aandacht voor haar was; wanneer hij tegen haar sprak, was het alsof haar eventuele reactie vreselijk belangrijk voor hem was.
Hij was goed.
Het waren natuurlijk de kenmerken van een geboren verleider. Hij had vast al een heel spoor van gebroken harten van huilende en jammerende vrouwen achtergelaten.
De voordeur ging open en werd met een klap dichtgeslagen. Louisa kwam de keuken binnenstormen in haar schooluniform. 'Je bent er!' Haar ogen lichtten op, en ze bleef even aarzelend in de deuropening staan. Toen rende ze naar Tilly toe en sloeg haar armen om haar heen. 'Ik ben zo blij!'
'Hé, en ik dan?' vroeg Jack verontwaardigd. 'Ben je niet blij om mij te zien?'
'Tuurlijk wel. Ik ben altijd blij om je te zien.' Ze omhelsde hem ook. 'Zelfs als je naar verf stinkt.'
'Sorry.' Hij trok speels aan een van haar rode lokken. 'Ik had een haastklus vandaag en we hadden twee man te weinig. Als ik had geweten dat je zou gaan klagen, had ik natuurlijk niet meegeholpen. Trouwens, moet je horen wie het zegt,' voegde hij er met een vies gezicht aan toe. 'Jij ruikt naar... bah, naar zwarte bessen.'
'Nesh' moeder heeft ons naar huis gebracht. Ik heb snoepjes van haar gekregen, dat doen aardige ouders. Hoi, pap.' Louisa gaf Max een kus en grijnsde toen naar Tilly. 'En aardige manusjes-van-alles doen dat ook als het hun beurt is om de kinderen van school te halen.'
'Maar dan lust je je avondeten niet meer,' zei Max.
'Dat is echt niet waar, pap. Ik heb hartstikke honger! Wat eten we? Jack, blijf je ook eten?'
Jezus, Tilly hoopte van niet. Misschien dat koken tot haar taken behoorde, maar ze had liever niet dat een man als Jack Lucas haar de eerste avond al op de vingers keek.
'Vandaag niet. Ik heb een eetafspraak.' Hij keek op zijn horloge. 'Ik kan maar beter gaan, want ik moet eerst nog naar

huurders van me in Cheltenham toe.' Hij wierp Tilly nog een keer die opwindende blik van hem toe. 'Wat loop ik mis?'
Tilly had geen flauw idee. Ze had nog niet eens gekeken wat er in de koelkast lag. 'Iets heerlijks.'
Jack grijnsde. 'Ongetwijfeld. Maakt niet uit, een ander keertje dan maar.' Terwijl hij een hand opstak en naar de deur liep, zei hij: 'Goed, ik ga ervandoor. Tot gauw.'
Toen hij was vertrokken, zei ze: 'Nou, die vindt zichzelf wel erg onweerstaanbaar, hè?'
Max leek geamuseerd. 'Jack is een prima vent. Een goede vriend. En eerlijk gezegd vinden de meeste vrouwen hier hem ook behoorlijk onweerstaanbaar.'
'Ik ken zijn soort,' zei ze.
'O, hij zal je echt wel proberen te versieren, maak je maar geen zorgen. Je moet het zelf weten, maar als je erop ingaat, kun je beter niet al te veel van hem verwachten,' zei Max. 'Hij doet niet aan vaste relaties, onze Jack. Hij is meer van streepjes op het behang zetten.'
'Bah, papa! Kunnen we het niet ergens anders over hebben?'
Max woelde even met zijn hand door zijn dochters haar. 'Sorry, liefje. Ik wil Tilly alleen maar even waarschuwen, haar vertellen hoe het ervoor staat.'
Alsof ze zich ook maar één seconde aangetrokken zou voelen tot Jack Lucas. Echt, het idee alleen al. 'Maak je maar geen zorgen,' flapte ze eruit, 'ik ben niet van plan om een streepje op het behang te worden, vooral niet van iemand die met dat soort versierpraatjes komt aan...'
De deur zwaaide weer open, en Jack stak zijn hoofd om de hoek.
'Verdomme, je had al weg moeten zijn,' zei Max. 'Hoe kunnen we nou over je roddelen als je stiekem terugkomt om ons af te luisteren?'
'Sorry, sorry.' Aan Jacks grijns was te zien dat hij alles had gehoord. 'Ik wilde net weggaan toen ik iets interessants in de hal zag staan.' Hij keek Tilly met opgetrokken wenkbrauwen aan. 'Twee interessante dingen om precies te zijn.'
Tilly knipperde met haar ogen toen hij de keuken in kwam met de laarzen die ze vijf minuten geleden had uitgetrokken

en naast de voordeur neergezet. Waren smaragdgroene cowboylaarzen met hakken waar ze zelf glitters op had geplakt soms niet toegestaan in Roxborough? Waren ze soms bij wet verboden? Een gevaar voor de openbare orde? Zouden de glitterhakken soms koeien aan het schrikken maken, zodat ze de weg op renden?
'Ik vind Tilly's laarzen hartstikke mooi,' verdedigde Louisa haar meteen. 'Ze zijn echt cool.'
'Ik heb niet gezegd dat ik ze niet mooi vind,' zei Jack. 'Ik vind ze erg... persoonlijk. Het soort laarzen dat je draagt als je haasje-over doet over vuilnisbakken bijvoorbeeld.' Hij zweeg even. 'Nou ja, als je probéért om haasje-over te doen dan.'
Tilly sloeg een hand voor haar mond. 'Heb je dat gezien?'
'O, meer dan dat.' Zijn mond vertrok iets. 'Ik heb zelfs nog tegen je geschreeuwd.'
Ze slaakte een kreetje van ontzetting. 'Was dat jouw auto?'
'Mijn fonkelnieuwe auto,' benadrukte hij. 'Nog maar twee dagen uit de showroom. En jij hebt allemaal vetvlekken op het raampje gemaakt.'
'Ik heb toch gezegd dat het me speet? Het ging per ongeluk, hoor.' Scherp voegde ze eraan toe: 'Maar dat jij door die plas reed om mij nat te spatten was niet per ongeluk, dat deed je expres.'
'Half expres,' gaf hij toe. 'Ik wilde je maar een klein beetje nat spatten. Oké, daar heb ik ook spijt van. Maar bekijk het eens van de zonnige kant, je weet nu in elk geval dat het geen versierpraatje was toen ik zei dat ik je ergens van kende.' Zijn ogen glansden vriendelijk. 'Ik was alleen vergeten dat jij die vrouw was die tegen mijn nieuwe auto was aan gevlogen.'

'Kom verder, kom verder. Sorry dat het zo'n puinhoop is in mijn kamer. Vroeger klaagde papa er altijd over, en hij zei dan dat ik moest opruimen, maar hij heeft het opgegeven. Ik heb tegen hem gezegd dat er veel belangrijkere dingen zijn om ruzie over te maken, en dat slordig zijn niet zo erg is. Nou ja, het voelt gewoon gezelliger zo.'
Louisa zat rechtop in haar tweepersoonsbed. Ze droeg een

paarse zijden pyjama en las een geschiedenisboek over de industriële revolutie. Ze rook naar zeep en tandpasta.
'Zoals bijvoorbeeld je huiswerk doen,' zei Tilly. 'Dat is veel belangrijker.'
'Dat doe ik nu toch?' Met een stralende blik wapperde Louisa met haar boek. 'We moeten het helemaal lezen. Heel saai... O nee, papa heeft het je verteld!'
'Sorry, maar hij is de baas.' Achter het kussen dat naast het kussen lag waartegen Louisa zat, griste Tilly een exemplaar van *Heat* weg. 'Hij zei dat ik maar eens onder dat kussen moest kijken, dat er vast wel een tijdschrift zou liggen.'
Betrapt keek Louisa haar aan. 'Ik wilde het alleen maar vijf minuutjes doorbladeren. En die geschiedenisrepetitie is toch pas volgende week.' Met stralende ogen leunde ze naar achteren. 'Denk je dat je het hier leuk zult vinden?'
'Ik hoop het.' Tilly ging op de rand van het bed zitten en wierp een blik op de ingelijste foto's op de boekenkast en probeerde niet aan Jack te denken. 'Die van jou met je moeder vind ik mooi.'
'Die is op Hawaï gemaakt, op het strand. Daar zijn we vorig jaar op vakantie geweest. Iedereen was heel bruin en heel mooi.' Louisa trok een gezicht. 'Maar dan ik, met dat stomme rode haar en van die witte spillebenen. Ik stond hartstikke voor schut.'
'Helemaal niet, je ziet er ook mooi uit.' Tilly pakte de foto en bestudeerde moeder en dochter die samen naar de camera lachten. 'En je moeder heeft trouwens ook rood haar.'
'Ja, en ze is helemaal nepbruin. En moet nog steeds zonnebrandcrème met factor vijftig op. Ik snap niet hoe ze het uithoudt in L.A. Ik ben meer iemand voor koud weer. Ik vind het hier leuker.'
Voorzichtig zei Tilly: 'Je zult haar wel heel erg missen.'
Louisa haalde haar schouders op. 'Ja, maar toen ik bij mama woonde, miste ik papa ook heel erg. En ik bel de hele tijd met haar. Ze is gelukkig en het gaat goed op haar werk. Ze is dol op haar baan.'
Tja, wie zou dat niet zijn? Onder het avondeten had Tilly te horen gekregen dat Kaye Dineen, de moeder van Louisa en de

ex van Max en een weinig succesvolle actrice in Engeland, in Amerika en grote delen van de westerse wereld behoorlijk bekend was als Kaye McKenna, een van de sterren van de met een Emmy bekroonde tv-serie *Over the Rainbow*, die iedere week door miljoenen werd bekeken. Er was niet meer voor nodig geweest dan één auditie die goed had uitgepakt – iets waar alle beginnende acteurs natuurlijk van dromen. Na acht maanden lang overal te zijn afgewezen en somberder dan ooit, had Kaye op weg naar het castingbureau een lekke band gekregen. Tegen de tijd dat ze haar opwachting maakte, met haar witte jurk onder de olie en door de hitte uitgelopen make-up, was ze anderhalf uur te laat. De regisseur, die bespeurde dat ze zich kwetsbaar en wanhopig voelde, had expres op brute toon gevraagd: 'Waarom zou ik nou verdomme nog tijd voor je vrij willen maken?' Waarop Kaye, met tranen in de ogen, getergd had gereageerd met: 'Omdat ik van mijn ex hield en mijn ex nu homo is, en omdat onze dochter van ons allebei houdt, en als ík geen kans verdien, dan zou ik verdomme niet weten wie wel.'
Haar felheid, in combinatie met haar heldere Engelse accent, had voor de ommekeer gezorgd. Ze voldeed aan alle eisen en werd ter plekke aangenomen. Kaye gaf openlijk toe dat ze haar carrière in de Verenigde Staten geheel en al te danken had aan een lekke band.
'Deze is grappig.' Louisa pakte een foto in een blauw lijstje, van een uitgelaten vriendengroep rond een zwembad in L.A. 'Dat ben ik met wat vriendinnen op een huwelijksfeest. Ken je de actrice Macy Ventura? Ze is dé grote ster uit mama's serie. Hoe dan ook, ze trouwde voor de vijfde keer, met een of andere stokoude producer, en hoewel ze me niet kende, vroeg ze aan mama of ik een van de bruidsmeisjes wilde zijn. Dus mama zei ja, ze zei dat dat leuk zou zijn, en toen gingen we naar Macy om kennis te maken met haar mensen en de organisator van het feest.'
'En toen?' Tilly fronste haar voorhoofd, zich afvragend wat die reusachtige roze paddenstoelen in het zwembad te betekenen hadden.
'O, het was echt om te gillen. Net als wanneer je een cadeau

uitpakt en hoopt dat het een diamanten armband is, maar dan blijkt het een woordenboek te zijn. Macy en die organisator wierpen één blik op me en begonnen meteen van sorry sorry sorry. Ze schrokken zich echt dood. Ik was te rood, te bleek, te sproeterig, te lang... Het kwam erop neer dat ik de hele bruiloft zou verpesten, om maar te zwijgen van de deal die ze met een tijdschrift hadden gesloten. De bruidsmeisjes zouden een soort lila-roze jurken dragen. Nou, je kunt je wel voorstellen hoe lila-roze mij staat. Uiteindelijk zeiden ze dat ze me vijfhonderd dollar zouden geven als ik geen bruidsmeisje werd.'
'Dat méén je niet! Zoiets ergs heb ik nog nooit gehoord.' Tilly schudde ongelovig haar hoofd. 'Heb je dat geld aangenomen?'
Louisa proestte het uit. 'Zeker weten! Ik wilde sowieso al geen bruidsmeisje zijn, vooral niet als ik dan een lila-roze jurk aan zou moeten. Hoe dan ook, op het feest ben ik aan de praat geraakt met de andere bruidsmeisjes, en die waren echt te gek. Toen ik hun vertelde wat Macy had gedaan, trokken ze allemaal meteen hun jurk uit en gooiden ze hem in het zwembad. Dat vond ik echt heel aardig van ze.' Met een zwaar Californisch accent voegde ze eraan toe: 'Je weet wel, echt zooo sportief van ze.'
'Dus dat zijn de jurken.' Tilly wees naar de drijvende paddenstoelen.
'Echte designerjurken ook nog. Vera Wang. Hebben duizenden dollars gekost.' Louisa giechelde. 'Macy was woest.'
'Allemachtig zeg, als er iemand woest zou moeten zijn, ben jij het.' Tilly voelde zich plaatsvervangend beledigd. 'Dat je nog naar die bruiloft bent gegaan!'
'Ach, het maakte mij niks uit. Het is daar allemaal één groot toneelstuk. En ik ben toevallig afgewezen bij de auditie.' Het leek Louisa echt niks te kunnen schelen. 'Het was gewoon een Hollywoodhuwelijk, heel onecht. Ze zijn maar een halfjaar getrouwd geweest.'
'Nou,' zei Tilly, 'als ik ooit ga trouwen, mag je mijn bruidsmeisje zijn.'
'Wat aardig van je! En als ik ga trouwen, mag je dat van mij

zijn.' Ze grijnsde. 'Als je daar dan tenminste niet te oud voor bent.'
Tilly gaf haar een plagerig duwtje. 'Ik ben nog nooit bruidsmeisje geweest. Ik ben er zelfs nog nooit voor gevraagd.'
'Eén keer ben ik bijna bruidsmeisje geweest, toen ik negen was.' Louisa gaapte, want ze werd moe. 'Dat was voor de bruiloft van Jack en Rose.'
'Jack? Je bedoelt de Jack die hier vanmiddag was?' Tilly proefde roddels en veerde op. 'Wat is er gebeurd? Hebben ze de bruiloft op het laatste moment afgezegd?'
'Nou ja, dat moest wel.'
O, verrukkelijk. 'Hoezo? Wie heeft het met wie uitgemaakt?' vroeg ze gretig.
'Niemand, dat was het niet. Ze zouden heus wel zijn getrouwd,' legde Louisa uit, 'alleen kon het niet meer. Want Rose ging dood.'

7

Beneden in de huiskamer ontkurkte Max een fles rode wijn. 'Op je eerste dag.' Hij tikte zijn glas tegen dat van Tilly. 'Je bent nog niet gillend teruggerend naar Londen, dus ik neem aan dat je het niet al te onverdraaglijk vond?'
'Ik heb nog bijna niks gedaan. Ik voel me zo'n oplichter.'
'Wacht maar tot ik mijn zweep pak. Aan het eind van de week zul je me niet meer kunnen zíén! Ik heb een lijst gemaakt van de dingen die je morgen moet doen. Ik vertrek al vroeg naar Oxford, maar als er iets is, kun je me bellen.' Hij gaf haar het vel papier.
Acht uur: Lou naar school brengen.
Verder: behangboeken terugbrengen naar Derwyn's in Cirencester. Boodschappen doen, eten koken, Betty uitlaten, zes ingelijste prenten ophalen bij Welch & Co in Roxborough.
Tien over vier: Lou en Nesh van school ophalen.
'Oké, dat zal ik doen.' Tilly had moeite zich te concentreren;

haar hoofd tolde van wat ze over Jack had gehoord en ze had zin om wel duizend vragen te stellen. 'Eh, wat wil je eten?'
'Geen idee. Ik vind het altijd zo moeilijk om iets te verzinnen. Daarom is het ook zo fijn dat jij er bent, nou mag jij dat voor me doen. Maar we zijn geen lastige eters, dus maak je er maar niet druk over. Ik denk dat ik om een uur of zes wel thuis ben,' zei hij. 'En overmorgen kun je met mij mee. Ik moet maten opnemen voor mijn volgende klus, dus daar kun je me mooi bij helpen.'
'Leuk.' Ze vroeg zich af hoe snel ze het gesprek op Jack kon brengen.
'Niks chics, hoor. Een van Jacks klanten.'
Bingo!
'Lou en ik hadden het net...'
'Hier, ik zal het je laten zien. Hij heeft me de brochure gebracht.' Max pakte hem van tafel. 'Je weet dat Jack huizen opkoopt om ze te verhuren? In de loop der jaren heeft hij er al heel wat gekocht. Hij koopt ze op veilingen, renoveert ze, en ik zorg er vervolgens voor dat ze er goed uitzien voordat hij ze verhuurt. Deze keer gaat het om een flat op de eerste verdieping van een victoriaans huis in Cheltenham. De huiskamer ligt op het zuiden en...'
Tilly kon zich niet meer beheersen. 'Lou vertelde me net dat zijn vriendin is gestorven,' flapte ze eruit. 'Een week voor de bruiloft. Lou zei dat ze is verdronken.'
Max zweeg, glimlachte wat en nam nog een slokje wijn. Toen keek hij haar aan. 'Dat klopt. O jee, en nu hoor je ook bij de club. Ik zie het aan je ogen.'
'Wat? Ik weet niet waar je het over hebt.' Maar ze voelde dat ze bloosde, want diep vanbinnen wist ze precies wat hij bedoelde.
'De romantiek ervan. De tragische weduwnaar – behalve dan dat hij niet echt weduwnaar is, omdat ze niet getrouwd waren. Sorry.' Hij schudde zijn hoofd en vervolgde op droge toon: 'Jack is een van mijn beste vrienden, en het is vreselijk wat er is gebeurd, maar ik moet altijd lachen als ik zie wat voor uitwerking dat op het andere geslacht heeft. Alsof hij verdomme nog niet aantrekkelijk genoeg is, en daarbij ook nog intelli-

gent en succesvol. Maar zodra vrouwen dit verhaal horen, is het met ze gebeurd, dan zijn ze niet meer te houden. De drang om hem te bezitten wordt nog groter. En nu geldt dat ook voor jou.'
'Niet waar,' protesteerde ze, nog roder dan daarvoor.
'Hou toch op.' Met een berustende blik zei hij: 'Weet je wat? Als Jack je versiert en je daarna dumpt en als jij daar zo van streek door raakt dat je besluit dat je hier niet meer kunt wonen en als je dan ontslag neemt en mij en Lou met de gebakken peren laat zitten, dan zweer ik je dat ik persoonlijk de nek van die tragische weduwnaar zal omdraaien. Vriend of geen vriend.'
Tilly wilde echter nog steeds de details horen, want nadat Louisa haar in het kort had verteld wat er was gebeurd, was ze ineens door slaap overmand. 'Ik heb toch al gezegd dat ik geen streepje op het behang wil zijn.'
'Ja, maar dat was voordat je het hele verhaal kende.'
Gefrustreerd riep ze: 'Maar ik kén het hele verhaal nog niet!'
'Oké dan. Wil je nog wat?' Max vulde haar glas bij en legde toen zijn voeten op de salontafel voor de bank. 'Leg de zakdoekjes maar vast klaar, meisje. Jack en Rose zijn drie jaar samen geweest. Ze was een stuk, een jaar jonger dan hij, echt het allermooiste meisje dat ik ooit heb gezien. En iedereen was dol op haar. Vijf jaar geleden verloofden ze zich, met kerst. Ze zouden in december van dat jaar erop trouwen in de kerk van het dorp in Pembrokeshire waar Rose was opgegroeid. Alles was al geregeld. Toen ze ontdekten dat Rose zwanger was, was dat de slagroom op de taart. Ze wilden dolgraag een kind. Rose was gek op paardrijden, maar dat mocht ze niet meer van Jack, want hij was bang dat het niet goed zou zijn voor de baby. Hoe dan ook, een week voor de bruiloft ging Rose alvast naar haar ouders in Wales voor al die dingetjes die op het laatst nog moeten gebeuren. Jack bleef hier, want hij had nog wat zaken te regelen. Op die zondagochtend maakte Rose met de hond van haar ouders een wandeling langs zee. Het was stormachtig weer en de zee was ruw. Nou ja, het komt erop neer dat de hond een zeemeeuw de branding in joeg en toen in de problemen raakte. Rose ken-

de de hond al bijna haar hele leven, het hele gezin was dol op hem. Mensen zagen dat ze naar de hond schreeuwde, maar dat het hem niet lukte aan wal te komen. En toen sprong Rose van de rotsen de zee in.'
Tilly had een kurkdroge mond. Het was onverdraaglijk om naar zo'n verhaal te moeten luisteren wanneer je de afloop al kende.
'En weet je?' zei Max. 'Ze heeft de hond nog gered ook. God mag weten hoe, maar het lukte haar bij hem te komen en hem naar de rotsen te duwen, zodat hij zelf naar boven kon klauteren. Maar toen spoelde er een enorme golf over haar heen en werd ze door de kracht van het water weggesleurd van de kust. Tegen de tijd dat de reddingsboot bij haar aankwam, was het al te laat. Ze was dood.'
'Ik weet niet wat ik moet zeggen.' Tilly schudde haar hoofd, terwijl ze zich probeerde voor te stellen hoe het moest zijn geweest. 'En wat erg voor haar ouders.'
'Het was een zware tijd,' beaamde Max. Hij nam nog een slok wijn. 'Haar ouders waren er kapot van. Ze waren hun kind kwijtgeraakt en hun kleinkind – hun hele toekomst in feite. En natuurlijk gaf Jack zichzelf de schuld. Hij was ervan overtuigd dat het nooit was gebeurd als hij meteen was meegegaan naar Pembrokeshire in plaats van hier te blijven.' Hij slaakte een diepe zucht. 'Het punt is dat daar wel wat in zat. Hoe dan ook, dat was dat. Geen bruiloft meer, maar een begrafenis. Rose' ouders waren echt compleet van de kaart, en Jack deed alles op de automatische piloot. En daarna stortte hij zich op zijn werk. En toen, ongeveer een halfjaar later, begon hij weer... uit te gaan.' Droog vervolgde Max: 'En dat doet hij nog steeds, op behoorlijke grote schaal. We zitten erover te denken om hem aan te melden bij het *Guinness Book of Records*. Alleen sturen ze dan natuurlijk zo'n arme meid hiernaartoe om het verhaal te controleren, en we weten allemaal wat er dan gebeurt. Stel je voor dat je volgend jaar het *Guinness Book* openslaat en dan leest: "Het wereldrecord vrouwen versieren is in handen van Jack Lucas, drieëndertig jaar oud, woonachtig in Roxborough in de Cotswolds, die zei dat hij me zou bellen, die me met de hand op het hart heeft beloofd

dat we contact zouden houden, maar nee hoor, hij is gewoon een vieze vuile leugenaar die denkt dat hij vrouwen als oud vuil kan behandelen... Ik bedoel, wie denkt hij nou nog dat hij is?"'

Ergens in al die woorden zat een niet al te subtiele boodschap verborgen. Tilly vermoedde dat ze nog blij mocht zijn dat Max geen megafoon gebruikte om haar de boodschap mee in het gezicht te schreeuwen.

'Ze willen hem allemaal helpen,' vervolgde Max. 'Iedere vrouw denkt dat zij degene zal zijn die hem redt, dat ze door de muren heen zal breken en dat Jack echt verliefd zal worden, maar dat duurt nu al vier jaar. En je kunt van mij aannemen dat Jack helemaal niet uit is op dat romantische gezwijmel. Hij wil vrijgezel blijven, zich niet meer binden, want dan kan hij ook geen verdriet meer krijgen. En dat,' eindigde hij, 'is precies wat Jack zo onweerstaanbaar maakt. Dat is de uitdaging.' Hij keek schuins naar Tilly, om haar reactie te peilen.

'Wat is er met de hond gebeurd?' vroeg ze.

'Die is een jaar later doodgegaan. Niks dramatisch, gewoon de leeftijd. Hij ging slapen en is niet meer wakker geworden. Een mooie manier om te sterven.' Hij hief zijn glas en zei met een stalen gezicht: 'Hoewel ik liever sterf na een nacht met Johnny Depp.'

8

Tot nu toe was het goed gegaan. Tilly was erg tevreden over hoe haar eerste dag tot dusverre was verlopen. Ze had Louisa op tijd afgezet bij school, was daarna naar Cirencester gereden om de behangboeken terug te brengen naar Derwyn's en was onderweg bij de slager naar binnen gewipt om drie stuks rosbief *en croûte* te kopen. De aardappels konden de oven in, de worteltjes waren gesneden – in *bâtons*, jawel; voor haar niet van die afgezaagde schijfjes – en Betty had genoten van

de wandeling door het bos. Gelukkig was het haar niet gelukt om een van de konijnen te vangen die haar tot een achtervolging hadden proberen te verleiden.
Ze keek op haar horloge. Het was twee uur, en ze hoefde alleen nog maar de ingelijste prenten op te halen. Daarna had ze wel even tijd om bij Erin langs te gaan, voordat ze terug moest naar Harleston om Lou en haar vriendin Nesh bij school op te pikken.
Er was zelfs een parkeerplaats vlak bij Welch & Co, de winkel met blauw-witte erkerramen met laurierboompjes in bijpassende blauw-witte potten aan weerszijden van de ingang.
Toen ze binnenkwam, zag ze dat Welch & Co het soort winkel was waar je naartoe ging als je iets leuks voor je huis wilde kopen en zin had om met geld te smijten. De muren waren bedekt met allerlei schilderijen en spiegels, overal stonden rijkelijk versierde lampen, kandelaars, stijlvolle vazen, bloempotten, beeldjes, nepbloemen die er echt uitzagen – het was typisch zo'n winkel waar je overal wel iets zag wat je mooi vond, maar waar je een beetje duizelig werd zodra je de prijs hoorde.
De vrouw die achter in de winkel zat te telefoneren aan een witgelakte tafel met een kandelaar erop van gebrandschilderd glas, zag er ook duur uit. Ze was aantrekkelijk en goed verzorgd, met lange, lichtbruine haren, misschien wel extensions. Ze droeg een roze blouse, een witte kokerrok en heel veel make-up.
'... Oké, maar verwacht er niet te veel van. Hij zegt altijd dat hij zal bellen, maar dat doet hij nooit.'
Schoenen die eruitzagen alsof ze van een dure designer waren. En aan haar linkerpols een glinsterende diamanten armband.
'Nou, ik ben blij dat je het leuk hebt gehad. Ja, ik weet het, hij is fantastisch, hè?'
Glanzende, ragdunne panty. Geen trouwring. Een zwaar, muskusachtig parfum.
'Ogenblikje, Amy. Ik heb een klant.' De vrouw bedekte de hoorn met gemanicuurde nagels, keek Tilly aan en vroeg charmant: 'Kan ik je ergens mee helpen of wil je alleen maar even rondsnuffelen?'

Rondsnuffelen. Tilly moest altijd lachen als ze dat woord hoorde; als kind dacht ze altijd dat rondsnuffelen iets was wat je met je neus deed en dat het betekende dat je door een winkel liep en overal aan rook.
Maar ze was nu volwassen en wist dat het dat niet betekende. Hardop zei ze: 'Ik kom een paar prenten ophalen. Voor Max Dineen.'
Ze had meteen de volle aandacht van de vrouw, die haar met grote ogen opnam en wat meer rechtop ging zitten. Terwijl ze een wijsvinger opstak, zei ze in de telefoon: 'Amy, ik moet ophangen. Er is een interessant iemand binnengekomen.' Korte stilte. 'Nee, niet hij. Jezus, je bent echt geobsedeerd, hè?'
'Jemig,' zei Tilly. 'Ik wist niet dat ik zo interessant was. Ik hoop niet dat je verwacht dat ik een dansje ga maken of zo.'
'Niet als je dat niet wilt, maar interessant ben je wel.' De vrouw, die inmiddels de hoorn had neergelegd, nam haar schaamteloos van top tot teen op. Haar zelfverzekerde blik gleed over Tilly's verwaaide haar, haar make-uploze gezicht, de afgedragen spijkerbroek en haar roze-met-witte stippenrubberlaarzen. Blijkbaar kwam ze tot de slotsom dat haar bezoekster geen enkele bedreiging vormde – Tilly had zin om te zeggen dat ze zich heus wel goed waste – en ze zei: 'Jij moet Max' nieuwe meisje zijn. Hij vertelde me al dat je deze week zou beginnen. Hij heeft me ook verteld hoe je heette, maar dat ben ik vergeten.'
'Tilly Cole.'
'O ja. Grappige naam! En ik ben Stella. Stella Welch. Wat een bofkont ben je, dat je voor Max mag werken. Ik ben behoorlijk jaloers!'
'Nou, tot nu toe vind ik het leuk.' Tilly glimlachte, want ze wilde een goede eerste indruk maken, al lieten haar haren en haar laarzen haar daarbij dan in de steek. 'En Lou is fantastisch.'
'En wat vind je van hem?' vroeg Stella op samenzweerderige toon, terwijl ze zich naar voren boog. 'Wel een lekker ding, hè?'
Van haar stuk gebracht mompelde Tilly: 'Eh...'
'En zo grappig. Ik ben gek op die Liverpoolse humor. Ik moet altijd zo om hem lachen. Je valt stiekem vast op hem, hè?'

Het werd nu wel heel maf. Was Max' seksuele geaardheid minder algemeen bekend dan ze had aangenomen? Tilly aarzelde even en zei toen: 'Nee, ik val niet stiekem op hem.'
'Toe zeg! Vast wel! Ik vind hem echt een stuk.'
Nee, ze hadden het er gisteravond nog over gehad; ze wist zeker dat Max haar had verteld dat iedereen het wist. 'Maar hij is... homo,' zei ze.
'O, dat.' Stella wuifde haar opmerking met een schouderophalen weg. 'Maar niet honderd procent. Semi-homo. Hij is lang genoeg met Kaye getrouwd geweest. Ze hebben samen een kind. Dus hij valt echt niet alleen op mannen.' Terwijl ze met een balpen speelde, voegde ze er monter aan toe: 'Dus er is enige speelruimte.'
'O. Eh, daar had ik nog niet aan gedacht. Maar toch val ik nog steeds niet op hem,' zei ze snel.
'Hoezo niet? Ben je lesbisch?'
Jemig.
'Nee, hij is gewoon niet mijn type. En het is net uit met mijn vriend, dus voor mij hoeft dat soort dingen even niet.'
'Jij hebt makkelijk praten, je bent jonger dan ik. Hoe oud ben je?'
Stella was alarmerend direct. 'Achtentwintig.'
'En hoe oud schat je mij?'
Tilly aarzelde. 'Eh...'
'Zevenendertig. Ik weet dat je het niet zou zeggen, maar ik ben echt al zevenendertig.'
Stella was ook alarmerend bescheiden.
'En mijn man en ik zijn een halfjaar geleden uit elkaar gegaan,' vervolgde ze. 'Hij heeft me gewoon laten zitten. Op mijn zevenendertigste! Dus ik heb geen tijd om even niet aan dat soort dingen te doen, zoals jij zegt. Ik wil kinderen voordat het te laat is. Toen we getrouwd waren, stelden we het steeds uit, omdat we eerst nog wat van het leven wilden genieten. We zeiden steeds dat we nog even zouden wachten, dat we nog even lol wilden maken. Het plan was om dit jaar – dít jaar,' ze wees nadrukkelijk naar de tafel voor haar, 'zouden beginnen met het te proberen. En dan vertelt hij me ineens dat hij weggaat, dat ons huwelijk voorbij is en dat hij wil scheiden.

Boem, ineens. Over egoïstisch gesproken. Ik bedoel, het is wel míjn leven dat hij op zijn kop zet, hoor! Míjn toekomst!'
'Goh, wat erg voor je.' De vrouw mocht dan een beetje eng zijn, maar gezien de omstandigheden had ze reden tot wrok.
'En heeft hij...' Tilly aarzelde; hoe moest ze dat tactvol vragen? 'Heeft hij soms een ander?'
'O nee. Beslist niet.' Stella schudde verwoed haar hoofd. 'Geen sprake van. Weet je, ik denk dat hij in een soort geestelijke crisis is geraakt, een soort paniekaanval heeft gekregen bij het idee van al die verantwoordelijkheid. Ik bedoel, ik ben wel op zoek naar een andere man voor het geval dat het niet gebeurt, maar stiekem verwacht ik toch dat hij wel weer bij zinnen komt en me dan gaat smeken om hem terug te nemen.'
'En zou je dat echt willen?'
'God, ja, natuurlijk. Hij is mijn man. Ik wil kinderen. Hij zou een fantastische vader zijn.'
De deurbel tingelde, en een echtpaar van middelbare leeftijd kwam binnen.
'Hij komt echt wel terug, dat kan niet anders.' Met een vastbesloten knikje veranderde Stella van onderwerp. 'Ik zal even die prenten voor je pakken.'
'Dank je,' zei Tilly even later toen Stella haar hielp om de ingelijste prenten in de kofferbak te leggen.
'Graag gedaan. Doe Max de groeten van me. En leuk dat ik nou weet wie je bent.' Ze ging rechtop staan. 'Als je wilt, kunnen we wel een keer ergens samen wat gaan drinken. Dan zal ik je aan mijn vriendinnen voorstellen. Alhoewel, dat wordt waarschijnlijk niets. Je bent te jong. Goed, maakt niet uit. We zullen elkaar vast nog wel eens tegen het lijf lopen. En dan kan ik nu maar beter naar binnen gaan, voordat dat stel een greep in de kassa doet.'

'Wie? Stella? O god,' zei Erin.
Kijk, dat kreeg je nou als je de achtergrond van mensen niet kende; je wist nooit echt wat over ze tot je alles wist.
'Hoezo? Wat is er met haar?' vroeg Tilly. 'Ze leek me wel aardig. Vriendelijk. Maar wel behoorlijk direct. En heel zelfverzekerd. Ze vertelde me meteen dat haar man ervandoor was,

maar ze weet zeker dat hij met hangende pootjes bij haar terugkomt.'
'O god.'
Tilly voelde zich opgelucht dat ze geen afspraakje met Stella had gemaakt om samen iets te gaan drinken. 'Wat is er toch? Is ze echt zo'n ramp?'
Behoedzaam legde Erin de rode kralenjurk neer die ze had gecontroleerd. 'Ik heb iets met Fergus.'
'Met wie?' Jemig, het leek wel een quiz.
'Stella's man.' Erin likte haar lippen. 'Ik was net van plan je dat te vertellen.'
Tilly kromp ineen. 'O, mijn god. Is hij daarom bij haar weggegaan?'
'Nee! Helemaal niet, dat was al een halfjaar geleden.' Friemelend aan de schouderbandjes van de rode avondjurk, vervolgde Erin: 'Maar niemand weet het nog. En Stella al helemaal niet. Volgens mij zal ze niet zo leuk reageren als ze het ontdekt.'
'Nou, ik heb haar maar één keer gezien en weet nou al dat dat het understatement van het jaar is.'
'Daarom vertellen we het haar ook niet.'
'Eng,' zei Tilly. 'Is hij het waard?'
Een dromerige blik gleed over Erins gezicht. 'Hij is zo'n ontzettend lieve man.'
'Weet hij dat ze verwacht dat hij weer bij haar terugkomt?'
'Natuurlijk weet hij dat, dat heeft ze al aan zo'n beetje iedereen in Roxborough verteld!' Opstandig zei ze: 'Maar dat zal niet gebeuren. En vroeg of laat zal ze dat moeten accepteren.'
'Jemig,' zei Tilly verbaasd. 'Het is serieus tussen jullie.'
'Ik heb lang genoeg op een man als hij gewacht. En nu heb ik hem.' Erin straalde helemaal. 'En ja, het is serieus tussen ons.'
Nu ze het er toch over hadden...
'O, je raadt nooit wie ik gisteren heb gezien. Die man van de auto waar ik tegenaan viel toen ik haasje-over deed over de vuilnisbak!'
'O shit! Bedoel je dat hij je herkende? Was hij kwaad?'
'Als je nagaat dat het een fonkelnieuwe wagen was, reageerde hij best cool.' Tilly kon een kriebel van opwinding bij de

gedachte dat ze hem morgen weer zou zien, niet onderdrukken. 'En hij leek me ook wel aardig. Hij heet Jack.'
Had ze stiekem gehoopt dat Erin in haar handen zou klappen en gillen: 'O, natuurlijk! Jullie zouden perfect bij elkaar passen!' Nou, stiekem had ze dat misschien wel gehoopt.
In plaats daarvan reageerde Erin nogal sloompjes. 'Jack? Toch niet Jack Lucas?' Ze leek vervuld van afgrijzen. 'O nee, waag het niet op die vent te vallen. Dat is wel de allerlaatste man met wie je iets moet willen hebben.'
'Dat zegt iedereen. Waarom is dat?' Het was net zo flauw als toen je klein was en je moeder zei dat er water in je laarzen zou komen als je nog verder de vijver in liep.
'Geloof me nou maar, ik heb het al duizenden keren zien gebeuren.' Erin trok een gezicht alsof ze wilde zeggen: nou moet je eens heel goed naar me luisteren. 'En ik zeg het omdat het zo is.'
Tilly deed alsof ze een lange zwarte fluwelen jas met een turkooizen zijden voering bestudeerde.
'Tilly. Heb je gehoord wat ik zei?'
'Ja. Mooi is deze.'
Tja, ze kreeg nou eenmaal graag natte voeten.

9

'Zie je hoe mooi mijn auto glanst? Dat komt omdat ik er gisteravond mee naar de wasstraat ben geweest,' zei Jack. 'Dus pas op dat je je niet weer op de motorkap stort.'
'Ik zal proberen me te beheersen.' Tilly stapte uit Max' BMW die achter de Jaguar tot stilstand was gekomen. Jack, die op hen stond te wachten op de beijzelde stoep voor zijn pas verworven flat aan Marlow Road, droeg een verschoten blauw sweatshirt en een spijkerbroek. Als ze al zin had om zich ergens op te storten, dan was het op hem.
'Hé, niet flirten met mijn assistente. En jij,' Max wendde zich tot Tilly, 'je moet hem niet zo aanmoedigen.'

Ze spreidde haar armen. 'Ik deed niks.'
'Je hoeft ook niks te doen, dat is het punt.' Hoofdschuddend vervolgde Max: 'Misschien dat een boerka zou helpen.'
'Hoeft niet, ik gedraag me wel.' Jack ging hen voor naar de voordeur. 'Kom, dan zal ik jullie de flat laten zien.'
Tilly slikte toen ze hem de trap op volgde. Allemachtig, ze waren er nog maar net, en ze had nou al knikkende knieën. Lange benen, brede schouders, een los draadje op de achterkant van zijn spijkerbroek... Ze balde haar vuisten om zich te verzetten tegen de kwellende aanvechting het eraf te plukken, want het zou echt niet verstandig zijn om Jacks billen aan te raken. Maar wel fantastisch...
'Kijk je soms naar mijn kont?'
'Jezus, daar gaan we weer,' riep Max uit. 'Hou alsjeblieft op. Laat die arme meid met rust.'
Tilly keek gepast dankbaar.
'Maar ze keek echt,' zei Jack. 'Ik vóélde het gewoon. Zulke dingen merk ik altijd.'
Ze hoopte maar dat hij loog.
De flat op de eerste verdieping rook naar verse pleisterkalk en zaagsel. De huiskamer, die op het zuiden lag, keek uit op het park. 'De stukadoors hebben gisteren de laatste muur gedaan,' vertelde Jack aan Tilly, terwijl Max van kamer naar kamer liep, alle details in zich opnam en aantekeningen in zijn Filofax maakte. 'En nu is het de beurt aan Max om zijn kunstjes te vertonen.'
'Ik dacht dat projectontwikkelaars alles gewoon gebroken wit schilderden.'
'De meeste wel. Maar de eerste indruk is belangrijk, en Max heeft verstand van zaken. Als je ervoor zorgt dat een huis er een beetje bijzonder uitziet, trek je een betere klasse huurders.'
'Die een betere klasse huur betalen,' zei Max. 'Hij huurt me echt niet in omdat hij me zo aardig vindt, hoor. Het gaat hem alleen maar om winst maken.'
'Zonder geld is een mens niks.'
Tilly opende haar mond om te zeggen dat een mens niks was zonder liefde, maar ze bedacht zich meteen. Gezien de omstandigheden kon ze dat misschien beter niet zeggen.

'Hier, hou jij het meetlint stevig vast,' beval Max. 'Aan de slag.'
Twintig minuten later, toen ze bijna klaar waren met opmeten, ging zijn mobieltje. Max, die zijn handen vol had, knikte naar de telefoon op de vensterbank. 'Neem jij even op.'
De naam die opflitste, was die van Kaye.
'Het is Kaye,' zei ze.
'Nou en?' Max grijnsde. 'Je mag heus wel met haar praten, hoor.'
'Hoera,' zei een vrolijke vrouwenstem toen Tilly opnam. 'Jij bent vast Tilly – ik heb eerst naar huis gebeld om te kijken of je daar was, maar er werd niet opgenomen. Bevalt het je een beetje om voor die ouwe slavendrijver te werken?'
'Ja hoor, tot nu toe wel. We zijn net een flat aan het opmeten.'
'Toch wel iets chics, hoop ik.'
'Een flat in Cheltenham, voor Jack Lucas.'
'O, o! En heb je Jack al ontmoet?'
Zich bewust van Jacks blik zei Tilly: 'Eh, hij is hier ook.'
'O, o!' Kaye grinnikte veelbetekenend. 'Je hoeft al niks meer te zeggen, ik snap het al. En, kunnen jullie het een beetje met elkaar vinden?'
Waarom deden mensen dat toch altijd? Waarom zeiden ze: 'Je hoeft al niks meer te zeggen' om dan vervolgens meteen de volgende vraag te stellen? Zich afwendend van Jack – die blijkbaar over telepathische gaven beschikte, want hij stond breeduit te grijnzen – mompelde ze: 'Hij lijkt me niet onaardig.'
'Hij is zelfs erg aardig, maar je moet nooit uit het oog verliezen dat je hem beter niet serieus kunt nemen. Jack is er alleen om je mee te vermaken. Hij stikt van de charme en sexappeal,' vervolgde Kaye, 'maar je kunt geen woord geloven van wat hij zegt.'
'Dat weet ik.'
'Sorry?' vroeg Jack. 'Hebben jullie het soms over mij? Wat zegt dat vreselijke mens allemaal over me?'
Max, die bezig was de ramen op te meten, zei: 'De waarheid waarschijnlijk.'
'Zeg ze maar dat ik alles kan verstaan wat ze zeggen.' Kaye

klonk geamuseerd. 'En zeg maar tegen Jack dat ik gewoon mijn plicht als medevrouw doe. Ik belde trouwens alleen maar omdat ik Max' nieuwe manusje-van-alles even gedag wilde zeggen. Lou stuurde me gisteravond een mailtje waarin ze schreef dat je heel leuk bent.'

'Ik vind het hier ook heel leuk.' Geroerd door het compliment vervolgde Tilly: 'En Lou is ook heel leuk. Je kunt trots op haar zijn.'

'Ze is echt mijn alles. O, dat schatje van me, ik mis haar zo. Nou ja, doet er niet toe.' Kaye slaakte een zucht en probeerde zichzelf hoorbaar weer in bedwang te krijgen. 'Ik kom in de paasvakantie naar Engeland, dat is al over een paar weken. Maar hoor eens, je kunt me altijd bellen als er iets is. Gewoon doen, hoor. Als je vragen hebt of je zorgen maakt, gewoon bellen, beloof je dat?'

'Absoluut.'

Max verkondigde: 'Kaye vroeg net aan Tilly of ik de beste baas was die ze ooit had gehad.'

'Nee, nee.' Jack schudde zijn hoofd. 'Ze vroeg of ik de begerenswaardigste man van Roxborough was.'

'Sst,' zei Tilly.

'Zeg ze maar dat ik nog steeds alles kan horen. O, nog wat, heeft Lou het toevallig met je over een vriendje gehad?'

'Nee, nooit.'

'O. Oké. Nou ja, ik vroeg het me gewoon af. Ze heeft het al een paar keer gehad over een jongen op school, op zo'n toon van: ik kan die idioot niet uitstaan. Dus vroeg ik me af of ze soms niet een beetje verliefd op hem is.'

'Ik zal het in de gaten houden.' Tilly leefde met Kaye mee; het was vast heel moeilijk om zo ver weg te wonen als je dertienjarige dochter haar eerste schreden in de verwarrende wereld van jongens zette. Nou ja, niet dat het er op latere leeftijd gemakkelijker op werd.

'Dank je... Oeps, ik moet ophangen, de make-up roept me. Ik bel je snel weer,' zei Kaye. 'Doe iedereen de groeten van me.' Vrolijk voegde ze eraan toe: 'Zelfs Jack.'

10

Hoe kon het dat je weken, maanden, zelfs jaren, perfect eetbare maaltijden kon bereiden zonder dat er iets misging, maar dat het volledig in de soep liep als je juist graag wilde dat het perfect werd?
Erin slaakte een kreet toen de binnenkant van haar pols tegen het gloeiend hete ovenrek aan kwam en ssss deed. Au, dat deed echt pijn.
En het was niet alleen het eten waarmee alles misging; haar voorbereiding op de eerste keer seks met Fergus bleek ook niet zonder gevaren te zijn. Gewoonlijk schoor ze haar benen zonder ongelukjes in twee minuten, maar vanavond – goed, het kwam waarschijnlijk omdat ze ze per se super-zijdeachtig-ultraglad had willen krijgen – had ze zich minstens vijf keer gesneden en had de douche eruitgezien als die in *Psycho*. Daarna had ze ook nog haar teen gestoten aan de ladekast in de slaapkamer, waardoor ze weer van schrik de haardroger op haar andere voet had laten vallen.
En nu dreigde het eten ook nog volledig te mislukken.
Wilde iemand daarboven haar soms iets aan het verstand peuteren?
Nee, zo moest ze niet denken. Fergus was een halfjaar geleden bij zijn vrouw weggegaan; ze deed helemaal niks verkeerds. En hij was het waard. Wat stelden een paar brandwonden en sneetjes nou voor als je indruk wilde maken op de man van je dromen?
Ze riep zichzelf tot de orde; het was tien voor acht en Fergus zou zo komen. Het enige wat ze hoefde te doen, was zich concentreren, de kip bedruipen en de courgettes snijden, het liefst zonder haar vingers eraf te hakken.
Om acht uur precies ging de deurbel. Het hart bonkte Erin in de keel toen ze Fergus binnenliet. Tussen een paar kussen door, zei ze: 'Dus je hebt me geen blauwtje laten lopen.'
'Dat zou ik nooit doen.' Fergus sloeg zijn armen om haar heen. En het fijnste was nog wel dat ze wist dat hij dat ook nooit zou doen. Tijdens haar studententijd had ze haar portie rela-

ties met foute, leugenachtige, moeilijk-te-houden mannen gehad; daar was ze nu overheen. Fergus was iemand die ze kon vertrouwen, op wie ze kon bouwen. Hij was echt volkomen betrouwbaar. Misschien dat ze op haar achttiende om zo'n karaktertrek zou hebben gelachen, maar op haar achtentwintigste bleek betrouwbaarheid voor haar zoiets te zijn geworden als een afrodisiacum.

'Kom verder.' Haar hart ging nog steeds als een razende tekeer, terwijl ze verder de flat in liepen. Wist Fergus dat het vanavond zou gebeuren? Hield het feit dat ze hem bij haar thuis had uitgenodigd voor het eten in dat de rest vanzelf zou volgen? Vroeg hij zich af of het zou gebeuren of wist hij het gewoon zeker? Het was zo'n vraag die je er niet uit kon flappen, net zoals ze niet langs haar neus weg tegen hem had kunnen zeggen: 'O, trouwens, als je donderdagavond komt eten, kunnen we daarna meteen met elkaar naar bed, als je het niet erg vindt.'

Als hij het wilde.

Jemig, daar had ze nog niet eerder aan gedacht. Wat als hij helemaal niet wilde? Wat als hij zich doodschrok en zei: 'Nou, zou je het heel erg vinden als we dat niet deden?'

Ze slikte. God, nog iets om zich zorgen over te maken. Alhoewel, eerlijk gezegd had ze nog nooit een man ontmoet die nee zei.

'Heerlijk ruikt het hier.'

'Dat is de gebraden kip.'

Hij schudde zijn hoofd. 'Nee, hoor.'

'O. De rode-wijnsaus dan.'

'Dat ook niet, jij bent het.' Hij wierp haar zijn jongensachtige, scheve lachje toe. 'Jij ruikt zo heerlijk.'

Ze had haar lievelingsparfum op. Jo Malone's Pomegranate Noir. Ze voelde zich helemaal warm worden vanbinnen; wacht maar tot ze hem in bed had en hij ontdekte dat ze de lakens er ook mee onder had gespoten.

'Dat was verrukkelijk.' Toen Fergus klaar was met eten, schoof hij zijn bord weg en kneep even in haar hand. 'Heel goed gedaan. Dank je.'

'Het is een wonder dat het überhaupt te eten was, want je leidde me steeds af.' Ze had genoten van zijn eetlust; het was heel lastig geweest om zich op het koken te concentreren met hem erbij in de keuken. Omdat ze steeds werd afgeleid, had ze suiker in plaats van zout in de rode-wijnsaus gestrooid, maar gelukkig had dat niets afgedaan aan de smaak. Misschien dat Gordon Ramsay, als hij erbij was geweest, zou hebben geklaagd dat de courgettes te lang in de boter waren gebakken, maar... Nou ja, dat was ook de reden waarom ze Fergus had uitgenodigd voor het eten en niet de superkieskeurige chefkok.
'Ik vind het leuk om je af te leiden.' Hij grijnsde. Toen betrok zijn gezicht, want zijn mobieltje ging over.
'Je kunt maar beter opnemen,' zei ze. 'Misschien is het wel van je werk.'
'Nee, ik laat me deze avond niet ontnemen. Door niemand niet, en zeker niet door een klant.' Hij leunde achterover in zijn stoel, tastte naar het jasje dat hij had uitgetrokken en pakte zijn mobieltje eruit. Toen hij zag wie het was, betrok zijn gezicht weer. Hij wierp een snelle blik op Erin, maar nam niet op. Even later hield het rinkelen op.
'Werk?'
'Nee, het was onbelangrijk.'
'Toetje?' Opgelucht pakte Erin de borden van tafel.
Hij ontspande zich weer. 'Dat vind ik wél belangrijk.'
'Hopelijk heb ik er geen zout in gedaan.'
Bliep ging het mobieltje in Fergus' hand. Voicemail. Hij legde het toestel op tafel.
'Moet je het niet afluisteren?'
'Nee.' Hij lachte. 'Ik zei toch dat dit mijn vrije avond is. Kom, dan help ik je even met de borden.'
Toen ze citroenpudding zaten te eten, ging het mobieltje weer over. Deze keer drukte Fergus het uit en schepte toen kalm nog wat slagroom op zijn toetje.
'Een van je andere vriendinnen?' Ze bedoelde het grappig, maar had meteen spijt van haar woorden; niet alleen kon Fergus nou wel eens denken dat ze een jaloerse, bezitterige kant had, maar ook dat ze impliceerde dat zij zijn vriendin was.

Was dat arrogant of niet? Ze wapperde verontschuldigend met haar lepel. 'Sorry. Let maar niet op me.'
'Hé, dat geeft niks. En trouwens, ik vind het leuk om op je te letten.' Hij knikte. 'Ik heb echt genoten de afgelopen weken. Ik vond het echt heel leuk.' Hij zweeg even, in zijn hoofd zijn woorden herhalend. Toen flapte hij eruit: 'O god, wat stom. Nou klinkt het net alsof ik wil zeggen dat ik je niet meer wil zien. Dat is echt niet zo. Integendeel zelfs. Ik vind je fantastisch. Shit, moet je mij nou horen, ik word helemaal nerveus en weet niet wat ik moet zeggen. Dat gebeurt me op mijn werk nooit. Het kost me geen enkele moeite om een huis te verkopen, maar tegen jou iets over mijn gevoelens zeggen... Nou ja, het zal wel komen omdat ik al een tijdje geen oefening meer heb gehad.'
Erin kon geen hap meer door haar keel krijgen. 'Dat geeft niks.'
'Jawel. Ik vind je leuk.' Hij aarzelde en kreeg rode oren. 'Echt heel leuk.'
Heel even had Erin gewoon zin om te gaan huilen van geluk, maar dan zou hij echt de benen nemen. Terwijl ze in zijn ogen – blauwgrijs met blonde wimpers – staarde, vroeg ze ademloos: 'Ben je klaar?'
Hij keek haar geschrokken aan. 'Moet ik nog meer zeggen dan?'
'Eh, ik bedoelde het toetje.'
'O. Oké. Sorry. Ja, ja...' Hij schudde zijn hoofd. 'God, moet je mij horen raaskallen.'
'Ik heb een idee.' Door zijn geklungel vatte ze ineens moed. 'Zullen we afspreken dat we geen sorry meer tegen elkaar zeggen?'
'Goed idee. Ja. Laten we dat doen.'
'En zullen we dan nu koffie gaan zetten en op de bank gaan zitten?'
Hij knikte opgelucht. 'Koffie. Bank. Klinkt goed.'
Maar een paar seconden later kwam hij ook de keuken in. Hij ging achter haar staan en sloeg zijn armen om haar heen. Haar nekhaartjes gingen rechtovereind staan toen hij haar schouder kuste. En hij ging door met een spoor van kwellende kussen

langs haar sleutelbeen te trekken tot ze trilde van verlangen. Toen ze zich eindelijk omdraaide in zijn armen, zei ze hijgend: 'We zouden de koffie en de bank ook gewoon kunnen laten zitten.'
Hij streelde haar gezicht. 'Weet je? Dat is een veel beter idee.'

En dat was het ook.
Oef, geen rampen, wat een opluchting.
'Waar denk je aan?' fluisterde hij in haar oor.
Ze lag in zijn armen en kon alleen maar glimlachen, terwijl ze met haar linkervoet loom langs zijn been streek. 'Aan dat ik zo blij ben dat ik niet uit bed ben gevallen of iets verkeerds heb gedaan of iets stoms heb gezegd. Ik lag te denken dat het... best wel goed ging, als je nagaat hoe zenuwachtig we waren.'
'Ha, dus jij denkt dat jij zenuwachtig was? Geloof me, voor mannen is het honderd keer zo eng.' Na een korte stilte vervolgde hij: 'Maar misschien is dat wel helemaal niet waar, en ben ik de enige die bang is dat... nou ja, waar een man bang voor kan zijn.'
'Dat hebben ze vast allemaal.'
'Hm, dat weet ik zo net nog niet. Van sommige mannen kan ik me niet voorstellen dat ze zich er druk om maken. Jack Lucas bijvoorbeeld,' zei hij op droge toon. 'Maar ja, Jack heeft natuurlijk ook veel meer oefening. Ik heb de afgelopen twaalf jaar geen vrouwen hoeven versieren.'
'Het was heerlijk.' Ze aarzelde, zich afvragend of het soms te persoonlijk was om het te vragen. 'Ben ik...'
'Of je ook heerlijk bent? O ja.' Hij verstevigde zijn greep.
'Dat bedoelde ik niet.'
'Oké, dus je wilde weten of je de eerste bent sinds Stella.' Hij had haar liggen plagen, want hij wist precies wat ze wilde weten. 'Ook die vraag kan ik met ja beantwoorden.'
Het was alsof haar hart uit haar borstkas knapte; ze was blij dat hij niet het soort man was dat met iedere vrouw die zijn pad kruiste het bed in dook. Het maakte dat ze zich bijzonder voelde.
'Ik voel me gevleid.' Ze wriemelde speels met haar tenen tegen zijn enkel.

'En nu we toch zo eerlijk tegen elkaar zijn, het was Stella die me daarstraks probeerde te bellen.'
O. Ze stopte met wriemelen. Dit dempte de algehele feestvreugde toch wel een beetje.
'Sorry, maar ik vond dat je het moest weten. Ze belt me af en toe en vraagt dan of ik zin heb om langs te komen voor een praatje.'
Een praatje. Oké. Ze vroeg: 'Is dat soms een eufemisme voor iets anders?'
'Nee, nee! God, nee.' Hij schudde verwoed zijn hoofd. 'Echt niet. Geen sprake van. Ze heeft me gewoon een paar keer gebeld en probeert me dan over te halen om langs te komen, zodat ze kan proberen me op andere gedachten te brengen. Maar dat zal niet gebeuren.'
Goed, dat klonk al beter. Ze haalde wat opgeruimder adem. 'Kun je haar niet beter terugbellen dan? Om haar in elk geval te laten weten dat je niet komt?'
Glimlachend zei hij: 'Kijk, dat is nou het verschil tussen jou en Stella. Zij zou nooit rekening houden met de gevoelens van een andere vrouw.'
'Nou, ik heb ook mijn portie mannen gehad die nooit terugbellen. Er is niks ergers dan thuis bij de telefoon te zitten wachten.' In een edelmoedige bui na haar overwinning gleed ze met haar hand over zijn zachte teddybeerborst. 'Bel haar maar snel even, dan is dat ook opgelost.'
Hij boog zich naar haar toe om haar te kussen. 'Je bent echt heel aardig.'
Ze trok ondeugend aan zijn borsthaar. 'Nee hoor, ik dacht alleen maar dat als je toch opstaat om je telefoon te pakken, je meteen die fles wijn mee terug kunt nemen naar bed.'
Ze leunde achterover in de kussens en keek naar Fergus die worstelde met de binnenstebuiten gekeerde mouwen van haar badjas. Ze vond het schattig dat hij liever iets aantrok dan naakt door haar huis te paraderen.
'Sorry.' Toen hij zag dat ze naar hem keek, vroeg hij: 'Je vindt het toch niet erg dat ik hem even van je leen?'
'Nee hoor, ga je gang.'
Het lukte hem de badjas aan te trekken. Hij knoopte de cein-

tuur stevig dicht. 'Ik wil niet dat mijn buikje je afschrikt.'
O, wat een opluchting. 'Jij hebt gedaan alsof je mijn zwembandje niet zag,' zei ze vrolijk, 'dus dan zal ik doen alsof ik je buikje niet zie.'
Hij boog zich over het bed heen en gaf haar nog een lange kus. 'Dat vind ik nou een goede deal. Als je eens wist hoe vaak Stella me aan de kop heeft gezeurd over dat ik niet genoeg aan sport deed.'
Hij was zo'n schat. Erin merkte dat ze als een malloot lag te glimlachen toen hij de kamer uit liep. Nog geen minuut later was hij terug met hun glazen en de halfvolle fles wijn.
'Je bent wat vergeten,' zei ze. 'Je mobieltje.'
'Ik bel haar morgenochtend wel.' Hij keek haar smekend aan.
'Nee, nu. Anders gaan we ons nog schuldig voelen.'
Hij sloeg goedgehumeurd zijn ogen ten hemel. 'Ik was anders helemaal niet van plan om me schuldig te voelen. Maar goed, jij je zin.'
Toen hij de tweede keer terugkwam in de slaapkamer, lachte hij echter niet meer.
'Wat is er?'
'Zeven berichtjes.' Hij bleef in de deuropening staan en tikte fronsend op de toetsen van zijn mobieltje. 'In een uur tijd. Wacht even...'

11

Weer ging Erins hart sneller slaan. Was er soms iets ergs gebeurd met een van Fergus' ouders, terwijl zij in bed hadden liggen stoeien? Met ingehouden adem keek ze bezorgd naar zijn gezicht toen hij het eerste bericht afluisterde. O god, stel je voor dat er iemand was doodgegaan en dat ze hem niet hadden kunnen bereiken omdat hij zijn mobieltje had uitgezet, omdat hij het te druk had gehad met vrijen met...
Fergus keek met een somber gezicht op. 'Bing is ziek en in het hele huis doet geen enkele lamp het nog.'

Wie? Wat?
'Wie is Bing?'
'De kat.' Terwijl hij naar het volgende bericht luisterde, zei hij: 'Stella is in alle staten. Waarschijnlijk zijn de stoppen doorgeslagen.'
In elk geval was er niemand dood. 'Kan ze geen elektricien bellen?' vroeg ze.
'Je kent Stella niet. Ze is doodsbang in het donker. En Bing is haar grote liefde. Echt waar.'
Erin wilde inmiddels dat ze niet zo aardig was geweest. Dat kreeg je ervan; je werd meteen gestraft. De vrolijke, ontspannen sfeer was weg, en Fergus was zichtbaar nerveus. Toen hij het derde bericht afluisterde, konden ze allebei Stella's wanhopige stem steeds hoger horen worden.
'Je moet haar bellen.'
Hij knikte en drukte het bericht uit. Nog geen seconde later ging het mobieltje in zijn hand al over.
'Hoi... ja, nee, dat wilde ik net doen... Oké, rustig aan, nee, ik heb het niet expres gedaan. Ik had hem uitgezet, omdat ik het druk had. Met werk, Stella.' Toen hij dat zei, draaide hij zich iets om, want hij durfde Erin niet in de ogen te kijken. 'Heb je de stoppen al gecontroleerd?'
Het gegil aan de andere kant van de lijn bereikte nieuwe hoogtes.
Erin kromp ineen.
'Oké, oké.' Hij slaakte een zucht. 'Ik kom wel even.'
Nou, fantastisch weer.
'Sorry, ik kon geen nee zeggen. Ze is er vreselijk aan toe.' Fergus legde zijn mobieltje neer en begon zich snel aan te kleden. 'Bing heeft al twee keer overgegeven, en de hele boel zit onder. Waarschijnlijk gewoon haarballen, maar dat weet ze niet zeker. En het is te donker om de troep te kunnen opruimen.'
Hij had zich in sneltreinvaart aangekleed. Terwijl Erin haar hoofd hief voor een laatste kus, probeerde ze niet boos te zijn op Stella's kotsende kat.
Fergus streelde haar wang. 'Het was echt niet mijn bedoeling dat de avond zo zou eindigen.'

'Van mij ook niet.' Stom beest, klotestoppenkast. Manmoedig zei ze: 'Maakt niet uit.'
'Het maakt wel uit. Ik wou dat ik kon blijven.' Hij keek op zijn horloge. 'Het is pas halftwaalf. Als het niet al te lang duurt, kan ik wel terugkomen.'
Ze voelde zich geroerd, maar hij had haar al verteld dat hij om acht uur de volgende ochtend een afspraak had met een klant in Gloucester.
'Dat hoeft niet. Ik wou ook dat je kon blijven, maar als je me zo graag terug wilt zien,' zei ze, terwijl ze hem glimlachend aankeek, want ze voelde zich zeker genoeg om het te kunnen zeggen, 'morgenavond heb ik niks te doen.'

'Oké, voor het geval dat je denkt dat ik een luizenbaantje heb, moet je horen met wat voor rotzooi ik te maken krijg.' Max' stem klonk krakend over de lijn toen hij uit Oxford belde, waar hij een afspraak met een nieuwe klant had. 'Robbie en Clive zouden vandaag beginnen in de flat aan Marlow Road, maar ze kunnen er niet in, omdat, niet te geloven gewoon, Robbie de sleutel in de zak van zijn spijkerjasje heeft laten zitten. En raad eens?' Hij zweeg even om het spannend te maken.
Braaf vroeg Tilly: 'Wat?'
'Onze hoogbegaafde Robbie heeft gisteravond de bloemetjes buitengezet, is geëindigd bij een of andere griet thuis, is vanochtend laat wakker geworden en erin geslaagd zijn jasje daar te laten liggen. Hij lijkt verdomme Assepoester wel. Toen hij het ontdekte, is hij meteen teruggegaan, maar toen was die griet al naar haar werk.'
'Dus heb je hem ontslagen,' raadde ze.
'Ik zou niets liever willen. De stomkop. Maar hij is een verdomd goede schilder en behanger, dus ik zou alleen mezelf er maar mee hebben. Dus de vraag is of jij zo lief zou willen zijn om naar Jacks huis te gaan om de reservesleutel op te halen en die dan naar Cheltenham te brengen. Er is geen haast bij, ze kunnen toch niet eerder dan tussen de middag in Marlow Road zijn.'
'Oké.' Jemig, Jacks huis. 'Maar ik weet niet waar Jack woont.

Wacht, dan pak ik even een pen om het adres op te schrijven.'
'Dat hoeft niet. Het is het huis boven aan Miller's Hill, met dat zwarte ijzeren toegangshek en het mooiste uitzicht over de vallei.'
Natuurlijk. Ze had het kunnen weten.
Ze vroeg zich af of het ijzeren hek bedoeld was om de hordes vrouwen die achter hem aan zaten, buiten te houden, of om hen binnen te sluiten. Daarna vroeg ze zich af of Jack het zou merken als ze snel haar oude broek verruilde voor haar veel flatteuzere zwarte spijkerbroek?

Het hek stond open en het uitzicht was inderdaad net zo spectaculair als Max had gezegd. Voor het huis stond Jacks geliefde Jaguar, met daarnaast een sportieve citroengele Golf. En van wie mocht die dan wel zijn? Het was beslist een vrouwenauto.
Wensend dat ze toch haar zwarte spijkerbroek had aangetrokken – want hij kon natuurlijk nooit weten of ze die niet sowieso vanochtend al had aangehad – liep ze naar het L-vormige, met klimop begroeide, huis van Cotswoldsteen toe. Toen ze bij de voordeur aankwam, ging hij meteen open.
'Ik zag je al aankomen.' Jack grijnsde naar haar, met haar dat nog nat was van het douchen. Zijn witte T-shirt plakte aan zijn vochtige bovenlichaam. Zijn voeten waren bruin en bloot, en hij droeg een grijze joggingbroek. 'Kom binnen.'
Hij had haar de sleutel ook op de drempel kunnen geven. Blij dat hij dat niet had gedaan, volgde ze hem over de parketvloer van de hal naar een lange, zonnige keuken. Het was allemaal erg netjes en erg schoon.
'Heb je tijd voor een kop koffie?' Hij was al bezig de cafetière te vullen.
'Ach, waarom ook niet?' Ze ging op een hoge kruk zitten en leunde met haar ellebogen op het marmeren keukeneiland. 'Mooi hier.'
Hij glimlachte. 'Ik weet dat het mooi is. Als het niet mooi was, zou ik hier niet wonen.'
Ze zei niets. Dit was het huis dat Jack en Rose vijfeneenhalf jaar geleden op een veiling hadden gekocht; dat wist ze om-

dat Max haar dat had verteld. Ze hadden er anderhalf jaar over gedaan om het van een lege huls om te toveren tot hun droomhuis en waren er pas een paar weken voor de geplande bruiloft ingetrokken.

Oké, daar kon ze nu beter niet aan denken. Van droevige verhalen kreeg ze altijd tranen in haar ogen.

'Jack?' Een vrouwenstem, omfloerst verleidelijk, riep van boven aan de trap. 'Ben je klaar in de badkamer? Kan ik er nu bij?'

Tilly bestudeerde haar nagels en probeerde te kijken alsof het haar helemaal niets uitmaakte wie hij boven had verstopt.

Zonder zijn geamuseerdheid te verbergen – och hemel, kon hij nog steeds haar gedachten lezen? – riep hij: 'Ga je gang, schat. Moet ik je rug voor je komen boenen?'

Zijn gaste had een fluwelen lach. 'Dank je voor het aanbod, maar dat kan ik zelf wel.'

'Ik weet wel zeker dat ze dat kan.' Jack knipoogde naar Tilly. 'Een van de voordelen van soepel als elastiek zijn.'

Oké, nu ging hij te ver. Flirten was één ding, maar dit werd gewoon een beetje eng glibberig. Misschien was hij toch niet zo leuk.

'O jee.' Toen hij haar afkeurende blik zag, zei hij: 'Sorry. Melk en suiker?'

Hij schonk koffie in, en ze hadden het over Max' plannen voor Marlow Road. Boven hoorden ze het water in de douche stromen, en Tilly vroeg zich af of zijn dwangneurose om met meer vrouwen naar bed te gaan dan Robbie Williams hem eigenlijk wel gelukkig maakte. Tien minuten later, toen de kraan boven werd dichtgedraaid, nam ze haar laatste slok koffie.

'Nog eentje?'

'Nee, dank je.' Ze had niet per se zin om zijn laatste verovering te ontmoeten. 'Ik ga even een paar boodschappen doen en dan rijd ik door naar Cheltenham.'

'Ik zal de sleutel even pakken. Sorry dat ik jou ermee lastigval. Ik kan zelf niet, want mijn businessmanager komt over twintig minuten, en we zijn wel de hele ochtend bezig.' Onder het praten pakte hij nog een kopje uit de kast en schonk koffie in. 'Ik ben over een paar minuutjes terug.'

Jack liep de trap op. Hij liet de koffie staan. Waarschijnlijk ging hij snel even naar boven voor supersnelle seks met zijn superlenige vriendin. Meteen nadat Jack was verdwenen, liet Tilly zich van de kruk glijden en liep voorzichtig de hal in. Ze zag een deur op een kier staan, en ze vermoedde dat het de deur van de huiskamer was, die vast interessanter was dan de keuken. Oké, ze gaf het toe, ze was op zoek naar foto's. Maar dat was toch normaal? Door nieuwsgierigheid gedreven liep ze verder. Toen ze zich ervan had vergewist dat de kust veilig was, duwde ze de eikenhouten deur verder open.

Het was een lichte, zonnige kamer met grote, zachte banken, antieke meubels en verrassend genoeg ook moderne kunst aan de muren. Maar Tilly's aandacht werd meteen getrokken door de foto's in zilveren lijstjes op de kleine ronde tafel naast de open haard. Behoedzaam liep ze ernaartoe en begon de foto's een voor een te bestuderen: een oude zwart-witfoto, waarschijnlijk van Jacks ouders; eentje van een klein jongetje – Jack? – dat door een weide rende met een uitgelaten zwartwitte hond; een groepsfoto van vrienden in de studentenleeftijd, die stoeiden op het bordes van een groot landhuis...

Oeps, voetstappen op de trap, die razendsnel dichterbij kwamen. Geschrokken draaide ze zich half om, want ze wilde niet gesnapt worden, terwijl ze...

'Au.' De hak van haar laars bleef haken in de franje van het tapijt achter haar, zodat ze als een gevelde boom omviel. Een scheut van pijn trok door de hand waarmee ze haar val had proberen te breken. Ze schaamde zich dood toen ze een stem achter zich hoorde uitroepen: 'Och heden. Gaat het?'

Een omfloerste, sexy vrouwenstem, dat sprak voor zich.

Door de val kon Tilly geen lucht meer krijgen; ze hapte naar adem en probeerde voorzichtig rechtop te gaan zitten.

'Wacht, kijk uit wat je doet, ik help je wel even.' Krachtige armen hesen haar overeind.

Beschaamd zag Tilly dat haar redster een stevig gebouwde vrouw van halverwege de vijftig was, met donker haar in een knotje, een dikke laag turkooizen oogschaduw, en met een smaragdgroen nylon schort aan. Achter haar, op de salontafel, stond een rieten mand vol schoonmaakspullen.

Jemig, wat was dat mens sterk. Had ze soms van die Muscle van haar gedronken?
'Zal ik jullie dan maar even aan elkaar voorstellen?' Vanuit de deuropening zei Jack droog: 'Monica, dit is Tilly. Tilly, dit is mijn fantastische schoonmaakster Monica.'
'Hallo. En nog bedankt.' Tilly greep naar haar pijnlijke linkerhand. 'Sorry.'
'Arm kind. Kun je je vingers nog bewegen?'
Het was behoorlijk bizar om die sekspoezenstem uit zo'n doorsnee, niet meer al te jong lichaam te horen komen.
'Laat me eens zien.' Jack nam het over. 'Ik snap niet hoe je het voor elkaar hebt gekregen om te vallen. Deed je soms haasje-over over de tv?'
Zou ze liegen? Zou hij haar geloven? 'Mijn hak bleef aan het kleed haken. Ik zocht de wc.'
Hij ging vaardig door met het testen van haar vingers. 'We hebben er uiteindelijk voor gekozen geen wc in de huiskamer te nemen. Hij paste zo slecht bij de meubels.'
Oké, hij geloofde haar dus niet.
'Ik keek hier naar binnen omdat ik hoopte dat het de badkamer zou zijn,' verbeterde ze zichzelf. 'Maar toen ik zag dat dat niet zo was, viel mijn blik ineens op die foto's. En toen werd ik... nieuwsgierig.' God, waarom moest hij haar nou zo aankijken? Zwakjes vervolgde ze: 'Ik vind foto's van andere mensen altijd leuk.'
'Dat is zo raar. De meeste mensen die hier komen, willen die foto's zien. Doet dit pijn?' Hij begon zacht haar pols rond te draaien.
'Nee. Het is niks. Ik heb niets gebroken.' Ze trok haar hand los en besloot hem de waarheid te vertellen. 'Toen Max me over Rose vertelde, zei hij dat ze het mooiste meisje was dat hij ooit had gezien. Dus daarom was ik nieuwsgierig.'
'Er staat geen foto van Rose op dat tafeltje.' Jack zweeg even. 'Maar je bent tenminste eerlijk.'
'Sorry.'
'Zo,' verkondigde Monica, 'ik ben toe aan een pauze. Had je al koffie voor me ingeschonken, Jack?'
'Ja.' Terwijl Monica haar mand met schoonmaakspullen pak-

te en gejaagd de kamer uit liep, zei hij: 'Ze drinkt alleen lauwe koffie. Hier heb je de sleutel trouwens.'
'Dank je wel.' Ze pakte de sleutel aan en stopte hem in haar broekzak.
'Noemt Max me nog steeds de tragische weduwnaar?'
Ze trok een gezicht. 'Eh... ja.'
'Dat dacht ik al. Nou ja, dat maakt niks uit. Dan blijf ik hem gewoon ons mietje uit Liverpool noemen.' Hij keek geamuseerd. 'Heeft hij je ook voor me gewaarschuwd?'
'O ja.'
'Logisch. En, hoe vond je dat?'
Ze aarzelde. De waarheid was dat ze zich net weer vijftien voelde en van haar moeder te horen had gekregen dat het niet flatteus was om de rok van je schooluniform korter proberen te maken door de tailleband een stuk of vijf keer om te vouwen. Dat je dat verteld wordt, wil nog niet zeggen dat je ernaar luistert.
Maar dacht hij nou echt dat ze hem dat aan zijn neus ging hangen?
'Het is vast een erg goede raad. Goed, dan ga ik maar. Nog één ding,' zei ze. 'Deed je dat expres? De indruk wekken dat er boven een vrouw was?'
Grinnikend bracht hij haar naar de voordeur. 'Er wás toch ook een vrouw boven?'
Ze keek hem even aan. Ha, ze wist wel dat ze gelijk had gehad.

12

Erin keek naar de vrouw die zich in de wollen jas maat 46 met de grote kraag van namaakbont probeerde te wurmen.
'Mooie snit.' De vrouw bewonderde haar spiegelbeeld, terwijl ze zich ronddraaide. 'Wat vind jij?'
Hemeltje, soms wilde ze echt dat ze wat minder last had van haar geweten. Aarzelend voerde Erin een kort gevecht uit met

haar innerlijke, harde zakenvrouw; de jas hing nu al twee weken in de winkel en dit was de eerste keer dat iemand er belangstelling voor toonde. Bovendien wist ze dat Barbara, die de jas had ingebracht, snel geld nodig had voor het weekje Mallorca waar ze zo hard aan toe was.
Toen ging de winkeldeur open, en het hart bonkte haar in de keel toen – o god – Stella binnenkwam.
'Let maar niet op mij, ik kom alleen even kijken.' Stella, glamoureus in haar witte broekpak, wuifde luchtig naar haar en begon toen het rek met gebreide truien en vesten te doorzoeken.
'Nou?' vroeg de vrouw in de wollen jas.
Nee, het had geen zin, ze kon het niet. 'Hij is inderdaad erg mooi van snit,' zei Erin, 'en de kleur is ook mooi, maar ik vraag me af of hij niet een beetje te strak zit bij de schouders.'
Nou, dat was toch een beleefde manier om te zeggen dat de jas minstens twee maten te klein was?
'Echt?' Het gezicht van de vrouw betrok. Ze bewoog voorzichtig haar rug, boog haar armen, hield haar buik in en probeerde zich min of meer in te krimpen tot ze dezelfde maat had als de jas.
'Volgens mij wel. Na een tijdje gaat het misschien een beetje krap voelen. Sorry,' zei Erin, 'maar dat is mijn mening.'
De vrouw haalde haar schouders op en rekte zich nog eens uit. Daarna wendde ze zich hoopvol tot Stella. 'Vind jij hem ook te krap?'
'Wil je het eerlijk weten? Laten we het zo zeggen: eerst twintig kilo afvallen, dan past hij wel.'
Typisch Stella, ze was niet het type om je een mes in de rug te steken; nee, ze stak hem gewoon recht in je buik zodat je het bloed eruit kon zien gutsen.
'Pff.' Stella haalde verontwaardigd haar neus op toen de winkeldeur met een klap achter de vrouw dichtviel. 'Ze vroeg toch wat ik ervan dacht?'
'Hm.' Erin begon bedrijvig handtassen op de perspex schappen achter haar recht te zetten.
'Bovendien had jij ook al gezegd dat hij een beetje aan de krappe kant was. Als je dat niet had gedaan, had ze hem waarschijnlijk gewoon gekocht. Dus dat was eigenlijk heel aardig

van je.' Met een scheef hoofd keek Stella Erin aan. 'Volgens mij ben je een behoorlijk eerlijke vrouw.'
O god, wat was hier de bedoeling van? Testte Stella haar soms uit? En waarom kwam ze dichterbij staan? Had ze soms een pistool onder dat witte jasje verstopt? Nonchalant haar schouders ophalend, zei Erin: 'Ik wil gewoon graag dat mensen kleren kopen die hun mooi staan.'
'Nou, die jas stond haar beslist niet mooi.' Stella's toon was laatdunkend. 'Ze leek net een gestopte worst. Mag ik die beige leren tas even zien?'
Met ingehouden adem gaf Erin haar de tas.
Stella bekeek de diverse ritsen en vakjes. 'Leuk, zeg. Mooi leer ook. Misschien dat ik mezelf maar eens trakteer.' Stilte. 'Dat verdien ik wel na gisteravond.'
'O?' Gewoon blijven doen. 'Wat is er gisteravond dan gebeurd?'
'O god, alle stoppen waren doorgeslagen en het was stikdonker in huis. Tot overmaat van ramp moest mijn kat ook nog overgeven, maar ik kon niet zien waar, dus ik maakte me hartstikke zorgen om hem. Bovendien ben ik bang in het donker. Echt, het was een complete nachtmerrie.'
'Klinkt vreselijk.' Gewoon blijven doen, net alsof ze je heeft verteld dat ze bij de tandarts is geweest. 'En... en hoe gaat het nou met je kat?'
'Prima.' Met samengeknepen ogen en opengesperde neusgaten bestudeerde Stella de tas bedreven van alle kanten.
'En... de stoppen? Heb je die kunnen vervangen?'
'Uiteindelijk wel. Fergus is langsgekomen.' Zuchtend vervolgde Stella: 'Weet je, volgens mij heeft hij stiekem iemand anders.'
'Echt?' O help, adem in... adem uit...
Stella wierp nog een laatste vluchtige blik op de handtas en gaf hem toen weer aan Erin. 'Het is hem geraden van niet, dat kan ik wel zeggen. Dank je, ik neem hem toch niet. De gesp aan de voorkant ziet er een beetje goedkoop uit.'

Het was een vrolijke boel toen alle leerlingen de school uit stroomden. Om precies tien over vier werd de stilte verbroken

door belgerinkel, gevolgd door hordes leerlingen die Harleston Hall uit kwamen zetten, beladen met schooltassen en muziekinstrumenten en sporttassen die uitpuilden van de sportspullen.
Tilly, die tegen de auto geleund op Lou stond te wachten, keek naar de snaterende troep meisjes die de elastiekjes uit hun haar haalden en hun haren losschudden. Naast hen liepen groepjes jongens met warrige haardossen en overhemden die ze opzettelijk uit hun broek hadden getrokken. Sommige leerlingen hadden hun iPods al in. Er werd veel ge-sms't. Meisjes keken naar jongens, en jongens gooiden dingen naar meisjes. Een blikje Red Bull vloog door de lucht en raakte een van de platanen langs de oprijlaan, ontploffend in een fontein van schuim. Er waren leerlingen in alle soorten en maten; slome jongens met een slechte huid, vroegrijpe meisjes met opgetrokken rokken en met kohl omlijnde ogen, zelfverzekerde atletische types, ernstige studiebollen en vrolijke grappenmakers.
En daar had je die schat van een Lou. Ze kwam het stenen bordes af zetten en probeerde tegelijkertijd haar schooldas om haar hals te wikkelen en haar gympen in haar rugzak te proppen. Tilly vroeg zich af of dit was hoe trotse ouders zich voelden; nu al vond ze Lou er levendiger en interessanter uitzien dan alle andere kinderen bij elkaar. Met haar woeste rode krullen, haar magere benen in een zwarte maillot en op haar schoenen met dikke zolen, viel ze meteen op tussen de andere leerlingen. Ze was misschien niet het mooiste meisje van de school, maar wel het meisje met de sprankelendste persoonlijkheid.
Toen ging Tilly rechtop staan en keek nog wat beter, terwijl Lou zich omdraaide en iets tegen de jongen achter haar zei, blijkbaar reagerend op een opmerking die hij net had gemaakt. De jongen, lang en slungelachtig, grinnikte. Hij had een tennisracket bij zich. Toen Lou zich omdraaide, viel een van haar gympen uit haar rugzak, en in een snelle reflex schepte de jongen hem op met zijn racket en sloeg hem hoog in de lucht. Zelfs van deze afstand kon Tilly zien dat Lou hem kwaad aankeek toen haar gympje in de heg belandde. Hoofdschuddend beende ze langs hem heen om haar schoen te gaan halen. La-

chend zei de jongen nog iets, en Lou schudde haar haren naar achteren, terwijl ze hem van repliek diende.
Tilly glimlachte. Zo te zien had Kaye gelijk gehad. Terwijl Tilly naar Lou's reactie op de jongen keek, moest ze denken aan haar eigen eerste voorzichtige stappen in de griezelige, maar opwindende wereld van jongens. Haar eigen persoonlijke vijand heette Lee Jarvis, en hij had haar continu gepest, tot gekmakens toe. Hoe kon een jongen van veertien zo irritant zijn? En toen, nadat hij maandenlang haar leven tot een hel had gemaakt, had ze er op het schoolfeest op mysterieuze wijze mee ingestemd om met hem te dansen. En op de een of andere manier had hij ineens niet meer zo irritant geleken, en op de een of andere manier was het ermee geëindigd dat hij in haar oor mompelde: 'Ik val al tijden op je, weet je.' En tot haar eigen verbazing was tot haar doorgedrongen dat ze ook op hem viel. En toen, midden op de dansvloer, waar iedereen bij was en terwijl George Michael 'Careless Whisper' zong, hadden ze elkaar gezoend... met hun tongen...
En helaas ook met beugels. Er had een korte, ongemakkelijke botsing plaatsgevonden toen metaal metaal raakte, maar uiteindelijk was het hun gelukt eromheen te zoenen.
Tilly ging zo op in haar herinneringen aan die gelukkige zomer van klikkende metalen kussen dat ze van schrik een meter in de lucht sprong toen Lou ineens voor haar opdoemde.
'Boe! Waar was je met je gedachten?'
'Sorry, ik dacht aan mijn eigen schooltijd. Het lijkt zo lang geleden allemaal.'
'Het is ook lang geleden. Ik moest nog geboren worden toen jij al van school ging.' Belangstellend vroeg Lou: 'Voel je je nou oud?'
'Ja, dank je wel, heel erg oud zelfs.' Toen ze instapten, wierp Tilly een blik over haar schouder en zag de jongen met het tennisracket met grote passen komen aanlopen. Bij hen aangekomen, grijnsde hij naar Lou en wapperde wat met zijn vingers op een half plagerige, half sarcastische manier.
Lou zwaaide niet terug. Ze keek nadrukkelijk de andere kant uit en blies sissend haar adem uit tussen haar tanden, als een radiator die wordt ontlucht.

'Wie is dat?' vroeg Tilly luchtig en terloops.
'Een complete idioot.'
'O? Ik dacht dat ik jullie met elkaar zag praten toen jullie de school uit kwamen.'
'We waren niet aan het praten. Ik zei tegen hem dat hij een complete idioot was. Of zoiets.'
'Hij ziet er wel leuk uit.' De jongen had sluik donker haar, geen puistjes en prachtige jukbeenderen. Tilly kon zich best voorstellen dat meisjes op hem vielen; hij zou zo in een jongensbandje kunnen.
'Nou, dat is hij niet. Ik haat hem. Wat eten we?'
Tilly hield haar gezicht in de plooi. O ja, dit kwam haar heel bekend voor. Hoe vaak had ze zelf niet gezegd dat ze Lee haatte, als haar vriendinnen haar plagend vertelden dat hij op haar viel. En daarna was ze altijd gauw van onderwerp veranderd. Vanuit haar ooghoeken zag ze dat Lou een gebroken chocoladereep uit haar propvolle rugzak opdiepte en heel even naar de jongen keek die ze haatte, alvorens weer demonstratief de andere kant uit te kijken.
'Hoe heet hij?' vroeg Tilly.
'Eddie Marshall-Hicks. Wat eten we nou?'
'Vispastei en bessenkruimeltaart.' Tilly stopte de naam weg in een vakje in haar hoofd. De volgende keer dat ze Kaye sprak, zou ze vragen of het om dezelfde jongen ging.

'Het was maf.' Erin was niet van plan om erover door te zeveren, maar ze zat toch in de rats over Stella's bezoekje van tussen de middag. 'Ze leek... anders. Ik kan niet precies zeggen hoe.'
'Dat hoeft ook niet. Laten we gewoon iets leuks gaan doen.' Fergus trok Erin mee de keuken uit en ging met haar op de bank zitten. 'Als Stella het wist van ons, dan zouden we dat meteen horen, echt waar. Ze zou het me meteen vertellen. Maar dat heeft ze niet gedaan, dus dat betekent dat ze het niet weet. En ik wil onze avond niet laten bederven door de gedachte aan mijn ex. We zien wel wat er gebeurt, als het eenmaal zover is. Heb ik je trouwens al verteld dat mijn secretaresse heel blij met je is?'

'Jeannie? Maar we kennen elkaar niet eens.'
'Nee, maar daarom kan ze wel blij met je zijn.' Hij legde haar benen op zijn schoot en streelde liefkozend haar enkels. 'Want dankzij jou was ik vandaag in een belachelijk goede bui. Toen Jeannie een dubbele afspraak met cliënten had gemaakt, zei ik: "Och, maakt niks uit, ik prop ze er op de een of andere manier wel tussen." Ze viel bijna flauw van schrik, echt waar. Daarna vroeg ik of ze me een kop koffie wilde brengen, maar ze kwam met thee aanzetten, en toch heb ik haar niet met ontslag gedreigd. Weer wat later controleerde ik een brief aan een klant, die ik haar had gedicteerd, en in plaats van Geachte Mr. Robertson, had ze Geachte Mrs. Robertson getypt, wat nogal pijnlijk was, omdat hij homo is. Maar zelfs toen heb ik niet tegen haar geschreeuwd.' Hij schudde zijn hoofd, zelf verbaasd over zijn verdraagzaamheid. 'Ik heb alleen maar gezegd dat ze dat beter even kon veranderen voordat de brief op de bus ging.'
Erin geloofde geen seconde dat hij anders wel tegen zijn secretaresse schreeuwde, maar toch moest ze glimlachen. 'En dat komt allemaal door mij?'
'Dat komt allemaal door jou.'
Ineens bedacht ze iets. 'Weet Jeannie het eigenlijk? Kan zij het aan Stella hebben verteld?'
'Hou op.' Hij aaide haar arm. 'Je wordt paranoïde. Misschien dat Jeannie wel vermoedt dat ik iemand heb, maar ze heeft geen flauw idee wie. En als ze het wist, zou ze dat nooit aan Stella vertellen. Die twee hebben elkaar nooit gemogen. Jeannie haat haar al sinds de dag dat Stella op kantoor kwam en aan haar vroeg: "Jeannie, heb je er wel eens over gedacht je op te geven voor zo'n make-overprogramma op tv?"'
'Oei.'
'Tja. Ik dacht dat de oorlog zou uitbreken. Hoe dan ook, nou hebben we het verdorie alweer over Stella. Kunnen we alsjeblieft van onderwerp veranderen? Kunnen we het misschien eens over jou hebben? Ik zou veel liever...'
Rrrinngg. De deurbel. Erin schoot overeind van schrik. 'O god, daar heb je haar!'
'Doe niet zo raar, natuurlijk is het Stella niet. Het is vast iemand anders.'

'Tilly misschien.' Erin ontspande zich alweer een beetje. Dat was niet erg, Tilly kon ze wel binnen vragen en aan Fergus voorstellen.
'Of misschien iemand met een collectebus. Ga nou maar opendoen.'
Voorzichtig tuurde Erin uit het raam dat op High Street uitkeek, maar ze zag niemand. Ze liep de huiskamer uit, stak de hal over en liep tot halverwege de trap. Dat haar voordeur op een smalle steeg uitkwam, was een voordeel als Fergus onopgemerkt bij haar wilde komen, maar had als nadeel dat ze niet vanuit haar huiskamer kon zien wie er op de stoep stond.
'Hallo?' riep ze naar beneden. O, laat het alsjeblieft, alsjeblieft Tilly zijn, dacht ze.
'Erin? Kun je even opendoen? Ik ben het, Stella Welch.'

13

O god, o god. Van schrik viel Erin bijna achterover op de trap en ze greep snel de leuning beet. O god, Fergus had gezegd dat ze paranoïde was. Dit hoorde niet echt te gebeuren. 'Eh... ik kan nu niet naar beneden komen... ik ben niet aangekleed...'
'Doe alsjeblieft open. Ik moet je spreken.'
Erins hart bonsde alsof er door een kanon twintig saluutschoten werden afgevuurd. 'Waarover dan?'
'Nou, allereerst over het feit dat je weigert de deur open te doen. Wat is er aan de hand, Erin? Waar ben je bang voor?'
Voor jou, jou, jou.
'Nergens voor.' Ze had helemaal geen gevoel meer in haar benen.
'Waarom mag ik dan niet binnenkomen?'
'Het... het komt me gewoon niet zo goed uit.'
'O? En waarom is dat?' wilde Stella weten. 'Heeft het misschien te maken met het feit dat mijn man bij je is?'
Hè? Hoe kon ze dat nu weten? Een beetje misselijk zei Erin: 'Dat is niet zo. Hij is hier niet. Hoor eens, ik doe echt niet

open. Ik ga nu weer naar boven, dus... dus ga alsjeblieft weg.'
Tot haar verbazing had Fergus helemaal niets van het gesprek meegekregen. Toen ze de huiskamer weer in strompelde, klopte hij op de bank en vroeg: 'Wie was dat? Jehova's getuigen? Kom hier, ik heb je gemist.'
'Het was Stella.' De woorden voelden als ijs in haar mond.
Zijn gezichtsuitdrukking veranderde abrupt. 'Dat meen je niet. Dat kan niet.'
Ze schrokken allebei op toen er grind tegen het raam werd gegooid.
'O god.' Erins maag kneep samen. Dit veranderde in *Fatal Attraction*.
'Fergus, ik weet dat je daar bent.' Stella's woedende stem steeg naar hen op; ze stond nu buiten op de stoep, waar iedereen die toevallig langskwam haar kon zien.
'Ze trapt een scène,' zei Erin.
Fergus keek boos. 'Ze wíl graag een scène trappen. Stella is gek op drama.'
'Fergus, vieze vuile vreemdganger!' bulderde Stella.
'O god.' Erin sloeg een hand voor haar mond, terwijl Fergus opstond.
'Nou heb ik er genoeg van.' Hij beende door de kamer en gooide het raam open.
'Ha! Ik wist het!' schreeuwde Stella.
'Dat is dan fijn voor je, maar dit is precies de reden waarom ik het je niet eerder heb verteld.' Hij schudde wanhopig zijn hoofd. 'Omdat ik wist dat je er zo'n heisa om zou maken.'
'Waarom zou ik er geen heisa om maken? Je bent mijn man!'
'Stella, we zijn uit elkaar. We hebben het een halfjaar geleden uitgemaakt. We gaan scheiden.'
'Ja, en dat komt door haar!' Stella krijste als een papegaai.
O nee! Erin sprong van de bank en rende naar het raam. 'Wacht eens even, dat is helemaal niet waar, je kunt niet...'
Stella wees met een beschuldigende vinger naar haar. 'Heks! Smerige mannendief!'
'Dat ben ik niet, daar klopt helemaal niets van. Dat tussen ons is maar net gebeurd.'
'O ja, en dat moet ik zeker geloven?' Hoofdschuddend zei Stel-

la op bittere toon: 'Ja hoor, ik geloof natuurlijk alles wat je zegt.'
'Ik zweer het je, het is de waarheid!'
'O ja? Net als laatst zeker, toen ik in de winkel kwam en aan je vroeg of je dacht dat Fergus een ander had. En toen zei je dat je zeker wist van niet.'
Erin kromp ineen en deed even haar ogen dicht. 'Oké, dat was niet helemaal waar. Maar de rest wel, echt. Ik zou nooit iets met een getrouwde man beginnen.'
'Maar je bént iets met een getrouwde man begonnen!'
'Maar jullie zijn uit elkaar!'
Op de stoep spreidde Stella haar armen. 'Ja, en we weten nu waarom!'
God, dit was een regelrechte nachtmerrie. Niet te geloven, ze stonden naar elkaar te gillen als een stelletje viswijven. Mensen die door High Street liepen, begonnen naar hen te kijken en bleven staan om te luisteren.
'Zo kan het wel weer.' Het was Fergus' beurt om tussenbeide te komen. 'Dit brengt ons nergens. Stella, het is niet eerlijk van je om...'
'Ik ben niet eerlijk? Mijn god, hypocriet die je er bent! Mijn leven ligt in puin, door jouw schuld, en nou verwacht je van me dat ik dat gewoon maar accepteer?'
'Iedereen kijkt naar je. Je zet jezelf voor schut.' Aan het eind van zijn Latijn zei hij: 'Ga nou maar naar huis, Stella. We hebben het er morgen wel over, als je weer gekalmeerd bent.'
'Wacht even.' Erin wist dat ze geen rust zou hebben totdat ze het had gevraagd. 'Hoor eens, ik vind het rot dat je zo van streek bent en ik zweer je dat Fergus en ik pas een paar weken iets hebben, maar hoe wist je dat hij hier vanavond zou zijn? Heeft iemand je dat verteld?'
Stella staarde haar aan. 'Wie zou me dat verteld moeten hebben?'
'Weet ik veel. Want we hebben het namelijk nog aan niemand verteld,' zei Erin. 'Omdat we niet wilden dat jij het zou horen en dan van streek zou raken.'
'Nou, dat heeft dan prima gewerkt, hè?'
Erin beet op haar lip. 'Alsjeblieft.'

Ze zag dat Stella aarzelde. De verleiding om lekker niets te zeggen was natuurlijk groot, maar gelukkig was de verleiding om te pronken met haar Miss Marple-gaven nog groter.
'Toen Fergus gisteravond bij me kwam, rook hij anders dan anders. Ik dacht dat ik de geur herkende, maar ik wist het niet zeker. Daarom ben ik tussen de middag even bij je langs geweest, en toen rook ik die geur weer. Van jouw parfum.' Stella zweeg even. 'Heel... opvallend. Verder draagt niemand in Roxborough dat geurtje.'
Dat klopte. Misschien omdat er in een omtrek van tachtig kilometer geen Jo Malonewinkel te vinden was. Tilly had haar met kerst een flesje van het heerlijk exotische parfum gestuurd. En de moraal van het verhaal was dat als je niet wilde dat mensen ontdekten dat je een geheime minnaar had, je beter geen Pomegranate Noir over fonkelnieuwe katoenen lakens kon spuiten.

De telefoon ging, terwijl Tilly in de keuken voor chef-kok stond te spelen. Met een superefficiënt gevoel stopte ze de draadloze telefoon tussen haar oor en schouder, roerde met haar ene hand in de koekenpan met champignons en met de andere in de kaassaus. O, koken was gewoon een fluitje van een cent.
'Hoi.' Het was Kaye's stem, vrolijk en hartelijk. 'Hoe gaat het?'
'Prima. Ik ben aan het multitasken! Ik sta net... Oeps.' Tilly deinsde achteruit toen de kaassaus begon te bubbelen en te spetteren. Daardoor gleed de telefoon naar beneden, stuiterde van haar rechterborst af en belandde in de koekenpan met champignons. In paniek schepte ze hem er met de spatel uit, zodat de telefoon over het fornuis kletterde en er stukjes champignons als confetti door de lucht dwarrelden.
Nadat Tilly het toestel snel met een theedoek had afgeveegd, zei ze: 'Hallo, ben je er nog?'
'Nog net.' Kaye klonk geamuseerd. 'Wat is er met me gebeurd?'
'Ik heb je laten vallen. Ik ben een multitasker in opleiding. Sorry.' Ze deed het gas uit voordat er nog meer rampen konden gebeuren.

'Maakt niet uit. Is Lou in de buurt?'
'Ze zit boven haar huiswerk te maken. Ik zal de telefoon even naar haar toe brengen. Trouwens, ik zag haar gisteren met een jongen kibbelen toen ze uit school kwamen. Hij zag er wel leuk uit.'
'O!' Gretig vroeg Kaye: 'Denk je dat ze op hem valt?'
'Nou, toen ik haar vroeg hoe hij was, zei ze dat hij een complete idioot was. En toen veranderde ze van onderwerp.'
'Klassiek, helemaal volgens het boekje. Heette hij soms Eddie?'
Bingo. 'Ja. Eddie Marshall-Hicks.'
'Ach, wat schattig. Mijn kleine meisje begint oog te krijgen voor jongens.' Na een korte stilte vervolgde Kaye geëmotioneerd: 'O god, en ik ben er niet om haar te helpen.'
'Heb jij je moeder om hulp gevraagd toen je dertien was?'
'Nee, dat is ook weer waar.'
'Ik ook niet. Sst, Betty.' Toen Tilly zich omdraaide, zag ze dat Betty op de brede vensterbank was gesprongen. Ze krabbelde met haar voorpoten tegen het raam en blafte verontwaardigd tegen de roeken die het lef hadden om krassend over het gazon te paraderen alsof ze er de baas waren.
'Ach, die Betty. Laat me even met haar spreken,' smeekte Kaye. Goed, een beetje maf, maar wat maakte het uit? Blij dat zij niet degene was die de telefoonrekening betaalde, knielde Tilly neer op de vensterbank en hield de hoorn tegen Betty's oor.
'Betsy-Boo, Betsy-Boo! Ik ben het!' zong Kaye zacht.
Betty hield haar kop even scheef, maar keek toen weer aandachtig naar buiten.
'Betsy-Boo? Betsy-Boo-Boo-Boo! Hallo, heb je de hoorn bij haar oor? Kan ze me horen?'
'Blaf dan!' fluisterde Tilly dwingend in Betty's andere oor. 'Waf, waf! Doe dan!'
'Ze blaft niet. Het is voor het eerst dat ze niet tegen me blaft.' Kaye klonk bedroefd. 'Ze herkent me niet meer. Ze weet niet meer wie ik ben!' jammerde ze.
'Welnee, ze is gewoon afgeleid.' Tilly had medelijden met Kaye. Ze gaf Betty een por in een poging haar te laten blaffen.

'Betty-Betty-Betty,' smeekte Kaye.
Betty wendde haar kop af, totaal ongeïnteresseerd. Tilly, op haar knieën naast haar, maakte een hondachtig snuffelgeluidje in de telefoon.
'Is dat haar? Betsy-Boo?'
Tilly sloot haar ogen en probeerde te keffen. Nou, dat klonk helemaal niet slecht. Ze wist niet dat ze daar zo goed in was. Zelfs Betty had zich weer omgedraaid en zat haar verbaasd aan te kijken. Aangemoedigd door haar reactie haalde Tilly diep adem en bracht haar mond nog iets dichter naar de telefoon: 'Waf, waf, woef, woef...'
'Wacht eens even.' Blijkbaar was ze toch niet zo'n goede hondenimitator als ze dacht, want Kaye zei langzaam: 'Dat was Betty helemaal niet, hè?'
'Eh... wat?'
'Dat was jij, hè?'
Nou ja, ze had haar best gedaan. Ontmoedigd zei ze: 'Ja. Sorry.'
'Maakt niet uit. Toch aardig dat je het hebt geprobeerd. Kan ik nou Lou even aan de lijn krijgen?' Droog voegde ze eraan toe: 'Als ze met me wil praten tenminste.'
Toen Tilly zich omdraaide, zag ze dat ze niet meer alleen was. Max en Jack stonden in de deuropening. God, alsof dat gedoe gisteren in Jacks huiskamer al niet gênant genoeg was geweest. Zo waardig mogelijk stond ze op van de vensterbank en liep door de keuken naar de deur. Toen ze tussen hen door liep, hield ze de telefoon op en zei: 'Voor Lou. Ik breng hem even naar boven.'
Gelukkig had Lou een beter geheugen dan Betty. Ze pakte het toestel opgetogen aan. 'Ha, mam, ik had vandaag een zes min voor Frans. Dat klinkt misschien niet zo fantastisch, maar dat is het echt wel. Bah,' voegde ze er met opgetrokken neus aan toe. 'De telefoon stinkt naar champignons.'
Weer beneden deed Tilly opnieuw het gas aan en ging verder met koken zonder Max of Jack ook maar een blik waardig te keuren. Een paar seconden bleef het stil in de keuken. Toen hoorde ze achter zich: 'Waf.'
'Woef, woef.'

'Woef-waf, woef-waf.'
'Oké.' Ze draaide zich naar hen om. 'Dat was Kaye aan de telefoon. Ik wilde haar een beetje troosten.'
'O, bij mij werkt dat altijd heel goed,' zei Jack. 'Als er naar me geblaft wordt. Daar kan niks tegenop.'
'Waf,' zei Max.
'Of anders grommen.' Jack knikte bedachtzaam. 'Misschien dat grommen nog beter is. Ik zou niet echt kunnen kiezen tussen die twee.'
Max spreidde smekend zijn handen. 'Toe, Tilly, grom eens tegen ons. Dan kunnen we zien wat beter werkt.'
'Je hebt toch zo'n hekel aan mosterd?' Tilly wees met de spatel naar hem. 'Ik kan altijd nog mosterd stoppen in alles wat ik kook. En peper in alle toetjes.'
'Ze laat niet met zich spotten, onze Tilly.' Grinnikend zocht Max in een stapel papieren op het dressoir. Hij pakte er een folder uit die hij aan Jack gaf. 'Dit is het ontwerp voor de Aveningverbouwing. Bekijk het maar even.'
'Prima.' Jack liep naar de deur, rammelend met zijn sleutelbos. 'Kom je straks nog naar de Fox?'
Max trok een gezicht. 'En dan de hele avond als een muurbloempje naast je staan, terwijl jij door alle vrouwen wordt bestormd?'
'Ik word niet door alle vrouwen bestormd.'
'Welles. Zelfs de oudjes doen eraan mee. En ik kan je één ding vertellen, dat is geen prettig gezicht.'
'Maar Declan is vandaag vijftig geworden. Hij vroeg nog of je kwam. En neem Tilly mee,' stelde Jack voor, net toen Lou de keuken in kwam banjeren. 'Het wordt vast leuk.'
'Ik kan niet,' zei Tilly. 'Ik moet op Lou passen.'
'Op me passen? Hoezo? Wanneer?' vroeg Lou verbaasd.
'Vanavond.'
'Pardon! Ik ben dertien, hoor, geen drie. Ik heb geen babysitter nodig.'
'Heb je zin om te gaan?' vroeg Max aan Tilly. 'Declan is de eigenaar van de Lazy Fox aan High Street.'
Trots vertelde Tilly: 'Dat weet ik. Ik ben er een keer geweest. Met Erin. Declan was toen echt heel aardig.'

'Nou, dat was dan zeker zijn vrije dag.' Jack liep de deur uit. 'Misschien tot later dan.'
'Misschien.' Tilly richtte haar aandacht weer op de champignons en probeerde te klinken alsof het haar allemaal niets uitmaakte. Bovendien, misschien bleef ze wel gewoon thuis zitten tv-kijken.

14

'Ha, kijk eens wie we daar hebben!' zei Declan toen hij Tilly herkende. 'De dame die het zo leuk vond om de spot te drijven met onze krantenkoppen.'
De Fox was stampvol vrienden en klanten die de verjaardag van hun favoriete mopperkont van een kroegbaas kwamen vieren. Zilveren heliumballonnen deinden tegen het plafond, en al het barpersoneel droeg zwart-witte T-shirts met daarop: DECLAN – 86 vandaag!.
'Jij zei dat ik het leuk zou vinden om hier te wonen,' zei Tilly.
'En nou komt ze je aan je woord houden,' zei Max.
'O, dus jij bent dat meisje dat voor Max werkt.'
'Ja, dat komt door jou. Als jij me die krant niet had gegeven, had ik die advertentie niet gezien.'
Declan klopte haar op de rug. 'Je redt het wel, zo beroerd zijn we niet. Komt Erin ook nog?'
'Nee, ze voelt zich niet zo lekker.' Tilly had Erin een sms'je gestuurd met de vraag of ze meeging, maar Erin had teruggesms't dat ze hoofdpijn had en dat het haar nu niet uitkwam.
'Jammer. Maar kom, ga wat te drinken halen.' Declan duwde hen naar de bar.
Max groette wat vrienden en keek toen om zich heen. 'Is Jack er nog niet?'
'Jack?' Declan klonk verbaasd. 'Ik heb hem al wel gezien.'
Precies op dat moment schoof de menigte uiteen en zagen ze hem staan, omringd door een snaterende troep meisjes van in

de twintig. Max zette zijn handen aan zijn mond en riep: 'Hé, Lucas. Je hebt die meiden niet meer nodig! Ik ben er!'
Jack verontschuldigde zich en kwam naar hen toe lopen. Hij grijnsde naar Tilly. 'Dus je bent toch gekomen.'
Alsof ze ook maar een seconde van plan was geweest thuis te blijven. Ze haalde haar schouders op. 'Ik blijf maar een paar uur.'
'Zo te zien zijn we net op tijd.' Max knikte naar de meisjes die nog steeds naar Jack keken. 'Als die je eenmaal in hun klauwen hebben, kom je nooit meer weg.'
'Maar gelukkig ben jij me komen redden.' Droog voegde Jack eraan toe: 'Ben je toch nog ergens goed voor.'
De deur van de kroeg ging open. Tilly zag aan Jacks gezicht dat hij niet blij was degene die binnenkwam te zien. Een fractie van een seconde later zwaaide hij kort, toverde een vriendelijk-maar-afstandelijk lachje tevoorschijn en mompelde: 'Hoi.'
Tilly draaide zich om. Een magere blondine die het 'maar-afstandelijk'-gedeelte negeerde, baande zich als een hittezoekend projectiel vastbesloten een weg door de menigte. Alleen was zij dan een Jack-zoekend projectiel. Tot haar schrik zag Tilly dat ze een vriendin in haar kielzog meesleepte en dat die vriendin de ex was van Erins nieuwe vriend, die zelfverzekerde vrouw uit die dure interieurzaak – hoe heette ze ook alweer?
'Amy.' Jack begroette de blondine met een knikje. 'Stella.'
O ja, Stella.
'Ha, Jack. Hoe gaat het? Ik heb zo genoten laatst. Het was zo'n fantastische avond.' Amy keek hem vol aanbidding aan. 'Vond je ook niet?'
Wat had kunnen uitgroeien tot een ongemakkelijke stilte, werd doorbroken door Stella die Max' arm beetgreep en eruit flapte: 'Wat maakt dat nou uit? O Max, moet je eens horen wat er is gebeurd! Niet te geloven gewoon!'
O, o. En ze zei het niet echt op een toon van: ik heb de lotto gewonnen.
'O, jij bent er ook,' zei Stella toen ze Tilly herkende als Max' assistente. 'Weet je nog dat ik je over mijn man vertelde? Nou, ik heb ontdekt waarom hij bij me weg is.' Zich nu tot ieder-

een richtend, verklaarde ze: 'Omdat hij een verhouding had! Ik wist het wel – waarom zou hij anders bij me weggaan? En het is niet eens een bijzondere vrouw of zo. Vergeleken met mij is ze... eh... nogal gewoontjes. En dat is nou net wat me zo woest maakt. Ik bedoel, waar haalt ze het lef vandaan? Wat een rotstreek! We hebben het hier wel over mijn man, hoor!'
Tilly opende haar mond om te protesteren, maar Amy begon al te tetteren. 'Jullie raden nooit wie het is!'
'Edwina Currie?' opperde Max. 'Jo Brand? Aggie Mankebeen van de kruidenier?'
Wacht eens even.
'Dat is niet eerlijk,' flapte Tilly eruit. 'Het was geen kwestie van afpakken of zo. Er is pas wat gebeurd toen jullie al een hele tijd uit elkaar waren.'
Iedereen keek meteen naar haar. Aan Jacks gezicht was niet te zien wat hij dacht. Max riep: 'Shit! Heb jij iets met Fergus? Wilde je daarom zo graag hier komen wonen?'
Stella's vlekkeloos opgemaakte mond viel open. 'Niet jij ook nog! Mijn god, hoeveel vrouwen heeft mijn man achter mijn rug om geneukt?'
Oké, het dreigde nu een beetje uit de hand te gaan lopen.
'Niet ik.' Tilly schudde verwoed haar hoofd. 'Ik bedoelde mezelf niet. Ik ken je man niet eens.' Het zweet brak haar uit toen tot haar doordrong dat ze Erin misschien had verraden; wat als Fergus aan het multitasken was geweest en er meer verhoudingen tegelijkertijd op na had gehouden? 'Sorry, ik weet ook niet waarom ik dat zei. O, dank je.' Ze nam het glas wijn aan dat Declan haar gaf en nam dankbaar een slok.
'Nou, vertel dan,' zei Max. 'Met wie?'
'Oké, laat ik het zo zeggen,' verklaarde Stella. 'Jullie kennen die inbrengwinkel toch, aan het eind van de straat? Erin's Beautiful Clothes? Nou, van nu af aan zal ik hem Erin's Enorme Neus noemen. Want toen ik haar vroeg of ze dacht dat mijn man een verhouding had, loog ze glashard tegen me. Terwijl ze het zelf was! Erin! En dan te bedenken dat ze als ik in haar winkel kwam, steeds deed alsof ze medelijden met me had, terwijl die heks al die tijd de reden was dat ik zo ongelukkig was!'

Tilly slikte. Het goede nieuws was dat Fergus niet met iedereen het bed in dook. Omdat ze besefte dat Max het verband allang had gelegd, zei ze: 'Hoor eens, Erin is mijn vriendin. Toen ik je laatst sprak, wist ik dit allemaal niet. Maar later heeft ze het me verteld. En ik kan je één ding zeggen: zo is ze niet. Ze zou nooit iets beginnen met een getrouwde man.'

'Ben jij haar vriendin?' Stella trok een wenkbrauw op. 'Nou, succes ermee. Mocht je ooit een serieuze relatie krijgen, hou haar dan maar een beetje uit de buurt.'

Zich superbewust van Jack naast haar zei Tilly weer: 'Maar zo is ze echt niet. En ze heeft me zelf verteld dat ze pas een paar weken geleden haar eerste afspraakje met Fergus had.'

Stella lachte halfhartig. 'Ja, natuurlijk zegt ze dat. Wat moet ze anders?'

'Maar het is echt zo!'

'Niet waar, want waarom zou hij anders bij mij zijn weggegaan?' Stella kon zich een ander scenario duidelijk niet voorstellen. Ze streelde de beige bontkraag van haar jas en gooide haar steile, glanzende, goed verzorgde haren naar achteren.

'Laten we het ergens anders over hebben,' zei Max.

'Dat vind ik ook.' Declan sloeg een arm om Stella heen en stak haar zijn wang toe. 'En wat zeggen we dan? Gefeliciteerd, Declan.'

'Sorry, Declan. Gefeliciteerd met je verjaardag.' Stella gaf hem een kus en Amy volgde haar voorbeeld.

Toen riep Amy vrolijk uit: 'O, nu heb ik zin om iedereen te kussen.' De daad bij het woord voegend, gaf ze Max een kus. Jack draaide zich gauw om om iemand te begroeten, net toen Amy zich op hem wilde werpen, en Tilly, die donders goed wist waarom hij dat deed, had moeite haar gezicht in de plooi te houden. Er verscheen een blik van teleurstelling in Amy's zwaar opgemaakte ogen, maar meteen daarna toverde ze weer een glimlachje tevoorschijn.

'Dus jij bent Max' nieuwe assistente,' zei ze opgewekt. 'Stella heeft me al helemaal op de hoogte gebracht. Geen vriend op het ogenblik.'

'Nee.' Deelden Stella en Amy mensen altijd op die manier in? Tilly voelde de kritische blik van de twee vrouwen die per

week waarschijnlijk meer tijd aan hun uiterlijk besteedden dan zij in haar hele leven had gedaan.
'Ze doet het prima,' vertelde Max. 'Al helemaal gewend.'
'En ze heeft ook al nieuwe vrienden,' bemoeide Jack zich weer met het gesprek. 'Hè? Waf waf.'
Stella's wenkbrauwen schoten omhoog. 'Pardon?'
'Sorry.' Hij grinnikte. 'Dat was een grapje.'
Stella wilde blijkbaar laten merken dat ze ook gevoel voor humor had. 'Hopelijk zijn die wel hondstrouw.'
Amy vond het niet grappig. Haar blik gleed achterdochtig van Jack naar Tilly. Op dat moment ging vlakbij een mobieltje, en toen dat werd opgenomen, hield Jack zijn hoofd schuin, net als Betty, en zei vragend: 'Waf?'
'Maak je geen zorgen,' zei Tilly. 'Hij wil me alleen maar voor schut zetten.'
Maar Amy bespeurde gevaar, en ze gaf Jack een bezitterig kneepje in zijn arm. 'Jack en ik zijn pas geleden samen uit eten geweest. We hebben het ontzettend leuk gehad. Hè, Jack?'
'Vanzelfsprekend.' Jacks antwoord klonk gemeend; het zou eenvoudig zijn om iemand die zo overdreven deed en zo graag wilde, te vernederen, maar Tilly voelde dat hij dat nooit zou doen.
Amy straalde. 'Misschien kunnen we volgende keer dat nieuwe restaurant in Tetbury proberen.' Ze zweeg en deed alsof ze nadacht. 'Heb ik je eigenlijk het nummer van mijn mobieltje gegeven? Dat kan ik me niet meer herinneren.'
'Ja, ja... O wacht, ik word geroepen.' Van de andere kant van de kroeg riep een lange brunette hem.
Met een vriendelijk lachje liep Jack weg en baande zich een weg door de menigte.
'Dat is Marianne Tilson.' Amy wierp de brunette een neerbuigende blik toe. 'Over wanhopig gesproken, het ligt er zo dik bovenop. En Jack vindt haar niet eens aardig.'
'Tja, dat heeft een vrouw er nog nooit van weerhouden zich op hem te storten.' Max knipoogde naar Tilly, terwijl hij een sigaar opstak.
Amy wendde zich weer tot Tilly. 'Val jij op Jack?'
Haar toon was behoorlijk beschuldigend. Het leek het ver-

standigst om nee te zeggen. Tilly schudde haar hoofd en zei: 'Eh... nee.'
'Toe zeg, natuurlijk val je wel op hem. Iedereen valt op hem.'
'Hij... eh... hij ziet er goed uit,' gaf Tilly toe. 'Maar ik moet geen man met zijn reputatie.'
Amy leek haar niet te geloven. 'Dus als hij met je uit zou willen, zou je nee zeggen? Je zou niet eens in de verleiding komen?'
God, dit was blijkbaar erg belangrijk voor haar. 'Nou ja, je moet nooit nooit zeggen, want misschien denk ik er over twintig jaar wel anders over. Maar zoals het er op het moment voor staat,' zei Tilly, 'zou ik inderdaad niet in de verleiding komen.'
'Niet in de verleiding komen voor wat?'
Ze maakte een sprongetje van schrik toen ze Jacks stem achter zich hoorde. Had hij alles meegekregen? 'Om de marathon van Londen te lopen.' Ze draaide zich om en keek hem aan. 'Amy zei net dat ze volgend jaar heel graag wil meedoen.'
Amy leek met haar tien centimeter hoge hakken te zijn vastgeklonken aan de vloer. De blik op haar gezicht was onbetaalbaar.
'Amy, daar heb je me niks over verteld! Liever jij dan ik, maar ik wil je best sponsoren, hoor.'
Amy keek als een verbaasde goudvis. 'Eh... dank je wel.'
'Waarom probeer jij het ook niet?' zei Max tegen Stella. 'Dat verzet je zinnen een beetje. Lijkt me heel goed voor je.'
'Nee, dank je, alsof ik al niet ongelukkig genoeg ben.' Stella trapte er niet in. 'Trouwens, sport is voor mensen die moeten afvallen. Als er iemand een marathon zou moeten lopen, is het die nieuwe vriendin van mijn man wel.'
'Stella.' Max keek haar hoofdschuddend aan.
'Wat? Ze is toch dik? Waarom mag ik dat niet zeggen?'
'Omdat Tilly erbij is, en dat is Erins vriendin.'
'Maar Erin heeft mijn man ingepikt. Hij heeft vast een of andere zenuwinzinking, want hij viel vroeger nooit op dik. Het spijt me, maar ik mag haar noemen wat ik wil.'
Tilly probeerde zich even voor te stellen hoe Stella zou kijken als ze haar het glas wijn in het gezicht zou gooien. Maar nee,

het was Declans verjaardag – en hij had haar trouwens ook de wijn gegeven. Geen publiekelijke scène dus. In plaats daarvan zou ze dat zen-ding doen, erboven staan, lompheid tegemoet treden met gratie en sereniteit.
En als bonus zou iedereen nog denken dat ze een vreselijk aardige vrouw was ook.
'Het geeft niks.' Tilly lachte haar begripvolle zen-lachje. 'Logisch dat Stella zich...'
'Jack! Jack! O, stouterd die je er bent! Kom eens hier en geef me een kus!'
Tilly werd opzij geduwd door een slanke brunette in een zilverkleurig haltertopje en strakke designerspijkerbroek. De wijn klotste over Max' mouw. Was ze er voor niks zo zuinig op geweest.
'Verdomme, zeg.' Max schudde zijn arm uit. 'Zie je nou wat ik bedoel? Altijd hetzelfde als je met die man op stap gaat. We zouden gevarengeld moeten krijgen.'
'Lisa.' Jack stond toe dat de brunette hem op de wang kuste. 'Leuk om je weer te zien.'
'Als je het zo leuk vindt om me weer te zien, waarom heb je dan niet gebeld? Je had het beloofd.' Pruilend ging ze tegen hem aan hangen. 'Ik heb de hele tijd op je telefoontje zitten wachten.'
'Liefje, het spijt me. Ik heb het ontzettend druk.'
'Ja, met naar bed gaan met Marianne en Amy en God mag weten wie nog meer,' fluisterde Max in Tilly's oor. 'Echt, bij deze man vergeleken is Mick Jagger een amateurtje.'
Jack draaide zich om. 'Wat zei je daar?'
'Niks.' Max keek geamuseerd. 'Ik ben alleen blij dat ik zelf niet op je val.'
Tilly vluchtte naar de wc om Erin te bellen.
'Met mij,' fluisterde ze. Ze deed het wc-deksel dicht en ging erop zitten. 'Ik ben in de Fox. Stella is hier. Ze weet het.'
Erin begon te jammeren. 'Ik weet dat ze het weet! Is ze nog steeds zo kwaad?'
'Woest gewoon. Ik heb haar verteld dat het niet door jou komt dat Fergus bij haar weg is.'
'Dat heb ik haar ook verteld. Geloofde ze het?'

'Nee, geen seconde. Hoe is ze erachter gekomen?'
'Door mijn Jo Maloneparfum. Nou ja, vroeg of laat moest het toch gebeuren. Ik was zo bang dat ze vandaag naar de winkel zou komen om een scène te trappen.' Erin slaakte een zucht van verlichting. 'Maar dat is gelukkig niet gebeurd. Wie zijn er nog meer?'
'Heel veel mensen. Max en ik, Stella en haar vriendin Amy.' Na een korte pauze vervolgde ze: 'Jack is er ook. Hij heeft continu vrouwen om zich heen.'
'Dat is altijd zo grappig om te zien. Pas maar op dat je er ook niet zo eentje wordt.'
'Mij niet gezien. Hoe meer ik hem in actie zie, hoe gemakkelijker het wordt om hem op afstand te houden.' Tilly meende het. Nu ze had gezien hoeveel drukte vrouwen om hem maakten, was ze nog vastbeslotener om niet een van hen te worden. Ze voelde zich krachtig en zelfverzekerd en... nou ja, wat dan ook het tegenovergestelde was van een verliefde sukkel.
'Gelukkig maar,' zei Erin, 'dat is het veiligst.'

15

Toen Tilly uit de wc kwam, liep ze in de wit gesausde gang Jack tegen het lijf.
Hij glimlachte. 'Vermaak je je een beetje?'
'Ja, hoor. Ik herkende je nauwelijks zonder al die vrouwen aan je vastgeplakt.'
'Ik kan er niks aan doen. Ik vraag er niet om. Het is behoorlijk gênant eigenlijk.' Hij zag er echt onweerstaanbaar uit als hij zo nonchalant zijn schouders ophaalde, vond ze.
'Maar je hebt dat goed aangepakt, met Stella,' vervolgde hij.
'Heel goed zelfs.' In aanmerking genomen dat ik ook haar extensions uit haar kop had kunnen trekken. 'Ik leek wel een heilige.'
Hij keek haar geamuseerd aan. 'Ze staat nu met Max te flirten.'

'Nou, dan wens ik haar veel geluk.'
'Trouwens, je zou me een groot plezier kunnen doen.' Hij keek haar diep in de ogen. 'Er wordt nogal wat druk op me uitgeoefend door een paar... mensen daar.' Hij knikte in de richting van de kroeg.
'Een paar? Of bedoel je misschien drie?'
'Oké, drie dan.'
'Het is vast heel vermoeiend om jou te zijn,' zei ze.
'Je hoeft niet zo sarcastisch te doen. Wil je me helpen of niet?'
'Je verwacht toch niet dat ik ja zeg, terwijl ik nog niet eens weet waar het over gaat?'
'Ik ben uitgenodigd voor een liefdadigheidsdiner in Cheltenham en ik moet een gast meenemen.' Hij zweeg even en leunde tegen de muur. 'Het punt is dat iedereen dat blijkbaar weet, en nou staan die vrouwen alle drie naar een uitnodiging te hengelen. Eerlijk gezegd is het behoorlijk lastig aan het worden. Ik vind het echt heel vervelend. Ze beschouwen elkaar als concurrentes. Dus ik had zo gedacht, als ik jou nou eens meenam, dan is alles opgelost.'
Meende hij het? Ze vroeg: 'Wil je soms dat ze me gaan stenigen en uit Roxborough verjagen?'
'Maar je bent nieuw hier. Ik kan zeggen dat je al betrokken bent bij dat goede doel en dat de organisatoren me speciaal hebben gevraagd jou mee te nemen naar het diner. Op die manier voelt niemand zich gepasseerd, en dan kan ik zo meteen tenminste nog een beetje lol hebben. Ik beloof je dat het een leuke avond wordt. Geen vastgeplakte vrouw, geen vrouw die denkt dat ze heeft gewonnen en daar dan weer te veel achter zoekt...'
'Ik kan niet.' Ze schudde haar hoofd. 'Amy vroeg me daarnet of ik met je zou uitgaan als je me dat zou vragen, en toen zei ik van niet.'
'O, je breekt mijn hart.' Terwijl Jack naar zijn borst greep, zei hij: 'Je vindt het zeker leuk om mannen te kwetsen, hè?'
'Pardon. Jij bent degene die vrouwen kwetst.'
'Maar Amy bedoelde of je een afspraakje met me zou willen, maar dat is dit niet, toch?' Hij haalde zijn schouders op. 'Geen romantiek. Op geen enkele manier. Dus ik zie het probleem niet.'

Tilly kreeg een raar gevoel in haar maag. Als hij een spelletje met haar speelde, dan werkte dat in elk geval wel.
'Hoor eens, ik vraag je gewoon om een gunst, meer niet,' probeerde hij haar over te halen. 'Als ik een zusje had, zou ik haar vragen. Maar ik heb geen zusje, dus de op een na beste oplossing ben jij. Puur platonisch.'
Het was niet erg vleiend om met een zusje te worden vergeleken. Maar als ze nee zei, dacht hij vast dat ze het daarom niet wilde. God, dit werd behoorlijk gecompliceerd.
'Tenzij je wilt dat het niet platonisch is natuurlijk,' zei hij.
Wat het nog erger maakte. Haar maag ging nu tekeer als een tollende wasmachine. Hij was echt een ramp, en als ze ook maar een beetje gezond verstand had, zou ze hem gewoon afwijzen. Om het allemaal nog erger te maken, had ze zo'n droge mond dat ze nauwelijks kon slikken.
Na even te hebben gewacht stak hij zijn hand op. 'Ik neem aan dat dat een nee is.'
Neeee! Tilly kreeg dat eBay-gevoel als je merkt dat het artikel waarop je hebt geboden je aan het ontglippen is. 'Wanneer is het precies?' Haar stem klonk hoger dan de bedoeling was. 'Want ik moet Max vragen of ik dan vrij kan krijgen.'
Toen ze weer bij de anderen in de kroeg gingen staan, voelde Tilly Amy's ogen op haar. Ze keek even naar links en zag dat ze ook nauwlettend in de gaten werd gehouden door Lisa en Marianne. Dit was dus het soort aandacht waar Jack continu mee te kampen had.
Maar ja, dat was omdat hij met hen naar bed was geweest.
'Ik heb vanmiddag op wat websites gekeken.' Stella, diep in een gesprek met Max gewikkeld, vervolgde: 'Briljant gewoon. Ik had geen idee! Als je wilt, kun je zelfs George Clooney krijgen!'
'Nou, al je gebeden zijn blijkbaar verhoord,' zei Max. 'Maar ik neem aan dat je hem niet echt kunt krijgen, want ik kan me niet voorstellen dat onze George zichzelf op internet aanbiedt. Eenzame goddelijke Hollywoodster zoekt vrouw voor lange wandelingen en gesprekken bij het haardvuur.'
Stella sloeg haar ogen ten hemel. 'Je hebt helemaal niet naar me geluisterd, hè? Max, ik had het niet over datingsites!'
'O, sorry. Ik was er niet helemaal bij met mijn gedachten. Maar

ga verder,' zei hij. 'Goed, zeg het maar. Ik luister. Je had het over websites met...'
'Donorsperma!'
Max proestte zijn wijn uit. Hij sloeg snel een hand voor zijn mond. 'Is dat een grapje of zo?'
'Waarom zou ik daar een grapje over maken? Ik wil een kind.' Stella hield haar rug kaarsrecht. 'Mijn man heeft de benen genomen en van de gedachte aan seks met een andere man word ik gewoon kotsmisselijk. Dus dit lijkt me dé oplossing.' Uitdagend voegde ze eraan toe: 'Maar als jij soms een betere manier weet...'
Tilly keek snel even naar Max. Zo te horen meende Stella het echt.
'Maar...' Amy stond perplex. 'Je kunt toch niet echt het zaad van George Clooney kopen?' Ze fronste. 'Of wel soms?'
Tilly beet op haar onderlip, vastbesloten niet te gaan lachen. God, zou het niet fantastisch zijn als dat kon? Ze vroeg zich af hoeveel er op eBay voor geboden zou worden. En dan die miljoenen kleine Georges die overal ter wereld geboren zouden worden.
'Natuurlijk kun je het sperma van George Clooney niet echt kopen.' Stella wierp Amy een vertwijfelde blik toe. 'Ik bedoelde dat je een spermadonor zou kunnen krijgen met zijn eigenschappen en zijn uiterlijk. Je moet een lijst invullen en dan kruis je alle relevante vakjes aan. Dus als George Clooney jouw ideale man is, zijn dat de vakjes die je aankruist.'
'Pas maar op dat je hem niet verwart met Mickey Rooney,' zei Max.
'En hoe duur is dat?' Amy maakte zich klaarblijkelijk zorgen.
Stella nam nog een slokje. 'Het gaat om een baby, niet om een nieuwe bank. Een kind is onbetaalbaar.'
'Maar denk eens aan alle mooie schoenen die je voor dat geld zou kunnen kopen! Echte Jimmy Choos,' zei Amy dromerig. 'Geef mij maar nieuwe schoenen in plaats van een baby.'
'Schoenen zijn beter,' viel Max haar bij. 'Schoenen kotsen niet op je schouder.'
'Jullie lachen me uit.' Voor de grap stompte Stella hem op zijn arm. 'Maar het is echt niet om te lachen. Mannen weten niet

hoe het voelt om die klok in je te horen wegtikken. Ik vind het vreselijk om me zo hulpeloos te voelen.' Ze schudde haar hoofd. 'Ik ben iemand die altijd alles plant. Ik ben de koningin van de lijstjes. Ik vind het prettig om de touwtjes in handen te hebben en altijd te weten wat er gaat gebeuren. En het maakt me gek dat dat nu allemaal is veranderd, door Fergus' schuld. Dat maakt me echt kapot.'
'Nou, ik zou nog maar even wachten met naar een spermabank hollen,' zei Jack.
Max grinnikte en blies sigarenrook uit. 'Jack wil het wel gratis doen.'
'Hé, plaag haar niet zo.' Jack legde vriendschappelijk een arm om Stella's schouders. 'Laat haar nou met rust, ze heeft een rotjaar achter de rug.'
'Over plannen gesproken en weten wat er gaat gebeuren...' zei Amy op veelbetekenende toon, terwijl ze Stella aankeek.
'Wat? O ja. Oké.' Aangespoord door Amy wendde Stella zich tot Jack. 'Toen je net naar de wc was, kwam Marianne bij ons staan en zei iets over dat ze met jou naar het liefdadigheidsbal in Cheltenham ging. Wat een opdringerig mens, zeg! Ik heb tegen haar gezegd dat ik het niet zeker wist, maar dat ik de indruk had dat je iemand anders zou vragen.' Subtiel knikte ze in de richting van Amy, die keek alsof ze plotseling doof was geworden en in de lucht staarde alsof ze met geesten communiceerde.
Max zag het ook en kon het niet laten om plagend te zeggen: 'Hé, dat doet me aan de middelbare school denken.' Met een Liverpools accent vervolgde hij met een hoog stemmetje: 'Oké? Mijn vriendin hier wil weten of je niet een keertje met haar uit wilt.'
Amy bleef in de verte staren, maar haar wangen werden rood.
'Als je het per se weten wilt, ik ga niet met Marianne,' zei Jack tussen neus en lippen door. 'Ik neem iemand anders mee.'
Om Amy's mondhoeken verscheen een verheugd glimlachje, net als bij een genomineerde van de shortlist die doet alsof ze niet merkt dat op het podium haar naam wordt omgeroepen.
Nee, nee. Tilly voelde zich ineenkrimpen. Niet hier, niet nu, niet op deze manier.

'Ik heb Tilly gevraagd of ze zin heeft om mee te gaan, en ze heeft ja gezegd.'
O shit, hij had het echt gezegd.
Amy verstijfde alsof er een verdovingspatroon op haar was afgeschoten. Met een beschuldigende blik flapte ze eruit: 'Wát?'
'Het is geen afspraakje,' zei Tilly snel. 'En ik heb ook nog geen ja gezegd. Ik heb gezegd dat ik het eerst aan Max moest vragen.'
'Volgende week vrijdag.' Jack keek Max aan. 'Kan ze die avond vrij krijgen?'
'Ik vind het best. Maar handjes thuis, hè?' Max stak een vinger naar hem op. 'Je moet je wel gedragen.'
'Wat gebeurt hier?' Marianne, die op weg was naar de bar, had het laatste gehoord. 'Wat is er aan de hand?'
'Jack neemt háár mee.' Amy wees naar Tilly.
'Wát?'
'Tja.'
O alsjeblieft, hier had ze helemaal geen zin in. Tilly deed een stap naar achteren en zei: 'Dit is belachelijk. Vergeet het maar.'
'Doe niet zo raar. Het heeft een speciale reden dat ik Tilly heb gevraagd.' Jack keek de verontwaardigde vrouwen een voor een aan. 'Ze zamelt in Londen al jaren geld in voor die liefdadigheidsorganisatie. En omdat ze hier net is komen wonen, is dit voor haar een mooie kans om de mensen van de organisatie hier te leren kennen. Die waren heel blij toen ze hoorden dat Tilly hier is komen wonen.' Hij glimlachte ontspannen. 'Dus dan is het toch logisch dat ik haar als mijn gast meeneem?'
Mariannes gezicht betrok. Amy keek gelaten. Stella vroeg achterdochtig: 'Voor welk goed doel is het dan precies?'
Dat was precies de vraag die Tilly had gevreesd. Jemig, waarom waren mensen altijd zo nieuwsgierig? En het meest frustrerende was nog wel dat Stella het aan haar had gevraagd en dat Jack verwachtte dat ze antwoord zou geven, want hij had haar de naam van de liefdadigheidsorganisatie net nog verteld toen ze de kroeg weer in waren komen lopen.
Alleen was die naam haar helemaal ontschoten, als kwikzilver weggeglipt. Ook met de beste wil van de wereld kon ze

zich niet herinneren wat het was. En iedereen stond haar vol verwachting aan te kijken... Oké, het was in elk geval niks met dieren geweest, of dolfijnen, of monumentenzorg, of vogels, of tuinen, of kinderen of aids of blindengeleidehonden of kamsalamanders die met uitsterven werden bedreigd... Verdomme, ze wist het echt niet meer, het was haar echt helemaal ontschoten...

O!

'Hulp aan alzheimerpatiënten!' Tilly knikte triomfantelijk. Oef, net op tijd.

Stella zei op nijdige toon: 'Ik dacht even dat je het was vergeten.'

'Dat was ook zo.' Ze slaagde erin om er een lachje uit te persen. 'Ik steun ook zoveel goede doelen!'

'Het is een heel mooi goed doel,' zei Jack.

'En het is geen afspraakje,' herinnerde Tilly hem eraan, want ze zag nog steeds wat opstandige gezichten.

'Nee, het is beslist geen afspraakje.' Jack schudde zijn hoofd. 'God, ik heb er niet eens zin in. Maar een mens moet af en toe gewoon zijn plicht doen, hè?' Hij dronk zijn glas leeg en grijnsde. 'Nog een rondje?'

Tilly kreeg nog steeds hatelijke blikken toegeworpen toen ze op haar horloge keek. Dus dit was wat er gebeurde als je iemand een dienst bewees. Als ze vóór die tijd de stad niet uit was gejaagd, zou ze hem ook eens om een gunst vragen.

Was het al tijd om naar huis te gaan?

16

Na drie jaar in L.A. zou je toch denken dat ze wel was gewend aan de Californische eigenaardigheden, maar de feestjes daar vond Kaye nog steeds lachwekkende aangelegenheden. Dit feest bijvoorbeeld, dat werd gegeven door de regisseur van *Over the Rainbow*, was in vele opzichten overdadig en hip, maar eindigde toch precies op het afgesproken tijdstip van vijf

uur – als een verjaardagsfeestje voor kinderen van zes. Nog gekker was het dat de gasten stuk voor stuk in hun limo's met chauffeur vertrokken, niet omdat ze te bezopen waren om zelf naar huis te rijden, maar omdat ze daar te rijk voor waren. Bijna iedereen had de hele middag mineraalwater met ijs zitten drinken. Als er al drugs waren gebruikt, dan had ze dat niet gemerkt. Denzil en Charlene Weintraubs huis in Hollywood Hills was echt spectaculair, en de jurken en sieraden van de vrouwelijke gasten hadden geschitterd in het zonlicht, maar eerlijk gezegd was het geen feest om nooit meer te vergeten. In Californië ging je naar een feest om te netwerken, niet om te genieten. Gewoon een beetje lol hebben werd afkeurenswaardig bevonden, en eten viel in deze wereld van maatjes nul in de categorie gevaarlijke sporten en werd alleen beoefend door degenen die roekeloos genoeg waren om zichzelf helemaal te laten gaan.
Hoe dan ook, ze konden de pot op met hun limo's met chauffeur die ze alleen maar hadden om de blits te maken. Kaye trok haar korte rokje op en schoof zelf achter het stuur van haar auto met open dak, terwijl ze zich afvroeg of het verbeelding was geweest dat Charlene vanmiddag een beetje vreemd tegen haar had gedaan. Ze had een paar keer gemerkt dat Charlene een niet al te vriendelijke blik op haar had geworpen. Bij het zwembad had ze haar gevraagd: 'En, heb je al een nieuwe kerel, Kaye? Ik bedoel, een van jezelf, niet die van een ander.'
Wat een hele rare opmerking was geweest. Maar ja, je ging geen ruziemaken met de vrouw van je regisseur. Charlene was een kattig, verwend prinsesje, dat vreselijk in de watten werd gelegd door Denzil, wiens kinderen uit zijn eerste huwelijk allemaal ouder waren dan zij. Kaye had via via – nou ja, van Macy Ventura, die zo'n beetje alles over iedereen in Hollywood wist – gehoord dat Charlene in het geheim vocht tegen een verslaving aan pijnstillers, dus je kon haar maar beter te vriend houden. Ze kon nogal lichtgeraakt reageren.
Kaye zette de auto in de versnelling en reed achteruit de parkeerplaats uit. Ze wachtte even tot een glanzende, zwarte, verlengde limousine voorbij was en reed toen de oprijlaan op.

Muziek, muziek. Ze deed haar cd-speler aan en zette het geluid harder toen Jennifer Hudson losbarstte in: 'And I am telling you I'm not going'. O ja, dit was echt het allermooiste nummer aller tijden. Ze kreeg er nooit genoeg van en steeds wanneer ze naar de krachtige stem luisterde, liepen de rillingen haar over de rug. Dit was het nummer dat ze op haar begrafenis wilde draaien, wat als extra bonus had dat de Amerikaanse treurenden ontzet zouden zijn en het Britse contingent opgetogen over haar keuze. Kaye lachte toen ze het voor zich zag, misschien dat ze verborgen luidsprekers in het deksel van de kist zou laten aanbrengen. Max zou het om te gillen vinden. Als hij het voor het zeggen had, zou hij er waarschijnlijk ook nog voor zorgen dat het deksel langzaam opende en er een namaakhand naar buiten zou komen, wanneer het lied zijn hoogtepunt bereikte. Ontroerd door het vooruitzicht bulderde Kaye mee met Jennifer: 'And I am telling you... I'm not gooooinggg...'
Shit, wat was dat?
In een fractie van een seconde was uit het niets een klein bruin wezentje opgedoken. Het was tevoorschijn geschoten van achter een palm en onder de voorwielen verdwenen voordat ze de kans had om te reageren. Ze trapte op de rem en slaakte een gilletje van angst, terwijl ze de auto op de oprit tot stilstand bracht. O god, hopelijk had ze het niet geraakt, zelfs al was het alleen maar een rat. Ze haatte ratten, maar dat wilde nog niet zeggen dat ze er eentje wilde vermoorden. Was het beest ontsnapt of was het dood? Het had eruitgezien als een rat, maar was het dat ook geweest? Zou ze een hobbel hebben gevoeld als ze eroverheen was gereden, of was het dier te klein om...
'O god, nee.' Nadat ze was uitgestapt en zich op haar knieën had laten vallen, zag ze dat haar grootste angst werd bewaarheid. Het kleine lichaampje lag onbeweeglijk in het donker onder de auto. Ze had de rat vermoord. Haar gezicht vertrok. Hoewel ze doodsbang was voor dit soort dingen, wist ze dat ze hem daar moest weghalen, anders zou ze hem bij het wegrijden onder haar banden verbrijzelen. Ze zou het beest moeten oppakken. Jakkes, ze vond ratten doodeng, ze waren zo...

'Neeee!' krijste een hoge stem in de verte, terwijl er een deur dichtsloeg en iemand over de oprijlaan kwam aanrennen.
'Nee,' piepte Kaye toen ze de rat onder de auto vandaan trok en zag dat het toch geen rat was. O nee, o nee, o nee. Ze kreeg het eerst warm en toen koud. Misselijk en geschokt staarde ze naar het beestje, Charlenes chihuahua, op de grond.
'Je hebt Babylamb vermoord! Je hebt mijn baby vermoord!' Hijgend en radeloos zakte Charlene naast haar neer. Ze tilde het hondje op en wiegde het in haar armen. 'O, mijn Babylamb, word toch wakker, word toch wakker...'
'Ik vind het zo erg. Het was een ongeluk, het spijt me.' Zich ervan bewust dat er nog meer mensen kwamen aanlopen, schudde Kaye hulpeloos haar hoofd. 'Het was een ongeluk. Hij kwam ineens aanrennen, zo onder mijn auto. Ik kon niks meer doen, het spijt me zo.'
'Het spijt je helemaal niet, vuile leugenaar!' krijste Charlene. Haar ogen spuwden vuur en haar mond was verwrongen van haat. 'Trut! Je hebt het expres gedaan!'
Kaye deinsde achteruit, verbaasd over de kracht van Charlenes woede. 'Dat is niet waar. Dat zou ik nooit doen, dat is niet waar!'
'Je haat me, je bent jaloers op me,' wierp Charlene haar kwaad voor de voeten. 'Je kunt niet hebben dat ik Denzil heb, want je wilt hem zelf. Je bent gestoord,' vervolgde ze. 'Je bent een wraakzuchtige teef en een hondenmoordenaar. Ik zal je wel krijgen! Denk maar niet dat je Denzil van me kunt afpakken. Hij is mijn man. Stomme, magere, rooie hoer die je er bent, je hebt mijn Babylamb expres overreden.'
'Dat is niet waar. Dat is niet waar.'
'Lieg niet. Moet je jou eens zien. Je bent stomdronken.' Charlene prikte met een magere vinger naar haar. 'Ik weet gewoon dat je het expres hebt gedaan, want ik heb het zien gebeuren. Ik stond op het balkon en zag dat je expres een bocht maakte om hem te raken. Je hebt mijn baby vermoord om mij een hak te zetten.'
Dit was een regelrechte nachtmerrie. Kaye kon gewoon niet geloven dat dit gebeurde. Gasten, beveiligers en huishoudelijk personeel kwamen aanrennen om te zien wat er aan de hand

was. Haar benen begaven het, en ze liet zich op de passagiersstoel van haar auto vallen, terwijl ze haar onschuld bleef bepleiten tegen wie er dan ook maar naar haar wilde luisteren.

'Ze is dronken,' gilde Charlene aldoor. 'Ze zat op het feest continu wijn te drinken. Als ze tenminste niet met mijn man aan het flirten was.'

'Ik heb één glas wijn gehad. Eén glas,' protesteerde Kaye, maar het was zinloos.

'Ze is getikt, een verbitterde heks, een moordenaar, en ik zal ervoor zorgen dat ze in deze stad geen poot meer aan de grond krijgt!' krijste Charlene, die haar hondje nog steeds in haar armen had.

'Het was een ongeluk. Het spijt me zo, ik weet niet wat ik nog meer kan zeggen.' Kaye had zich nog nooit in haar leven zo eenzaam gevoeld. Niemand geloofde haar, niemand stond aan haar kant. Een gevoel van schuld overspoelde haar, want of ze er nu wel of niet iets aan kon doen, Babylamb was wel dood. Terwijl ze haar hoofd in haar trillende handen verborg, merkte ze voor het eerst dat haar strakke rok was gescheurd toen ze onder de auto was gekropen.

'Wat is hier aan de hand?' Denzil, de laatste die de plaats des misdrijfs bereikte, kwam de oprijlaan op sjokken. Hijgend bleef hij staan en keek vol afschuw van Kaye naar het bundeltje in Charlenes magere armen. 'Ach jezus, toch niet Babylamb.'

Tranen biggelden over Charlenes gezicht en druppelden van haar recentelijk verbouwde kin. 'Ze heeft hem verm-moord, Denny. Ze heeft het expres gedaan.' Tussen een paar luide snikken door zei ze: 'Je m-moet de politie bellen. Die trut zal hiervoor boeten.'

Er waren vijf klanten in de winkel toen Stella binnenkwam. Het hart bonkte Erin in de keel. Dit was waar ze al de hele week bang voor was geweest. Wie weet wat er allemaal kon gebeuren.

'Wat vind je van deze, Barbara? Is die niet iets voor Angies bruiloft?' Een vrouw van middelbare leeftijd streelde eerbiedig over de lichtgroene stof van een jurk met bijpassend jas-

je. 'Prachtige stof. Moet je voelen. Tachtig pond, maar dan heb je wel een Frank Usher. O, ik heb altijd al iets van Frank Usher willen hebben!'
'Tachtig pond?' Stella klakte ongelovig met haar tong. 'God, ik zou ook zo'n winkel moeten beginnen.' Terwijl ze wat dichterbij kwam staan om de jurk en het jasje aan een nader onderzoek te onderwerpen, zei ze tegen de vrouw: 'Jammer dat je gisterochtend niet de Oxfamwinkel in Hill Street hebt geprobeerd. Daar kostte hij zeseneenhalve pond.'
Het hart begon Erin nog harder in de keel te bonken. De vrouw van middelbare leeftijd en haar vriendin deinsden intuïtief achteruit en keken haar geschokt aan.
'Dat is niet waar.' Erin schudde haar hoofd tegen de twee vrouwen. 'Let maar niet op haar. Het klopt niet wat ze zegt.'
'Toe zeg, we weten allemaal hoe je het doet. Afgelopen zomer heb ik drie tassen vol kleren aan de kerk geschonken voor hun bazaar, en de meeste van die spullen zijn hier toen terechtgekomen.'
Opnieuw een schandelijke leugen, maar dat konden haar potentiële klanten niet weten. Erin zei: 'Ik houd een lijst bij op de computer van iedereen die hier spullen inbrengt.'
'Ja, vast. Ik zou ook zo'n lijst bijhouden om te doen alsof het op die manier werkt,' zei Stella liefjes. 'Anders kon het wel eens een vervelende indruk maken, hè? Trouwens, heb je nog wat gehoord van die vrouw die klaagde over dat vest dat ze van je had gekocht, waar wormen in de zak zaten?'
De twee vrouwen wisten niet hoe snel ze weg moesten komen. De andere drie klanten keken elkaar even aan en volgden toen zwijgend hun voorbeeld. De laatste die vertrok, veegde heimelijk haar handen af aan de zijkant van haar jas.
'Ze liegt!' riep Erin hen na voordat de deur met een klap achter hen dichtviel.
'Maar het werkte wel,' stelde Stella tevreden vast. 'Of niet soms?'
'Dat kun je echt niet maken.'
'Het is al gebeurd.'
'Het is niet eerlijk.'
'Ik vind het wel eerlijk,' zei Stella. 'Ik vind dat je het verdient.'

'Ik heb Fergus niet van je afgepakt.' Erin schudde haar hoofd. Zou Stella haar wel geloven als ze het vijftigduizend keer herhaalde?

'Nou ben jij de leugenaar.'

Niet dus. Ze probeerde een andere aanpak. 'Wat denk je? Dat je door hier problemen te veroorzaken, Fergus weer terugkrijgt? Dat lijkt me niet.'

'Dat weet ik ook wel, ik ben niet gek.' Met vooruitgestoken kin en kaarsrechte schouders zei Stella: 'Tot voor kort dacht ik inderdaad dat hij wel zou terugkomen, maar dat denk ik nu niet meer. Dus door jouw toedoen zal ik niet het leven of het gezin hebben zoals ik dat had gepland. Wat me, gek genoeg, behoorlijk van mijn stuk heeft gebracht.'

'Maar ik...'

'Bespaar je de moeite, juffertje onschuld.' Stella's minachtende blik gleed naar Erins heupen. 'Nou ja, juffertje, meer een dikke juf.'

Trillend zei Erin: 'Ik wil niet dat je hier nog komt.'

'Maak je geen zorgen, dat zal ik ook niet doen. Maar vergeet niet,' Stella zweeg even, met haar hand op de deurkruk, 'dat je mij kapot hebt gemaakt. En nu is het mijn beurt om jou kapot te maken.'

17

'Er zit een fotograaf in de boom aan de overkant van de straat.' Met de telefoon in haar hand dook Kaye weg bij het raam voordat hij haar kon fotograferen. 'En er staan er nog een stuk of duizend op de stoep.'

Negeneneenhalfduizend kilometer verderop zei Max plagend: 'Duizend, ja hoor. Je wordt al een echte Amerikaanse. Alles in het groot.'

'Max, hou op.' Ze wist dat het zijn manier was om haar op te beuren, maar deze keer werkte dat echt niet.

'Sorry.' Na al die jaren huwelijk begrepen ze elkaar. 'Maar het

zal toch wel vanzelf overwaaien? Over een paar dagen interesseert niemand zich er meer voor en dan is de volgende aan de beurt.'
'Ik hoop het.' Ze wist het alleen niet zo zeker, en nu stopte er ook nog een wagen van een tv-zender voor de deur. Ze was niet gearresteerd – de politie had haar zonder haar in staat van beschuldiging te stellen weer vrijgelaten, na een paar martelende uren op het politiebureau – maar ze wist nu al dat Charlene het er niet bij zou laten zitten. Journalisten die door Charlene waren ingelicht, hadden haar gebeld en om commentaar gevraagd. Bovendien was dit Hollywood. Het juiste verhaal met de juiste hoofdrolspelers op het juiste moment kon uitgroeien tot iets enorms; het zou als een lopend vuurtje rondgaan en tot complete mediagekte leiden. En eerlijk was eerlijk, wie zou niet genieten van het idee dat een van de sterren van *Over the Rainbow* – de schattige roodharige Engelse nog wel, die altijd zo damesachtig leek – in werkelijkheid een jaloerse psychopaat was die in haar jacht op een man een puppy had doodgereden?
'Ach, je overleeft het wel,' troostte Max haar. 'Gewoon zeggen dat ze allemaal moeten oprotten.'
'O ja, dat werkt vast.' Voor het huis stond een journalist met een microfoon in de hand in een camera te praten.
'Anders zeg je gewoon dat je die trut zult aanklagen als ze niet ophoudt.'
'Max, je begint me nu echt op de zenuwen te werken.'
'Nou, goed dan. Waarom kom je niet gewoon naar huis? Gewoon in een vliegtuig stappen en wegwezen. Wij zorgen wel voor je.'
Kaye's ogen vulden zich ineens met tranen, want zijn voorstel was heel verleidelijk en tegelijkertijd compleet onmogelijk. Als de media echt met deze roddels aan de haal gingen, zou ze inderdaad niets liever doen dan gewoon weglopen.
'Alleen heb ik hier mijn werk,' bracht ze Max in herinnering. 'Ik zit met een heel strak opnameschema, en mijn contract voor volgend seizoen staat op het punt om verlengd te worden. Nee, ik heb het idee dat de studio niet al te blij zal zijn als ik nu de benen neem.'

Boven een zacht tikgeluid uit zei Max: 'Nou, als je maar weet dat wij er voor je zijn als je ons nodig hebt. Laat je niet klein krijgen door die klootzakken. Als iemand mij erover belt, zeg ik gewoon dat... Allemachtig zeg.'
O god, wat nu weer? Was er een tv-ploeg opgedoken voor het huis in Roxborough? Met droge mond vroeg ze: 'Wat is er?'
'Ik heb mijn laptop hier voor me en zat je te googelen. Er staat een stuk over je op een van de roddelsites.'
Ze zette zich schrap. 'Wat zeggen ze?'
'Ze noemen je de puppykiller van Beverly Hills.'

'Arme mama.' Er waren drie dagen verstreken, en de term 'lopend vuurtje' was nog zacht uitgedrukt; het roddelcircuit in Hollywood stond in lichterlaaie. Kaye was nu officieel de meest gesmade vrouw in Amerika. Toen Lou de volgende link aanklikte, werd ze geconfronteerd met een foto van Charlene die met betraande ogen een portret van Babylamb omhelsde. De kop van het begeleidende artikel luidde: IK WEET NIET HOE IK DE BEGRAFENIS MOET OVERLEVEN. IK WIL DOOD.
Tilly zei: 'Hou op met die troep te lezen.'
'Nee, dat kan ik niet. Het gaat wel over mijn moeder. Moet je zien, hier is een foto van haar terwijl ze wordt afgevoerd in een politieauto. Ze had maar één glas wijn gedronken, dat wees de ademtest ook uit, maar ze proberen nog steeds te doen alsof ze een drankprobleem heeft. Nou, als ze zo doorgaan, komt dat er vanzelf wel van.'
Tilly tuurde over Lou's schouder naar de foto van Kaye, genomen op de dag van het ongeluk, waarop ze er vanzelfsprekend geschrokken en bovendien slonzig uitzag, met die kapotte rok van haar; en ze hadden natuurlijk een foto gebruikt waarop ze met haar ogen knipperde, zodat haar ogen half dicht waren en het net leek alsof ze een week lang aan de boemel was geweest.
ENGELSE LADY OF GESTOORD DRANKORGEL? luidde de kop.
DE GEVAREN VAN JALOEZIE zei de volgende, met daaronder de tekst: 'De carrière van Kaye McKenna ligt in duigen, vanwege een onbeantwoorde verliefdheid op haar baas en een moment van moordzuchtige gekte.'

'Denzil Weintraub is in de zestig.' Lou schudde vol afkeer haar hoofd. 'Waarom komt niemand op het idee dat mijn moeder echt nooit zou vallen op een of andere oude, dikke regisseur met een mislukte haarinplant en een aardappelneus?'
'Omdat die oude, dikke regisseur een supersuccesvolle multimiljonair is.' Tilly wees naar een relevante zin in het artikel.
'Maar zo is mijn moeder niet! Ze zit niet achter lelijke oude mannen aan alleen maar omdat ze rijk zijn!'
'Dat weten wij. Maar maak je niet druk, ze overleeft het wel. En zet nou de computer maar weer uit, liefje.'
'Wil je soms niet dat ik de volgende link lees?' Geamuseerd klikte Lou met de muis en zei: 'Maakt niet uit, ik had hem al gezien. Over de geschifte psycholoog die beweert dat mijn moeder een zenuwinstorting heeft gehad als een soort verlate reactie op het feit dat haar man homo bleek te zijn. Wat een onzin allemaal.'
Tilly kneep in Lou's magere schouder. 'Natuurlijk is het onzin.'
'Maar ik kan de computer nog niet uitzetten, want ik moet nog wat dingen opzoeken over Shakespeare. Zo saai.'
'Wij moesten *Macbeth* lezen voor ons eindexamen.' Tilly trok een gezicht, want ze leefde met Lou mee.
'Wij moeten nu *Romeo en Julia* lezen. De helft van de tijd snap ik niet eens wie wat zegt, de dialogen zijn zo warrig en ingewikkeld. Ik bedoel, waarom spreken ze niet normaal Engels?'
'Mijn dochter de cultuurbarbaar,' verklaarde Max, die de keuken in kwam met een schetsboek. 'Alleen maar geïnteresseerd in roddelbladen.'
'Nou, dank je wel, pap. Ik kan je melden dat ik erg intelligent ben, maar ik hou toevallig niet van Shakespeare.'
'Dat is omdat je nog nooit een van zijn stukken hebt gezien. Kom, dan gaan we daar eens iets aan doen. Aan de kant jij.' Max legde zijn schetsboek neer, schoof Lou behendig van haar stoel en nam haar plaats achter de laptop in. 'Royal Shakespeare Company, Stratford. Zo. *Richard III*. Nee, misschien toch niet. *Coriolanus*. Hm.' Hij scrolde langs de speellijst. *Driekoningen*, ja, die zou je wel leuk vinden. Goed, pak mijn portemonnee even, dan reserveren we meteen. Tilly, ga je ook mee?'

Geschrokken vroeg ze: 'Hou je echt van Shakespeare?'
'Ha, ze denkt dat ik te simpel ben om de grote bard te waarderen. Echt niet.' Hij schudde met zijn vinger naar haar. 'Hij is echt briljant. Gewoon over je heen laten komen, dan ga je het vanzelf mooi vinden, dat beloof ik je. O ja, hoog tijd dat jullie eens een beetje cultuur opsnuiven. Shit, woensdag of donderdag kan ik niet, dan zit ik in Londen bij een klant. Dan moet het vrijdag de twintigste worden.'
Oef, gered.
'Dan kan ik niet, dan is het liefdadigheidsbal. Wat jammer nou,' zei Tilly.
'Wat voor liefdadigheidsbal?' vroeg Lou nieuwsgierig.
'In Cheltenham. Jack heeft haar gevraagd. Nou, dan reserveer ik twee plaatsen.' Max typte zijn creditcardgegevens in.
'Heeft Jack je gevraagd?' Lou grinnikte. 'En ik dacht nog wel dat je had gezegd dat je niet van plan was het zoveelste streepje op zijn behang te worden!'
'Dat word ik ook niet.' Jemig, nou werd ze al geplaagd door een dertienjarig kind met sproetjes. 'Het is geen afspraakje, hij heeft me alleen maar gevraagd om mee te gaan om zichzelf uit een penibele situatie te redden.'
Lou knikte met de blik van iemand die wel beter wist. 'Pas maar op dat jij niet in een penibele situatie terechtkomt dan.'

De sfeer op de set was er niet leuker op geworden. Overal waar ze ging, stuitte Kaye op groepjes fluisterende mensen die gauw hun mond hielden en zich snel verspreidden wanneer ze haar zagen. Het was geen prettige gewaarwording; zo voelde het waarschijnlijk ook als je een dakloze was die vreselijk stonk.
Ze was zich er ook van bewust dat de schrijvers bijeen waren geroepen en op dit moment ergens in een camper veranderingen in het script zaten aan te brengen voor de laatste aflevering van de serie.
Hm, waarom zou dat zijn? Bovendien zat ze ook nog steeds op de verlenging van haar contract te wachten. Heel vreemd allemaal.
In de make-uptrailer kwam het enige geluid van de tv die stond afgestemd op een van de entertainmentzenders.

'We gaan verder met de Kaye McKenna-affaire,' kondigde de presentatrice aan.
'Goh, wat een verrassing,' zei Kaye droog.
Ellis, de visagiste, legde de blusher neer die ze voor Kaye's wangen had gebruikt. 'Zal ik hem op een andere zender zetten?'
'Nee, laat maar aanstaan, het kan mij niet meer schelen. Laten we eens horen wat ze vandaag weer te melden hebben.'
'Vanochtend hebben we in de studio drie gasten die allemaal iets gemeen hebben met Charlene Weintraub.' De presentatrice zweeg veelbetekenend, met haar lippen getuit als het kontje van een kat, om aan te geven dat ze heel serieus was. Toen knikte ze naar de eerste vrouw links van haar. 'Paula hier beweert dat ze vorig jaar op een dag rustig over straat liep toen een auto met Kaye McKenna achter het stuur op volle snelheid op haar afkwam. Als ze niet opzij was gesprongen, was ze doodgereden, net als Babylamb, daar is ze van overtuigd.'
'O, mijn god...' Ellis hapte naar adem, terwijl ze vol afschuw naar Kaye's spiegelbeeld keek. 'Heb je dat echt gedaan?'
'Natuurlijk niet! Ik heb dat mens nog nooit gezien! Ik rijd altijd heel voorzichtig!'
'Daarnaast zit Jason, die zegt dat Kaye McKenna expres zijn hond Brutus heeft proberen te overrijden.'
'Hoe is het mogelijk dat ze dit soort dingen zomaar op tv mogen zeggen!' zei Kaye.
'En als laatste hebben we Maria die zegt dat haar grootmoeder en zij op straat zijn uitgescholden door een gestoorde en duidelijk dronken roodharige vrouw van wie ze nu aannemen dat het Kaye McKenna was.'
'Ik zou ze allemaal voor de rechter moeten slepen! Hoe durven ze!' bulderde Kaye.
Er werd op de deur geklopt, en Denzil kwam binnen.
Ellis zette snel de tv uit.
'Denzil. Niet te geloven wat ze daar allemaal over me beweren.' Kaye wees naar het lege scherm. 'Allemaal gelogen. Mensen verzinnen gewoon maar wat om op tv te komen.'
'Kaye, je weet wat mijn advocaat heeft gezegd. Ik mag het er

niet met je over hebben.' Vanuit de deuropening vroeg hij nors: 'Kunnen we nou eindelijk de volgende scène opnemen?'
'Oké, sorry.' Ze zag dat hij met lege handen was gekomen. 'Mag ik het nieuwe script zien?'
'Nergens voor nodig.' Zijn kin beefde toen hij zijn hoofd schudde. 'Je hebt toch geen tekst.'
Ze keek hem strak aan, terwijl haar toch al korte tv-carrière voor haar geestesoog voorbij flitste. 'Ik snap het al. Ik eindig zeker met mijn hoofd naar beneden drijvend in een zwembad?'
Hij durfde haar niet eens aan te kijken. Kortaf zei hij: 'Zoiets.'

18

'Nee, dank je. Ik wil water.' Hoeveel moeite het haar ook zou kosten, Tilly wilde vanavond haar hoofd erbij houden.
Jack zei: 'Hé, we hebben juist een taxi genomen om ons geen zorgen te hoeven maken over wie er terug moet rijden. We kunnen gewoon drinken en een beetje genieten.'
'Goh.' Dacht hij nou echt dat ze niet wist waarom ze een taxi hadden genomen? Dat was nou precies de reden waarom ze het bij water hield.
'Een glaasje wijn kan toch geen kwaad?'
Een glaasje wijn zou zelfs heerlijk zijn, maar ze durfde het risico niet te nemen. Opgewekt zei ze: 'Ik heb geen alcohol nodig om me te amuseren.'
Heel opgewekt.
'Allemachtig, zeg, ik heb een blauwkous meegenomen naar het bal.' Maar het was duidelijk dat hij haar gedrag wel grappig vond; grijnzend vertrouwde hij de ober met de wijnfles toe: 'Ze is bang dat ik haar ga versieren.'
De ober op zijn beurt trok een veelbetekenend gezicht en fluisterde hard in Tilly's oor: 'Grijp je kans, schat. Bofkont.'
Wat niet erg hielp.
'Wat ik echt niet zal doen,' vervolgde Jack, 'want dat heb ik haar namelijk beloofd. En ik houd me altijd aan mijn woord.'

'Maak je geen zorgen.' De ober knipoogde naar Tilly. 'Ik weet zeker dat je hem wel op andere gedachten kunt brengen.'
Alleen al van het idee brak het zweet haar uit. Ze griste een glas mineraalwater van het blad van een serveerster die langsliep en dronk het in één teug leeg. Tot haar opluchting trippelde de jonge ober weg en werd Jack in de kraag gegrepen door een paar blozende zakenmannen. Ze ging iets naar achteren staan om alles eens goed te bekijken.
Het bal werd gehouden in een enorme bruidstaart van een hotel in Cheltenham; de hoge balzaal was groot en luxueus en vol pratende en dansende mensen. Het geluid dat de band en de mensen samen produceerden, was enorm. Tilly was blij dat er ook veel jonge mensen waren; ze was bang geweest dat er alleen maar oudjes met klapperende kunstgebitten en wandelstokken zouden zijn. Het was een kleurrijke, ontspannen verzameling mensen, en Jack kende velen van hen. Hij werd ook, ondanks het feit dat ze niet dronk, met de minuut aantrekkelijker.
Oké, hou op. Gedraag je. Ze was geen streepje op...
'Wat staat die jurk je prachtig!' Een oudere vrouw, glansrijk uitgedost in een paarse zijden jurk, kwam aanzoeven. 'Ik wilde je even begroeten. Ik ben Dorothy Summerskill, van het comité,' stelde ze zichzelf voor. 'En jij bent Jacks vriendin.'
'Gewoon een vriendin,' zei Tilly.
'O! Nou, dat is waarschijnlijk maar beter ook!' Dorothy beschikte over een uitbundige lach. 'Het is tegenwoordig moeilijk bij te houden met wie Jack precies gaat. Ach, maar we gunnen hem zijn lolletjes wel, hoor. We zijn allemaal dol op hem, weet je. Hij heeft zoveel gedaan voor onze organisatie. Hij is een van onze grootste supporters hier in Cheltenham.'
'Had iemand in zijn familie soms alzheimer?'
'Nou, het is eigenlijk via Rose gegaan, zijn verloofde. Ach, die schat, we missen haar nog steeds. Haar grootmoeder leed eraan, en daarom zette Rose zich in voor de stichting. Ik zal je eerlijk zeggen dat we niet hadden verwacht dat we Jack ooit nog te zien zouden krijgen na haar dood, maar hij is ons blijven steunen. Heel fijn. En hopelijk zien we jou ook nog eens

terug na vanavond.' Dorothy's ogen straalden. 'Jacks vrienden zijn onze vrienden.'
Na het eten kwam het dansen pas goed op gang. Tilly was uren op de dansvloer te vinden, waar ze werd rondgedraaid – met wisselend succes – door mannen aan wie ze eerder die avond was voorgesteld. Dorothy's man, Harold, was een enthousiaste bergbeklimmer en danste ook zo. Een vrolijke accountant die Mervyn heette, had een gorgelende lach en een voorkeur voor woordgrapjes. Patrick, de boer, zag eruit als een vrij worstelaar, maar danste als Fred Astaire. En hun vrouwen en vriendinnen waren ook aardig. Fantastisch, ongecompliceerd gezelschap. Tilly had zo'n leuke avond dat ze nauwelijks merkte dat ze niet dronk.
Maar toen moest Jack de boel komen verzieken.
Uitgeput na een paar energieke tango's met Patrick, ging ze even op de rand van een tafel zitten om haar voeten wat rust te gunnen. Meteen zag ze Jack naar haar toe komen lopen.
'Wat is er?' vroeg ze, toen hij op zijn horloge keek. 'Moeten we al weg?' Ze was een beetje teleurgesteld, want het was pas twaalf uur.
'Nee hoor, of je moet weg willen. Hoezo?' Met een scheef hoofd keek hij haar aan. 'Vind je het niet leuk dan?'
'Jawel.' Ze kon zijn aftershave ruiken.
'Fijn. Nee, ik vond eigenlijk dat wij maar eens met elkaar moesten dansen.' Hij nam haar afwachtend op. 'Sorry, maar ik dacht dat het misschien raar zou overkomen als we niet één keertje met elkaar dansten.' Weer een korte stilte. 'Dus wat denk je ervan? Zullen we het maar meteen doen? Dan hebben we dat weer gehad.'
'Oké.' Hij had gelijk. Met tegenzin liet ze zich van de tafel glijden.
'Je zult er niet aan doodgaan, hoor,' zei hij. 'En maak je niet druk, ik zal me keurig gedragen. Ik ben vanavond een echte heer, precies zoals ik heb beloofd.' Toen de muziek weer begon, trok hij haar grinnikend tegen zich aan. Met een warme hand op haar schouder en de andere lichtjes op de onderkant van haar rug, begon hij vaardig rondjes met haar te draaien op de dansvloer. Maar nog geen seconde later raakte de hand

die op haar rug had gelegen, haar kont aan, en stond hij als een idioot aan haar rok te rukken.
'Wat doe je?' Geschrokken sloeg ze zijn arm weg en wurmde zich los uit zijn greep.
'Sorry, maar je jurk was aan de achterkant omhooggeschoven. Ik probeerde de zoom naar beneden te trekken voordat iedereen je onderbroek zou zien.'
Allemachtig, alsof dansen met Jack Lucas al niet zenuwslopend genoeg was. Nu hadden ook nog een paar honderd mensen gratis een blik op haar slipje mogen werpen.
Nou ja, het was al gebeurd. Gelukkig had ze wel haar mooiste slipje aan.
'Dank je.' Zuchtend stond ze toe dat hij haar weer aanraakte. Oké, ontspan je, beweeg mee op de muziek en blijf meebewegen tot hij afgelopen is. En dat is dan dat, klus geklaard. Hoe lang kon zo'n nummer nou nog duren? Drie, vier minuten, dat redde ze wel. Als het lastig werd, kon ze gewoon de seconden gaan aftellen...
Oké, één... twee... drie...
'Ben je soms aan het tellen?'
'Wat? O, sorry.' Ze deed snel haar hoofd naar beneden, zich er ten volle van bewust dat hun bovenlichamen elkaar raakten. Het derde knoopje van zijn witte smokinghemd bevond zich op precies dezelfde hoogte als de hals van haar zachtroze strapless avondjurk; als ze echt helemaal haar zelfbeheersing verloor en op haar tenen ging staan, zou ze zijn hals kunnen likken... Oké, hou op, begin weer te tellen, maar deze keer niet hardop.
'Vermaak je je een beetje?' vroeg Jack.
Ze knikte; hij had geen flauw idee wat het met haar deed om met hem te dansen. 'Iedereen is erg aardig.'
'Ja, het is een leuk stel mensen.'
Zich dwingend om hem aan te kijken, omdat het een beetje raar begon te worden dat ze zijn blik steeds meed, zei ze: 'Dorothy sprak heel lovend over je.'
'Tja, misschien is dat wel omdat ik een aardige man ben. Af en toe dan,' verbeterde hij zichzelf met een lachje, 'als ik er zin in heb.'

Dat lachje van hem. Van zo dichtbij was het nog verwoestender. Ze kon zich echt bijna niet meer concentreren. Even deed ze haar ogen dicht en dacht aan Amy en Marianne en hoe die andere ook alweer mocht heten... O ja, Lisa. Want dat was het punt met Jack, hij was wel érg vrijgevig met zijn lachjes en liet een spoor van gebroken harten achter. Hij had totaal geen belangstelling voor wat voor serieuze relatie ook. Het enige waar het hem om ging, was seks. Dat moest ze niet vergeten. Nooit niet.

'Waar denk je aan?' Haar verhitte, verwarde gedachten werden onderbroken door zijn stem.

'Nergens aan.'

Hij grinnikte. 'Je bedoelt dat ik het niet wil weten.'

Ze haalde haar schouders op en hoopte maar dat haar handpalmen niet klam werden. Ze voelde zijn heupen tegen de hare schuren, en dat was behoorlijk verontrustend. En tot haar eigen ergernis vroeg ze zich af of hij, toen hij haar opgestroopte jurk naar beneden had getrokken, wel had gemerkt hoe zijdeachtig en mooi haar prachtige, nieuwe roze-met-beige slipje van La Senza was.

'Goed, je mag er nou wel mee ophouden,' mompelde Jack.

Even dacht ze dat hij bedoelde dat ze wel kon ophouden met zich afvragen of hij haar onderbroek wel mooi had gevonden. Toen drong tot haar door dat de muziek was afgelopen, maar dat ze nog steeds heen en weer stond te wiegen. Terwijl ze zichzelf weer in de hand probeerde te krijgen, zei ze snel: 'Ik dacht dat ze meteen een nieuw nummer zouden inzetten. Ik... ik wilde gewoon in de sfeer blijven, snap je.'

'Wil je soms nog een keer met me dansen?' Net toen hij zijn handen weer op haar heupen legde, begon de muziek weer.

Ach, nu ze toch op de dansvloer stonden... 'Nou...'

'Nee, we hebben onze plicht gedaan.' Hij liet haar los, en al haar zenuwuiteindes voelden zich meteen teleurgesteld. 'We kunnen beter wat gaan drinken.'

Hij had weliswaar beloofd om haar als een dame te behandelen en zichzelf als een echte heer te gedragen, maar ze had niet echt verwacht dat hij woord zou houden. Op de terugweg naar

Roxborough, achter in de taxi, had ze zich geestelijk voorbereid op een eerste stap van hem. Hij zou haar op zijn minst toch wel vragen of ze nog even een kop koffie bij hem kwam drinken?
Maar dat had hij niet gedaan. Hij had de taxichauffeur naar Beech House geloodst, en daar waren ze inmiddels aangekomen.
'Zo,' zei Jack. 'Je bent weer veilig thuis. Bedankt dat je bent meegegaan, het was leuk.'
'Ja, het was leuk.' Het drong tot haar door dat dit het was, dat hij niet eens van plan was zich naar haar toe te buigen en haar een beleefd afscheidskusje op de wang te geven.
Nou. Daar stonden ze dan, voor haar huis, en daar zat ze dan, zonder kusje, zonder oneerbaar voorstel. Eerlijk gezegd begon ze het gevoel te krijgen dat hij haar niet zo aantrekkelijk vond. Maar hij verroerde zich nog steeds niet, dus er zat voor haar niets anders op dan uit te stappen. 'Tot ziens dan maar.'
Jack knikte. 'Tot ziens.'
Vond hij haar soms lelijk?

19

Tilly had de data door elkaar gehaald; toen Max de kaartjes voor de Royal Shakespeare Company boekte, verkeerde ze in de veronderstelling dat het bal in Cheltenham op vrijdagavond was. Toen ze haar vergissing had bemerkt – het bal was op donderdag – was het gelukkig te laat geweest om nog een extra kaartje te bestellen.
Max dacht dat ze het expres had gedaan.
Vrijdagmiddag na school mopperde Lou: 'Ik snap niet waarom papa denkt dat ik Shakespeare leuk ga vinden als ik naar mensen kijk die zich een beetje lopen aan te stellen op het toneel. Ik durf te wedden dat ik hem na afloop nog steeds saai vind.'
Tilly was bezig Lou's woeste krullen te temmen met een se-

rum, want ze wilde proberen een lange vlecht te maken. 'Ach, wie weet vind je het wel fantastisch.'
'Nou, als jij soms in mijn plaats wilt gaan...'
'Heel aardig van je, maar het zou zonde zijn als jij niet ging.'
'Zullen we anders nog een keer op de website kijken? Je kunt nooit weten, misschien hebben er wel mensen moeten annuleren en zijn er ineens kaartjes over.'
'Wat lief van je om daaraan te denken.' Tilly trok even aan een van Lou's krullen. 'Maar gelukkig had ik daar ook al aan gedacht en heb ik mijn smoes al klaar. Er moet iemand thuisblijven om op Betty te passen.'
'Allemachtig zeg,' klaagde Max, die net terug was van een afspraak met een klant in Bristol. 'Je zou denken dat ik je wilde meenemen naar een avondje in een martelkamer om je zonder verdoving je ribben te laten breken.'
'En als ik probeer te slapen, port hij me vast wakker.' Lou trok een gezicht en klopte op haar schoot toen Betty in Max' kielzog de kamer in kwam trippelen. 'Kom, Betty. Heb jij geen zin om vanavond met papa naar toneel te gaan?'
Betty sprong op haar schoot en likte haar gezicht.
'Dat betekent ja! Goed zo! Brave meid, Betty! Je mag mijn kaartje hebben.'
'Ik ben omringd door een stelletje ondankbare honden. Goed, ik ga me even douchen en dan vertrekken we om zes uur.' Terwijl Max zijn jasje uitdeed, vervolgde hij: 'Trouwens, Jack belde me vanmiddag. Je hebt gisteravond je pashmina in de taxi laten liggen. Hij heeft hem.'
'O, gelukkig.' Tilly slaakte een zucht van opluchting. 'Ik dacht dat ik hem ergens had verloren.'
'Hij zei dat hij hem wel wil meenemen als hij weer in de buurt is, maar dat je hem ook kunt komen ophalen.'
'Wat ga jij vanavond eigenlijk doen?' vroeg Lou.
'Een lekker lang bad nemen. Chinees halen. Drie afleveringen van *Ugly Betty* bekijken. Nee, niet jij,' riep ze uit toen Betty rechtop ging zitten op Lou's schoot en Tilly gekwetst aankeek. 'Jij bent niet lelijk, schat. Je bent heel mooi. En daarna cappuccino-walnootmousse van Marks and Spencer eten.'
'Bofkont,' verzuchtte Lou.

Tevreden zei Tilly: 'Ja, hè? En nergens een saai Shakespearestuk te bekennen.'
'Nog meer sarcastische opmerkingen, en ik eet die walnootmousse van je op,' zei Max.

Ze vertrokken iets na zessen naar Stratford. Nadat Tilly voor de zekerheid even had gecontroleerd of haar walnootmousse nog veilig in de koelkast stond, ging ze met Betty een eind door het bos rennen. Toen ze thuiskwamen, viel Betty meteen in slaap in haar mand, en Tilly nam een bad. Om acht uur was ze klaar en had ze haar post-bad grijze velours trainingspak aan.
'Betty? Ga je even mee?' Ze rammelde verleidelijk met haar autosleutels, maar Betty deed slechts langzaam één oog open en toen weer dicht. 'Nou ja, dan niet. Ik ben zo terug.'
Op weg naar de Chinees in Roxborough bedacht ze dat ze onderweg haar sjaal wel even kon ophalen, want Jacks huis lag vrijwel op haar route. Een minpuntje was dat ze haar gemakkelijke trainingspak aanhad en niet was opgemaakt, maar dat hij dan meteen kon zien dat ze zich niet had opgetut voor de gelegenheid, was weer een pluspunt. Als hij thuis was tenminste. Het was wel vrijdagavond; dikke kans dat hij uit was. Alleen leek het erop dat hij niet uit was. Toen ze langs het hek reed, zag ze zijn auto op de oprit staan, en overal in huis was het licht aan. Een alternatief scenario was natuurlijk dat hij bezoek had.
Na een korte aarzeling zette ze de motor uit en stapte uit de auto. Ze wilde alleen maar even aanbellen en om haar sjaal vragen. Hoe lang kon dat nou helemaal duren? Een halve minuut, maximaal. Als er iemand bij Jack was, dan zou die hooguit denken dat hij een lastige Jehova's getuige probeerde af te wimpelen.
'Ha. Kom snel verder.' Jack trok de deur wat wijder open en deed een stap opzij. Hij droeg een blauw sweatshirt met de mouwen opgestroopt en een behoorlijk verbleekte spijkerbroek.
Ze aarzelde. 'Ik kwam alleen maar even...'
'Dat weet ik, maar mijn saus wordt te dik als ik niet snel weer ga roeren. Nogal een cruciaal moment.'

Ze liep hem achterna de keuken in. Er bestond werkelijk geen enkele gegronde reden om onder de indruk te raken van een man die echt aan het koken was in plaats van gaatjes in plastic te prikken, maar op de een of andere manier was ze het toch.
En het rook fantastisch. Zelfs als hij het waarschijnlijk alleen maar deed om indruk te maken op een of andere vrouw.
Die hier misschien wel ergens was.
'Heb je visite?'
'Hè?' Jack was bezig het gas wat lager te draaien en tegelijkertijd in een Le Creusetpan te roeren. 'Nee hoor, ik ben alleen. Wacht, even nog wat erbij doen...'
Een theelepeltje poedersuiker, een scheut port en wat citroensap later proefde hij even en knikte tevreden.
'Ik wist niet dat je dit soort dingen deed.' In haar hoofd vergeleek ze hem met die ene chef-kok van tv; god, stel je voor dat hij zo meteen ook nog met zo'n sexy Frans accent ging praten, dan zou ze echt helemaal van slag raken.
'Ik ken niet zoveel gerechten,' bekende hij, 'maar mijn bolognesesaus is behoorlijk goed. Dat is echt mijn topgerecht.' Hij zweeg even. 'Eerlijk gezegd is het zo'n beetje mijn enige gerecht.'
'Je bedoelt dat je het vaak hebt gemaakt.' Ze had zin om de saus te proberen, om te proeven hoe hij smaakte, maar dat was niet de reden van haar komst. 'Trouwens, ik ben blij dat je mijn pashmina hebt gevonden. Ik dacht echt dat ik hem ergens was verloren.'
'Je had hem op de vloer van de taxi laten vallen. Ik zag hem ineens liggen toen ik uitstapte.' Hij draaide zich naar haar om. 'Heb je haast?'
'Hoezo?'
'Nou, je sjaal was vies geworden van de vloer. Ik denk dat je er met je schoenen op hebt getrapt, dus ik heb hem net in de wasmachine gestopt.' Hij wees naar de half openstaande deur naar de bijkeuken, waar Tilly een wasmachine zag staan die vrolijk een wasje draaide.
'O nee!'
'Wat?'

'Mijn pashmina is van honderd procent kasjmier! Hij is van Harvey Nichols en kostte tweehonderd pond en mag alleen gestoomd worden!'
Hij stopte met roeren. 'Shit. Echt waar?'
Ha, hebbes!
Ze verloste hem uit zijn lijden. 'Nee, hoor. Hij is van polyester, dol op wasmachines en heeft me zeseneenhalf pond gekost op Camden Market.'
De opluchting was van zijn gezicht af te lezen. 'Daar koop ik mijn pashmina's ook altijd.'
Ze grinnikte. 'Je geloofde het echt, hè?'
'Het was een déjà vu.' Hij pakte een kurkentrekker uit een la. 'Ik ben een keer zwaar in de problemen geraakt door een wit kanten topje en een lading smerige rugbykleren.'
'Goh, ik had je niet echt ingeschat op een wit kanten topje.'
Hij pakte een fles rode wijn uit het rek, maakte hem vaardig open en schonk een paar volle glazen in de pan. 'Ik dacht dat Rose een hartaanval zou krijgen toen ze zag wat ik had gedaan. Het was de eerste keer dat ze het had gedragen.' Droog vervolgde hij: 'En meteen de laatste keer dus. God, en ik vond het nog wel zo aardig van mezelf om haar spullen even mee te wassen. Tot het uit de machine kwam.'
Ze kromp ineen. 'Grijs.'
'Grijs en helemaal naar de haaien,' beaamde hij.
Bezorgd keek ze naar de bijkeuken. 'Eh... wat zit er allemaal bij mijn pashmina in?'
'Maak je geen zorgen, ik heb mijn lesje geleerd. Witte was, wolprogramma. Wil je me de pepermolen even aangeven?'
Ze deed wat hij had gevraagd en keek naar hem, terwijl hij de laatste hand legde aan de saus waarvan ze nog steeds niet had mogen proeven. 'Wanneer is de was klaar?'
'Over een halfuurtje, schat ik.'
'Oké,' zei ze, 'dan lijkt het me een slim idee dat ik even doorrijd naar de Chinees en dan op de terugweg mijn sjaal kom ophalen.'
'Zijn dat jouw plannen voor vanavond?' Schouderophalend zei hij: 'Je zou ook hier kunnen blijven om mijn topgerecht uit te proberen.'

Had hij dat expres gedaan? Had hij haar daarom niet eerder gevraagd om even een hapje te proeven? Want juist omdat hij dat niet had gedaan, wilde ze nu echt heel erg graag weten hoe zijn pastasaus smaakte.
Bovendien rook hij fantastisch.
'Maar ik wilde Chinees gaan halen.'
'Maar ik heb echt heel veel saus gemaakt. En is Max niet met Lou naar Stratford? Dan ben je dus helemaal alleen thuis.'
Amy en Lisa en Marianne zouden allang hebben toegehapt.
'Niet helemaal alleen, Betty is er ook nog. Ze zit te wachten tot ik terugkom met de kroepoek.'
'Maar Betty kan niet klokkijken.'
'Ik wil haar niet te lang alleen laten.'
'Een paar uurtjes kan geen kwaad.' Zijn ogen kregen een geamuseerde glans. 'Anders bel je haar toch even? Om haar te vertellen – woef woef – waar je bent.'
'Lach me niet uit.'
Hij glimlachte. 'Ik vond het juist heel lief dat je dat deed.'
Ze wist niet goed of het woordje 'lief' haar wel zo beviel. Was het goed om lief te zijn?
'En als je naar Betty gaat, ben ik alleen.' Hij wierp haar een droevige blik toe. 'Helemaal alleen met mijn grote pan bolognesesaus.'
Die fantastisch rook.
Wie zou dat nou kunnen afslaan?
'Je weet dat je me kunt vertrouwen,' zei hij, 'dat heb ik gisteravond bewezen.'
'Oké, oké, dan blijf ik nog even.' Ze legde haar autosleuteltjes neer; ze moest gewoon weten hoe die saus smaakte.
'Leuk.' Hij klonk oprecht blij.
'Maar ik wil echt om tien uur weer thuis zijn.'

20

Wanneer Jay Leno grapjes over je ging maken, wist je dat je het echt had gemaakt. Dan drong plotseling het besef tot je door dat je een merknaam was geworden.
Oké, goed dan, het nationale pispaaltje.
En het was niet eens zo'n goede grap geweest. Een of andere gehaaide opmerking over dat Kaye McKenna de nieuwe Cruella de Vil zou spelen in de remake van *101 Dalmatiërs*... het geluid van piepende banden... o, sorry, van 100 dalmatiërs... nog meer bandengepiep... oeps, negenennegentig...
Het studiopubliek had het om te lachen, gieren en brullen gevonden. Ze waren bijna van hun stoel gevallen. De drummer had van ba-boem tsjing gedaan, en Jay had zijn veelbetekenende buldoglachje gelachen alvorens zich op zijn volgende slachtoffer te storten wiens reputatie hij zou opblazen.
'Wakker worden! Is dit het?'
Kaye, die niet echt had geslapen, deed haar ogen open. Ze had de laatste tijd zoveel pech gehad dat het haar niet zou verbazen als ze ergens in een dorp in Schotland was geëindigd. Maar toen ze uit het taxiraampje keek, zag ze dat het navigatiesysteem zijn werk had gedaan en haar naar huis had gebracht.
Nou ja, niet háár huis. Hoewel het dat tot drie jaar geleden wel was geweest. Bovendien wist ze dat ze hier welkom was, en dat betekende veel voor haar. Nee, op dit moment was dat zelfs het enige wat nog belangrijk voor haar was, bij mensen zijn die haar geloofden, weer terug te zijn bij haar familie...
Alsjeblieft niet gaan huilen, gewoon de taxichauffeur betalen en je koffers uit de kofferbak pakken.
Nog geen tien seconden nadat ze had aangebeld, had ze er al spijt van dat ze de taxi had laten wegrijden. Wat stom om niet eerst te kijken of er wel iemand thuis was. Ze had aangenomen dat de auto's in de garage stonden, maar besefte nu dat dat waarschijnlijk niet het geval was. Dat kreeg je nou van jetlag en slaapgebrek, je kon niet meer helder nadenken. Ze bukte zich, deed de klep van de brievenbus open en riep: 'Max? Lou? Is daar iemand?'

Tot haar opluchting hoorde ze binnen een deur kraken, gevolgd door het geluid van rennende...

'Waf!' Betty begon als een gek te blaffen en tegen de brievenbus op te springen,

'Betty!' Kaye liet zich op haar knieën vallen en kreeg tranen in haar ogen. 'Betsy-Boo, ik ben het! O, schatje van me!'

Iedere keer dat Betty omhoogsprong, ving Kaye een fractie van een seconde een glimp van haar op. Het leek niet bij Betty op te komen dat ze, als ze iets naar achteren ging staan, elkaar zouden kunnen aankijken. Maar ja, ze was nooit een al te slimme hond geweest, en zeker niet van het praktische soort zoals Lassie die er met een beetje aanmoediging en behendig potenwerk vast wel in was geslaagd om de deur van binnenuit open te krijgen.

'Waf! Waf!'

'O Betty, wat heerlijk om je weer te zien. Ik heb je zo gemist.'

Toen ze haar vingers door de brievenbus stak en de vertrouwde likjes van de hond voelde, snikte ze het bijna uit. Maar toen liet ze per ongeluk de klep los die met een veer vastzat, en ze slaakte een kreet van pijn. Dit was belachelijk, waarom had ze niet gewoon haar huissleutel gehouden zoals Max had voorgesteld? Maar nee, toen dat allemaal speelde, had ze het geen prettig gevoel gevonden om een sleutel te houden van het huis van haar ex, en ze had hem per se willen teruggeven.

Ze rilde. En het was nog belachelijker dat ze helemaal was vergeten hoe koud het in dit land in maart, het zogenaamde begin van de lente, nog kon zijn. Oké, wat nu? Max bellen natuurlijk. Ze ging op de mat zitten – iets minder ongemakkelijk dan de stoep, maar niet veel beter – diepte haar mobieltje op en belde zijn nummer.

Het stond uit. Echt weer iets voor Max. Waar was hij?

Daarna probeerde ze Lou's mobieltje. Gelukkig, dat ging wel over.

Shit, ze hoorde het hier ook ergens overgaan. Toen ze de brievenbus weer opendeed, hoorde ze het vrolijke deuntje uit het huis komen. Lou mocht dan niet thuis zijn, haar mobieltje was dat wel.

Wat niet zo handig was, want ze had ijskoude vingers, bijna

geen gevoel meer in haar achterste, en haar neus begon ook nog te lopen.
Kaye McKenna, beruchte Hollywoodactrice, tegen haar zin de ster van de show van Jay Leno, zat in het donker op een stoep met een druipneus. Heel glamoureus allemaal.
Misschien kon ze anders aan de achterkant van het huis een raampje inslaan en naar binnen klauteren. Maar Max had vast het inbraakalarm aangezet, en ze wist niet of ze zich de code nog wel herinnerde. Bovendien was die inmiddels vast al veranderd. Dat kon ze er net nog bij gebruiken, dat het inbraakalarm afging en ze werd gearresteerd.
Wat een fijne thuiskomst weer.
Oké, denk na. Eigenlijk had ze weinig keus. Ze kon hier blijven zitten en hopen dat er iemand thuiskwam voordat ze zou sterven aan onderkoeling, óf ze kon haar koffers hier laten staan en naar Roxborough wandelen.
In de kroeg was vast wel iemand die ze kende.

Hoe was het zover gekomen? Tilly verbaasde zich erover wat een verloren sjaal allemaal kon bewerkstelligen. Het was halftien, ze hadden Jacks eten op, en nu zat ze op de bank naar een foto van Rose Symonds te kijken.
En daarvoor had ze niet eens door het huis hoeven sluipen of stiekem in lades rommelen. Jack had gewoon gevraagd: 'Wil je nog steeds weten hoe ze eruitzag?'
Gewoon zo. En toen ze had geknikt, had hij geamuseerd opgemerkt: 'Je had het ook aan Max kunnen vragen, hij heeft ook foto's van haar. Of had je daar nog niet aan gedacht?'
Jemig, voor hoe dom hield hij haar eigenlijk?
'Wel aan gedacht, maar besloten om het niet te doen.' Omdat Max het je vast had verteld als ik hem naar foto's had gevraagd.
Jack was toen de huiskamer uit gelopen en even later teruggekomen met de foto.
Inmiddels zat hij weer op de bank en keek haar aan. 'Normaal gesproken doe ik dit niet, maar ik heb gewoon het idee dat jullie elkaar wel zouden hebben gemogen als jullie elkaar

hadden gekend. Ik denk echt dat jullie het goed met elkaar zouden hebben kunnen vinden.'

Tilly keek nog steeds naar de foto, alle details in zich opnemend; Max had niet overdreven toen hij het over Rose had gehad. Ze had kastanjebruine ogen en lang, prachtig glanzend, donker haar. Op de foto droeg ze een T-shirt van Comic Relief, een bemodderde spijkerbroek en rubberlaarzen, met in haar oren grote zilveren oorringen. Ze stond op iets wat leek op een bouwterrein en lachte naar de camera, met stralende ogen, verliefd. Zonder het te hoeven vragen wist Tilly dat Jack de foto had gemaakt.

'Ik denk ook dat we het goed met elkaar hadden kunnen vinden. Volgens mij had ze wel gevoel voor humor.'

'Dat had ze ook.' Hij knikte, maar zijn gezicht verried niets van zijn gevoelens.

'En je hebt haar zulke mooie plekken laten zien.' Ze wees naar het bouwterrein.

'Dat was hier, in de achtertuin, toen de aanbouw werd gebouwd.'

Ze hadden maandenlang gewerkt om het huis van hun dromen te bouwen, maar toen was de droom aan diggelen gevallen. Tilly vroeg zich af hoe je ooit over zoiets heen kon komen. Misschien door met honderden vrouwen naar bed te gaan en ervoor te zorgen dat je met geen van hen een emotionele band kreeg.

Maar zou het echt werken? Was dat eroverheen komen of gewoon doorgaan? Zou Jack nog steeds hetzelfde doen als hij zestig was?

'Dank je.' Ze gaf hem de foto terug. 'Ze was erg mooi.'

'Ja.' Jack wierp even een blik op de foto en glimlachte kort. 'Ze lacht daar omdat haar grootmoeder net aan komt lopen met een dienblad met mokken. We hadden gevraagd om koffie, zonder suiker. We kregen thee, met zes suikerklontjes erin. En bovenin dreven druiven.' Hij zweeg even. 'Klinkt dat gemeen? We lachten haar niet uit, hoor, maar we probeerden gewoon het beste te maken van een situatie die ook zijn grappige kanten had. Rose was dol op haar grootmoeder. Wij allebei.'

'Leefde ze nog toen... toen dat ongeluk gebeurde?' Op de een of andere manier was Tilly ervan uitgegaan dat Rose' grootmoeder-met-alzheimer al jaren geleden was gestorven.
'O ja.' Jack slaakte een diepe zucht. 'Op de begrafenis vroeg ze steeds wie er dood was. Tijdens de dienst keek ze om de tien minuten om zich heen in de kerk en vroeg: "Maar waar blijft Rose toch? Waarom is ze er nog niet? Werkelijk, dat kind zou nog te laat komen op haar eigen begrafenis." Wat eerlijk gezegd al een stuk minder grappig was. En iedere keer dat iemand haar vertelde wie er dood was, reageerde ze alsof ze het voor het eerst hoorde. Wat behoorlijk moeilijk voor ons was.' Hij zweeg en schudde zijn hoofd. 'Niet te geloven dat ik je dit allemaal vertel. Meestal praat ik er niet over.'
Als hij niet net zo'n hartverscheurend verhaal had verteld, was Tilly misschien in de verleiding gekomen om te zeggen dat dat waarschijnlijk kwam omdat hij het meestal te druk had met andere dingen.
Maar dat kon ze nu natuurlijk niet zeggen. En aangezien ze een brok in haar keel had ter grootte van een tennisbal, vermoedde ze dat ze sowieso helemaal geen woord zou kunnen uitbrengen.
'Nee, dat is niet waar,' verbeterde hij zichzelf. 'Ik weet geloof ik wel waarom.' Weer schudde hij zijn hoofd. 'Zullen we het ergens anders over hebben?'
Ze knikte, want ze vertrouwde het zichzelf nog niet toe om iets te zeggen. Plotseling, als een of andere maffe, maar niet te stuiten chemische reactie, reageerde haar hele lichaam op hem. Daar was zijn been en hier het hare, er vlak naast. Kon Jack voelen wat er gebeurde, kon hij voelen dat haar hele lichaam tintelde van een verlangen waarover ze geen enkele zeggenschap meer had? Ze wilde hem aanraken, vasthouden, het vreselijke verdriet wegnemen, hem beter maken... O god, dit moest dat beruchte tragische-weduwnaareffect zijn, de dodelijk effectieve manier waarop Jack vrouwen wist over te halen al hun principes overboord te gooien, hun vrije wil, hun waardigheid...
'Toe dan.' Hij keek haar aan. 'Jij mag kiezen.'
Terwijl hij het zei, streek zijn hand heel even langs de hare, en ze voelde een elektrische vonk overspringen. Ze hoorde haar

eigen ademhaling versnellen toen ze vroeg: 'Wat kiezen?'
'Een nieuw gespreksonderwerp. Iets vrolijkers.'
Iets vrolijkers, iets vrolijkers. Ze slikte moeizaam. 'Is handtassen wat?'
'Dat is vals spelen.' Hij schudde zijn hoofd.
'Cricket dan?'
'Oké, laten we het over cricket hebben.'
'Ik haat cricket.' Verbeeldde ze het zich of schoof hij dichter naar haar toe?
'We kunnen het over Italië hebben. Ben je wel eens in Italië geweest?'
Nee, zijn mond was beslist dichterbij dan twintig seconden geleden. 'Nee.'
'Ach. Nou, dan blijven er weinig dingen over waar we het over kunnen hebben.' Hij wachtte even. 'Als ik tegen je zei dat ik je leuk vind, zou je dan denken dat het een versierpraatje was?'
Ze knikte.
'Nou, dat is het niet. Het is echt zo. Ik vind je echt leuk. Heel erg leuk,' zei hij. 'Zo leuk zelfs dat het me bijna bang maakt. En ik weet niet of ik wel wil dat dit gebeurt.'
Was dit hoe hij het deed? Was dit zijn standaardversierpraatje? Ze hoorde het hem al zeggen, keer op keer, tegen een oneindige stoet van lichtgelovige vrouwen, die er stuk voor stuk in trapten en dachten dat zij de enigen waren die het hart van de treurende weduwnaar konden helen.
O god, maar wat als het geen versierpraatje was? Wat als hij het deze keer echt meende?
'En voor het geval je het mocht willen weten,' zei hij met lage stem, 'het kostte me gisteravond vreselijk veel moeite om me aan mijn belofte te houden.'
O ja? Echt waar? Hij keek alsof hij de waarheid vertelde. Hij klonk ook geloofwaardig. En hij had de mooiste mond die ze ooit had gezien. Naar adem happend zei ze: 'Ik dacht dat je gewoon geen belangstelling had.'
Hij glimlachte een beetje met die ongelooflijk mooie mond van hem. 'O, maar dat had ik heus wel.'
Tilly had inmiddels vlinders in haar buik. 'Ik wou dat je niet zo'n slechte reputatie had.'

'Ik ook. Ik ben niet trots op de dingen die ik heb gedaan.'
'Zoals die Amy, laatst in de Fox. Voor jou betekende ze helemaal niks, maar toch ben je met haar naar bed gegaan. Ze zat erover op te scheppen,' zei Tilly. 'Ze was ontzettend opgewonden, ontzettend verliefd, want ze snapte niet dat het voor jou alleen maar seks was, en dat is zielig. Daarmee zet je haar voor schut.'
Jack keek haar een tijdje aan, maar aan zijn gezicht was niet te zien wat hij dacht. Toen zei hij kalm: 'Ik wil het niet over Amy hebben. Ik praat nooit over mijn relaties. Dat weet iedereen.'
'Is dat soms een gedeelte van de aantrekkingskracht? Omdat ze weten dat je discreet zult zijn?'
Een geamuseerde blik. 'Ik weet bijna zeker dat het helpt.'
Hij had natuurlijk gelijk. Tilly was nooit de vernedering vergeten van toen ze het had uitgemaakt met Ben Thomas en ontdekte dat hij op school iedereen alle intieme details over hun relatie had verteld. Maar in plaats van hun te vertellen dat ze zo fantastisch kon kussen – wat hij haar wel duizend keer had verteld toen ze verkering hadden – had hij uitgebreid uit de doeken gedaan dat ze zakdoekjes in haar beha stopte om haar borsten groter te laten lijken, en ook dat ze een keer zo hard om *Mr. Bean* had moeten lachen dat ze in haar broek had geplast.
Een heel klein beetje maar, maar dat was niet wat Ben had gezegd. Als je hem zo hoorde, leek het net alsof het een emmer vol was geweest. Haar hele laatste schooljaar had ze er grapjes over moeten aanhoren, tot groot vermaak van de rest van de klas.
Dus ja, het vooruitzicht van een relatie met iemand die wist wat discretie betekende, had zo zijn voordelen.
'Waar denk je aan?' Onder het praten gleed zijn pink langs haar pols, haar eraan herinnerend dat hij nog steeds naast haar zat.
Alsof ze dat ooit zou kunnen vergeten.
Haar mond was kurkdroog. Waar ik aan denk? Dat ik met je naar bed zou kunnen gaan zonder dat iemand het ooit te weten hoefde te komen. We zouden nu naar boven kunnen gaan

om te vrijen en het zou ons geheim blijven. Het enige wat ik hoef te doen is voor twaalf uur thuis zijn, want dan komen Max en Lou terug uit Stratford. Zij zullen dan denken dat ik de hele avond samen met Betty naar dvd's heb gekeken, want dat is het leuke aan honden, die kunnen niet hun wenkbrauwen optrekken en à la Hercule Poirot zeggen dat dat eigenlijk niet helemaal waar is Tilly, slettenbakje, want je was...
Tttrrrinnnggg.

21

De deurbel. Shit.
Met één klap weer met beide benen op de grond.
'Wie is dat?' Behalve dan dat het de onnadenkendste aanbeller ooit was, bedoelde ze.
Hij haalde zijn schouders op. 'Ik ben er nooit aan toegekomen beveiligingscamera's te laten installeren.' Hij keek niet al te blij, en hij bleef ook gewoon op de bank zitten.
'Moet je niet gaan opendoen?'
'Misschien gaan ze wel vanzelf weg.'
Het was waarschijnlijk een van zijn vele vrouwen, iemand die het misschien niet leuk zou vinden om de deur gewezen te worden, iemand die er misschien wel op stond om te worden binnengelaten. Gewoon niet opendoen was waarschijnlijk de slimste oplossing.
Ttttrrrinnnggg deed de bel weer, gevolgd door het geluid van de brievenbus die werd opengeduwd. Tilly hield haar adem in. Misschien stopte die vrouw wel een briefje in de bus om te zeggen dat ze langs was geweest en of Jack haar wilde bellen als...
'Jack! Ben je thuis?'
Een vrouwenstem, goh, wat een verrassing. Tilly keek Jack aan, die zijn wenkbrauwen fronste.
'Wie kan dat nou zijn?' vroeg hij.
'Jack, ik ben het! Doe alsjeblieft open, ik ben de wanhoop nabij!'

Nou, en daar schaamde ze zich blijkbaar ook niet voor.
'Ik zou maar gaan opendoen als ik jou was.' Ze stond op van de bank. 'Als het een jaloers type is, kan ik misschien maar beter via de achterdeur verdwijnen.'
Maar Jack was ook al opgestaan. Zijn gezicht klaarde op. 'Hoeft niet, ik weet al wie het is. Mijn god, niet te geloven...'
Hij haastte zich de hal in, Tilly bij de deur van de huiskamer achterlatend als een reserveonderdeel. Vlak daarna hoorde ze de voordeur opengaan en wederzijdse kreten van blijdschap, gevolgd door gehaaste stappen over het parket en daarna het geluid van een deur die open- en dichtging.
Jack kwam de kamer weer in, hoofdschuddend en glimlachend. 'Ze moest heel nodig naar de wc, daarom was ze zo wanhopig.'
Ha, die ouwe smoes. 'Is het Amy?' Ze had niet geklonken als Amy.
'Je ziet het zo vanzelf. Ze is zo klaar.'
Ze hoorden de wc doortrekken en daarna het geluid van stromend water in de wasbak. Daarna ging de wc-deur weer open.
'God, wat ben ik blij dat je thuis was,' riep de vrouwenstem. 'Ik was van plan om in de Fox naar de wc te gaan, maar het was Declans vrije avond en ik kende er helemaal niemand, en toen begon een groepje pubers stomme grapjes te maken, dus ik wist niet hoe snel ik daar moest wegkomen. En toen moest ik natuurlijk nog nodiger plassen, ik was echt de wanhoop nabij. Als je niet had opengedaan, had ik gewoon in de tuin geplast... o, hoi!'
Eindelijk kwam de mysterieuze bezoekster de kamer in. Tilly's mond viel open toen tot haar doordrong wie het was.
'Oeps, stoor ik soms?' Kaye trok een gezicht. 'Sorry, ik ben zeker helemaal op het verkeerde moment komen binnenvallen?'
Ja, ja, ja.
'Helemaal niet. Kaye, dit is nou Tilly Cole.' Ontspannen stelde Jack hen aan elkaar voor. 'Tilly, dit is Lou's moeder, Kaye.'
'Tilly!' Kaye's ogen lichtten op. 'Wat leuk om je eindelijk te leren kennen.' Ze liep naar haar toe en omhelsde haar. 'Hoewel het nog leuker zou zijn geweest als je thuis was geweest

toen de taxi me afzette! Alleen Betty was er. Ik ben helemaal van Beech House komen lopen.'
'Max en Lou zijn naar Stratford,' zei Tilly. Dat plannetje van dat niemand zou hoeven weten dat ze bij Jack was geweest, viel dus ook in duigen.
'O ja! De Royal Shakespeare Company!' Kaye tikte zichzelf tegen de zijkant van haar hoofd. 'Dat heeft Lou me verteld. Ik besefte niet dat dat vanavond was. Mijn geheugen is helemaal in de war sinds ik volksvijand nummer één ben in de Verenigde Staten. O god, daar gaan we weer.' Haar saffierblauwe ogen vulden zich opeens met tranen, en ze wapperde verontschuldigend met haar handen. 'Sorry, sorry, ik heb ook zo'n rotweek achter de rug. Ik moest daar gewoon weg...'
'Hé, stil maar, niet huilen.' Jack stond meteen naast haar. Hij nam Kaye in zijn armen en wreef troostend over haar rug.
'O god, en ik heb niet eens een zakdoekje.' Snuffend veegde ze langs haar ogen. 'Ik ben het de hele week al aan het opkroppen en nou komt het er allemaal uit...'
Over haar hoofd heen zei Jack: 'In de keuken staat een doos Kleenex.'
Gehoorzaam ging Tilly de doos halen. Op de terugweg bleef ze in de deuropening even naar Jack en Kaye staan kijken, die elkaar nog steeds omhelsden, en ze voelde een scheut van jaloezie. Wat belachelijk was en ook schandelijk, want Kaye had een vreselijke tijd achter de rug, maar zoals Jack haar daar in zijn armen wiegde en troostende woordjes fluisterde en haar haren kuste... Nou ja, dat zag er gewoon hemels uit.
'De zakdoekjes,' zei ze zwakjes.
Kaye draaide zich om, dankbaar en met rode ogen. 'O, dank je wel. Meestal ben ik niet zo'n huilebalk, maar ik heb in het vliegtuig geen oog dichtgedaan, dus ik ben helemaal op.' Luidruchtig snoot ze haar neus, met een bleek en vlekkerig, maar nog steeds mooi gezicht, en zei: 'Wanneer ga je naar huis? Kan ik met je meerijden?'
'Eh...'
'O! Tenzij je natuurlijk helemaal niet van plan was om naar huis te gaan.' Kaye keek van Tilly naar Jack, alsof dat idee nu pas bij haar opkwam.

'Nee, nee!' Tilly schudde snel haar hoofd. 'Natuurlijk ga ik naar huis! Ik kwam alleen maar mijn pashmina ophalen. Ik wilde net weggaan toen jij aanbelde. We kunnen wel meteen gaan als je wilt.'
'Ja? Zou je dat niet erg vinden?' Met een zucht van verlichting zei Kaye: 'Dank je, want ik ben echt doodop, en ik wil Betty zo graag echt zien in plaats van alleen maar naar haar zwaaien door de brievenbus.' Met een wrang lachje vervolgde ze: 'Iedereen in Amerika haat me, maar mijn eigen hond vindt me gelukkig nog steeds fantastisch.'

Ze reden terug naar Beech House waar Kaye haar emotionele hereniging met Betty had, zodat ze weer moest huilen, maar deze keer waren het tranen van vreugde.
Toen gingen ze zitten wachten op de terugkeer van Max en Lou, wat niet lang meer zou duren, en Kaye opende een fles van Max' wijn.
'Eigenlijk maar goed dat ik ineens bij Jack op de stoep stond.' Over de keukentafel heen tikte ze met haar glas tegen dat van Tilly. 'Waarschijnlijk heb ik je een grote dienst bewezen.'
'Er is niks tussen ons.' Tilly schudde haar hoofd.
'Dat denk jij, maar misschien denkt Jack daar wel heel anders over. En als hij wil, kan hij erg overtuigend zijn. Hoewel hij zijn overtuigingskracht meestal nauwelijks hoeft aan te spreken.' Kaye blies Betty een kusje toe. 'De meeste vrouwen hier in de buurt storten zich gewoon op hem als... Hoe heet dat spel ook alweer waarbij je een pak van klittenband draagt en jezelf tegen een muur van klittenband gooit?'
'Het klittenbandspel misschien?'
'Nou ja, hoe dan ook, zo ziet het eruit als ze dat doen.'
Tilly bloosde een beetje; had zij dat ook gedaan? Als Kaye niet was gekomen, zou het er dan mee zijn geëindigd dat ze dat klittenbandspel had gespeeld en zichzelf op Jack had gestort?
'Het is net als op de delicatessenafdeling in de supermarkt,' vervolgde Kaye. 'Ze gaan allemaal in de rij staan, pakken hun nummertje en wachten tot het hun beurt is.' Ze barstte in lachen uit. 'Hun beurt!'
Zodat Tilly zich nog beter voelde.

'Doet er niet toe.' Kaye boog zich voorover en klopte op haar arm. 'Je bent mooi de dans ontsprongen. Maar ik had je toch al voor Jack gewaarschuwd? Als je nog een keer een sjaal bij hem moet ophalen, neem dan een megafoon mee, blijf op veilige afstand van het huis staan en zeg hem dat hij hem maar door de brievenbus naar buiten moet duwen.'
Gezien de omstandigheden leek het Tilly beter om Kaye er maar niet op te wijzen dat het nogal ironisch was om een lesje over mannen te krijgen van iemand die tien jaar getrouwd was geweest met een man die homo bleek te zijn. Kaye wilde haar alleen maar helpen, en bovendien had ze haar meteen gemogen.
'Beloof je me dat?' Kaye zwaaide met de wijnfles, klaar om bij te schenken.
'Ik beloof het.' Ondeugend voegde Tilly eraan toe: 'Maar hij moet wel erg goed zijn.'
'O, maar dat is hij ook.'
Pardon?
Wat?
Tilly opende haar mond om te vragen of dat echt betekende wat ze dacht dat het betekende, maar Kaye duwde Betty van schoot, schoof haar stoel naar achteren en stond op. Het licht van koplampen scheen de keuken in, en het grind knarste toen een auto op de oprit stopte. Max en Lou waren terug.

Tilly deed de voordeur open. 'En, hoe was het?'
'Fantastisch!' Max was euforisch. 'Verdomde briljant. Je had mee moeten gaan.'
'Lou?'
Lou sloeg haar ogen ten hemel en zei braaf: 'Het was fantastisch, verdomde briljant.'
'Hé, niet vloeken,' zei Max.
'Nou, goed dan. Het was beter dan het boek te moeten lezen. Maar niet veel beter.'
'Maakt niet uit,' zei Tilly troostend, terwijl ze haar even omhelsde. 'Kom, dan gaan we naar de keuken. Ik heb een verrassing voor je.'
Lou klaarde op. 'Heb je marshmallowtaart gemaakt?'

'Ik geef het op. Neem ik haar mee naar een eersteklasvoorstelling van de Royal Shakespeare Company, en het enige wat haar kan opvrolijken is zo'n klotemarshmallowtaart.'
'Alleen heb ik geen taart gemaakt,' zei Tilly. 'Het is iets veel beters.'
Tenminste, ze hoopte dat het goed nieuws was. Want pas nu bedacht ze dat, als Kaye weer voorgoed in Roxborough kwam wonen, Max misschien geen manusje-van-alles meer nodig had, en dan zat zij zonder werk.

22

Het was zaterdagochtend, elf uur, en Jack stond al op de stoep. Heel even had Tilly de maffe fantasie dat hij was gekomen om haar naar zijn huis te ontvoeren om te doen wat ze gisteravond bijna hadden gedaan, als ze niet door Kaye waren gestoord. Ze waren er akelig dichtbij geweest.
Maar nee, dat zou vergeefse hoop zijn. Bovendien had Lou er ook vast wel een mening over.
'Jemig, wat ben jij vroeg!' Op haar gestippelde sokken gleed ze naar de voordeur toe en knalde tegen Tilly aan, voordat Jack ook maar de kans kreeg iets te zeggen. 'Mama is bijna klaar. En ik ga ook mee, want anders smeer je haar nog een of ander krot aan. Ik zal even gaan zeggen dat je er bent.'
'Soms,' merkte Jack op, terwijl Lou de trap op rende, 'zou je willen dat ze een uitknop had.'
'Ze is gewoon door het dolle heen omdat haar moeder terug is.' Nieuwsgierig vroeg Tilly: 'Wat gaan jullie doen?'
Hij liep haar achterna de keuken in, pikte de nog warme croissant van Lou's bord en smeerde er nog wat extra boter op. 'Kaye belde me een uur geleden. Ze wil een eigen huis zolang ze hier woont, en ik heb op het ogenblik wel een paar dingen vrij staan. Dat is gemakkelijker voor haar.' Hij haalde zijn schouders op. 'Van mij mag ze zolang in een van die huizen wonen, dan kan ze in alle rust nadenken over wat ze wil.'

'Aardig van je.'
Met een half lachje zei hij: 'Ik heb zo mijn momenten. Ik zei toch dat ik best aardig kan zijn als ik dat wil?'
Hij had weer diezelfde aftershave op. Tilly deed haar best supernonchalant te zijn, maar eigenlijk wilde ze maar één ding: de vraag stellen die haar continu door het hoofd speelde. Maar Lou kon elk moment terugkomen, of Max kon binnenlopen of Kaye kon de trap af komen rennen, en dan was de kans...
'Woef!' Betty kwam de keuken in trippelen, met een vastberaden blik, en bleef ongeduldig zitten wachten bij de zijdeur. O, Betty.
'Wil je naar buiten?' Jack wilde haar kant uit lopen, maar Tilly was hem voor, want als hij buiten bleef wachten tot Betty een geschikt stukje gras had gevonden om haar plasje te doen, zou haar kans echt zijn verkeken. Snel deed ze de keukendeur open, joeg Betty naar buiten en trok de deur meteen weer dicht. Jack leek verbaasd. 'Ze wil er zo weer in, dan gaat ze vast aan de deur krabbelen.'
'Mag ik je iets vragen?'
Hij trok een wenkbrauw op. 'Vraag maar raak.'
O help, en nu durfde ze niet meer. Het was te veel, te persoonlijk. Zelfs al zou het een stuk gemakkelijker zijn als ze het antwoord wist, vooral nu Kaye terug was in Roxborough en voorlopig nog wel even zou blijven.
Ze zette zichzelf schrap. 'Ben je...'
'Of ik wat ben?' Hij keek haar verbijsterd aan. 'Vegetarisch? Gek op bloemschikken? Voor de doodstraf?'
Tilly voelde dat ze een rood hoofd kreeg. Wat als ze gisteravond helemaal de verkeerde indruk had gekregen over hem en Kaye?
'Of ik nog maagd ben?' deed hij nog een gok. Vrolijk voegde hij eraan toe: 'Wat heb ik je gisteren nou verteld? Ik spreek niet over mijn seksleven.'
Dat had hij inderdaad gezegd. Wat inhield dat het weinig zin had om haar vraag te stellen. Ze zuchtte. Bijna op hetzelfde moment krabbelde Betty aan de deur omdat ze weer naar binnen wilde. Deze keer was het Jack die de deur opendeed. Met-

een daarna kwam Lou de keuken binnenstormen en slaakte een kreet van protest toen ze haar lege bord zag.
'Wie heeft mijn croissant gejat?'
'Tilly,' zei Jack.

Van de twee leegstaande woningen, een grote ongemeubileerde flat op de begane grond in Cirencester en een kleine, maar charmant ingerichte cottage in Roxborough, koos Kaye de laatste.
'Leuk,' zei Tilly, toen ze op maandagmiddag naar het huis gingen kijken.
'Klein, maar perfect ingedeeld.' Kaye keek tevreden om zich heen in de huiskamer. 'Een snoepje gewoon. Compact. Maar lekker dicht bij de winkels en bij mijn huis. Nou ja,' verbeterde ze zichzelf, 'dicht bij jouw huis.'
Dat je er in tien minuten naartoe kon lopen, was beslist een pluspunt, want Kaye had geen enkel vertrouwen meer in haar eigen rijkunsten en weigerde om weer achter het stuur plaats te nemen.
'Je had ook bij ons kunnen blijven wonen,' merkte Tilly op. 'Dat heeft Max zelf gezegd. En je weet dat hij het meende; hij zei het echt niet uit beleefdheid.'
'Dat is waar, want Max doet niet aan beleefdheid, dat weten we allemaal.' Kaye schudde grinnikend haar hoofd. 'Maar het lijkt me beter van niet. Misschien blijf ik nog wel maanden. Hoe dan ook, ik red me hier wel. Vis en gasten blijven maar drie dagen goed, zeggen ze toch?' Ze tilde de koffer op en vroeg: 'Wil je me helpen met uitpakken?'
Boven, in de enige slaapkamer, pakten ze het van Beech House geleende linnengoed uit de koffer en maakten het tweepersoonsbed op.
'Niet dat ik een tweepersoons nodig heb.' Kaye trok een gezicht, terwijl ze worstelde met de hoeken van het donkerblauwe laken. 'De afgelopen twee jaar heb ik als een soort non geleefd, en dat was nog voordat ik kleine weerloze dieren begon te vermoorden.'
Tilly kreeg een droge mond. Iedereen met ook maar een beetje fatsoen en goede manieren zou er niet over peinzen om de

vraag te stellen die zij er zo dadelijk zou uitflappen, maar ze kon er gewoon niet meer tegen dat ze het niet wist.
'Ik bedoel, ik vond het nooit gemakkelijk om een man te versieren, maar nou zal het wel helemaal lastig worden.'
'Mag ik je iets heel persoonlijks vragen?'
Kaye hield even op met het laken instoppen en keek haar geamuseerd aan. 'Over mijn treurige niet-bestaande seksleven?'
'Indirect. Over iets wat je gisteravond zei.' Tilly voelde haar hart heel snel tegen haar ribbenkast bonken. 'Toen ik een grapje maakte over dat Jack vast wel goed was in bed.'
Kaye's haar vloog naar één kant toen ze haar hoofd scheef hield. 'Ja, en?'
O god, had ze haar nu beledigd? Zou ze net zo gekmakend discreet zijn als Jack? Waarom moesten mensen nu per se discreet zijn? Dat was zo irritant. 'Nou, en toen zei je ja.'
'Uh uh.' Een raadselachtig knikje.
Nou ja, ze was nu al zover gekomen dat er geen weg meer terug was. 'Dus dat betekent dat jij en Jack...'
Kaye's ogen schitterden. 'Hét hebben gedaan? Met elkaar naar bed zijn geweest? Van die dingen?'
Tilly schaamde zich dood. Schouderophalend zei ze: 'Zo ongeveer. Sorry.'
'Maakt niet uit. Ja, we zijn met elkaar naar bed geweest, en ja, hij was erg goed. Op alle mogelijke manieren.'
'Gossie.' Nu wist Tilly echt niet meer wat ze moest zeggen. 'Dat wist ik niet.'
'En nu vind je ons hier maar een stelletje geilaards, vrouwen die het bed in duiken met de beste vriend van hun man, en je vraagt je af of we een relatie hebben gehad.' Met een flauw lachje hield Kaye het bed opmaken voor gezien. Ze ging zitten en klopte naast zich op het matras. 'Het geeft echt niet, ik zou ook nieuwsgierig zijn als ik jou was. En nee, het was geen relatie, meer een soort therapie. Max en ik waren al uit elkaar. Verstandelijk gezien wist ik wel dat het niet mijn schuld was, maar toch voelde ik me vreselijk rot. Mijn man was homo; dat is niet erg bevorderlijk voor je ego, dat kan ik je wel vertellen. Ik was al mijn zelfvertrouwen kwijt. Ik had me nog nooit zo onaantrekkelijk, zo weinig begerenswaardig gevoeld.'

'Maar...'
'Ik weet dat het nergens op slaat, maar zo voelde ik me nu eenmaal. Alsof ik zo'n afknapper was dat Max nog liever met een man het bed in dook dan met mij. Het was een ramp. En die arme Max, hij vond het ook vreselijk dat ik er zo kapot van was. En toen op een avond zat ik mezelf een beetje op te fokken, nou ja, behoorlijk op te fokken, en ik schreeuwde tegen hem dat ik uitging en met de eerste de beste man die ik tegenkwam naar bed zou gaan. Ik wilde Max pijn doen, hij moest weten hoe verraden ik me voelde. Hoe dan ook, daarna barstte ik in tranen uit en zei dat ik toch vast niemand kon vinden die met me naar bed zou willen omdat ik zo aartslelijk was dat alle mannen op me afknapten.' Ze zweeg even en haalde haar schouders op. 'En een week later belandde ik in bed met Jack.'
Tilly probeerde het allemaal te verwerken. 'Je bedoelt dat je de kroeg in bent gegaan en hem hebt opgepikt in plaats van de eerste de beste onbekende man. Je hebt hem uitgekozen.'
'Nee, we hadden gewoon afgesproken samen wat te gaan drinken en zo gebeurde het. Het voelde eigenlijk allemaal heel normaal. Maar weet je? Ik ben er nooit achter gekomen of het soms Max' idee was. En dat hebben ze me ook nooit verteld.'
'Denk je dat Max aan Jack heeft gevraagd om dat te doen?'
'Ik denk dat het een mogelijkheid is. Deels omdat ik niet geloof dat Jack het zou hebben gedaan als Max er niet op zijn minst op had gezinspeeld dat het wel eens een goed idee zou kunnen zijn. Ach, wie zal het zeggen? Het is gebeurd.' Kaye voelde geen enkel berouw. 'En het heeft gewerkt. Jack was fantastisch en gaf me het gevoel terug dat ik normaal was. Hij gaf me mijn zelfvertrouwen terug en daar ben ik hem heel dankbaar voor. Over een nacht om nooit te vergeten gesproken.'
Oef. 'Maar... had je niet meer gewild?'
'Eerlijk gezegd niet, nee. Omdat Jack en ik al zo lang zulke goede vrienden zijn, zou het toch niks worden. Dat wisten we allebei. Er was geen vonk, gewoon niet. De seks was fantastisch, maar dat was alles. En daarna is het ons gelukt om weer

gewoon vrienden te zijn. Misschien klinkt het idioot,' zei Kaye, 'maar zo zit het.'
Aan haar korte schouderophalen kon Tilly zien dat ze het meende. Jemig, niet te geloven. 'Heb je het ooit aan Max verteld?'
Kaye glimlachte. 'Ik heb alleen maar gezegd dat ik bij Jack was blijven slapen. Max snapte het meteen, ik hoefde het niet voor hem uit te tekenen.'
Terwijl Tilly haar best deed om geen tekeningen voor zich te zien, onderdrukte ze een scheut van jaloezie. Misschien was Kaye's reactie niet de standaardreactie geweest van een vrouw wier man verklaart dat hij homo is, maar hun scheiding was vriendschappelijk geweest, dus misschien was het wel goed wat ze had gedaan.
Als het werkt, kun je niet zeggen dat het maar niks is.
En nooit zeggen dat iets niks is, voordat je het hebt geprobeerd.
Behalve dan dat zij nooit de kans had gehad om het te proberen. Omdat Kaye ineens was opgedoken als een antiseksduveltje uit een doosje.
Nou ja, waarschijnlijk maar beter ook.

23

Net toen ze bij Harleston Hall aankwamen om Lou op te pikken, ging Kaye's mobieltje. Toen ze de naam las van degene die belde, zei ze: 'Het is mijn impresario. Misschien heeft Charlene toegegeven dat ze heeft gelogen en houdt iedereen weer van me. Of misschien wil Francis Ford Coppola me wel heel graag in zijn volgende film als tegenspeelster van George Clooney... O, of misschien weet Francis het nog niet zeker, maar heeft George gezegd dat hij zonder mij niet wil.'
'Ja, dat zal het zijn,' zei Tilly.
Nou ja, het was maar een idee. Weer terug in de echte wereld nam Kaye op. 'Ha, Maggie! Betekent dit dat Amerika weer met me praat?'

'Is dat een grapje of zo?' Het was algemeen bekend dat Maggie het Engelse gevoel voor humor nogal wantrouwde.
'Sorry. Is er nog nieuws?'
'Charlene verkoopt haar verhaal nog steeds aan wie er maar betalen wil. Ze loopt inmiddels bij een rouwtherapeut. En ze heeft een of andere beeldhouwer opdracht gegeven voor een marmeren beeld van die klotehond, van één meter tachtig hoog!'
Een één meter tachtig hoog beeld van Babylamb. Eng.
'Is er ook nog wat vrolijker nieuws? Bijvoorbeeld dat iemand werk voor me heeft?'
Ook dit vond Maggie niet grappig. Zelfs een obligaat lachje kon er niet af. Maar ja, als je ineens geen geld meer aan je cliënt kon verdienen, dan viel er natuurlijk ook bitter weinig te lachen.
'Niemand wil je hebben, Kaye. Je kunt voorlopig maar het beste in Engeland blijven, je koest houden en zorgen dat je niet verder in de problemen komt. Misschien kun je iets voor een of andere liefdadigheidsorganisatie gaan doen. Of je op de foto laten zetten bij het verlaten van een AA-bijeenkomst. Hé, dat is misschien wel een goed idee. Maar geef alsjeblieft geen interviews, je moet je echt gedeisd houden.'
'Dat is geen enkel probleem.' Hier in Engeland was ze gelukkig lang niet zo bekend als in Amerika, en in Roxborough krioelde het nou ook niet echt van de journalisten. 'Maar waarom belde je eigenlijk?'
'Om je te vertellen dat er hier gisteren iets voor je is bezorgd. Bloemen, van een of andere kerel. En echt mooie ook. Ik schat dat ze wel zo'n zeshonderd dollar hebben gekost. En een doos bonbons. Godiva of zoiets.'
'Bonbons van Godiva?' Zo'n achtduizend kilometer verderop reageerde Kaye's maag verrukt. 'Ik ben dol op bonbons van Godiva! Wie heeft ze gestuurd?' Was het mogelijk dat George Clooney op de een of andere manier had ontdekt dat hij met een doos bonbons de weg naar haar hart kon openen?
'Een of andere onbekende man,' zei Maggie op minachtende toon. 'Hij heeft je de bloemen en de bonbons gestuurd om je

op te vrolijken. Dus zo zie je maar... je hebt hier nog steeds één fan.'
'Tenzij het een truc is om me te vermoorden. Misschien heeft hij de bloemen wel met cyanide besproeid,' zei Kaye. 'Ik zou er maar bij uit de buurt blijven als ik jou was, zo meteen val je nog dood neer.'
'Is dat een grapje? Ha ha. Hoe dan ook, ik wilde het je even laten weten. Ik heb ze natuurlijk zelf mee naar huis genomen, het zou zonde zijn om ze hier te laten staan verpieteren.'
Ja, logisch. Bloemen waren nou eenmaal bloemen. 'Prima,' zei Kaye. 'Maar die bonbons stuur je toch wel door?'
'Wát? Dat meen je toch niet, schat? Ze zijn weg.'
'Bedoel je dat jij ze hebt opgegeten?'
'Alsjeblieft zeg, nou weet ik dat je echt een grapje maakt. Ik heb ze meteen in de afvalbak geflikkerd.'
'Maar het waren Godivabonbons!' riep Kaye.
'Schat, het waren koolhydraten.'
'Oké.' Kaye zuchtte en staarde door de voorruit toen de schoolbel luidde. Ze had kunnen weten dat Maggie een doos bonbons nooit in haar kantoor zou laten staan. Stel je voor dat er wat calorieën zouden ontsnappen en door osmose via haar huid in haar lichaam zouden worden opgenomen. 'Nou ja, toch is het fijn om te weten dat er nog iemand achter me staat. Ik zal hem een bedankbriefje schrijven.'
'Laat toch, dat hoeft echt niet. Daar moedig je dit soort stalkertypes alleen maar mee aan.'
De eerste leerlingen kwamen de school uit zetten. Kaye zei: 'Je hebt zijn adres zeker ook weggegooid.'
'O, hallo!' Maggies houding veranderde compleet, terwijl ze uitriep: 'Ga zitten! Je ziet er fantastisch uit... Even dit afhandelen... Kaye, schat, sorry, ik moet ophangen, Damien is net binnengekomen! We spreken elkaar snel weer, dag...'
Kiestoon. Hollywoods manier om je te laten weten dat je niet belangrijk was. Damien was Maggies nieuwste aanwinst, haar rijzende ster, die, als het aan Maggie lag, hard op weg was de nieuwe Brad Pitt te worden.
Kaye klapte haar mobieltje dicht. Ach, dat waren nog eens tijden geweest toen zij Maggies lievelingscliënt was...

Naast haar zei Tilly troostend: 'We kopen onderweg naar huis wel even een Snickers voor je. Wie wil er nou Godivabonbons?'
'Hm, even denken. Jij? Ik? Lou? Iedereen?'
'Wie had ze gestuurd?'
'Dat zullen we nooit te weten komen. Een van de grote mysteries van het leven. Daar heb je Lou al... O, is dat Eddie bij haar?'
Tilly leunde wat opzij om beter te kunnen kijken. 'Ja, dat is 'm.'
Terwijl Kaye trots naar Lou en de jongen keek die samen het bordes af liepen, zei ze: 'Wel een stuk, hè? Behoorlijk aantrekkelijk. Ik was van plan je te vragen om stiekem een foto van hem te maken, zodat ik kon zien hoe hij eruitzag, maar dan zou ik een stalker zijn, hè? En wat een ellende als Lou er ooit achter zou komen... O, kijk, wat gebeurt er nou?'
Heel even verdwenen Lou en Eddie uit beeld achter een groepje jongens. Toen ze weer tevoorschijn kwamen, zwaaide Eddie met een vel papier dat Lou van hem probeerde af te pakken. Even later rende hij lachend en met het papier boven zijn hoofd zwaaiend over het grind van de oprijlaan.
'Schattig, hè?' Tilly grinnikte toen Lou hem achternarende. Grind spatte op. 'Al die energie, al die hormonen die opspelen.'
Samen keken ze vertederd toe toen Eddie bijna in een taxushaag viel en Lou hem inhaalde. In één beweging griste ze het vel papier uit zijn hand en gaf hem toen een harde duw. Nog steeds lachend deed Eddie alsof hij achteroverviel, en hij greep naar zijn borst. Lou gaf hem nog een kwade stomp tegen zijn schouder en beende weg. Onder het lopen scheurde ze het papier in kleine stukjes die ze in een afvalbak gooide.
'Goed zo, meisje van me.' Kaye keek tevreden toe. 'Laat je niet op je kop zitten.'
'Maar als je echt op een jongen valt, kun je hem misschien beter ook niet op de kop zitten.'
'Wat een schattig stel samen, hè? Och, mijn kleine meisje wordt groot. Hoe pakken andere moeders het aan als dit soort dingen gebeuren? Als die mooie Eddie het hart van Lou breekt,

hoe kan ik mezelf er dan van weerhouden om zijn nek te breken?'
'Willen mag. Je mag het alleen niet echt doen,' zei Tilly. 'Jemig, wie is dat?'
'Waar?'
Zonder iets te zeggen wees Tilly.
'O, jeetje.' Tilly's vinger volgend, zag Kaye meteen wie ze bedoelde. Samen keken ze naar de breedgeschouderde, gespierde sportieveling die op zijn racefiets de oprijlaan af reed. Hij had lichtbruin, heel kort haar, droeg een donkergroen trainingspak en straalde een en al gezondheid en fitheid uit.
Oef.
'Hij gaat waarschijnlijk even op de fiets op en neer naar Schotland,' zei Tilly. 'En is nog voor het avondeten terug.'
Het punt was dat hij eruitzag alsof dat inderdaad wel eens het geval zou kunnen zijn. Terwijl Kaye wegdroomde bij de aanblik van zijn dijen, opende Lou het portier en ging op de achterbank zitten.
'Ha liefje, wie is die man op de racefiets?'
Lou sloeg haar ogen ten hemel. 'Ja, dank je, ik heb het leuk gehad op school; ik had mijn wiskunde goed gemaakt, ik had een zes komma drie voor mijn geschiedenisrepetitie en als lunch hadden we kip Kiev, mijn lievelingsgerecht.'
'Goh,' zei Kaye, terwijl ze wolken knoflooklucht weg probeerde te wapperen, 'laat ik dat nou al hebben gedacht. Is hij een leraar?'
'Mama, je komt hier je enige kind afhalen; je prachtige, getalenteerde, lieve dochter. Niet om naar vreemde mannen te lonken.'
'Dat doen we ook niet, we zijn gewoon... geïnteresseerd.'
'Het is Mr. Lewis. Hij geeft Frans en gym. En zeg alsjeblieft niet dat je op hem valt, want dat zou heel gênant zijn.'
Mr. Lewis. Frans en gym. Tja, dat verklaarde in elk geval de spieren. En de naam kwam haar ook bekend voor. Lou had het wel eens over hem gehad. O ja... 'Zei je laatst niet dat miss Endell verliefd op hem was?'
'Ja, maar hij heeft toch geen belangstelling voor haar, ze is hartstikke oud. Heel veel moeders vallen op Mr. Lewis, en ook

een paar meisjes uit de hoogste klas,' vertelde Lou. 'Maar hij heeft al een vriendin, dus ze maken toch geen kans.'
Mr. Lewis kwam inmiddels recht op hen af fietsen op zijn racefiets.
'Hm, wanneer is de volgende ouderavond? Ik wil dan wel eens even met hem praten.'
'Mama! O god, hij komt naar ons toe! Zeg alsjeblieft niks stoms...'
Toen Mr. Lewis Lou op de achterbank zag zitten, remde hij en stopte naast de auto. Van dichtbij glansden de blonde haartjes op zijn onderarmen in het zachte namiddaglicht. Hij gebaarde dat Lou haar raampje naar beneden moest doen.
'Louisa, je had je hockeystick op de bank voor de kleedkamers laten liggen. Ik heb hem zolang in de personeelskamer gelegd.'
Terwijl hij sprak, ademde Kaye de geur van Pearszeep in; het leek niet erg aardig dat hij in ruil daarvoor werd gebombardeerd met een knoflookadem.
'Sorry, meneer, ik was hem vergeten. Ik zal hem morgen ophalen.'
Mr. Lewis keek even naar Kaye en Tilly en knikte kort. Toen vervolgde hij tegen Lou: 'Je speelde goed vandaag, een paar mooie ballen. Goed gedaan.'
'Dank u, meneer.'
Ja, dank u, meneer, en uw ballen mogen er vast ook zijn, schoot het ondeugend door Kaye heen. Lou zou flauwvallen als ze gedachten kon lezen. Terwijl ze met moeite haar gezicht in de plooi wist te houden, ving ze Tilly's blik op, en ze zag dat Tilly ongeveer hetzelfde had gedacht. Nou ja, zolang ze het niet hardop zeiden, was er niks aan de hand.
Mr. Lewis reed weg, Lou deed het raampje weer dicht, en Kaye en Tilly barstten in lachen uit.
'Echt,' zei Lou met een diepe zucht, 'jullie zijn zo onvolwassen.'
'Hoezo?'
'Alleen maar omdat hij ballen zei, gaan jullie helemaal giebelig en stom doen. En de volgende keer wordt het vast een ramp als jullie hem zien, want dan gaan jullie vast giechelen waar

hij bij is, net als de moeder van Oliver Benson. Die gaat iedere keer als ze hem ziet heel hoog lachen, als een hyena die helium heeft ingeademd. Als jullie dat doen, ga ik echt dood.'
'Ik beloof je dat ik dat niet zal doen,' zei Kaye.
'Je bent sowieso te oud voor hem. Hij heeft een vriendin, ze heet Claudine en ze is heel erg mooi. Je moet me echt beloven dat je niet raar gaat doen, mama.'
'Het gaat niet alleen om uiterlijk,' zei Kaye plagend. 'Als een jongen over het gazon gaat rennen, wapperend met een vel papier, is dat dan een teken dat hij stiekem op me valt? En als hij dan net doet alsof hij struikelt, zodat ik hem kan inhalen, betekent dat dan dat hij heel graag wil?'
'Alsjeblieft zeg, doe niet zo kinderachtig. Eddie Marshall-Hicks is een zak van de eerste orde en ik haat hem, dus laten we daar maar over ophouden.'
'Toe, liefje, je kunt het ons wel vertellen. Ik zie gewoon dat er een vonk tussen jullie is. Jongens en meisjes rennen niet zomaar achter elkaar aan.' Lachend om de uitdrukking op Lou's gezicht, vroeg Kaye: 'Was het soms een liefdesbrief?'
'Ja hoor, natuurlijk, want het is niet meer dan logisch dat ik liefdesbrieven schrijf aan iemand die ik haat. Nee, mama, het was geen liefdesbrief,' zei Lou. 'En echt, de enige keer dat je een vonk tussen die zak en mij zult zien, is de dag waarop ik hem in de fik steek.'

24

Wanneer je achtentwintig was, een verantwoordelijke, volwassen vrouw, dan was er geen enkele reden om je ongemakkelijk en verlegen te voelen als je je huisarts om de pil ging vragen.
Geen enkele reden.
Het probleem was dat Roxborough zo klein was dat iedereen elkaar kende en alles van elkaar wist. En dokter Harrison zat hier al jaren. Misschien had hij de roddels over haar al wel ge-

hoord en zou hij een strenge preek afsteken over moraal en fatsoen en zou hij zeggen dat het maar goed was dat haar moeder dit niet meer mee hoefde te maken, want die zou zich doodschamen als ze had geweten wat haar slechte dochter allemaal uitspookte, niet eens getrouwd en dan naar bed gaan met een man die...

'Erin Morrison,' riep de receptioniste zo hard dat Erin ervan schrok en de drie jaar oude *Cosmopolitan* van haar schoot liet vallen. 'Je kunt naar binnen.'

Klonk er iets afkeurends door in haar stem? Erin stond op, zich ervan bewust dat niet alleen de receptioniste, maar iedereen in de wachtkamer naar haar keek. God, wisten zij het ook allemaal?

Een kwartier later zat het er alweer op. Dokter Harrison, die schat, had helemaal geen preek afgestoken. Met het recept in haar hand verliet Erin de spreekkamer. Ze voelde zich honderd keer beter dan toen ze er binnen was gestapt.

Tot ze de wachtkamer in liep en zag wie er nu in de stoel zat waar zij net op had gezeten, met zelfs dezelfde stukgelezen *Cosmopolitan* in haar hand. Hopelijk zat ze ook hetzelfde artikel te lezen: 'Hoe behoud je je waardigheid als je ex een nieuwe vrouw leert kennen?'

Blijkbaar niet. Stella keek op, haar mond vertrokken van haat, en de anderen in de wachtkamer hielden hoorbaar hun adem in. Half en half verwachtte Erin dat de receptioniste, als in een western, het raampje met een klap zou dichtschuiven en dekking zou zoeken onder de balie. Aan de gretige blik van de vrouw zag Erin dat ze helemaal op de hoogte was van de situatie en hun waarschijnlijk expres vlak na elkaar een afspraak had gegeven.

Hoewel de kans groot was dat Stella hier niet was voor de pil. Ze zag eruit als een gespannen veer, trillend van de zenuwen en van haat, dus waarschijnlijk was ze hier voor kalmeringsmiddelen.

Wat natuurlijk naar was, maar echt niet haar schuld.

'Een beetje stoken in een goed huwelijk,' beet Stella haar toe.

De oude vrouw die naast haar zat, legde haar breiwerk neer en vroeg: 'Hè? Sorry, wat zei je?'

O, fantastisch.
Stella antwoordde extra luid en extra duidelijk: 'Die vrouw die daar net weggaat. Die heeft mijn man ingepikt.'
'Echt?' De oude vrouw keek nog een keer goed en wees toen met haar breinaald. 'Je bedoelt die daar?'
Met een knalrood hoofd haastte Erin zich langs hen heen. Snel naar buiten, snel.
'Oef, sorry, wacht even. Christy, aan de kant!' Een vermoeide jonge moeder worstelde met een onwillige dubbele buggy en een lastige peuter in een Spidermanpak, die zich door de deuropening probeerde te wurmen, zodat Erin genoodzaakt werd te wachten.
'Ja, erg, hè? Ik kon het gewoon niet geloven toen ik het ontdekte!' Aan Stella's stem viel niet te ontsnappen. 'Ik ben een stuk aantrekkelijker dan zij.'
O, alsjeblieft, ga alsjeblieft aan de kant, snel.
'Ik niet Christy,' brulde de peuter. 'Ik Spiderman.'
Nou, klim dan alsjeblieft tegen de muur op in plaats van de ingang te blokkeren, stom kind.
'Ik bedoel, wie is ze nou helemaal? Niets! Een slonzige dikzak,' verklaarde Stella verbitterd. 'Gewoon een wanhopige, schaamteloze kleine slet.'
De vermoeide jonge moeder keek Erin verstrooid aan. 'Heeft ze het over jou?'
'Ja, ik heb het over haar! Houd je man maar bij haar uit de buurt, anders pikt ze hem ook nog in!'
'God, was het maar waar. Weinig kans, vrees ik.' Met een grimmig lachje duwde de jonge moeder de lastige Spiderman de wachtkamer in en trok de buggy achteruit. De tweede poging om naar binnen te laveren, lukte.
Erin slaagde er eindelijk in om te ontsnappen, met een bonkend hart.

Twee uur later stond ze een turkoois-met-zilveren rok van Karen Millen in zijdepapier te pakken toen ze buiten rumoer hoorden.
'Wat is dat?' Het meisje dat de rok kocht, liep fronsend naar het raam.

O god, alsjeblieft niet.
'Je moet daar niks kopen. Die vrouw is een slettenbak!'
O nee. Nee, nee, nee.
Het meisje gebaarde naar Erin. 'Moet je eens komen kijken! Ken je haar?'
'Ja.' Erin werd weer overspoeld door de haar inmiddels vertrouwde golf van misselijkheid. Trillend maar vastbesloten stopte ze de in zijdepapier verpakte rok in een tas van Beautiful Clothes. Nu was Stella echt te ver gegaan.
Buiten ging ze de confrontatie aan met haar aartsvijandin, waarbij ze zich een stuk moediger voordeed dan ze zich voelde. 'Dit kun je echt niet maken, Stella.'
'Waarom niet? Je hebt me uit je winkel verbannen, maar dit is je winkel toch niet? Ik sta hier op de stoep,' zei Stella, terwijl ze haar armen spreidde, 'een persoonlijke mening te verkondigen die ook nog eens de waarheid is, en dat kun je me niet verbieden.'
De vrouw die door Stella was toegesproken, snelde weg, met de tas vol kleren die ze naar de winkel had willen brengen, onder haar arm geklemd.
'Dit is mijn winkel, en ik zal echt niet werkeloos toekijken, terwijl jij probeert die kapot te maken. Als je er niet mee ophoudt, bel ik de politie.'
Stella keek haar aan, met haar gemanicuurde handen tot vuisten gebald langs haar zij. 'Maar jij hebt mijn leven verwoest! Waarom zou ik wel werkeloos moeten toekijken terwijl dat gebeurt?'
Erin wist niet wat ze moest doen. Het had geen zin om Fergus te bellen, want die werkte vandaag in Cheltenham. Trouwens, hij had Stella al wel duizend keer verteld dat het niet zo was gegaan. Maar dat was aan dovemansoren gericht geweest.
'Waarom mag ik jou niet kwellen als je mij ook kwelt?' jammerde Stella. 'Ik ben beter dan jij! Ik zou nooit iets met een getrouwde man beginnen!'
Het was gewoon onmogelijk om tot haar door te dringen. Helaas drong wat ze zei wel door tot de vele voorbijgangers die bleven staan en het spektakel belangstellend volgden. Erin was ten einde raad. Had het zin om de politie te bellen of zouden

die haar alleen maar uitlachen en zeggen dat ze hun tijd verspilde? Kon ze misschien beter een advocaat in de arm nemen? Of een huurmoordenaar om Stella een kopje kleiner te laten maken?
'Hé, wat is hier aan de hand?'
Het was Max Dineen. Hij kwam hun richting uit lopen. Had Tilly hem al verteld dat ze werden lastiggevallen door Stella? Erin zette zich schrap, want Max en Stella waren al jaren bevriend. Als hij haar kant koos en haar ook zou uitmaken voor een vuile trut die huwelijken kapotmaakte, dan zou ze echt door de grond zakken.
Stella draaide zich om bij het horen van Max' stem, keek hem aan en barstte prompt in tranen uit.
'Verdomme zeg,' riep Max uit. 'Ben ik zo lelijk?'
Uit zijn laconieke toon en de blik die hij haar toewierp, kon Erin opmaken dat hij precies wist wat er aan de hand was.
'O, Max!' Stella slaakte een wanhopige jammerkreet. 'Ik ben zo ongelukkig dat ik net zo lief dood was.'
Erin was er niet trots op, maar terwijl ze naar Stella keek die zich in Max' armen stortte, fluisterde een klein stemmetje in haar hoofd: goh, wat toevallig. Dat wou ik ook.
De moed zonk Max in de schoenen. Shit, dit was nou echt zoiets waar je liever niet bij betrokken wilde raken. Hij vond het heus niet erg om tussenbeide te komen en een eind aan een ruzie te maken, maar dit lag allemaal wel wat ingewikkelder. Stella was een schreeuwlelijk, geen jankerd. Dat ze luid snikkend tegen zijn schouder lag, was wel het laatste wat hij had verwacht; het was ongeveer net zo bizar als wanneer ze op een skippybal door High Street zou hopsen. Maar ze lag nu toch echt tegen zijn schouder aan te snikken. Hij voelde haar tranen langs zijn hals glijden en haar vingers in zijn rug prikken. Ze was totaal van streek. En haar haren plakten aan zijn gezicht; een griezelig idee als je bedacht dat het niet echt Stella's haar was, maar waarschijnlijk haar dat oorspronkelijk had toebehoord aan een of andere oude Russische boerin.
'Max... Max... Wat moet ik nou d-doen...'
Hij kon er niet meer onderuit. Bah, wat als het haar had toe-

behoord aan een honderd kilo zware kogelstootster die Olga heette en haar op de kin had?
'Stil maar, stil maar.' Max klopte haar op de rug en pakte een schone zakdoek uit zijn zak. 'Hier.'
Erin deed een paar stappen naar achteren. 'Ik moet terug, er staat nog een klant in de winkel.'
'Ga maar.' Hij glimlachte even naar haar, want hij leefde met haar mee. 'Ik zorg wel voor Stella.'
Erin wierp hem een welgemeende blik van opluchting toe en haastte zich weer naar binnen.
Max op zijn beurt wendde zich tot de toeschouwers en zei: 'De voorstelling is afgelopen, jullie kunnen je breiwerkjes weer opbergen, meisjes. Vandaag zal er geen bloed vloeien.'
'W-waar gaan w-we naart-toe?' stotterde Stella, terwijl hij haar met zich meenam.
'Naar jouw huis. In deze toestand kun je je winkel vanmiddag echt niet opendoen.' Toen ze bij zijn auto aankwamen, hield hij het portier voor haar open. 'Hopla, instappen.'
'O, Max, dank je wel. En wil je ook niet even bij me blijven? Je zet me zo toch niet uit de auto om dan meteen door te rijden?'
Fantastisch, alsof hij verder niets te doen had vandaag. Nou ja, het was te laat om zich daar nog druk om te maken. Stella en hij waren weliswaar niet echt nauw bevriend, maar vanwege hun werk hadden ze al een aantal jaren veel met elkaar te maken en hij mocht haar wel; ze was bazig, brutaal en overdreven zelfverzekerd. Nou ja, meestal dan. Op dit moment was ze even de controle kwijt. Je kon niet anders dan medelijden met haar hebben.
'Ik ga wel even met je mee naar binnen,' zei hij.
In haar moderne, ultraschone, ultranette huis maakte Stella een fles witte wijn open en dronk het eerste glas in één teug leeg.
Hij fronste. 'Denk je dat dat helpt?'
'Weet ik veel. Ik zal het je vertellen zodra ik daarachter ben. Ik ben gewoon de kluts kwijt, Max. Gewoon helemaal de kluts kwijt.' Ze schudde wanhopig haar hoofd. 'Als ik 's ochtends wakker word, doet alles zeer. Die vrouw heeft mijn man ingepikt.'

Ze zag er inderdaad niet zo best uit. Haar gezicht was afgetrokken, en van haar gewoonlijk zo supergladde voorkomen was weinig over. Dus dit deed jaloezie met een mens, je zelfvertrouwen werd erdoor vernietigd en je uiterlijk weggevreten als een worm in een appel.
Kordaat zei Max: 'Dat heeft ze niet gedaan. Dat moet je echt geloven.'
'Ik zal dat nooit geloven, want ik weet dat het zo is.' Stella's kaken stonden strak, ze was overtuigd van haar eigen gelijk, want waarom zou Fergus anders bij haar zijn weggegaan?
Max wist dat het geen zin had om haar tegen te spreken. 'Je moet verder met je eigen leven. Een leuk leven leiden is de beste wraak.'
'Maar hoe moet dat dan?'
'Allemachtig, zeg! Gewoon door gelukkig te zijn!'
'Maar het enige wat me gelukkig kan maken, is een baby! Dat is het enige wat ik wil!'
'Nou, neem dan een kind.'
Stella keek hem nogal raar aan. Ze schonk nog een glas in en wiebelde met haar schoen.
'Wat kijk je nou?' vroeg Max.
'Zou jij het doen?'
'Wat? Een kind nemen als ik in jouw schoenen stond?'
'Nee, ik bedoel, zou jij me niet een kind willen geven?'
O shit. 'Dat meen je niet echt.'
'Wel waar! Max, snap het dan! Het is zo logisch!' Ze keek hem aan met een blik alsof ze het nog echt logisch vond ook. 'Ik mag je graag. Ik heb je altijd al graag gemogen. En je bent een fantastische vader voor Louisa.'
'Plus dat ik homo ben,' zei hij.
'Niet honderd procent. Nee, nou hoef je niet met je hoofd te gaan schudden! Denk er even over na. We kunnen het goed met elkaar vinden. Jij zou de enige man zijn, behalve Fergus dan, met wie ik naar bed zou willen. We zouden het toch kunnen proberen? Wie weet ga je het wel leuk vinden en besluit je om geen homo meer te zijn.'
'Stella, zo is het genoeg.'
'Als je echt homo was, zou je inmiddels wel een vriend heb-

ben. Oké,' flapte ze eruit toen Max opstond. 'Over een relatie zullen we het verder niet hebben, maar we kunnen toch gewoon dat spermagedoe doen? Kunstmatige inseminatie, wat denk je daarvan? En je zou heus geen toelage voor het kind hoeven te betalen of zo. Het zou je geen cent kosten. Snap het dan, Max. Als ik zomaar naar een spermabank stap, wie weet wat ik dan krijg? God, zo meteen schepen ze me nog af met een of ander restantje dat bijna de uiterste houdbaarheidsdatum heeft bereikt. Ik zou veel liever weten wie de vader van mijn kind is. En ik zou het echt heel leuk vinden als jij dat was. Je bent humoristisch en aardig, en je ziet er een stuk beter uit dan die klote Fergus. Ik zie het al helemaal voor me, we zouden een heel mooi kind krijgen...'
Max deinsde achteruit. Oké, zo kon het wel weer. De rest buiten beschouwing gelaten, zag hij een kind voor zich met een bril, een kop vol extensions en een plat Liverpools accent.
'Stella, je kunt nu niet goed nadenken en je meent er ook niks van. Geloof me, je bent een fantastische vrouw en je vindt vast nog wel iemand die bij je past zodra je over Fergus heen bent. Maar je moet me beloven dat je Erin niet meer lastigvalt.'
'Maar dat geeft me een goed gevoel,' zei ze.
'Lieverd, het is niet chic.' Op dat moment klepperde het kattenluik, en Bing kwam binnenzetten. Gebruikmakend van de komst van de kat, keek Max op zijn horloge en trok een gezicht. 'Het spijt me heel erg, maar ik moet echt weg. Ik heb vanmiddag een afspraak met een nieuwe klant, en die kan ik moeilijk laten wachten. Beloof me dat je jezelf niks aandoet, hè?'
Stella, die dol was op haar kat, bukte zich om Bing op te tillen. 'Dat zou een stuk gemakkelijker voor ze zijn, hè? Voor Erin en Fergus.' Terwijl ze Bing streelde en kusjes op zijn zachte oortjes gaf, zei ze met iets van haar oude vechtlust: 'Maak je geen zorgen, die lol gun ik ze niet.'
'Zo mag ik het horen.' Hij knikte goedkeurend.
Ze glimlachte en schudde haar haren naar achteren. 'Vooral niet nu ik net nieuwe extensions heb. Pff, dat heeft me driehonderd pond gekost!'

25

Jamie Michaels en zijn verloofde hadden net een landhuis in namaak-tudorstijl betrokken met zes slaapkamers en acht badkamers, dat in een 'gated community' in een buitenwijk van Birmingham lag.
'Een maat van me heeft je aanbevolen. Cal Cavanagh? Hij zei dat ik bij jou moest wezen. En toen het vrouwtje ontdekte dat je zijn huis had gedaan, wilde ze jou ook.'
'Wat goed genoeg is voor de familie Cavanagh, is goed genoeg voor ons,' viel Tandy hem giechelend bij. 'En we hebben zelf ook heel veel ideeën. Ik kan bijna niet wachten tot we beginnen. Kan ik jullie iets te drinken aanbieden voordat we aan de slag gaan? We hebben Cristalchampagne koud staan, als jullie zin hebben. Tachtig pond de fles!'
Tilly hield haar gezicht in de plooi, want Max had haar gezegd dat ze op staande voet ontslagen zou worden als ze zou gaan lachen. Hij had ook gezegd dat je, alleen maar omdat jonge voetbalprofs uit de Premier League meer geld dan verstand bezaten, je neus nog niet op hoefde te halen voor hun ideeën. 'Ze betalen goed, en het is ons werk om ze te geven wat ze willen. Je hebt interieurontwerpers die proberen hun idee van goede smaak op te dringen aan cliënten die die smaak niet delen. Een halfjaar later bellen die mensen mij meestal om de boel over te laten doen. Iedereen heeft het recht om in het eindproduct te wonen dat ze mooi vinden, verdomme.'
Daar zat natuurlijk wat in. Tilly was het eigenlijk wel met hem eens. En dat was maar goed ook, want toen ze Jamie en Tandy door het huis volgden, bleek dat ze behoorlijk bizarre ideeën hadden.
'Ik zat te denken aan iets als geruit behang van zilver en roze metallic voor de eetkamer. Want toen ik klein was, had ik een barbiepop met een zilver-met-roze geruite jurk.' Tandy, zelf ook klein, blond en popperig en gekleed in een minuscuul wit rokje met kakitopje, liep over van enthousiasme. Ze rook naar Chanel No. 5 en namaakbruin, en de verlovingsring aan haar

vinger was zo groot als een walnoot. 'En weet je nog die kroonluchter die je in Cals keuken hebt gehangen? Nou, wij willen er ook zo een, maar dan groter. En zou je ook zo'n discovloer kunnen maken die oplicht, net zoals in *Saturday Night Fever*?'
Het was Tilly's taak om alle ideeën te noteren, terwijl Max suggesties deed voor hoe ze konden worden toegepast. Hij legde bijvoorbeeld uit dat, als ze een nog grotere kroonluchter zouden nemen, Jamie iedere keer dat hij eronderdoor liep zijn hoofd zou stoten, en dat een discovloer een fantastisch idee was, maar dat het misschien logischer was om die in de karaokekamer te installeren in plaats van de keuken, want het zat er dik in dat er in de karaokekamer vaker gedanst zou worden.
Een turkoois-met-grijze luipaardprint in de badkamer? Tandy kruiste haar vingers; dat was blijkbaar iets wat ze erg graag wilde.
Geen probleem, zei Max. Hij wist wel waar je die kon krijgen. En Versacekranen leken haar ook wel wat.
Twee uur later zat het eerste gesprek erop. Tandy sloeg haar armen om Max heen en riep: 'Ik vind al je ideeën even mooi! Cool zeg, ik kan bijna niet wachten tot alles klaar is!'
'Niet te hard van stapel lopen,' zei Max. 'Jullie hebben mijn offerte nog niet gezien. Misschien vind je me wel een stuk minder leuk als je ziet hoe duur het allemaal wordt.'
Jamie fronste en haalde een hand door zijn geblondeerde stekeltjes. 'Meer dan tweehonderdduizend pond?'
'Nee.' Max schudde zijn hoofd. 'Er hoeft niets structureels te gebeuren. Ik moet het nog precies uitrekenen natuurlijk, maar ik schat dat het zo rond de honderdtachtigduizend gaat kosten.'
'Zo weinig? Cool. Geen probleem.' Zijn gezicht klaarde op. 'We doen een fotoshoot voor het blad *Hi!* zodra het huis klaar is, en daar krijgen we tweehonderdduizend voor. Dus wij zitten goed.'
Jemig, tweehonderdduizend voor een fotoshoot en een interview.
'We geven dan een gigafeest om officieel onze verloving te vieren.' Tandy had blijkbaar een rekensommetje gemaakt, want

ze vervolgde opgetogen: 'Dan hebben we nog twintigduizend pond over! Zullen we daar zo'n snoezig kerkje van laten bouwen in de tuin, voor als we gaan trouwen?'
'Jullie kunnen ook gaan trouwen op een echt spectaculaire plek,' zei Max, 'en voor die twintigduizend een grote jacuzzi laten installeren.'
'Je bent echt briljant!' Tandy klapte in haar handen en omhelsde toen Tilly. 'En jij ook. Jullie moeten allebei op het feest komen als alles klaar is. Al mijn vriendinnen willen je ook vast inhuren als ze eenmaal zien wat je met ons huis hebt gedaan.'
Toen werd er aangebeld, en Tandy verdween naar boven voor haar wekelijkse sessie met haar manicure. Jamie bracht Max en Tilly naar de voordeur, en even later liepen ze over de oprijlaan langs een nachtblauwe Maserati, een knalrode Porsche en een barbiepop-roze SUV met een met diamantjes bezet stuur en roze suède stoelen.
'Ze is pas negentien,' zei Tilly verwonderd. 'Ik heb toch iets fout gedaan.'
'Gewoon een voetballer aan de haak slaan. Een voetbalvrouwtje worden,' zei Max.
Tilly wist echter dat ze het niet in zich had om duur in het onderhoud te zijn; van de eindeloze zonnebanksessies en de vele kappersbezoekjes en al die vreemden die aan haar nagels zaten, zou ze knettergek worden. 'Daar ben ik niet jong genoeg meer voor.'
Nooit te beroerd om ook een duit in het zakje te doen, zei Max grinnikend terwijl hij het portier openmaakte: 'Ja, en niet gladjes genoeg en niet mager genoeg en... Au!'
'Sorry,' zei Tilly, 'mijn voet gleed uit.'

Het leek wel een wetmatigheid: als je iemand per se niet wilde tegenkomen, kwam je haar om de haverklap tegen. Erin ging, een paar dagen na haar laatste aanvaring met Stella de Gekkin, naar de drogist waar ze tien minuten lang ontspannen tinten oogschaduw en lippenstift op haar hand stond uit te proberen, zalig onwetend van het feit dat Stella ook in de winkel was.
Pas toen ze in de rij voor de kassa ging staan om haar zwoe-

le beige lipgloss, een glanzend bruin oogpotlood en een heel glamoureus pakje inlegkruisjes af te rekenen, ontdekte ze het. Tijdelijk afgeleid door de potten vitamines die een schonere huid en helderder ogen beloofden, merkte ze niet dat de man die voor haar stond, klaar was. Opschrikkend van de stem van de kassajuffrouw die vroeg: 'Zeg het maar,' wilde ze net haar mond opendoen om te reageren toen een stem achter haar uitriep: 'Nou, ze heeft een verhouding met mijn man, dus waarschijnlijk komt ze haar voorraad condooms aanvullen.' Die lijzige, snerende, al te bekende stem. Erin voelde de golf van angst die steeds gepaard ging met het horen van die stem, het bloed dat naar haar wangen steeg, het gevoel van vernedering dat altijd...

Nee, rot op, waarom zou ze zich zo moeten voelen? Waarom zou ze dit eigenlijk nog langer pikken? Van God mocht weten waar kwam een scheut adrenaline opzetten, en ze draaide zich langzaam om en keek Stella recht in de ogen. Weg met de fluwelen handschoenen. Ze wist dat iedereen in de winkel nu op haar lette. En Stella, met in haar mandje Elnett-hairspray, paracetamol en een fles dure haarconditioner, dacht echt dat zij de touwtjes in handen had.

Met een stem die minstens zo luid en helder klonk als die van Stella, zei ze zoetsappig: 'Condooms? Inderdaad! Het is gewoon verbazingwekkend hoe snel we steeds door onze voorraad heen zijn.'

'Niet te geloven dat ik dat heb gezegd.' Toen Fergus een uur later bij haar kwam, zat ze nog te beven.

'En wat gebeurde er toen?'

Ze huiverde bij de herinnering. 'Stella liet haar mandje op de grond vallen – beng! – en schreeuwde: "Ik snap niet dat je met jezelf kunt leven." En toen stormde ze de winkel uit.'

Fergus sloeg zijn armen om haar heen. 'Ach, schatje toch. Je hebt echt niks verkeerds gedaan.'

'Eerst niet misschien, maar nu wel. Dat was wreed van me.' De voorkant van zijn overhemd rook naar waspoeder en kantoor. 'Het is net alsof ze me naar beneden trekt, naar haar niveau. Ik dacht dat het me een goed gevoel zou geven als ik

eindelijk eens wat terugdeed, maar ik haat mezelf nu alleen maar.'
'Dat is nergens voor nodig. God, ik vind het zo rot. Je verdient dit echt niet. Ik zal mijn advocaat eens vragen of hier niets aan te doen valt.'
'Nee, laat maar.' Ze schudde haar hoofd, want ze zag al helemaal voor zich dat er steeds meer mensen bij betrokken zouden raken. De situatie zou volledig uit de hand lopen, alle verbitterde opmerkingen die ze elkaar naar het hoofd hadden geworpen, zouden worden opgerakeld in de rechtbank, en haar eigen gemene uitval zou haar tot in lengte van dagen blijven achtervolgen. Nee, die schande kon ze niet aan. 'We gaan gewoon emigreren.'
Hij keek haar bezorgd aan. 'Wil je dat?'
'Nee.' Ze toverde een half lachje tevoorschijn. 'Ik wil alleen maar dat het ophoudt.'
Hij kuste haar op haar haren. 'Ik vind het zo rot,' zei hij weer. 'Ik hou van je.'
'Ik hou ook van jou.' Ondanks alle verschrikkingen was ze nog steeds dolgelukkig. Haar relatie met Fergus opgeven was gewoonweg geen optie; hij was alles waar ze ooit van had gedroomd, van zijn lieve karakter tot zijn ontspannen warmte en aangeboren goedheid. Bovendien was hij ook aantrekkelijk zonder lichamelijk volmaakt te zijn, wat Stella klaarblijkelijk vreselijk had geïrriteerd, maar wat heerlijk geruststellend was als je zelf ook geen ranke den was.
Niet dat ze hem alleen daarom leuk vond – van hem hield. Maar het was wel een groot voordeel als je niet steeds je buik in hoefde te trekken en doen alsof je maatje achtendertig had.
'Weet je, we zouden best weg kunnen gaan.' Onder het praten masseerde hij troostend haar rug.
'Maar ik vind het fijn om hier te wonen. Echt, ik wil helemaal niet emigreren. Dat was een grapje.' God, hij wist wel hoe hij een rug moest masseren, zeg. 'En we hebben hier ook van die eh... Hoe noem je dat ook alweer? O ja, banen.'
'Ik dacht eigenlijk aan iets minder drastisch. De komende twee weken heb ik het ontzettend druk op mijn werk, maar ik weet bijna zeker dat ik die week daarna wel iets kan regelen. Wat

denk je van een korte vakantie? Ergens waar het warm is. Ik trakteer.'
Ze draaide zich om en keek hem aan. Ze kon even geen woord uitbrengen.
'Nou?' vroeg hij. 'Even helemaal weg. Dat kunnen we wel gebruiken, toch?'
'Ja.' Ze knikte hulpeloos. Waar had ze zo'n fantastische man toch aan verdiend? 'Ja, inderdaad.'
'Denk je dat je iemand voor de winkel kunt vinden?'
Misschien, hopelijk... Misschien ook niet... Maar ach, wat maakte het uit, sommige dingen gingen gewoon voor.
'Als ik niemand kan vinden, doe ik hem gewoon een weekje dicht.' O god, ze was echt aan vakantie toe. 'Heerlijk, me een weekje geen zorgen hoeven maken over wanneer ze weer een scène komt trappen.' Ze kuste zijn verrukkelijke, stoppelige kin en zei: 'Ik hou van je. Dank je wel.'
'Goed, we doen het. Zeg maar waar je heen wilt. Marbella, Florence, Parijs, Rome. Zeg maar waar je naartoe wilt, ik zorg voor de rest.'
'Wat ik maar wil?'
'Ja.'
'Ik heb altijd al naar Gdansk gewild.'
'Echt waar?'
Dat was nog een reden om van hem te houden. Grinnikend gaf ze hem nog een kus. 'Nee, maar ik heb altijd al wel naar Venetië gewild.'

26

Het was vrijdagavond, en Max en Kaye gingen samen met oude vrienden uit eten in Bristol.
'Het is hun trouwdag,' vertelde Max tegen Tilly, terwijl hij zijn jasje aantrok. 'We zijn ongeveer rond dezelfde tijd getrouwd.'
Kaye stond haar toermalijnen ketting in de spiegel in de huis-

kamer te bekijken. 'Alleen heeft Paula geluk gehad. Haar man bleek géén homo te zijn.'
'Dat misschien niet, maar hij is wel verdomde saai met zijn verhalen over golf. Als hij ook maar begint over een nr. 9-ijzer, dan ga ik gewoon een musicalliedje zingen, dat zweer ik je.'
'Je haat musicalliedjes,' zei Kaye opgewekt.
'Dat weet ik ook wel, maar als het Terry op de zenuwen werkt, heb ik dat er wel voor over. Gewoon midden in het restaurant, of desnoods op tafel als het moet.'
'Het is zijn grootste hobby om Terry in verlegenheid te brengen,' zei Kaye tegen Tilly. 'Oké, gaan we? Waar is Lou eigenlijk?'
'Neeeee! Niet weggaan voordat jullie mij hebben gezien.' Lou kwam de trap af denderen en landde met een bons in de hal. 'Wat vinden jullie hiervan?'
Het was de derde keer in een halfuur tijd dat ze zich had verkleed ter ere van de schooldisco van die avond. Nadat ze eerst haar spijkerbroek en paarse T-shirt had verruild voor een iets andere spijkerbroek en kort blauw topje, droeg ze nu een grijs-met-wit gestreept T-shirt, een grijze spijkerbroek en Converse-gympen.
Tja, een schooldisco was een belangrijk evenement.
'Je ziet er schattig uit, lieverd.' Kaye keek haar hoopvol aan. 'Maar wil je niet liever een leuke jurk aantrekken?'
Lou trok een vies gezicht. 'Mama! Natuurlijk wil ik geen leuke jurk aan! En ik wil er ook niet schattig uitzien. Ik wil er gewoon als mezelf uitzien.'
Max zei: 'Nou, ik kan je verzekeren dat je er helemaal als jezelf uitziet. Ik zou je er zo uit halen bij een confrontatie op het politiebureau. Die daar, met die woeste bos rood haar en die grote puist op haar kin, dat is mijn dochter.'
'Grappig hoor, papa. Ik heb helemaal geen puistjes. Maar zit mijn haar echt te woest?' Ze liep naar de spiegel en pakte een handvol krullen beet. 'Zal ik het anders in een staart doen?' vroeg ze bezorgd.
'Je ziet er precies goed uit. Let maar niet op hem.' Kaye gaf haar dochter een knuffel en een smakzoen. 'Veel plezier vanavond, en gedraag je een beetje.'

Lou sloeg haar ogen ten hemel. 'Ik gedraag me altijd.'
'En niet dronken worden,' zei Max.
'Papa, dit is een disco voor de onderbouw. We mogen kiezen uit Pepsi, Diet Pepsi of water.'
'En geen jongens zoenen.'
'Papa!' jammerde Lou. 'Hou op!'
'Ik ben je vader, het is mijn taak om gênante dingen te zeggen. En wel een beetje mooi dansen, hè? Als ik hoor dat je raar hebt gedanst, dan...'
'Hou op. Wij dansen niet raar, want we zijn geen beren. En de enige die slecht danst in deze familie, ben jij.'
'Helemaal mee eens.' Kaye gooide haar autosleuteltjes naar Max. 'En als we nu niet vertrekken, komen we nog te laat. Kom op, oudje, we gaan.'

De timing was een mijnenveld. Lou's disco duurde van halfacht tot tien. Maar alleen echte losers waren zo suf ook daadwerkelijk om halfacht op de stoep te staan. Aan de andere kant, als je te laat ging, was de avond alweer voorbij voordat je de kans had gehad om je een beetje te ontspannen en te genieten. O ja, het was van cruciaal belang om op precies het juiste moment de volmaakte entree te maken. Na veel heen en weer ge-sms waren Lou en haar vriendinnen het erover eens geworden dat tien over acht het beste moment was.
Wat Lou nog ruimschoots de gelegenheid gaf om ook haar derde outfit weer uit te trekken en opnieuw de eerste spijkerbroek aan te doen, samen met een olijfkleurig T-shirt met boothals, zilveren slippers en een zilver-met-groene gevlochten leren riem.
'Perfect.' Tilly knikte ernstig. Die schat van een Lou wilde duidelijk indruk op iemand maken.
'En de oorbellen? Slingeren die niet te veel?'
'Nee, die zijn ook perfect.'
'Nee... wacht.' Lou draaide zich om en draafde de trap weer op. Twee minuten later was ze terug met hemelsblauwe oorringen van middelmatige grootte in haar oren. 'Is dit beter?'
'Prima.' Verbaasd vroeg Tilly: 'Maar heb je geen zilveren oorbellen?'

'Jawel, maar dan ziet het er misschien te bedacht uit allemaal, snap je? Alsof ik te erg mijn best doe.'
'Oké. Nou, in dat geval moet je die blauwe maar in laten.' Tilly hoopte alleen dat Eddie Marshall-Hicks oog zou hebben voor alle moeite die het Lou had gekost om er niet al te bedacht uit te zien.
Lou keek op haar horloge. 'Is het al kwart voor acht?'
'Ja. Zullen we dan maar?'
Diepe zucht. 'Zie ik er goed uit? Of zal ik andere schoenen aantrekken?'
'Als je andere schoenen aantrekt, past je riem weer nergens bij.'
'Nee, dan is alles compleet ongecoördineerd en dat kan ook niet. Oké dan.' Lou nam een besluit. 'Ik ben klaar. Laten we maar gaan.'
Tilly draaide het contactsleuteltje om, maar er gebeurde niets. Ze probeerde het nog een keer. De auto startte nog steeds niet.
'Doe je dat voor de grap of zo?' vroeg Lou.
'Nee. Wacht even, geen paniek.' Inwendig in paniek rakend, haalde Tilly het sleuteltje uit het contact, stak het er opnieuw in – hopelijk beter deze keer – trapte het pedaal in en probeerde het nog een keer.
Nog steeds niets.
'Wat is er aan de hand?' vroeg Lou.
Tilly opende van binnenuit de motorkap en stapte uit. Als ze wist wat er aan de hand was, zou ze monteur zijn, maar de kans was miniem dat het iets was wat zelfs zij kon zien, zoals bijvoorbeeld wanneer je je afvroeg waarom de haardroger het niet deed en dan ontdekte dat dat kwam omdat je de stekker van de krultang in het stopcontact had gestopt in plaats van die van de droger.
Helaas zat er in een motor geen haardroger waarvan je slechts de stekker in het stopcontact hoefde te doen. Alles zag er alleen maar vettig en olieachtig en net zo onbegrijpelijk uit als motoren er altijd uitzagen. Terwijl Lou naast haar ongedurig van haar ene slipper op de andere stond te wippen, trok Tilly voorzichtig aan een paar geheimzinnige slangetjesachtige gevallen.

Toen ze daarna het contactsleuteltje weer omdraaide, kreeg ze alleen maar vettige vingerafdrukken op het stuur.
'Nou mis ik de disco.' Lou begon te hyperventileren. 'Hij is al twintig minuten bezig.'
Een chique late entree maken verbleekte bij het idee om helemaal geen entree meer te kunnen maken.
'En dan hebben ze allemaal lol zonder mij,' jammerde Lou.
'Haal het telefoonboek even. Zoek het nummer van Berts taxibedrijf op, dan bellen we hem. Ik zal ondertussen blijven proberen de auto aan de praat te krijgen.'
Lou rende het huis in en Tilly probeerde het contactsleuteltje schoon te vegen aan haar T-shirt, voor het geval dat dat net het grote verschil zou maken. Dat kon je nooit weten toch? Vooral niet als het om auto's ging.
Lou kwam terug met het telefoonboek in haar ene hand en de draadloze telefoon in haar andere. 'Hallo? Hoi, Bert, je spreekt met Lou Dineen. Kun je me thuis komen afhalen over, ongeveer, een halve minuut?'
De moed zonk Tilly in de schoenen toen ze Lou's gezicht zag betrekken.
'Nee, dat heeft geen zin. Oké, dank je, dag.' Ze beëindigde het gesprek, gooide de telefoongids op Tilly's schoot en zei: 'Hij heeft een ritje naar Malmesbury. Is er geen ander taxibedrijf? O god, waarom moet mij dit nou weer overkomen?'
Het werd acht uur. Het nummer van het andere taxibedrijf was continu bezet, en de wachttijd bij het derde taxibedrijf was anderhalf uur. Lou's vriendin Nesh was een weekendje weg met haar ouders. Met de moed der wanhoop probeerde Tilly Erin te bellen, maar bij haar thuis werd niet opgenomen en haar mobieltje stond uit.
'Het is niet eerlijk.' Paniekerig begon Lou weer in de telefoongids te bladeren. 'Geldt dit als noodgeval? Zou de politie kwaad zijn als ik het alarmnummer belde?'
Ze maakte natuurlijk een grapje, maar ook weer niet. De telefoon die op Tilly's schoot lag, ging over en ze nam snel op, in de hoop dat het Erin was die haar terugbelde. 'Hallo?'
Het was Erin niet.
'Hoi, met mij.' Het was raar om Jacks ontspannen stem te ho-

ren te midden van al die paniek. 'Ik weet dat Max er niet is, maar wil je aan hem doorgeven dat de elektricien morgenvroeg klaar is in Etloe Road, dus hij kan er 's middags met zijn ploeg aan de slag.'

'Wie is het?' Lou had nog een nummer van een taxibedrijf gevonden en hield er haar vinger bij.

'Eh... Oké.' Afwezig zei Tilly tegen Lou: 'Niet Erin.'

'Ophangen dan,' beval Lou.

'En als je een pen bij de hand hebt, ik heb een nummer van een marmerleverancier voor hem.'

'Zeg maar dat het een zaak is van leven en dood.' Lou stootte Tilly aan.

'Eh... Nee, ik heb geen pen...'

'Is er iets?' vroeg Jack.

'Eh...' Tilly kon zich bijna niet concentreren, met Jack die in haar linkeroor mompelde, terwijl rechts van haar Lou als een bezig bijtje tekeerging. 'Sorry, Jack, maar...'

'Jack?' Lou slaakte een kreet en griste de telefoon weg, er bijna Tilly's oor afrukkend. 'Waarom zei je dat niet meteen! Jack, waar ben je? De auto wil niet starten en we zitten hier vast en ik loop de hele disco nog mis...'

Zeven minuten later kwam Jacks Jaguar de oprijlaan op scheuren. Lou wist niet hoe snel ze in moest stappen. 'Jij bent de allerbeste man van de hele wereld!'

'Hartstikke bedankt.' Tilly's hart sloeg nog altijd op hol wanneer ze Jack zag. 'We zagen het niet meer zitten.'

'Geen enkel probleem. Ik zet Lou even af en dan kom ik weer terug om te kijken wat er aan de auto mankeert.'

'O, dat hoeft echt niet,' stamelde Tilly. 'Max kan morgenvroeg de garage wel bellen en...'

'Sorry, maar kunnen jullie daar misschien een ander keertje ruzie over maken?' Lou schudde vol ongeloof haar hoofd. 'Ik heb toevallig wel haast, hoor! Kunnen we nu alsjeblieft gaan?'

27

'Mijn held,' zei Tilly, toen Jack vijfendertig minuten later terugkeerde. 'Ik had niet met mezelf kunnen leven als Lou haar grote avond had gemist.' Terwijl ze op haar horloge keek, voegde ze eraan toe: 'Dat heb je snel gedaan.'

'Als het moet, kan ik heel snel zijn. En bovendien zat Lou naast me te gillen dat ik sneller moest rijden.'

'Nou ja, in elk geval bedankt. Ook omdat je terug bent gekomen om even naar de auto te kijken, hoewel ik niet zou weten hoe je die moest maken, want het is al donker. En ik kan nergens een zaklantaarn vinden.'

'Ik weet ook niet hoe ik hem moet maken.' Grinnikend volgde hij haar de keuken in. 'Ik heb helemaal geen verstand van auto's. Maakt niet uit, Max lost het wel op. Zet maar even water op. We hebben tot tien voor tien de tijd, want Lou wil om tien over worden opgehaald.'

'Maar dat hoef jij toch niet te doen? Ik kan wel een taxi bellen.'

'Ik vind het niet erg om te doen. Ik had vanavond toch niks anders. En ik ben niet duur.'

Was dat soms provocerend bedoeld? Wilde hij dat ze zou vragen hoe ze hem kon terugbetalen?

'Wil je thee of koffie?' vroeg ze.

'Koffie, zwart, één klontje suiker.' Hij glimlachte. 'Je vergeet gewoon hoe opwindend een disco is als je dertien bent. Ik herinner me dat ik verliefd was op een meisje dat Hayley heette en me afvroeg hoe ik haar ooit weg kon krijgen bij haar vriendinnen, zodat ik haar kon kussen.'

Ze gaf hem zijn koffie en ging aan de keukentafel zitten. 'En, is het je gelukt?'

'O ja, ik heb het heel slim aangepakt. Ik zei tegen haar dat de directeur haar buiten wilde spreken en dat ik haar naar hem toe moest brengen.'

'Slim en slecht. Wat deed ze toen je haar kuste?'

'Ze bleef gewoon kauwgom kauwen en zei dat ik haar op een coke moest trakteren. Nee, dat klopt niet helemaal.' Hij zweeg

even terwijl hij het zich weer voor de geest probeerde te halen. 'Ze zei dat ik voor al haar vriendinnen een coke moest kopen.'
Ze lachte. 'En heb je dat gedaan?'
'Nee! Ik zei dat ik daar geen geld voor had en toen zei ze dat ik me haar in dat geval niet kon veroorloven. En toen ging ze weer naar binnen.'
'Dus je bent niet altijd onweerstaanbaar geweest voor vrouwen.' Ze vond het leuk dat hij er geen moeite mee had zichzelf te kijk te zetten.
'Jezus, nee. De eerste paar jaren waren een ramp, maar al doende leert men.'
'Was Hayley mooi?'
'Heel erg mooi, maar ik hoop natuurlijk dat ze inmiddels een lelijke heks is.'
'Zo lang geleden en nog steeds verbitterd.' Grijnzend wees ze met haar theelepeltje naar hem. 'Je moet het gewoon als een nuttige ervaring beschouwen. Zo kijk ik nou ook naar de jongen die iedereen op school vertelde dat ik mijn beha met zakdoekjes opvulde.'
'Wat wreed,' zei hij. 'Toen ik vijftien was, ging ik een keertje uit met een meisje dat aan al haar vriendinnen vertelde dat ik, toen we de bioscoop uit kwamen, struikelde en plat op mijn bek viel.'
Jezelf te kijk zetten was allemaal heel leuk en aardig, maar Tilly ging niet zover dat ze hem vertelde dat ze een keer in haar broek had geplast terwijl ze naar *Mr. Bean* keek. Er bestond ook zoiets als te veel informatie.
'Ik ging een keertje met een vriendje mee naar huis om voorgesteld te worden aan zijn moeder en toen moest ik net doen alsof ik haar stoofschotel lekker vond. Terwijl die echt vies was, vol kraakbeen en pezen en onduidelijke stukjes.' Ze huiverde bij de herinnering. 'En daarna maakte ze het iedere keer als ik daar kwam eten. Dan zei ze: "Kom, lieverd, ga zitten. Ik heb je lievelingseten voor je gemaakt!"'
Jack wees ook met zijn lepeltje naar haar. 'Of ze vond je niet goed genoeg voor haar lieve zoontje en dit was haar manier om van je af te komen.'

'Mijn god, daar heb ik nooit aan gedacht!' Het was zo'n eurekamoment voor haar dat ze opgewonden met haar handen begon te wapperen. 'En die truc heb ik zelf ook toegepast! Jaren geleden had ik iets met iemand, en ik begon hem steeds viezer eten voor te zetten, maar pas toen hij zich erover beklaagde, drong tot me door dat ik het expres deed!'
Hij trok een wenkbrauw op. 'Hoe bedoel je precies?'
'Ik wilde hem niet meer, maar ik wilde hem ook niet kwetsen. Ik ben niet zoals jij,' zei ze. 'Ik vind het niet fijn degene te zijn die het uitmaakt.'
'Je laat liever de man het vuile werk opknappen, dan hoef je je niet schuldig te voelen.' Hij leek het wel grappig te vinden. 'Maar wat gebeurt er als ze het niet wíllen uitmaken? Als ze je niet willen laten gaan?'
Ze haalde haar schouders op. 'Dan maak ik mezelf steeds onmogelijker, net zolang tot ze het wél uitmaken.'
Hij pakte zijn kop koffie. 'Is dat soms wat er met de laatste is gebeurd? Max vertelde me dat je op een dag thuiskwam van je werk en dat hij toen was vertrokken.'
Hm, betekende dat dat hij bij Max naar haar had geïnformeerd? 'Dat klopt,' zei ze.
'Omdat je je onmogelijk had gedragen tegenover hem?'
'Ik zou het niet onmogelijk willen noemen. Ik heb me gewoon... gedistantieerd.'
'Dus daarom deed het je niet veel toen hij wegging.'
'Dat zal wel.' Ze nam een slok koffie. 'Hij was gewoon niet... de ware. Raar eigenlijk, hè? Je kunt tienduizend mannen naast elkaar zetten en in één oogopslag zien dat negenduizendnegenhonderdnegentig daarvan niet je type zijn. Dus blijven er tien over die tot de mogelijkheden behoren en die moet je tot één proberen terug te brengen via een proces van eliminatie. En het kan allemaal heel goed gaan, je kunt denken dat iemand op alle mogelijke manieren volmaakt is, maar dan doet of zegt hij iets en dan weet je opeens dat je met zo iemand nooit een relatie kunt hebben.'
Met een brede glimlach zei hij: 'Zo heb ik er nooit naar gekeken. Dus je moet tienduizend mannen afwijzen, voordat je iemand tegenkomt die je wél mag. Nogal kieskeurig, hè?'

'Ik bedoel niet iemand voor alleen maar een afspraakje. Ik heb het over degene met wie je je leven wilt delen. En natuurlijk word je kieskeuriger naarmate je ouder wordt.' In een poging hem uit te leggen wat ze precies bedoelde, vervolgde ze: 'Toen ik op school zat, fantaseerden alle meisjes dat ze getrouwd waren met een van de drie of vier leukste jongens uit de klas. In onze schriften oefenden we onze nieuwe namen. Hm, Nick Castle is wel een schatje, maar hoe klinkt Tilly Castle? Of anders Liam Ferguson met zijn lange wimpers. Wacht, laten we die eens proberen, Tilly Ferguson...' Ze deed alsof ze een zwierige handtekening zette. 'Goh, dat ziet er fantastisch uit, ja, ik moet maar met hem trouwen!'
Ernstig zei hij: 'Kijk, dat soort dingen doen jongens nou nooit.'
'Je weet niet wat je hebt gemist, het was hartstikke leuk! En er waren nog andere manieren om uit te zoeken hoe gelukkig je met iemand zou worden. Dan schreef je beide namen op, onder elkaar, en dan moest je alle letters die je gemeenschappelijk had, doorkrassen, en daarna de letters die over waren bij elkaar optellen en dan het getal dat overbleef voor de jongen delen door dat van het meisje, en als het dan een even nummer was, paste je perfect bij elkaar.'
Zijn blik was om te gillen. 'Dat méén je niet. Deden jullie dat echt?'
'Heel vaak.' O ja, ze herinnerde het zich weer precies. 'En als je niet het antwoord kreeg waar je op hoopte, dan moest je proberen te ontdekken of ze nog een tweede naam hadden zodat die ook mee kon tellen, en dan alles overnieuw doen.'
Hij was met stomheid geslagen. 'Nou weet ik waarom de meisjes op de middelbare school altijd wilden weten wat mijn tweede naam was!'
'Ja, omdat ze die berekening wilden maken. Maar het voordeel van al dat gegoochel met cijfers,' zei ze, 'was dat het heel goed was voor ons rekenkundig inzicht.'
Geamuseerd vroeg hij: 'Doen meisjes dat nog steeds?'
'Dat weet ik niet, ik heb er zelf in geen jaren aan gedacht. We zullen het Lou moeten vragen.' Ze grinnikte. 'Ik weet wel met welke naam ze het zou doen, Eddie Marshall-Hicks.'
'Heeft Lou een vriendje?' Hij klonk geschokt.

'Nog niet. Als je Lou ernaar vraagt, zegt ze dat ze hem haat. Maar we hebben ze samen gezien, op school,' vertelde ze. 'En ze vertonen echt flirterig gedrag, een beetje achter elkaar aan rennen en doen alsof dat niets te betekenen heeft. Het is zo schattig, ze zijn duidelijk gek op elkaar, maar durven dat niet toe te geven.'
Jack knikte wijs en keek haar toen met een schuin hoofd aan. 'Heb jij dat wel eens gehad?'
Wacht eens even, was dat soms een strikvraag? Bedoelde hij hier? Nu? Met hem?
'O god, ja!' Ze knikte driftig. 'Toen ik vijftien was, was ik stapelverliefd op een jongen die 's ochtends altijd dezelfde bus nam als ik. Hij keek altijd even naar mij, en ik keek altijd even naar hem. Dat ging weken zo door, en ik wist dat hij me leuk vond. Toen begon hij te glimlachen en hallo te zeggen, en iedere ochtend viel ik bijna flauw van opwinding. Ik wist helemaal niets over hem, maar hij was alles voor me. Ik stelde me voor dat we altijd samen zouden blijven. We zouden trouwen en drie kinderen krijgen, twee meisjes en een jongen. En iedere dag begon ik in mijn fantasie tegen hem te praten om het balletje aan het rollen te brengen. Maar in werkelijkheid zat ik daar maar te wachten totdat hij de eerste stap zou zetten, want stel je voor dat ik eerst wat zei en hij me dan zou afwijzen?'
Jemig, waar was dat ineens allemaal vandaan gekomen? Ze had in geen jaren meer aan die jongen uit de bus gedacht.
'En wat gebeurde er toen?'
'Niets. Maandenlang nam hij iedere ochtend dezelfde bus als ik. En toen op een dag zat hij niet in de bus, en daarna heb ik hem nooit meer gezien.' Ze schudde meesmuilend haar hoofd. 'Het liefst denk ik dat hij is ontvoerd door buitenaardse wezens. Ik kon gewoonweg niet geloven dat hij zomaar was verdwenen, zonder het me te vertellen. Uiteindelijk troostte ik mezelf met de gedachte dat zijn ouders vast hadden besloten om te emigreren en hem dat pas op het allerlaatste moment hadden verteld, dat ze hem gewoon mee het vliegtuig in hadden genomen, zodat hij niet de kans had me gedag te zeggen. Maar ik was echt behoorlijk van streek, ik dacht dat mijn wereld instortte!'

'En je wist niet eens hoe hij heette. Als dat in een film gebeurde, zou je hem later uiteindelijk weer tegen het lijf lopen.'
'Maar het was geen film, dus kom ik hem ook nooit meer tegen. Hoe dan ook, ik had mijn lesje geleerd; je moet de koe bij de horens vatten, je kans grijpen.'
'En zo ben je hier terechtgekomen, als assistente van Max. En daar ben je blij om, hè?' Hij leunde naar achteren in zijn stoel. Zijn donkere ogen glansden. 'Dus het werkt.'
Afgeleid door de blik waarmee hij haar aankeek, zei ze: 'Hoe was het bij jou, toen je op school zat? Heb je dat ooit wel eens gehad, dat je verliefd was op een meisje, maar het haar niet durfde te vertellen?'
Hij hield zijn hoofd scheef. 'Omdat ik bang was voor een afwijzing? O ja.'
'Echt? Ach, wat schattig! Ik had dat niet van je verwacht.'
Hij keek haar ontzet aan. 'Schattig?'
'Ja, sorry. Ik kan me gewoon niet voorstellen dat je ooit nerveus bent geweest, zelfs niet toen je op school zat.'
'Nou, dat was ik dus wel.'
'En wat gebeurde er toen? Heb je ooit genoeg moed weten te verzamelen om haar mee uit te vragen?'
Hij knikte ernstig. 'Ja, maar ze zei dat het waarschijnlijk niet zo'n goed idee was, omdat ze mijn wiskundelerares was.'
Het lukte Tilly nog net om haar koffie niet in het rond te sproeien. 'Een lerares! Hoe oud was ze dan?'
'Vijfentwintig. En ik was zeventien. Dus dat was dat, ze wees me af.' Hij zweeg even. 'Maar drie jaar later belde ze me onverwachts op en vroeg of ik zin had iets met haar te gaan drinken. Dus hoewel er een tijd overheen is gegaan, heb ik uiteindelijk wel wat met haar gehad.'

Om kwart voor tien gingen ze weg om Lou op te halen. Betty lieten ze rustig doorslapen in haar mand.
'Ik hoop dat ze het leuk heeft gehad.' Terwijl ze over de smalle landweggetjes raceten, stelde Tilly zich voor hoe de avond was verlopen. 'Zou Eddie haar ten dans hebben gevraagd? Of misschien durfde hij dat niet. Stel je voor dat al haar vriendinnen wel zijn gevraagd toen ze een langzaam nummer draai-

den, maar Lou niet, omdat Eddie te bescheten was?' Haar gezicht betrok bij de gedachte alleen al. 'Of stel je voor dat hij een ander meisje heeft gevraagd? O god, die arme Lou, helemaal alleen achtergebleven, als een muurbloempje, en dan proberen te doen alsof het haar niet uitmaakt...'
'Nou, het is wel duidelijk dat dat jou wel eens is overkomen.'
'Misschien. Eén keertje. Of twee. Hou op,' zei ze, toen hij begon te grijnzen. 'Het is echt een vreselijk gevoel. En jongens kunnen soms zo hard zijn, ze negeren je expres omdat ze weten dat je dat erg vindt. Weten wij veel, misschien heeft Lou wel een ontzettende rotavond gehad. Iedereen is aan het slow dansen, en zij staat daar maar, te vechten tegen haar tranen... Wat doe je?'

28

Het was nog een paar kilometer rijden naar Harleston Hall, maar Jack remde al af. Hij sloeg een overwoekerde oprit in, bracht de auto tot stilstand en deed de koplampen uit. Waren al die koppen koffie hem te veel geworden? Wilde hij snel even gaan plassen achter de heg? Want als dat zo was, nog geen tien minuten nadat ze bij Beech House waren weggereden, dan kon dat een man voorgoed in de categorie afknappers plaatsen.
Misschien niet erg aardig, maar wel de waarheid. En in zekere zin ook teleurstellend, maar al met al maar beter ook.
Klik. Jack maakte zijn gordel los en draaide zich toen naar haar om. In het pikdonker kon ze ternauwernood de hoekige omtrek van zijn gezicht en de glans in zijn ogen onderscheiden. Waarom zei hij niets? Waarschijnlijk geneerde hij zich; een zwakke blaas was niet echt mannelijk natuurlijk. Niet iets wat je van de daken wilde schreeuwen.
Om hem te helpen zei ze discreet: 'Het is niet erg, ik zal niet kijken.'
Stilte. 'Sorry?'

'Moet je niet uitstappen?'
'Waarom?'
O god, had ze hem nou beledigd? Ging hij nou doen alsof hij niet begreep wat ze bedoelde? Waarom konden mannen hun trots nou nooit eens opzijzetten?
'Hoor eens, jij bent degene die bent gestopt. We zouden Lou toch gaan ophalen? Je hoeft je er echt niet verlegen mee te voelen,' zei ze. 'Het is niet iets om je voor te hoeven schamen. Als je nodig moet, ga dan.'
Jack schudde lachend zijn hoofd. 'O, denk je dat dat het is? Over misverstanden gesproken. Als ik iets niet heb, is het een zwakke blaas.'
'O. Nou... heel fijn!' Ze voelde zich een beetje onnozel. 'Maar we moeten nog steeds naar school. Lou vraagt zich vast af waar we blijven.'
'Misschien heeft ze wel de tijd van haar leven en hoopt ze dat we te laat komen.'
'Maar...'
'Tilly, ik bedoel niet dat we hier de komende twee uur een potje monopoly moeten gaan zitten spelen. Ik wilde alleen even een paar minuten stoppen. Maar daar is er alweer één van verstreken, terwijl jij zo druk bezig was om me de auto uit te krijgen.'
Verontwaardigd zei ze: 'Ik wilde je niet de auto uit zetten. Ik wilde je alleen maar helpen.'
Zijn stem veranderde. 'Je zou een grotere hulp zijn als je niet steeds van die voorbarige conclusies trok.'
Meteen daarna startte hij de auto weer, reed behendig achteruit de oprit af en hernam de reis naar Harleston Hall. Nog voordat ze de kans had gekregen om op zijn woorden te reageren. Mocht ze al hebben durven dromen over waarom hij dan wél was gestopt, dan was die hoop nu de grond in geboord. Het was net alsof de Kerstman je slaapkamer kwam binnenmarcheren om de zak cadeautjes die hij je eerder die avond had gebracht, weer mee te nemen. Ze voelde zich als een leeggelopen ballon. En nu zou ze nooit weten of hij inderdaad had willen doen waarop ze, diep in haar hart, had gehoopt.

Jack verhoogde zijn snelheid, en de heggen aan weerszijden van de weg vlogen voorbij. Af en toe sloeg een overhangende tak tegen het dak van de auto. Twintig seconden later waren ze al bij het volgende kruispunt en sloegen links af Harleston Road op. Tilly schrok even toen een grote mot in het licht van de koplampen verscheen en een fractie van een seconde later tegen de voorruit te pletter sloeg. Arme mot, zijn avond eindigde ook in mineur. Het was inmiddels vijf over tien; ze zouden er over nog geen...

'Wat kan mij het ook bommen.' Jack trapte op de rem. Omdat er deze keer geen oprit te bekennen viel, bracht hij de auto met piepende banden op een inham langs de weg tot stilstand en zette de motor uit. 'Dit is waarom ik daarnet stopte.' Hij trok haar in zijn armen, en eindelijk kreeg ze de kus waar ze al maanden over had gedroomd. De Kerstman was uiteindelijk toch weer teruggekomen met haar cadeautjes. Haar hoofd tolde, terwijl ze zich vaag bewust was van zijn mond op de hare, zijn vingers die haar nek streelden, zijn haar dat op haar linkerwang viel... God, wat kon hij fantastisch kussen. Het was alsof je werd opgetild door een enorme golf en meegevoerd op een eindeloze, heerlijke deining.

Goed, niet echt eindeloos. Na zekere tijd kwam er een einde aan de kus. Terwijl ze haar best deed om niet te hyperventileren of al te erg onder de indruk te lijken, vroeg ze: 'Waarom was dat?'

'Gewoon nieuwsgierig.' Hij klonk alsof hij glimlachte. 'En zeg niet dat jij dat niet was.'

Hoe kon ze nou normaal ademen, terwijl haar hart sneller sloeg dan castagnetten? Hoe kon ze normaal praten, terwijl haar hele lichaam nog natintelde van zijn kus? Had hij dat effect op iedereen die hij kuste?

Ze zuchtte diep. Op het verlichte dashboardklokje zag ze dat het bijna tien over was. 'We moeten Lou gaan ophalen.'

In het donker knikte hij. 'Daar heb je helemaal gelijk in.'

De disco was afgelopen. Een gestage stroom auto's reed langzaam de met bomen omzoomde oprijlaan naar Harleston Hall op, en voor de school stonden groepjes tieners op hun lift te

wachten. De eerste die Tilly herkende, was Tom Lewis, deze keer niet in trainingspak. Met zijn arm om een opvallend mooie brunette van in de twintig geslagen, hield hij de over-enthousiaste leerlingen in de gaten.
'Daar heb je de gymleraar van Lou, daar op het bordes.' Tilly wees hem aan. 'Dat zal zijn vriendin wel zijn. Lou heeft ons over haar verteld. O, en daar heb je Eddie!'
'Welke precies?'
'Strakke zwarte spijkerbroek, Jackie Chan-T-shirt.' Terwijl ze naar hem keken, maakte Eddie zich los van het groepje jongens met wie hij had staan praten en liep naar een groepje meisjes toe. 'Daar heb je Lou ook! Achter dat meisje in die roze rok. Hij gaat naar haar toe... Pas op dat ze ons niet ziet!'
Aangezien ze vastzaten in de zich langzaam voortbewegende rij auto's, was er weinig wat Jack kon doen om zich te verstoppen. Tilly bukte zich zo ver mogelijk en tuurde door haar vingers; als Lou zou gaan zoenen, dan wilde ze echt niet weten dat er naar haar werd gekeken. Ze zou door de grond zakken van schaamte.
Maar er werd niet gezoend. Eddie zei iets tegen Lou, Lou zei iets terug en dat was dat. Eddie ging weer bij zijn vrienden staan. Lou gooide haar hoofd naar achteren en keek de andere kant uit, met een vastberaden onverschillige blik. Och hemeltje. Tilly kreeg medelijden; ze hoopte maar dat ze geen ruzie hadden gehad.
Eindelijk waren ze aan het einde van de rij aanbeland. Jack toeterde kort, en toen Lou hen zag, kwam ze aanlopen en ging achterin zitten. 'Hoi!'
Nou, ze leek nog aardig vrolijk. Tilly draaide zich om. 'Leuk gehad?'
'Fantastisch. Ik heb drie Pepsi's gehad en twee zakken chips.'
Gelukkig. 'Geen kaas- en uiensmaak hopelijk,' zei Tilly, want ze wist dat Lou die het lekkerst vond, maar hoeveel jongens wilden nou een meisje kussen dat naar kaas en uien smaakte?
'Die hadden ze niet. Alleen de gewone.'
'Heb je nog gedanst?'
'Heel vaak!' Ze begon geanimeerd te vertellen. 'Jullie hadden Gemma moeten zien – ze heeft de moonwalk gedaan! En toen

draaide de dj de muziek van *Grease* en toen deden we al die bewegingen na. Fantastisch gewoon!'
'Hebben de jongens dan ook gedanst?' Jemig, dan was er veel veranderd sinds haar tijd. Ze zag het al helemaal voor zich, de dansvloer vol draaiende, zingende paartjes, net als in de film. Zou Eddie Lou's Danny Zuko zijn geweest?
'De jongens? Op *Grease*? Meen je niet!' zei Lou op verachtelijke toon. 'Ze zaten gewoon vastgeplakt aan de muur! De jongens bij ons op school trekken nog liever hun kleren uit om zich roze te schilderen dan dat ze gaan dansen. Dat vinden ze niet cool.'
'O. Maar was er geen slowdansen dan? Toen zullen ze toch wel hebben meegedaan?'
Lou wierp haar de blik van een dertienjarige toe die te kennen gaf dat Tilly echt helemaal niet goed bij haar hoofd was. 'Natuurlijk niet! Alleen een paar van de ouderen hebben gedanst. Mr. Lewis en zijn vriendin. Mrs. Thomsett en haar man, die een baard had en keek alsof hij het echt vreselijk vond allemaal. Meer niet. Toen de dj vroeg of we nog een langzaam nummer wilden horen, riep iedereen van nee, en toen draaide hij *Girls Aloud* en toen gingen we helemaal uit ons dak!'
'Dus er is niet gezoend.' Terwijl Jack dat zei, keek hij Tilly even aan.
'Gadverdamme, natuurlijk niet!'
Hij grijnsde. 'Nou ja, volgende keer beter.'
'Bah, waarom zou je een van de jongens bij ons op school willen zoenen? Die zijn allemaal hartstikke fout.'
'Zelfs Eddie?' kon Tilly niet nalaten te zeggen.
'O, niet weer, hè? Ik haat hem,' flapte Lou eruit. 'Hij is gemeen. Als ik met Eddie Marshall-Hicks op een onbewoond eiland zou stranden, zou ik een kano van hem maken.'
Twintig minuten later arriveerden ze bij Beech House.
'Dank je wel, Jack.' Lou omhelsde hem uitgebreid en gaf hem toen een kus op de wang. 'Als jij er niet was geweest, had ik de hele disco nog gemist.'
Ze keken haar na toen ze naar binnen rende om Betty te begroeten die wakker was geworden en woest vanachter het keukenraam naar hen stond te blaffen.

Tilly stapte ook uit en zei: 'Ja, bedankt voor je hulp.'
Met een klein lachje zei hij: 'Ach, het genoegen was geheel aan mijn kant.'
Oké, dat was wat ze noemden een ongemakkelijk moment. Lou was inmiddels binnen en stond achter het verlichte keukenraam. Ze hield Betty op en zwaaide met de voorpoten van de hond naar hen. Tilly voelde zich ongelooflijk verlegen met de situatie. 'Als je wilt, kun je nog wel even binnenkomen voor een kop koffie.'
'Heel aardig aangeboden, maar ik kan beter gaan. Er ligt nog wat papierwerk op me te wachten.'
Ze knikte. Papierwerk, natuurlijk. Kon hij ook nog steeds de sensatie voelen van hun lippen die elkaar voor het eerst hadden aangeraakt, of was zij de enige? O god, misschien was de kus voor hem wel teleurstellend geweest... 'Oké. Goed. Nou, nogmaals bedankt voor de lift.'
Lou en Betty stonden nog steeds naar hen te zwaaien. Jack zwaaide terug, zweeg even en keek Tilly toen aan.
'Wat is er?' Nou ja, ze moest toch iets zeggen om de gespannen stilte te verbreken?
'Je vroeg me daarstraks of ik wel eens in de situatie had verkeerd dat ik een meisje niet durfde te vertellen dat ik haar leuk vond.'
Haar maag maakte een driedubbele salto en bleef toen halverwege hangen. 'Ja, en toen vertelde jij over die lerares van je.'
Hij glimlachte vaag. 'Tja, maar nou ben jij er ook nog.'
Haar maag bleef waar hij was en vertoonde geen enkel teken dat hij weer naar beneden zou komen. Met kurkdroge mond zei ze: 'O...'
'Klinkt als een versierpraatje, hè?' zei hij met een spijtige blik. 'Als iets wat je niet al te serieus kunt nemen, omdat je denkt dat ik het toch niet meen, omdat je me niet vertrouwt, omdat ik een slechte naam heb en het waarschijnlijk al honderd keer heb gezegd.'
Haar tollende hoofd streed met haar tollende maag om de voorrang. Zoals gewoonlijk in dit soort situaties kon ze alleen maar iets spottends zeggen. 'Honderd keer maar?'

Hij haalde zijn schouders op en startte de auto weer. 'Dat bedoel ik nou. Maar stel dat ik het niet eerder heb gezegd? Stel dat ik het meen?'
Verwachtte hij nou echt van haar dat ze hem geloofde? Verwachtte hij echt dat ze die vraag zou beantwoorden? Haar knokkels werden wit, terwijl ze het nog steeds openstaande portier stevig beetgreep.
'Nou?' vroeg hij.
Jemig, hij verwachtte het echt.
'Dan zou ik zeggen dat je heel veel moeite zult moeten doen om me daarvan te overtuigen.'
'Oké.' Een glimp van een lachje. 'Logisch. Ik zal mijn best doen.'

29

Erin had Kaye niet meer gezien sinds haar laatste bezoek met kerst vorig jaar. Dolblij dat Tilly haar mee had genomen naar de winkel, bracht ze Kaye op de hoogte van de laatste ontwikkelingen met betrekking tot Stella de Gekkin, terwijl Tilly zich in het pashokje in een kanten zomerjurkje probeerde te wurmen dat echt heel verleidelijk was, maar twee maten te klein.
'Stella. Die heb ik nog niet gezien sinds ik terug ben.' Kaye trok een gezicht. 'Weet je dat ik altijd een beetje bang voor haar ben? Ik ben een keertje bij haar in de winkel geweest en toen gaf ze me het nummer van haar schoonheidsspecialiste omdat er volgens haar iets mis was met mijn wenkbrauwen. Nou, dat was heel goed voor mijn zelfvertrouwen, dat kan ik je wel vertellen.'
'Ze is nog niets veranderd, alleen zal ze mij eerder het nummer geven van de plaatselijke beul. Maar Fergus is een schat.' Erin zuchtte. 'We zijn zo gelukkig samen. Maar het is godsonmogelijk ons echt te ontspannen en van elkaar te genieten, terwijl we ons continu afvragen wat Stella nou weer zal gaan doen.'

'Ik krijg deze jurk niet aan,' zei Tilly hijgend vanuit het pashokje. 'Hij is te klein! Dit is geen jurk voor een levend wezen, maar voor een barbiepop!'
'We denken dat ze Max gaat ontvoeren en hem dan dwingt om met haar naar bed te gaan,' vertelde Kaye met een ondeugend lachje.
'O, hou daar alsjeblieft over op.' Erin kreunde. Ze had dat pas gehoord na haar aanvaring met Stella bij de drogist. 'Ik vind het echt rot dat ze hem er nou ook bij betrekt.'
'Over Max hoef je niet in te zitten, die kan wel voor zichzelf zorgen. O, is dat een Von Etzdorf?' Kaye draaide de fluwelen sjaal in zonsopkomstgeel om haar nek. 'En voel je alsjeblieft niet schuldig vanwege Stella, ze behandelt Fergus al jaren als een stuk stront.' Ze bekeek zichzelf in de spiegel. 'Ik vind hem mooi.'
'Die kleur staat je goed.' Het was geen verkooppraatje van Erin; het was gewoon zo.
'O, dat is nog iets wat Stella een keer tegen me zei: "Vreselijk voor je, hoor, dat je zo bleek bent. Ik durf te wedden dat je vast wel zo bruin zou willen zijn als ik." Oké, ik neem hem. Weet je, het leuke aan tweedehandskleren kopen is dat je je nooit schuldig hoeft te voelen, omdat alles zo lekker goedkoop is.'
'En het is een vorm van recycling.' Tilly's lichaamloze stem zweefde naar hen toe.
'Ben je al aan de winnende hand daarbinnen?' vroeg Erin.
'Nee.'
'Hier, ik heb nog iets wat je misschien wel leuk vindt. Het is net vanochtend binnengekomen.' Erin liep even de achterkamer in, om terug te komen met een lila zijden jurk met spaghettibandjes en paarlemoeren kraaltjes langs de hals. Ze gaf het over de deur van het pashokje heen aan Tilly. 'Probeer deze maar eens.'
Twee minuten later kwam Tilly het pashokje uit zetten. De kleur flatteerde haar, en de jurk zat als gegoten.
Erin klapte in haar handen. 'Wat een leuke baan heb ik toch! Je ziet er fantastisch uit!'
Blozend van plezier zei Tilly: 'Ik kreeg gisteren een paniek-

aanval. We waren bij Jamie Michaels, en Tandy vroeg me wat ik aantrok naar hun feest. En toen werd ze gebeld door een van de andere voetbalvrouwen en hoorde ik haar zeggen dat ze nachtmerries kreeg bij het idee dat er iemand in confectiekleding zou komen opdagen.'
'Dat is brutaal, zeg!' zei Kaye verontwaardigd, 'dan krijg ik zin om expres zoiets aan te trekken.'
'Ja, maar het gaat niet om mij, hè? Het is Max' zaak, en ik wil hem niet teleurstellen.'
'Ik heb in Amerika zoveel mooie jurken.' Op spijtige toon vervolgde Kaye: 'Ik kan ze net zo goed allemaal verkopen, want het duurt op zijn minst nog wel vijftig jaar voordat ik daar ooit nog weer eens word uitgenodigd voor een feest.'
Erin kreeg medelijden met haar. 'We zitten eigenlijk in hetzelfde schuitje, hè? We krijgen allebei de schuld van iets wat we niet hebben gedaan.'
'Maar jij hebt Fergus tenminste nog. Nee, dan ik,' zei Kaye. 'Mijn carrière is naar de haaien, ik woon in een poppenhuis, en de enige man die sinds kerst naar me heeft gekeken, is die ouwe vent die de winkelwagentjes verzamelt bij de supermarkt, je weet wel, die zo loenst.'
'Nee, dat is niet de enige,' protesteerde Tilly, 'er is ook nog die fan die je bonbons heeft gestuurd.'
'Die ze niet hebben doorgestuurd. En hij woont bijna tienduizend kilometer verderop. Plus dat ik niet eens weet wie het is.' Ze tikte alles af op haar vingers. 'Dus die telt niet.'
'Nou ga ik me nog schuldig voelen ook, omdat ik leuk nieuws heb.' Van onder de toonbank pakte Erin een vakantiebrochure. Ze rolde hem op en sloeg Tilly ermee op haar hoofd, omdat die zichzelf naar haar smaak te lang stond te bewonderen in de passpiegel. 'Hé, luister je wel? Ik ga op vakantie!'
Tilly lette ineens weer op. 'Wat? Maar je bent in geen jaren weg geweest!'
'Ik weet het!' Erin stond als een krankzinnige te stralen. 'Fergus neemt me mee.'
'Je zei altijd dat je je het niet kon veroorloven om de winkel te sluiten.'
'Dat is ook zo, maar ik doe het toch. We hebben het nodig

om er even tussenuit te gaan. Stel je voor, een hele week zonder ons zorgen te hoeven maken over Stella de Gekkin. En raad eens waar we naartoe gaan?'
'Naar een modderig stacaravanpark in Noord-Wales.'
'Bijna goed. Venetië!'
'Wow!'
'Dat is pas echt romantisch,' zei Kaye.
'Ja, hè?' zei Erin vrolijk. 'En ik heb er altijd al naartoe gewild. Ik ben zo opgewonden! Kijk, dat is ons hotel, in een palazzo, met uitzicht op het Canal Grande.' Enthousiast liet ze hun het hotel in de brochure zien. 'Veertiende-eeuws, met uitzicht op de Rialtobrug. Er is zelfs een dakterras.'
'Fantastisch, zeg.' Tilly kneep even in Erins arm. 'Je hebt het verdiend.'
'Toen Fergus het me vertelde, moest ik gewoon huilen,' vertelde Erin. 'We gaan de laatste week van deze maand. Ik kan haast niet wachten.'
'En je sluit de winkel?' vroeg Kaye, terwijl Tilly weer het pashokje in liep om haar nieuwe jurk uit te trekken.
Erin knikte. Ze had Barbara gevraagd, die haar af en toe hielp, maar Barbara kon niet. 'Het is niet erg, het is maar een weekje.'
'Want anders wil ik wel een weekje in de winkel staan. Als je dat wilt tenminste,' voegde Kaye eraan toe toen ze Erins verbaasde blik zag.
'Meen je dat?'
'Waarom zou ik het niet menen?'
Erin wapperde met haar handen. 'Sorry, maar het komt gewoon omdat ik het niet had verwacht. Ik bedoel, je bent een Hollywoodactrice. Het is net zoiets als het postkantoor in lopen en dan Joan Collins achter de balie zien zitten.'
'Alleen heeft Joan nog steeds werk daar,' wees Kaye haar erop, 'en ik niet. En het ziet ernaar uit dat dat voorlopig wel zo zal blijven. Ik word gewoon gek van al dat nietsdoen. Ik wil heel graag de winkel een weekje voor je runnen, als je me dat toevertrouwt tenminste.'
'Weet je het echt zeker?'
'Absoluut. Ik ben gek op kleren. En het is hier leuk, zo vriendelijk en rustig.'

'Tot Stella binnen komt stormen en je voor van alles en nog wat uitmaakt. Maar dat zal ze bij jou niet doen,' voegde Erin er snel aan toe. 'Ze is alleen maar kwaad op mij.'
'Maak je maar geen zorgen. Jemig, is het al zo laat? Ik had allang bij de kapper moeten zijn.' Terwijl ze de Von Etzdorf-sjaal afrekende, zei ze droog: 'Zo diep ben ik nou gezonken, ik vul mijn lege dagen met uitstapjes naar de kapper om mijn wortels te laten bijkleuren en mijn wimpers te laten verven. Droevig toch?'
Tilly's mobieltje ging over. Ze pakte het uit haar tas en nam op.
'Hallo, u spreekt met Mrs. Heron van Harleston Hall.'
'O, hallo!' Mrs. Heron was lang en angstaanjagend en de directrice van Lou's school. Onwillekeurig rechtte Tilly haar schouders en ging in de houding staan. 'Is er iets gebeurd?'
'Met Louisa is alles in orde, maar helaas is er... iets gebeurd.' Mrs. Heron koos haar woorden zorgvuldig. 'Ik heb geprobeerd Louisa's moeder te bellen, maar die neemt niet op.'
'O, maar ze staat hier naast me!' Tilly legde haar hand op het mobieltje en vroeg aan Kaye: 'Waar is jouw mobieltje?'
'Thuis, aan het opladen. Wie is dat?'
'Mrs. Heron.' Tilly duwde Kaye alsnog het mobieltje in de hand.
'Hallo? U spreekt met Lou's moeder. Wat is er gebeurd?'
Tilly en Erin keken naar Kaye's gezicht, terwijl die ingespannen luisterde. Na een tijdje zei ze: 'We komen er meteen aan.' Daarna verbrak ze de verbinding.
'Wat is er gebeurd?' vroeg Tilly dodelijk ongerust.
'Ze zei dat ze alles zou uitleggen zodra ik daar ben, maar het heeft te maken met Eddie Marshall-Hicks.'
'Wat?' O god, Lou was pas dertien. Was ze soms betrapt bij iets seksueels? Nee toch? 'Hebben ze elkaar soms... eh... gekust?' Zou dat voor de directrice een reden zijn om te bellen?
'Dat weet ik niet. Ik denk het niet.' Geschokt en verbijsterd vervolgde Kaye: 'Ze zei dat ze hebben gevochten.'
Nou, dat was heel wat anders dan kussen.
'We kunnen beter Max even bellen.' Tilly wilde haar mobieltje pakken, maar Kaye griste hem weg.

'Nee, niet doen. Mrs. Heron zei dat we dat beter niet konden doen. Lou wil niet dat hij het weet.'

30

'Ik had beter niet kunnen zeggen dat ik mijn dagen vul met nietsdoen.' Nadat Kaye haar afspraak bij de kapper had afgezegd, ging haar verbeelding met haar op de loop. 'Als die jongen iets geprobeerd heeft bij Lou, dan schakel ik de politie in. Nee, ik breek eigenhandig zijn nek.'
In recordtijd waren ze bij Harleston Hall. Nadat de auto met gierende banden tot stilstand was gekomen voor de ingang, sprongen ze eruit en renden het bordes op.
De secretaresse stond in de receptie al op hen te wachten. Ze nam hen mee naar het kantoor van de directrice, een ruimte met een hoog plafond en houten lambriseringen.
'O, mijn god, lieverd, wat heeft hij gedaan?'
Lou's gezicht was bleek en verwrongen. Haar blouse was gescheurd en zat onder de modder, en in haar zwarte maillot zaten gaten. Snikkend vloog Kaye op haar af en tilde haar uit haar stoel. 'Och, mijn schatje, maak je geen zorgen, we zullen de politie bellen, die jongen zal hiervoor boeten, hij zal de dag betreuren dat hij...'
'Mrs. Dineen... eh, miss McKenna, mag ik alstublieft wat zeggen?' Astrid Heron, die als een heerseres achter haar bureau zat, gaf met een knikje te kennen dat Kaye in de stoel naast Lou moest gaan zitten. 'U kunt beter even bedaren en luisteren naar wat ik...'
'Bedaren? Bedaren? Hoe kunt u dat nou zeggen?' bulderde Kaye. 'Mijn dochter is door die jongen aangevallen, en ik wil dat nú de politie wordt gebeld.'
'Mam, zo is het niet gegaan,' zei Lou.
'Maar... maar...' Kaye keek onrustig van Lou naar Mrs. Heron en vervolgens naar Tilly. 'U zei dat ze hadden gevochten.'
Op grimmige toon zei Mrs. Heron: 'Inderdaad, maar uw doch-

ter is degene die is begonnen. Ze is een andere leerling te lijf gegaan, en ik vrees dat dat niet zonder consequenties kan...'

'Wacht eens even, beweert u dat mijn dochter iemand te lijf is gegaan? Lou!' Vol ongeloof haar hoofd schuddend, zei Kaye: 'Is dat waar? Heb je met een ander meisje gevochten? Om Eddie Marshall-Hicks?'

'O mama, nee!' Lou schudde driftig haar hoofd. 'Hoe kom je daar nou bij? Natuurlijk heb ik niet met een ander meisje gevochten!'

'Edward Marshall-Hicks is degene die ze te lijf is gegaan,' zei Mrs. Heron.

'Wát?'

'Ik heb hem een blauw oog geslagen,' zei Lou zonder een spoortje van berouw. 'En ik heb bijna zijn neus gebroken.'

Allemachtig. Tilly, die het tafereel van achter in het kantoor volgde, hoorde de trots in Lou's stem.

Kaye sloeg een hand voor haar mond. 'Maar waarom? Waarom zou je dat doen?'

'Omdat hij dat verdiende.'

'Maar... ik dacht dat je hem leuk vond.'

'Mam, ik heb toch gezegd dat ik hem haat. Hij is een klootzak.'

'Louisa!' bulderde Mrs. Heron. 'Heb je nog niet genoeg problemen? Dat soort taal wil ik op mijn school niet horen.'

'Nou en, ik word waarschijnlijk toch van school gestuurd.' Schouderophalend sloeg Lou haar armen over elkaar. 'Zal ik anders meteen maar mijn kastje leegruimen, dan kan ik weg.'

'Hou op!' Kaye was buiten zichzelf van woede. 'Hou op met dat soort dingen te zeggen en vertel me waarom je het hebt gedaan.'

'Wil je het echt weten? Omdat ik al lang genoeg heb moeten luisteren naar die idioot met zijn zielige opmerkingen en stomme klotepraatjes, en vandaag had ik er ineens genoeg van. Ik zei dat hij moest ophouden.' Lou's stem ging omhoog. 'Maar toen lachte hij alleen maar, dus heb ik ervoor gezorgd dat hij ophield. En zeg niet dat ik er spijt van moet hebben, want dat heb ik niet. Ik haat Eddie Marshall-Hicks, en vandaag heb ik hem een lesje geleerd. Hij verdiende het.'

'Och, lieverd, wat heeft hij dan tegen je gezegd? Heeft hij je uitgescholden vanwege je rode haar?' Verbijsterd voegde ze eraan toe: 'Of vanwege je sproeten?'
Lou beet op haar lip en zei niets.
'Louisa.' Mrs. Heron gooide haar directricestem in de strijd. 'Je moet het ons echt vertellen.'
'Oké dan, nee, het ging niet over mijn rode haar of mijn sproeten. Het ging zelfs niet over het feit dat ik nog geen borsten heb of dat ik knokige knieën heb en zielige kippenpootjes. Als jullie het dan per se willen weten,' zei ze op vlakke toon, 'het had te maken met het feit dat ik een vader heb die homo is.'

Kaye wilde Eddie Marshall-Hicks spreken, die in een andere kamer zat te wachten. Tilly bleef bij Lou, terwijl Mrs. Heron Kaye meenam naar een kleiner kantoor. Toen de deur openging, zette Kaye zich schrap.
Eddie stond uit het raam te kijken. Mr. Lewis, de gymleraar, zat op de rand van het bureau. Maar dit was niet het moment om zijn fantastische lichaam te bewonderen.
'Hallo, ik ben de moeder van Lou.' Kaye klampte zich vast aan haar handtas; op de een of andere manier leken trillende handen hier niet op hun plaats. 'Ik wilde even vragen hoe het met je ging.'
Eddie draaide zich om. 'Weet ik veel. Hoe denkt u dat het met me gaat?'
Misschien was sarcasme toegestaan, gezien de omstandigheden. Zijn linkeroog zat bijna helemaal dicht, zijn neus was opgezwollen en op de voorkant van het overhemd dat uit zijn broek hing, zaten bloedvlekken. Hij zag eruit alsof hij te grazen was genomen door een bende straatrovers.
Kaye voelde stiekem iets van trots bij het idee dat haar magere dertienjarige dochter dit had weten aan te richten. Kalm zei ze: 'Het spijt me dat het is gebeurd, maar ik heb begrepen dat je Lou hebt uitgedaagd.'
'Ze verloor gewoon compleet haar verstand. Ze begon te gillen en te schreeuwen. En toen wierp ze zich op me en begon me te stompen. Het was net alsof ik werd aangevallen door

een wild beest,' zei Eddie boos. 'Moet je eens zien wat ze met mijn gezicht heeft gedaan!'
Hoera!
'De schoolverpleegster heeft er al naar gekeken,' bemoeide Tom Lewis zich ermee. 'Zijn neus is niet gebroken, en het oog heeft geen blijvende schade opgelopen.'
'Nou, dat is fijn om te horen, maar ik neem aan dat je wel snapt waarom Lou zo boos werd,' zei Kaye. 'Het schijnt dat je al maandenlang opmerkingen maakt over haar vader.'
Eddie kreeg een rood hoofd, en hij stopte zijn handen in zijn broekzakken. 'Dat was gewoon voor de gein.'
'Voor jou was het misschien geinig, maar voor haar was het heel erg kwetsend.'
'O ja?' Hij wees naar zijn gezicht. 'Boem!'
Het mobieltje in zijn zak ging over. Hij keek wie het was en nam toen op. 'Pap? Eh... ja, ik weet dat je het druk hebt. Sorry. Maar ik moest je bellen van school omdat ik betrokken ben geweest bij een vechtpartijtje.' Hij luisterde even en zei toen: 'Nee, niets ernstigs. Niks aan de hand. En ik ben niet begonnen, hoor. Mrs. Heron zei alleen dat ik je moest bellen om te vragen of je wilde komen om erover te praten.' Weer een korte stilte. 'Nee, maakt niet uit, ga maar naar je vergadering. Ik zie je vanavond. Dag.' Hij deed zijn telefoon uit en mompelde: 'Hij heeft het druk op zijn werk, maar hij is niet kwaad of zo.'
Tom Lewis keek opgelucht; blijkbaar waren ze bang geweest dat Eddies vader meteen zou komen aanstormen, met getrokken pistool en geflankeerd door advocaten, zodra hij zou horen dat zijn zoon was aangevallen. In de tussentijd voelde Eddie zich verscheurd tussen schaamte over het feit dat hij in elkaar was geslagen door een meisje en het verlangen haar daarvoor gestraft te zien. Maar het was nog niet voorbij. Misschien veranderde zijn drukbezette vader wel van gedachten wanneer hij zag wat voor schade er was aangericht aan het eerst zo aantrekkelijke gezicht van zijn zoon.

'Ze wilde niet dat je het wist,' vertelde Kaye aan Max toen hij die avond thuiskwam, 'maar ik zei dat we het je wel moesten vertellen. O Max, ze is helemaal overstuur.'

Max sloot even zijn ogen. En hij dacht nog wel dat hij een zware dag achter de rug had met Jamie Michaels en Tandy die zijn tijd hadden verknoeid en uiteindelijk hadden besloten dat de Italiaanse lapis lazuli-tegels in de wc beneden niet van de juiste tint lapis lazuli waren.
Maar nu dit. Als hij eraan dacht dat Lou op school was gepest vanwege hem, brak zijn hart.
Shit. Shit. Hoe had hij ooit kunnen denken dat zijn dochter geen last zou krijgen als gevolg van zijn eigen egoïsme? Met samengeknepen borst liet hij Kaye en Tilly achter in de huiskamer en liep de trap op.
'O papa, het spijt me.' Meteen toen Lou hem zag, begon ze te huilen. 'Ik had zo gezegd dat ze je het niet mochten vertellen.'
Max liep door de kamer naar haar toe. Het grote voordeel van een omhelzing was dat degene die je omhelsde, niet kon zien dat je tranen in de ogen had. Terwijl hij zijn dochter stevig vasthield, zei hij: 'Jij hoeft je nergens voor te verontschuldigen. Het is mijn schuld.'
'Niet waar, het is zijn schuld. Jongens zijn zo onvolwassen, en zo dom. Ik haat Eddie Marshall-Hicks echt. Ik haat hem!' Terwijl ze woest haar tranen afveegde met haar mouw, vervolgde ze: 'Ik weet dat ik het niet had moeten doen, maar weet je, ik wou echt dat ik hem ook nog de tanden uit zijn bek had geslagen!'
Max kreeg een brok in zijn keel. Hij streelde haar knokige schouders. 'Je had het me moeten vertellen.'
'Dat kon ik niet. En mama was in L.A. toen het begon.' Ze haalde haar schouders op. 'Na een tijdje wen je eraan om er niks over te zeggen. Jongens zijn gewoon verschrikkelijk, ze vinden het leuk om mensen voor schut te zetten. En het stomste is nog dat mama en Tilly dachten dat ik op Eddie viel, omdat ze ons steeds samen zagen.' Met een spottend lachje vervolgde ze: 'Maar dat was omdat hij me gewoon achtervolgde en steeds gemene opmerkingen maakte en vervelend deed. Op een keer zagen ze dat ik hem achternazat en een vel papier stukscheurde, en ze dachten dat het een liefdesbrief was. Pff.'
'Wat was het dan?'

'Een rottekst die hij op mijn rug had geplakt. Ik ga je echt niet vertellen wat erop stond.'
'Och lieverd.' Max slaakte een zucht. 'Wat heb ik je aangedaan?'
'Papa, jij kunt er niks aan doen. Jij bent gewoon wie je bent.'
Nou, dat ze open en eerlijk over hun situatie waren geweest, had dus nergens toe geleid. Met heel zijn hart wilde hij dat hij gewoon verder had geleefd met zijn leugen. Het feit dat iedereen in Roxborough er goed op had gereageerd – waar hij bij was dan – had hem een vals gevoel van veiligheid gegeven. Zijn fout was geweest om Lou te geloven toen ze hem had verteld dat ook iedereen die zij kende, er goed op had gereageerd.
'Ik schaam me heus niet voor je, hoor.' Alsof ze zijn gedachten kon lezen, zei ze krachtig: 'Ik ben trots op je.'
O shit, nou was zij eindelijk gestopt met huilen en nou stond hij op het punt om in tranen uit te barsten. Waar had hij zo'n schat van een dochter aan verdiend?
'Is het alleen die ene jongen?' vroeg hij nors, 'of zijn het er meer?'
Ze aarzelde even. 'Meer. Maar Eddie is de ergste.'
'En hoe zit het met de meisjes?'
Ze haalde haar schouders op. 'Soms lachen ze om iets wat hij zegt, maar verder zijn ze wel oké.'
'Wil je soms liever naar een andere school?'
'Nee.' Ze schudde haar hoofd en omhelsde hem. 'Wie zegt dat het op een andere school beter zou gaan? Je hebt overal idioten die te dom zijn om beter te weten.'
'Mocht je er ooit weg willen, dan kan dat. Ik meen het, hoor.'
Ze trok een gezicht. 'Misschien moet ik er wel weg. Misschien word ik wel van school gestuurd.'
'Nee, dat gebeurt niet, daar zal ik wel voor zorgen. Na wat die kleine klootzak je heeft aangedaan? Geen sprake van. Ik ga morgen met Mrs. Heron praten.' Hij keek haar strak aan. 'We vinden er wel wat op, hoe dan ook.'

31

Het probleem met verliefd zijn was dat je meer aandacht wilde besteden aan je uiterlijk voor het geval je je aanbedene onverwachts tegen het lijf zou lopen. Dan wist je tenminste dat je er goed uitzag.
En dan had ze het niet alleen over make-up. Ook kleren, tot en met ondergoed. Hoewel Tilly wist dat het allemaal volstrekt onlogisch was, merkte ze dat ze er toch op lette. In plaats van zoals gewoonlijk de eerste de beste oude beha en onderbroek aan te trekken, koos ze steeds haar, nou ja, niet haar allerbeste, maar toch behoorlijke mooie spulletjes uit waarvoor ze zich niet hoefde te schamen als iemand ze zag. Ook droeg ze leukere kleren, lette ze beter op haar haren en make-up, en had ze de frequentie van benen scheren opgevoerd van één keer per twee weken – hooguit – naar twee keer per week.
Eerst probeerde ze te doen alsof dat niet allemaal gebeurde. Later gaf ze toe dat het wel gebeurde, maar dat ze het alleen voor zichzelf deed.
Toen het Max ging opvallen en hij haar ermee begon te plagen, zei ze dat ze het deed omdat ze zich zo sjofel voelde vergeleken met Tandy en al haar goed verzorgde, glossy voetbalvrouwenvriendinnen.
Maar natuurlijk wist ze best dat ze het allemaal voor Jack deed.
Waardoor het nog irritanter was dat ze hem al twee weken niet had gezien. Dag in dag uit poetste ze zichzelf subtiel op, maar hij had verdomme geen één keer zijn gezicht laten zien. Al met al was het gewoon pure verspilling van bij elkaar passend ondergoed en mascara geweest.
Ze wist zelfs niet waar hij uithing. Max ging intussen op volle kracht vooruit met de herinrichting bij Tandy en Jamie. Misschien was Jack wel op vakantie. Misschien was hij voor een vrouw gevallen en nam die nu al zijn tijd in beslag. Hoe meer Tilly aan de laatste mogelijkheid dacht, hoe misselijker ze werd. Of misschien had hij het gewoon hartstikke druk met zijn bouwimperium... Ja, die mogelijkheid kon ze beter aan.

O god, ze werd een soort Stella. Was dit hoe je gek werd, door een woekerende tak van jaloezie die zich gestaag een weg omhoogbaande tot hij zich om je nek wond?
'Hé!' Lou maakte zich uit de voeten toen Tilly, die zich niet concentreerde op wat ze aan het doen was, haar per ongeluk nat sproeide met de tuinslang.
'Sorry!' Maar het was een warme dag, de warmste dag van het jaar tot dusverre, dus voelde Tilly zich niet al te schuldig. Voor de grap spoot ze nog een keer naar Lou. Lou sprong opzij, proestend en gillend, en rende toen achter de garage.
Lachend ging Tilly verder met de auto wassen. Ze wist dat Lou elk moment kon terugkomen om te proberen de slang uit haar hand te rukken en haar nat te spuiten, maar ze was er klaar voor. Het duurde inderdaad niet lang voordat ze voorzichtige voetstappen op het grind achter zich hoorde, en ze greep de slang stevig beet. Oké, het was zover, deze keer zou ze haar echt van top tot teen nat...
'Aaaahhh!' Tilly gilde het uit toen een golf van ijskoud water haar bijna omverwierp. Terwijl ze achteruitdeinsde, draaide ze zich om en begreep, te laat, dat Lou nog maar de helft van de inhoud van de emmer over haar rug had gegoten. Woesj, de rest van het water trof ook doel, en haar T-shirt, haar spijkerbroek en haar gezicht werden zeiknat.
'Oké, zo kan die wel weer, nou zal ik je te grazen nemen ook.' Terwijl ze het water uit haar ogen knipperde en zichzelf uitschudde als een hond, draaide ze de tuinslang verder open. À la Clint Eastwood pakte ze haar wapen met beide handen beet en richtte op Lou. 'Daar krijg je spijt van.'
'Help! Kindermishandeling!' Lou gilde het uit van het lachen toen een ijskoude straal haar been raakte. 'Bel de kinderbescherming!'
'Geef je je over?' Tilly richtte op Lou's andere been.
'Nooit niet! Kijk, daar komt iemand aan. Nou ben je de pineut.' Lou wees overdreven naar iets achter Tilly om haar te dwingen zich om te draaien. 'De politie. Ze komen je arresteren.'
'Ja, hoor.' Dacht Lou soms dat ze debiel was? 'En nou denk je zeker dat ik zo onnozel ben om achterom te kijken zodat jij de tuinslang van me af kunt pakken.'

Lou, van de ene op de andere voet hippend, zwaaide naar haar denkbeeldige redder en riep zielig: 'Help! Help!'
Toen Tilly het water uit haar oren had geschud, hoorde ze pas dat er een auto op het grind stopte. Dus het was toch geen bluf geweest van Lou. Maar hopelijk was het niet de politie.
Lou in het vizier houdend, hield ze haar wapen stevig vast, met gebogen knieën en gespreide armen, en draaide toen langzaam haar hoofd om.
O shit!
Was zij nou echt de enige die dit soort dingen overkwam?
'Jack, help! Tilly doet heel gemeen tegen me!'
Tilly spoot Lou nog één keer nat, voordat ze de trekker losliet.
Jack, die inmiddels was uitgestapt, kwam met zijn handen in de lucht naar hen toe lopen.
Dertien dagen van mascara, foundation, lippenstift, leuke kleren, mooi slipje, benen scheren en parfum opspuiten. Allemaal voor niets. En nu dit. Uitgerekend nu kwam hij ineens aanzetten.
Er ging niets boven er op je paasbest uitzien.
Nou, dat was nu dus beslist niet het geval.
Terwijl Jack er, natuurlijk, gebruind en fit en ontzettend aantrekkelijk uitzag.
'Niks aan de hand. Ik ben al gestopt met gemeen doen.' Was hij op vakantie geweest? Vast wel, anders was hij niet zo bruin geweest. Had hij iemand meegenomen? Hadden ze een fantastische tijd gehad? En fantastische seks? O god, ze was weer net Stella. Hou op, hou op, doe normaal.
'Fijn om te horen.' Hij wees naar de Jaguar. 'Als je wilt, mag je mijn auto zo ook wassen. Is Max er nog niet?'
'Hij is bij Jamie Michaels. Er wordt een dolfijnfontein geplaatst.'
'O. Nou, mijn kettingzaag is kapot, dus ik kwam die van hem even lenen. Weet je of hij in de garage ligt?'
'Bah, mijn broek is doorweekt.' Met een vies gezicht trok Lou haar gympen uit, gooide het water eruit en zei: 'Ik ga even andere kleren aandoen.'
Toen ze soppend het huis in was verdwenen, ging Tilly Jack

voor naar de dubbele garage. 'Waar heb je die kettingzaag voor nodig? Ga je lastige huurders een kopje kleiner maken?'
'Daar heb ik soms wel zin in,' bekende hij. 'Dat is het nadeel van huisbaas zijn, ze verwachten van je dat je al het vuile werk voor ze opknapt. Nee, er moeten een paar bomen weg en ik wil wat takken terugsnoeien.'
Ze moest het gewoon vragen. 'Ben je op vakantie geweest?'
'Nee, hoezo? Heb je me gemist?'
'Ik vroeg het me gewoon af. Je bent zo bruin.'
'Ik heb de afgelopen paar dagen veel buiten gewerkt. Tuinen opgeruimd voor mensen die te lui zijn om dat zelf te doen. Dus je hebt je afgevraagd waarom ik niet langskwam? Dat is heel hoopgevend.'
Moest hij nou per se zulke dingen zeggen? Tilly schoof de garagedeur omhoog en keek naar de dozen die tegen de muren stonden. 'De kettingzaag dus.'
'Eigenlijk hoopte ik dat ook,' vervolgde hij.
Wat?
'Eigenlijk,' verbeterde hij zichzelf, 'ben ik expres weggebleven.'
Oké, ze kon hier niet zomaar een beetje blijven staan als een doorweekte dorpsgek. Terwijl het hart haar in de keel klopte, vroeg ze: 'Waarom?'
'Om te zien of het uitmaakte.'
Haar mond was kurkdroog. 'En?'
Daar had je die blik weer. 'Nou, ik denk dat we dat allebei wel kunnen raden, hè?'
O god. Als hij haar nu kuste, zou Lou vast ineens de garage in komen, als een duveltje uit een doosje.
'Ik weet in elk geval wat ik voel,' zei hij. 'Misschien dat het voor jou anders ligt.'
Maar aangezien hij niet dom was, kon hij dat niet echt denken. Ze voelden zich onmiskenbaar tot elkaar aangetrokken; de knetterende elektriciteit in de lucht zou alleen een koolraap ontgaan.
Of een dertienjarig meisje dat zich razendsnel kon omkleden.
'Jemig, hebben jullie hem nou nog niet gevonden?' Lou, met een droog T-shirt en een afgeknipte spijkerbroek aan, schud-

de ongelovig haar hoofd en wees naar de kist met de kettingzaag. 'Daar ligt-ie, achter de grasmaaier. Jullie zijn allebei zo blind als een mol.'
Heel even keken Jack en Tilly elkaar aan, toen liep Jack door de garage naar de kist en pakte de kettingzaag eruit. Hij draaide zich om en hield hem op voor Lou. 'Zal ik even je haar knippen nu ik er toch ben?'
'Echt niet. We gaan dit weekend naar de bruiloft van tante Sarah.' Lou sprong weg toen hij een stap in haar richting deed. 'Ik wil er dan niet als een vogelverschrikker bij lopen.'
'De bruiloft van Sarah? In Schotland?'
Tilly knikte; Sarah was een nichtje van Max en zaterdag ging ze trouwen in Glasgow. Max, Lou en Kaye vlogen er vrijdagmiddag naartoe voor een weekend vol grootse festiviteiten op zijn Schots. Ter ere van de gelegenheid zou Lou zelfs een jurk aantrekken.
Dacht Jack nu wat ze hoopte dat hij dacht?
Gelukkig wel. Nadat hij de kettingzaag in de kofferbak van zijn Jaguar had gelegd, wachtte hij tot Lou zich buiten gehoorsafstand bevond en gebaarde Tilly toen om even te komen.
Ze keek hem neutraal aan, met een blik van: ik heb geen idee wat je wilt zeggen. Nou ja, zo probeerde ze tenminste te kijken. Vanbinnen voelde ze zich superaantrekkelijk en begerenswaardig, als een godin.
'Laten ze jou hier alleen achter?'
'Mm.' Ze knikte als een ware godin.
'Nou, als je verder geen plannen hebt, zal ik je dan vrijdagavond komen ophalen, rond een uur of acht?'
Het was zover. Hij liet er geen gras meer over groeien, eindelijk zou het gaan gebeuren. Als Lou niet vlak achter hen de auto aan het afspoelen was geweest, zou ze hem hebben gekust, dat wilde ze namelijk ontzettend graag. Nou ja, ze hoefde nu niet meer lang te wachten. Nog maar twee dagen.
Ze schonk hem een klein godinnenlachje. 'Oké.'
'Dat is dan afgesproken.' Hij glimlachte ook.
Toen hij wegreed, zwaaide hij naar Lou. Lou zwaaide terug en keek daarna Tilly aan.

'Je gaat me niet natspuiten, hè?' Tilly stak haar handen op.
'Nee, maar sorry nog voor je gezicht.'
'Hoezo? Wat is er met mijn gezicht?'
Lou haalde verontschuldigend haar schouders op. 'Het is een beetje... Nou ja, je weet wel.'
O shit. Toen Tilly in de zijspiegel van de auto keek, voelde ze zich ineens geen godin meer.
'Ik heb het niet expres gedaan,' zei Lou. 'Ik heb gewoon de emmer gepakt die onder de buitenkraan stond. Ik kon toch niet weten dat er allemaal drab en modder op de bodem zat?'

32

Als Jack het al niet had kunnen schelen dat ze eruit had gezien als een monster dat net uit de modder was komen kruipen, dan was de kans groot dat het hem ook niet al te veel zou uitmaken of ze haar zilvergrijze topje droeg of haar donkerblauwe.
Maar Tilly maakte het wel uit. Heel veel zelfs. Ze wilde er op haar allermooist uitzien. Na al die weken van smoesjes verzinnen en zich afvragen of ze geen gigantische vergissing beging, wist ze dat het vanavond... nou ja, dat het vanavond zou gebeuren.
Alleen al bij de gedachte eraan, kwam haar hart in een vrije val terecht. Maar hoe lang kon een mens zijn ware gevoelens nou nog ontkennen? En Jack wist het toch ook? Hij was degene die de eerste stap had gezet. Vanavond zou alles veranderen. Hun relatie zou een ander niveau bereiken. Ze vertrouwde hem eindelijk. Ze was niet een van zijn vele veroveringen. Er kwamen gevoelens, oprechte gevoelens aan te pas. Hij had eindelijk ontdekt dat de tijd inderdaad alle wonden heelt en dat het mogelijk is om verder te gaan met je leven wanneer je de volgende ware ontmoet.
Ophouden nu. Van al dat vooruitdenken kreeg ze alleen maar de zenuwen, en zenuwen leidden tot slecht aangebrachte mas-

cara. Expres iedere gedachte aan Jack van zich afzettend en een paar keer diep ademhalend, droogde ze haar haren en zei: 'Wat vind jij, Betty? Grijs of blauw?'

Betty, die op bed lag met haar neus op haar voorpoten, trok verveeld een borstelige wenkbrauw op en liet hem toen weer zakken.

'Sorry, het is jouw probleem ook niet. Ik trek het grijze wel aan.' Ze hield het grijze topje even voor zich. 'Nee, toch het blauwe maar.' Haar blik werd ineens getrokken door de kleren die in de kast hingen. 'Of mijn witte blouse.'

Jemig zeg, wat een gedoe. Had Jack net zoveel moeite met de voorbereidingen voor vanavond, of nam hij gewoon een douche en trok hij de eerste de beste schone kleren aan die hij tegenkwam, met het idee: een T-shirt en spijkerbroek is goed genoeg.

Nou ja, voor vrouwen lag het nu eenmaal anders. Die moesten veel meer beslissingen nemen, zoals oorhangers of oorknopjes, subtiele nagellak of felle, slippers of echte schoenen, een laag slipje of een string.

Of helemaal geen onderbroek...

De tv stond aan, en de nieuwslezer was bijna aan het eind van het bulletin gekomen, maar Jack kon zich met de beste wil ter wereld geen enkel onderwerp uit het journaal herinneren. Hij had naar de tv gekeken, zijn oren hadden de stem van de nieuwslezer geregistreerd, maar er was niets – echt helemaal niets – tot zijn hersens doorgedrongen. Omdat hij alleen maar aan vanavond kon denken. En aan Tilly. Shit, dit was serieus. En zij had geen flauw idee. Hoe kon ze nu weten hoe hij zich voelde? Hoe kon ze nu weten dat hij het gevoel had dat deze avond zijn leven kon veranderen? Nee, ze kon met geen mogelijkheid weten wat er allemaal in hem omging. Hij kon het zelf nauwelijks geloven. Na Rose' dood was zijn leven voorgoed veranderd. Het was alsof er een reusachtige gevangenisdeur was dichtgeslagen. Dat was wat er gebeurde als je jezelf toestond om van iemand te houden; wanneer je grote geliefde uit je leven werd weggerukt, was het verdriet dat je voelde onbeschrijflijk.

Dus had hij zichzelf gezworen dat nooit meer te laten gebeuren, hij had die deur gewoon dicht gelaten. Het was veel gemakkelijker geweest de rol van flirtzieke rokkenjager te spelen, om gewoon lol te hebben en elke vorm van emotionele betrokkenheid te mijden. Oké, hij had daardoor een wat dubieuze reputatie opgebouwd, maar wat dan nog? Hij was altijd eerlijk geweest over zijn bedoelingen, had nooit gedaan alsof.

Maar vanavond zou alles veranderen. Omdat Tilly die deur weer had geopend, ondanks zijn verzet. En het mocht dan angstaanjagend zijn, het was ook een fantastisch gevoel, alsof je na vier jaar gevangenschap werd vrijgelaten.

De wasdroger sloeg met een klikje af en Jack haalde er de warme, zelfstrijkende donkergroene slopen, het dekbedovertrek en het hoeslaken uit. Als Tilly het wasmiddel rook, zou ze dan denken dat hij er voetstoots van uit was gegaan dat ze samen in bed zouden belanden? Zou ze zich dan beledigd voelen? Maar aan de andere kant, wisten ze niet allebei, diep vanbinnen, dat het vanavond zou gebeuren?

Terwijl hij alles naar boven droeg, vroeg hij zich af wat ze nu aan het doen was. Tilly was niet het type om in paniek te raken, om tijden bezig te zijn met wat ze moest aantrekken. Waarschijnlijk was ze Betty aan het uitlaten en zou ze als ze weer thuiskwam snel een douche nemen en gewoon een topje en een spijkerbroek aanschieten. Dat was juist zo leuk aan haar, ze was niet overdreven met haar uiterlijk bezig, ze was niet zo ijdel als de meeste vrouwen hier in de buurt.

Goed, het bed was opgemaakt. Hij deed een stap naar achteren om het resultaat te bewonderen. De slaapkamer was netjes, alles was schoon, en het licht van de lampen was niet al te discreet. Dat leek allemaal ineens ontzettend belangrijk; hij wilde dat Tilly zich hier op haar gemak voelde, dat ze de slaapkamer mooi vond. Vorig jaar had Monica hem met kerst een doos kaarsen in gekleurde votiefglaasjes gegeven en gezegd: 'Die kun je op de schappen in je slaapkamer zetten, er is niets zo romantisch als kaarslicht in een slaapkamer.'

Onnodig te zeggen dat de kaarsen nog steeds in hun verpakking in de kast lagen. Even vroeg hij zich af of hij ze zou pak-

ken. Aan de ene kant wilde hij indruk maken op Tilly, maar aan de andere kant wilde hij niet dat ze het gevoel kreeg dat ze in een soort hoerentent terecht was gekomen.
Goed, geen kaarsen dus. Met dat soort dingen kon waarschijnlijk alleen een vrouw wegkomen. In de spiegel op de ladekast controleerde hij even of zijn haar niet raar was opgedroogd en toen liep hij naar het raam om de gordijnen dicht te doen. Zijn arm streek langs de aardewerken blauwe vaas op de vensterbank. Rose had die gekocht in een kunstnijverheidwinkel in Tetbury en er later zelf zilveren sterren en stippen op geschilderd. Volgens haar was de vaas perfect geschikt voor bossen wilde bloemen. Hij had het nooit uitgeprobeerd. Sinds Rose' dood had de vaas leeg op de vensterbank gestaan. Nou ja, hij was een man. Mannen plukten geen bloemen en ontstaken geen kaarsen. Hij schoof de vaas iets dichter naar het raam en begon de gordijnen dicht te trekken.
Hij bevroor in zijn bewegingen toen een auto de straat in draaide. Niet zomaar een auto. Het was een rode Audi met een nummerplaat die hij niet alleen herkende, maar zelfs uit zijn hoofd kende. Het kon gewoon niet waar zijn, maar toch was het zo. Heel even vergat hij adem te halen; ze had altijd al een goed gevoel voor timing gehad.
Toen zocht hij steun bij de vensterbank, want een grote golf van schrik en hoop en misselijkheid overspoelde hem, terwijl hij de Audi door het openstaande toegangshek zag rijden.
Want hij hallucineerde niet.
Het was echt de auto van Rose.

33

Dit was belachelijk. Jack schudde zijn hoofd en dwong zichzelf normaal te doen. Rose was dood. Het kon dan wel Rose' auto zijn, het was niet Rose die achter het stuur zat. Want Rose was dood.
Dat wist hij natuurlijk ook wel, het kwam gewoon door de

schok. Toen hij de auto zo onverwachts had gezien, hadden zijn hersens een fractie van een seconde willen geloven dat het ongeluk nooit had plaatsgevonden en dat Rose nog leefde. En in die fractie van een seconde was hij zich zelfs schuldig gaan voelen, omdat Rose nu zou ontdekken dat hij op het punt stond haar ontrouw te zijn en dat hij dan met de stomme smoes op de proppen had moeten komen dat dat alleen maar was omdat hij dacht dat ze dood was. Rose zou dat echt niet hebben gepikt.

Hij haalde een paar keer diep adem om tot bedaren te komen. Rose was niet teruggekomen, alleen haar auto. Na haar dood had hij niet geweten wat hij met haar geliefde rode Audi had aan gemoeten, en toen de roestige oude Fiesta van zijn schoonouders in de verste verte niet door de keuring was gekomen, had hij hun Rose' auto maar al te graag geschonken. Ze hadden hem sindsdien ongetwijfeld wekelijks keurig gewassen en gepoetst en er nooit de maximumsnelheid mee overtreden.

Maar toch, jezus nog aan toe, ze hadden hem bijna een hartverzakking bezorgd. En om uitgerekend vanavond langs te komen. Het was bijna alsof Rose hen expres had gestuurd.

Op de oprit beneden gingen de portieren open. Bryn stapte als eerste uit, gevolgd door Dilys. Ze leken ouder, trager, vermoeider, versleten van verdriet. Jack, die hen twee jaar niet had gezien, voelde zijn maag omdraaien bij de aanblik van hen.

Misschien zouden ze niet lang blijven.

Hij had beloofd Tilly over een uur af te halen.

Bryn Symonds was inmiddels bijna zeventig. Hij had dun grijs haar en een verslagen blik in zijn ogen. Als eigenaar van een ijzerhandel was hij dertig jaar lang de spil van het dorp geweest. Zijn zaak was in moeilijkheden geraakt door de opkomst van de grote doe-het-zelfketens. Dankzij trouwe plaatselijke klanten had hij het hoofd boven water weten te houden, hoewel het moeilijk was geweest. Maar toen was Rose gestorven, en Bryn kon het niet langer opbrengen om de spil van het dorp te zijn. Hij doekte zijn zaak op en ging met pensioen.

Dilys had nooit buitenshuis gewerkt. Als trotse huisvrouw uit Wales had ze het druk gehad met ramen lappen, schilderwerk

afnemen, stoepen schrobben en brood bakken. Hun kleine huis was altijd keurig netjes geweest.
En hun hele wereld had gedraaid om Rose, hun geliefde enige kind.
Toen Jack halverwege de trap was, ging de bel. Hij liep door de hal naar de voordeur en deed open, bang voor wat komen ging, en overspoeld door een gevoel van schuld om die angst.
'O Jack.' Meteen toen Dilys hem zag, barstte ze in huilen uit, iets wat ze na haar dochters dood steevast deed wanneer ze elkaar zagen. Hij wist natuurlijk best waarom. Omdat hij haar herinnerde aan het gelukkige leven dat ze voor Rose in gedachten had gehad, dat Rose op dit moment eigenlijk had moeten leiden.
En wie kon haar dat kwalijk nemen? Als Rose niet was verdronken, zouden Bryn en Dilys inmiddels trotse grootouders zijn geweest die op bezoek kwamen bij hun dochter en schoonzoon om hun aanbeden driejarige kleinkind met cadeautjes te overladen. En wie weet, misschien hadden Rose en hij intussen wel een tweede kind gekregen, en zou Dilys als een bezetene aan het breien zijn. Bryn zou ingewikkelde bouwwerken van lego maken en ijverig alles wat maar kapotging, repareren… Oké, niet aan denken, uitwissen die gedachte en probeer je al helemaal niet voor te stellen hoe die kinderen er misschien hadden uitgezien.
Hij omhelsde Dilys, gaf Bryn een hand en vroeg hun binnen te komen.

'Dank je wel, lieverd.' Dilys depte haar ogen met een gestreken zakdoekje, terwijl Jack een kopje thee voor haar neerzette. 'Sorry dat we zomaar komen binnenvallen. Ik hoop dat we je niet tot last zijn.'
Wat kon hij zeggen? 'Natuurlijk niet. Het is fijn om jullie weer te zien.'
Nog een leugen, nog meer schuldgevoel.
'Het is al een aardig tijdje geleden.' Bryn roerde kalm suiker door zijn thee.
'Ik weet het. Sorry.'
'Drieëntwintig maanden.'

‘Ik heb het behoorlijk druk gehad.’ Hij voelde zich steeds beroerder.
‘Het geeft niks, lieverd. Dat weten we. We begrijpen het wel,’ zei Dilys. ‘Je hebt je werk.’
‘En hoe gaat het met jullie?’ Hij haatte het om de vraag zelfs maar te moeten stellen, want hij wist al waar het gesprek heen zou gaan.
‘Nou, niet zo best.’ Bedroefd schudde Dilys haar gepermanente hoofd. ‘We proberen onszelf bezig te houden, maar niets lijkt echt te helpen.’
Bryn zei: ‘Alle grafstenen zijn door een stelletje vandalen onder de graffiti gespoten.’
‘Wat?’
‘O, Bryn, dat moet je hem niet vertellen.’ Dilys greep Jacks hand beet. ‘Sorry, lieverd, maar dat wilden we je helemaal niet vertellen.’
‘Maar hij moet het toch weten? Het is de grafsteen van zijn verloofde. Ze hebben overal vieze woorden op geschreven.’ Bryn schudde droevig zijn hoofd. ‘We waren er kapot van.’
‘Wanneer is dat gebeurd? Kan het worden schoongemaakt?’ Ontzet vroeg Jack: ‘Wie hebben dat gedaan?’
‘Dat weet niemand. Een stelletje stomme rotkinderen, denk ik, maar we hebben de steen gelukkig weer schoon gekregen.’
‘Hij is er drie weken mee bezig geweest,’ vertelde Dilys. ‘Iedere dag weer, de hele dag, maar het is hem uiteindelijk wel gelukt. Zijn handen waren helemaal kapot, hè schat?’
‘Ik wilde pas ophouden als de grafsteen van mijn dochter weer in orde was. En de bloemen die we om het graf hebben geplant, staan er ook goed bij.’
Jack knikte, niet in staat ook maar een woord uit te brengen bij de beelden die Bryns woorden opriepen.
‘Kijk, we hebben foto’s voor je meegenomen, dan kun je het met eigen ogen zien. Hoewel het hopelijk niet al te lang duurt voordat je eens langskomt om naar het graf te kijken.’ Dilys pakte een klein fotoalbum uit haar beige leren tas en gaf het aan hem. ‘Dat zouden we echt fijn vinden, hè, Bryn? En je mag blijven zolang je maar wilt... Och heden, waar heb ik mijn zakdoek nu weer gelaten?’

Daar ging ze weer. Deze keer was er geen houden aan. Bryn, die haar probeerde te troosten, zei tegen Jack: 'Het is nogal moeilijk voor ons op dit moment, snap je. Iedereen lijkt Rose te zijn vergeten. In het begin vroeg iedereen hoe het met ons ging en hadden ze het nog vaak over haar, maar nu is het net alsof ze vinden dat we het maar eens achter ons moeten laten. Moeten verdergaan met ons leven. Maar ze snappen het niet. We kunnen het niet achter ons laten en we willen haar niet vergeten. En de nieuwe mensen die in het dorp komen wonen – het is net alsof Rose hun niet interesseert. Nou ja, dat is natuurlijk ook zo, maar voor ons is ze nog steeds het allerbelangrijkste.'

'Daarom moesten we vandaag ook gewoon naar jou toe.' Nog steeds betraand schudde Dilys haar hoofd en veegde toen langs haar roodomrande ogen. 'Omdat jij de enige bent die net zoveel van Rose houdt als wij. Jij bent de enige die het begrijpt, omdat je haar ook mist. Ik bedoel, ik weet dat ze er niks aan kunnen doen, maar het is net alsof ze langzaam verv-vaagt, alsof ze wordt uitgewist. En iedereen leeft maar gewoon verder alsof ze er nooit is geweest.'

Jack ontsnapte uit de keuken en liep naar boven. Het was al halfnegen en hij kon zich niet eens meer herinneren of hij Tilly om acht uur of om negen uur zou afhalen. Zoveel indruk had het verdriet van Bryn en Dilys Symonds op hem gemaakt. En wat nog erger was, hij was erdoor aangestoken. Op dit moment liep hij over van schaamte en schuldgevoel.

Nadat hij zich ervan had vergewist dat de slaapkamerdeur stevig dichtzat, pakte hij zijn mobieltje. Hij had geen andere keus.

Wat was er aan de hand? Jack had gezegd dat hij om acht uur zou komen. Hoewel Tilly eerst geen seconde bang was geweest dat hij misschien niet zou komen, was ze nu in alle staten. Het was al acht uur geweest, en ze deed niets anders dan door de keuken ijsberen. Helemaal opgetut, maar geen man te bekennen. Het was alsof je weer zestien was en het langzaam tot je doordrong dat de jongen op wie je al maanden een oogje had en die met je had afgesproken bij de bushalte, je een blauwtje liet lopen.

Ongeloof mengde zich met verdriet terwijl de wijzers van de klok, misselijkmakend langzaam, naar halfnegen tikten. Om de paar minuten had ze gecontroleerd of de telefoon het nog wel deed. Het was inmiddels halfnegen en nu had ze haar hoop op een auto-ongeluk gevestigd. Geen al te ernstig ongeluk natuurlijk, gewoon zo eentje waarbij Jack was komen vast te zitten in zijn auto en niet bij zijn mobieltje kon. Zodra de brandweer hem had bevrijd, zou hij haar bellen, misschien een beetje gehavend en onder de blauwe plekken, maar verder ongedeerd, en dan zou hij zich omstandig verontschuldigen en dan zou ze zeggen dat hij niet zo stom moest doen, dat het het belangrijkste was dat alles met hem in orde was, maar hij bleef dan almaar herhalen dat het hem speet, zelfs terwijl het ambulancepersoneel zei dat hij moest ophangen omdat ze hem wilden onderzoeken, en dan zou ze hem horen zeggen: 'Er is maar één iemand die me mag onderzoeken, en die heb ik nu aan de lijn.'

Rrrrrinnnggg. Terug in de echte wereld ging de telefoon op de salontafel eindelijk over en Tilly wierp zich erop als een rugbyspeler. Natuurlijk belde hij, natuurlijk had hij een echte reden; hij belde waarschijnlijk om te zeggen dat hij onderweg was en er over een paar minuten zou zijn...

'Hallo?'

'Hoi, met mij. Hoor eens, het spijt me, maar ik kan vanavond niet. Er is iets tussen gekomen.'

Het was Jacks stem, maar hij klonk niet als Jack. Hij leek afgeleid, afwezig, helemaal niet zichzelf.

'Is er iets?' Ze kreeg klamme handen. 'Ben je ziek?' Terwijl ze het vroeg, hoorde ze op de achtergrond een deur opengaan en een vrouwenstem verontschuldigend zeggen: 'O... sorry...'

'Nee, niks aan de hand. Eh, ik kan er nu niet over praten. Sorry van vanavond. Ik bel je morgen wel. Dag.'

'Wacht...' Maar het was al te laat, de verbinding was verbroken. Ze staarde naar de telefoon, terwijl ze probeerde te bedenken wat er aan de hand kon zijn.

Alleen...

Alleen wist ze dat al. Het had iets te maken met een andere vrouw. Of vrouwen, meervoud. Want het was nu eenmaal zo

dat vrouwen voor Jack een soort levensvervulling waren. Hij omringde zich met hen, amuseerde zich met hen en brak dan hun hart.
En bijna, bijna had ze zich in die waanzin laten meeslepen. Ze had op het punt gestaan zich over te geven, zich bij de harem te voegen, zichzelf schandelijk voor gek te zetten. Omdat Jack was voorgeprogrammeerd de vrouwen die in zijn leven verschenen, verdriet te doen. Dat was voor hem net zoiets natuurlijks als ademhalen. Terwijl zij druk had zitten fantaseren dat het deze keer anders was, had hij zogezegd haar naam van zijn lijstje geschrapt.
Want daar ging het om; hij had geen belangstelling voor een echte, zinvolle relatie. Rose was zijn grote liefde geweest, en hij was haar kwijtgeraakt. Sinds die tijd had hij zichzelf gewapend tegen het risico dat dat nog eens zou gebeuren. Hoe meer, hoe oppervlakkiger, hoe beter. Wat te snappen viel. In theorie dan. Zolang je tenminste niet een van die onnozele vrouwen was die de klos waren.
En dat was bijna met haar gebeurd.
O god, en ze had er zo naar verlangd. Dit deed echt pijn.
Dit was vreselijk.
Ze sloot haar ogen. Als ze zich nu al klote voelde, nou, dan kon je met recht zeggen dat ze door het oog van de naald was gekropen.

34

Iedere keer dat de deurbel ging, verstijfde Erin, bang dat het Stella de Gekkin weer was. Toen het die avond om tien uur gebeurde, keek ze naar Fergus. 'O god, is zij dat?'
'Ik ga wel even kijken.' Fergus stond op van de bank en liep naar beneden. Hij was al snel weer terug. 'Het is iemand die iets minder eng is.'
'Tilly!' Erins opluchting maakte meteen plaats voor bezorgdheid. 'God, wat is er gebeurd? Je ziet er vreselijk uit!'

‘Nou, dank je. Ik heb wijn bij me.’ Tilly gaf de fles aan Fergus en liet zich met een wanhopige kreun op de bank vallen. ‘Doe mij maar een groot glas. O sorry, zat jij hier soms?’

‘Maakt niet uit.’ Erin klopte op Tilly’s arm. Het leuke aan Fergus was dat hij het niet erg vond als een vriendin in nood onverwachts langskwam.

Een paar seconden later hoorden ze de kurk ploppen.

Fergus kwam terug uit de keuken met twee tot de rand toe gevulde glazen.

Tilly pakte het hare aan. ‘Heerlijk. Je mag zelf ook wel een glas nemen, hoor.’

‘Ik wilde net ons eten gaan afhalen. We hebben Indiaas besteld. Zal ik ook wat voor jou meenemen, of zullen we dat van ons delen?’

‘Ik ben te veel over m’n toeren om te eten.’ Ze nam een grote slok wijn. ‘Nou, een paar papadums misschien. Aangezien ik een blauwtje heb gelopen.’

‘Bij wie?’ vroeg Erin.

‘Ik ben zo stom geweest.’

‘Bij wie?’

‘Echt heel onnozel.’

‘Bij wie!’

‘Het is mijn eigen schuld. Ik had beter moeten weten.’

‘Als je het niet zegt, pak ik je glas weg.’

‘Niet doen.’ Tilly hield haar glas buiten bereik van Erin. ‘Oké, oké, bij Jack.’

‘Jack Lucas?’

‘Je mag niet zeggen dat je me had gewaarschuwd, dat weet ik al.’ Tilly keek naar Fergus die ongemakkelijk in de deuropening was blijven staan. ‘Grote vergissing, hè?’

‘Sorry. Jack is een goeie vent, maar...’

‘Niet echt geschikt voor een gelukkig einde.’

Fergus wierp haar een meelevende blik toe. ‘Tja, hij staat er nou eenmaal om bekend.’

‘Je had me dat niet eens verteld!’ Erin was stomverbaasd. ‘Niet te geloven dat je het me niet hebt verteld!’

‘Omdat er nog niks te vertellen viel. Er is nog niks gebeurd.’ Ach, het had geen zin meer om er nog langer doekjes om te

winden. 'Het had vanavond moeten gebeuren,' vervolgde ze. 'Maar hij belde om te zeggen dat het niet doorging. Net toen ik bang werd dat hij misschien een auto-ongeluk had gehad. En dan te bedenken dat ik dacht dat ik anders was dan al die andere vrouwen. Ik dacht echt dat er iets was tussen ons.'
De blik op Erins gezicht sprak boekdelen. Iedere verovering van Jack dacht dat ze anders was dan alle anderen. Zijn verleidingskunsten waren zo verfijnd dat alle vrouwen stuk voor stuk dachten dat er iets was tussen hen en Jack.
'Wat zei hij toen hij afbelde?'
'Niks. Alleen dat hij niet kon. Dat er iets tussen was gekomen. Nou, ik kan wel raden wat,' zei ze met een bitter lachje. 'En hij hing ook heel snel op. Maar niet snel genoeg, want ik hoorde nog net een vrouwenstem op de achtergrond.'
'Misschien had hij wel een heel goede reden.' Maar ze wisten allebei dat Erin dat alleen maar zei om haar te troosten.
'Ik ben net langs zijn huis gereden. Hij is thuis. De lampen branden en er staat nog een auto op de oprit.'
'Wat voor auto?' vroeg Fergus.
'Een rode. Nou ja, dat doet er ook niet toe. Ik kon gewoon niet alleen zijn. En jullie zijn de pineut. Jammer dan.' Tilly nam nog een grote slok wijn. 'Nu zitten jullie een paar uur met me opgescheept en moeten jullie al mijn gezeik aanhoren.' Ze schudde met een vinger naar hen. 'En jullie mogen het niet verder vertellen, hoor, want ik wil niet dat heel Roxborough te weten komt hoe stom ik ben geweest. Dat moeten jullie zweren. Dit is geheime informatie.' Op dat moment begon haar maag hard te rommelen. Hoewel ze het walgelijk vond dat ze tegelijkertijd honger en liefdesverdriet kon hebben, zei ze: 'Oké, haal voor mij maar een grote zak groentesamosa's.'

De koplampen van Jacks auto verlichtten de weg voor hem. Bryn en Dilys waren om halftwaalf weggegaan. Door hun bezoek hadden alle gevoelens waarvan hij had gedacht dat hij ze in bedwang had, weer de kop opgestoken. Toen Dilys haar blik door de huiskamer had laten glijden en met bevende stem had gevraagd: 'O Jack, waar zijn alle foto's van Rose gebleven?' had hij zich net een moordenaar gevoeld. Hij had pro-

beren uit te leggen waarom hij geen foto's had staan, maar dat had hun verbijstering en verdriet er alleen maar groter op gemaakt. Van tijd tot tijd was hij overspoeld door een gevoel van schuld bij de gedachte aan Tilly. Hij kon Dilys en Bryn met geen mogelijkheid vertellen dat hij eindelijk weer iemand had leren kennen die belangrijk voor hem was; zij zouden het hebben opgevat als een enorm verraad tegenover hun dochter. En terwijl hij naar hun verhalen over Rose had zitten luisteren, was hij het uiteindelijk zelfs met hen eens geweest en tot het inzicht gekomen dat een relatie met Tilly beginnen heel, heel erg fout zou zijn geweest.
Tegen de tijd dat hij ze naar de voordeur bracht, was hij weer net zo verdrietig geweest als vlak na Rose' overlijden. Bij het afscheid had hij beloofd om snel naar haar graf te gaan.
Hij kon echter niet slapen. Hoe uitgeput en emotioneel kapot hij ook was, hij slaagde er niet in zich te ontspannen. Hij wist niet waar hij zich schuldiger over voelde: over het feit dat hij Rose uit zijn leven had laten glippen of over het feit dat hij Tilly vanavond had laten zitten. Die begreep er natuurlijk helemaal niets van. Hij was haar uitleg verschuldigd, hoewel hij het zelf nauwelijks begreep.

Jack wist dat hij te snel reed, maar de weg was uitgestorven. Toen hij bijna bij Beech House was, had hij nog geen flauw idee wat hij zou doen. Deze avond had heel anders moeten verlopen. Hij had geprobeerd haar te bellen, maar ze nam niet op, en bovendien was hij haar meer dan een telefoontje verschuldigd. Scherp afremmend draaide hij de oprijlaan op. Dikke kans dat Tilly ook niet al te blij met hem zou zijn.
Shit, het leven was echt een stuk eenvoudiger als je niet emotioneel betrokken raakte.
En na al die ellende was Tilly niet eens thuis. Toen hij de bocht omkwam, zag hij dat haar auto er niet stond. Ze kon wel overal zijn. En hij kon haar dat niet eens kwalijk nemen.
Hij keerde de Jaguar. Nou, dat had dus ook niet gehoeven. Misschien was het ook maar beter om het er niet vanavond met haar over te hebben, gezien zijn geestestoestand.
Tijd om naar huis te gaan.

'Daar heb je 'm! Dat is hij! Dat is zijn auto!' riep Tilly toen ze Jacks auto herkende. Ze wierp zich op het stuur.
Fergus, die haar met moeite bij het stuur weghield, zei: 'Niet toe...'
Toet!
'Klootzak!' brulde Tilly. 'Stop nou!'
Ze reden net over de brug op Brockley Road. Fergus remde, net als Jack.
'O, lekker dan,' zei Fergus gelaten. 'Nou rijdt hij me zo de rivier in natuurlijk.'
Maar Tilly, dankzij de wijn nergens meer bang voor, klauterde al uit de auto. Toen ze midden op de brug aankwam, ging het portier van de Jaguar open, en stapte Jack uit, verlicht door het zilverachtige schijnsel van de bijna volle maan achter hem. Het feit dat hij er zo volmaakt uitzag, maakte het er voor Tilly een stuk gemakkelijker op. Hoe had ze ooit kunnen denken dat ze samen misschien een toekomst konden hebben?
'Nou, dank je wel voor vanavond.' Haar stem overbrugde met gemak de afstand tussen hen.
Jack schudde zijn hoofd. 'Het spijt me. Ik heb toch gezegd dat het me speet. Ik ben net bij je langs geweest, maar je was er niet. En ik heb ook geprobeerd om je te bellen.'
'Je hoeft je niet te verontschuldigen. Ik bedoel het niet sarcastisch. Ik meen het echt,' zei ze. 'Bedankt dat je me vanavond een blauwtje hebt laten lopen, daar ben ik blij om. En ik weet zeker dat jij ook een erg leuke avond hebt gehad met wie het dan ook was die onverwachts langskwam – was het er eentje uit je harem of een opwindende nieuwe? Niet dat het me uitmaakt.' Ze hield haar handen op voordat hij de kans had om iets te zeggen. 'Ik ben gewoon nieuwsgierig. Nee, het zal er wel eentje uit de bestaande harem zijn geweest, want een nieuwe vlam komt natuurlijk niet ineens zomaar langs. Hoewel, misschien zie ik dat wel verkeerd. Misschien gebeurt dat wel als je Jack Lucas bent! Nou ja, zolang je maar lol hebt gehad, daar gaat het om.'
'Hallo? Mag ik misschien ook nog wat zeggen?' Jack klonk al een stuk minder verontschuldigend. Op kalme toon zei hij: 'Dat was het niet.'

'Maak dat de kat wijs. Ik heb haar stem gehoord, Jack.'
'De ouders van Rose stonden ineens op de stoep.'
O.
Tilly haatte het wanneer dat gebeurde, dat je helemaal klaar was voor een flinke scheldpartij en dat de ander dan iets zei waardoor je met stomheid was geslagen. Ze deed haar ogen dicht en merkte dat ze een beetje slingerde; dat was nog zoiets, ze had te veel wijn gedronken om nog op samenhangende wijze ruzie te kunnen maken.
'Dat had je me dan ook wel meteen kunnen vertellen toen je belde.' Ze vond het allemaal erg rot voor Jack en zijn schoonouders, tuurlijk, maar dat betekende toch niet automatisch dat ze het hem moest vergeven? Hij had niet eens verteld dat ze er waren.
'Misschien wel.' Hij knikte vaag. 'Maar ik was er met mijn gedachten niet bij. Dilys was totaal van slag. Het was echt een kloteavond.'
'Eh... sorry dat ik jullie moet onderbreken,' riep Fergus vanuit de auto, 'maar dit is een smalle weg, en we blokkeren de boel.'
'Oké, ik kom al.' Tilly draaide zich om en liep terug naar de auto.
'Ik geef je wel een lift.' Jack keek naar Fergus en zei: 'Ik breng haar wel naar huis.'
Tilly, met haar rug naar Jack, schudde haar hoofd tegen Fergus.
Ongemakkelijk zei Fergus: 'Nee, dat hoeft echt niet. Ik doe het wel.'
'Tilly, het spijt me echt van vanavond. Ik kom morgen wel even langs.'
'Nergens voor nodig.'
'Wel waar. We moeten praten.' Hij slaakte een gefrustreerde zucht. 'Het was niet mijn bedoeling dat het vanavond zo zou lopen.'
Tilly stapte weer bij Fergus in de auto. 'Dat weet ik. Ik wil je heus niet straffen of zo, Jack. Ik doe dit om mezelf te beschermen.'

Sommige mensen hadden geluk; wanneer die wakker werden met een vreselijke kater, draaiden ze zich gewoon om, raakten weer buiten bewustzijn en ontwaakten pas weer wanneer alles over was.
Bij Tilly ging dat anders. Als ze een kater had, werd ze altijd vroeg wakker en bleef ook wakker, zodat ze er ten volle van kon genieten. Tegen de tijd dat Betty om zeven uur naar boven kwam kuieren en met haar neus de slaapkamerdeur openduwde, was Tilly al anderhalf uur wakker.
Het was zo oneerlijk.
En dan bedoelde ze niet alleen die kater.
O god, wat een rotavond. Altijd als je dacht dat het met je leven weer de goede kant uit ging, kwam alles gierend tot stilstand. Het was alsof je je op het podium van het Palladium voorbereidde op 'Nessun Dorma' en dan ineens merkte dat het orkest 'The Birdie Song' inzette.
Tegen elf uur begonnen de pijnstillers te werken. Tilly's hoofdpijn was verdwenen, en ze wist wat haar te doen stond. Toen de deurbel ging, haalde ze diep adem en ging toen opendoen. Alleen was het Jack niet.
Dave, de postbode, stond op de stoep met een groot, plat, rechthoekig pakket. 'Hallo, alles goed hier? Dag, Betty!'
'Hoi Dave.' Misschien zat er wel een grote doos bonbons in dat pakket, dat zou haar behoorlijk opvrolijken. 'Heb je een cadeautje voor me?'
Niet dat dat erin zat.
'Nee, sorry.' Nadat Dave enthousiast Betty's oren had gekrabd, ging hij weer rechtop staan om Tilly het pakket te overhandigen. 'Het is voor Kaye. Ze hebben het ter attentie van Max gestuurd. Helemaal uit Amerika.' Het feit dat brieven en pakketjes vanuit andere landen hun weg wisten te vinden naar Roxborough, fascineerde Dave mateloos.
'Dank je.' Ze pakte het van hem aan en schudde er even mee. Hopelijk was het geen platgereden chihuahua. 'Ze zijn er niet dit weekend. Ik zal het haar geven zodra ze terug is.' Over Daves schouder heen zag ze de Jaguar de oprijlaan op komen. Bij het geluid van banden op het grind, draaide Dave zich om. Toen hij Tilly weer aankeek, had hij een weifelende blik in

zijn ogen. 'En Max en Kaye zijn weg? Betekent dat dat jullie iets hebben samen?'
'Nee.' Nou zeg, hoorde nieuwsgierigheid soms bij zijn functieomschrijving? 'Nee, we hebben niets samen. Helemaal niets,' zei ze op vastbesloten toon.
'O. Nou, maar beter ook.' Hij boog zich iets naar haar toe en fluisterde: 'Hij krijgt altijd heel veel kaarten voor Valentijnsdag.'
'Dat geloof ik onmiddellijk, maar niet van mij.'
Dave liep terug naar zijn bestelbusje. Hij knikte naar Jack en zei hallo toen ze langs elkaar heen liepen. Toen keek hij naar Betty die zich weliswaar door hem achter haar oren had laten krabben, maar nu over het gazon draafde om zich als een verliefde *it-girl* op de nieuwkomer te storten. De laatste blik die Dave Tilly toewierp, sprak boekdelen: of het nou honden waren of vrouwen, ze renden allemaal als gekken achter Jack aan.

35

'Maar ik heb toch gezegd dat het me spijt.' Jack stond in de keuken. Hij fronste zijn wenkbrauwen. 'Ik weet dat ik je gisteravond heb laten zitten, maar dat had een goede reden. Je begrijpt toch wel hoe ik me voelde? Alles kwam weer terug, en ik had het gevoel dat ik Rose verried. Maar dat was alleen maar schuldgevoel. Ik heb er nu een nachtje over kunnen slapen en weet dat het niet zo hoeft te gaan. Vanochtend heb ik echt goed nagedacht over alles.' Hij schudde geruststellend zijn hoofd naar Tilly. 'Dit hoeft echt niet het einde voor ons te betekenen.'
Tilly hield voet bij stuk. 'Je kunt niet iets beëindigen wat nooit is begonnen.' Ze verbaasde zich er zelf over dat ze zo sterk was. Aan de andere kant, het was gewoon een kwestie van moeten. Gisteravond was ze halfdronken en woedend geweest. Vandaag moest ze wel nuchter en kalm zijn, want dit was een van de moeilijkste dingen die ze ooit had gedaan. Maar ze wist

dat het voor haar eigen bestwil was, ze deed het uit zelfbescherming. Hun relatie mocht dan nog niet echt zijn begonnen, haar emotionele betrokkenheid was er niet minder om. En als een ongelukkige afloop toch onvermijdelijk was, moest je wel een erg grote masochist zijn om ermee door te willen gaan.
'Dat kun je niet maken.' Jack begreep blijkbaar weinig van haar houding. 'Bryn en Dilys stonden ineens op de stoep, daar kan ik toch niks aan doen? Wat moest ik dan? Ze wegsturen?'
'Het komt niet door hen dat ik van gedachten ben veranderd. Ze hebben me alleen maar de tijd gegeven om na te denken. En ik vind dat we... nou ja, die kant van de zaak maar beter kunnen vergeten.' Ze gebaarde vaag om het romantische aspect aan te duiden. 'Laten we gewoon vrienden blijven, oké? Dat is wat ik wil.'
Jack bleef haar aanstaren. 'Echt?'
Waarom moest hij haar nou zo aankijken? Ze knikte. 'Ja.'
'Waarom?'
Waarom? Tja, dat was de hamvraag. Omdat ze gisteravond had gezien hoe ontspannen Fergus en Erin met elkaar omgingen, hoe dolgelukkig ze samen waren. Ze had gezien dat ze onvoorwaardelijk van elkaar hielden en elkaar door en door vertrouwden.
En toen had ze gesnapt dat zo'n soort relatie voor haar misschien wel tot de mogelijkheden behoorde, maar dat ze die nooit met Jack zou – kon – hebben.
Wat ironisch dat Fergus met Stella zat die zijn nieuwe relatie probeerde te ondermijnen, en dat Jack met Rose' ouders zat die hetzelfde deden. Zelfs al wisten ze niet wat ze hadden gedaan, ze zouden ongetwijfeld opgetogen zijn wanneer ze hoorden dat ze succes hadden gehad.
Tilly voelde haar hart sneller gaan kloppen; ze hadden haar een dienst bewezen. Want een nacht of een week of een maand met Jack zou nooit genoeg zijn, en wat ze echt wilde, zou nooit gebeuren. Vroeg of laat zou hij zich weer terugtrekken, zoals hij dat altijd deed, en dan bleef ze verbitterd en verteerd door haat achter, net als Stella. Kapot van verdriet en de risee van de stad.

Hij wachtte nog steeds op haar antwoord. Ze haalde haar schouders op. 'Daarom.'
'Kan ik je niet op andere gedachten brengen?' vroeg hij.
'Nee, nee.' Ze schudde haar hoofd, tegelijkertijd opgelucht en diep ongelukkig. 'Mijn besluit staat vast.'

'O, Betsy-Boo, hoe gaat het met mijn schatje?' Kaye tilde Betty op en draaide een rondje met haar. 'Ben je braaf geweest dit weekend?'
'We zijn allebei braaf geweest.' Tilly, die de hele dag fanatiek bezig was geweest het huis schoon te maken, vroeg: 'Hoe was de bruiloft?'
'Lawaaiig, alcoholisch, en veel dansende mannen met harige benen in kilts. Die Schotten weten wel hoe ze feest moeten vieren, zeg.'
'Een van die mannen heeft me laten zien wat ze onder die kilts dragen.'
'Echt waar? Goor, zeg.'
'Zeg dat wel. Een enorme roze boxershort met blauwe hartjes erop.' Lou keek nieuwsgierig naar het pakket op de keukentafel. 'Wat is dat? Heeft iemand me een cadeau gestuurd?'
'Nee, het is voor je moeder.'
'Voor mij? O, ik ben gek op cadeaus.' Kaye zette Betty weer op de grond en liep naar de keukentafel. Haar gezicht betrok toen ze de Amerikaanse postzegels zag. 'Tenzij het een pak juridische papieren van Denzil en Charlene is, omdat ze me willen aanklagen en tot op het bot uitkleden.'
Lou zei: 'Ik maak het wel open.' Ze scheurde eerst het buitenste papier eraf en haalde daarna het bubbeltjesplastic weg. Er kwam een schilderij tevoorschijn in een eenvoudige zwarte lijst.
'O, mijn hemel, het is een Dinny Jay!' Kaye slaakte een ongelovig kreetje en griste het schilderij uit Lou's hand. 'Wie heeft me dat gestuurd? Ik ben gek op Dinny Jay.'
Tilly bekeek het schilderij op A3-formaat van schaatsers in Central Park, vol maffe details. Ze had nog nooit van de naam gehoord.
'Er zit een envelop op de achterkant geplakt,' zei Lou.

Kaye trok hem eraf, maakte hem open en begon de brief hardop voor te lezen.

Beste miss McKenna,
Een tijd geleden las ik een interview met u in een tijdschrift. U vertelde daarin dat u weg was van het werk van Dinny Jay. Ik zag dit schilderij vorige week in een galerie hangen en dacht dat u het misschien wel mooi zou vinden, dus ik hoop dat u dit kleine cadeau van me wilt aannemen. Ik hoop ook dat het u in goede staat bereikt. Omdat ik in de krant heb gelezen dat u weer naar Engeland bent verhuisd, stuur ik het naar het adres van uw ex-man, wiens adres ik op zijn website heb gevonden. Maakt u zich geen zorgen, ik ben geen stalker, ik ben gewoon iemand die u het beste wenst en u wil laten weten dat niet iedereen in Amerika u haat.
Ik hoop dat het u goed gaat.
Met vriendelijke groet,
P. Price.
PS Ik hoop dat u heeft genoten van de bonbons en de bloemen.

‘Dat is dus een stalker.’ Tilly trok een gezicht. ‘Zodra iemand beweert dat hij geen stalker is, weet je zeker dat hij dat wél is.’
Kaye keek vol aanbidding naar het schilderij. ‘Misschien is hij wel gewoon een erg aardige man.’
‘Hoeveel heeft hem dat gekost, denk je?’
‘Dat weet ik niet, ik kan het wel op internet opzoeken. Drie- of vierduizend dollar, in die orde van grootte.’
‘Kun je het niet beter terugsturen?’
‘O god, dat weet ik niet, hoor. Denk je? Maar ik vind het zo mooi! En als ik het terugstuur, voelt hij zich vast gekwetst. Hoe zou jij je voelen als je een perfect cadeau voor iemand had gevonden en het werd je per omgaande teruggestuurd? Nee, volgens mij kan ik het het beste maar aannemen en hem een vriendelijke brief sturen. Gelukkig heb ik deze keer wel

een adres. En bovendien woont hij in New York, dat is veilig ver weg.'
Max kwam binnen met hun koffers. 'Tot hij ineens bij je op de stoep staat met een bijl.'
'Dat gebeurt niet, want ik geef hem heus niet mijn eigen adres.' Het schilderij aan haar borst koesterend, keek ze Max stralend aan. 'Ik blijf gewoon dat van jou gebruiken.'

Nog twee dagen. Om precies te zijn, nog minder dan achtenveertig uur! Over zesenveertigeneenhalf uur zouden ze in het vliegtuig op Bristol Airport stappen en op weg gaan naar Venetië, tralala! Op weg naar de meest romantische vakantie van haar leven, een vakantie waar ze heel erg aan toe was en heel erg naar verlangde.
Ze keek op haar horloge, in de hoop dat de dag dan sneller om zou gaan. Halfdrie; nog drie uur voordat ze de winkel kon sluiten en boven verder kon gaan met inpakken. De koffers lagen open in de huiskamer, en tussen de klanten door had ze tijden op haar lijstje zitten broeden. Ze was gek op lijstjes maken, en maakte ze al sinds ze klein was. Hoe vaak had ze niet opgeschreven: Opstaan, Tandenpoetsen, Ontbijten, alleen maar om ze te kunnen doorstrepen en het heerlijke gevoel te krijgen dat ze iets had volbracht, zich goed van haar taak had gekweten. Mensen die geen lijstjes maakten, wisten niet wat ze misten. En vakantielijstjes waren extra speciaal, een integraal onderdeel van dat bedwelmende, opwindende gevoel van: ik ga weg!
Met als bijkomend voordeel dat er minder kans bestond dat je in dat prachtige veertiende-eeuwse palazzo arriveerde zonder je krultang.
O, zonnebrandspray, dat was nog iets wat ze op het lijstje moest zetten. En ze kon maar beter een nieuwe bus kopen; stel je voor dat ze daar waren en dan ontdekten dat het in Venetië niet te krijgen was.
De winkeldeur vloog open, en van schrik liet Erin haar pen vallen. In de deuropening, met een grimmige, bijna robotachtige blik in haar ogen, stond Stella. O god, dit was zo'n vreselijk verhaal waarover je wel eens las in de krant, de afge-

wezen minnares die compleet haar verstand verloor en aan het moorden sloeg.

'Ik moet Fergus spreken.' Zelfs Stella's stem klonk raar, alsof het een nieuwe was die ze nog moest oefenen.

'Hij is hier niet.'

'Dat weet ik ook wel, maar zijn mobieltje staat uit. Waar is hij?'

Erin durfde zich niet te bukken om de pen van de grond te rapen. Stel je voor dat Stella van de gelegenheid gebruik zou maken om haar te lijf te gaan? 'Dat weet ik niet. Waarschijnlijk bij een cliënt.' Oké, zeg het, zeg het. 'Wil je alsjeblieft weggaan, ik wil niet dat je nog in mijn winkel komt.'

'Goed, dan zal ik het in plaats van aan hem aan jou moeten vertellen.' Stella verroerde zich niet. 'Ik wil dat Fergus op Bing past. Ik ga weg, dus hij moet hem vandaag na zijn werk bij mij thuis ophalen. Ik zal eten klaarzetten, en Bings mand en...'

'Wacht, Fergus kan niet,' flapte Erin eruit. Haar verontwaardiging won het van haar angst. 'Je zult iemand anders moeten zoeken die op je kat kan passen.'

'Nee, hij moet het doen. Ik heb niemand anders.'

'Dan breng je dat beest maar naar een dierenpension, daar zijn die dingen voor.'

Stella's kaken verstrakten. 'Ik stop Bing niet in een dierenpension, hij vindt het daar vast niet fijn.' Met ogen die vuur spuwden, voegde ze er ijzig aan toe: 'En het is geen beest, hij heet Bing.'

'Nou, toch kan Fergus niet voor hem zorgen, want hij is er dan niet.' Erin kreeg een knoop in haar maag. 'Want wij gaan ook weg.'

Zo. Ze had het gezegd.

Stella keek haar aan alsof ze een klap in haar gezicht had gekregen. 'Weg?'

'Ja.'

'Hoe lang dan?'

'Een week.' Niet dat het jou wat aangaat.

'Maar ik heb iemand nodig die voor Bing zorgt.'

Dit was belachelijk. 'Nou, dan vraag je het maar aan een van je vriendinnen. Amy bijvoorbeeld,' zei Erin.

'Amy heeft het te druk met haar nieuwe vriend.' Stella's kaken verstrakten weer. 'Ze wilde me nauwelijks te woord staan aan de telefoon.'
'Nou, waarom vraag je het niet aan...'
'Ik heb niemand, oké? Niemand aan wie ik het kan vragen. En ik stop Bing niet in een pension – dat kan hij echt niet aan. Waar gaan jullie trouwens naartoe?'
O fantastisch, wilde ze soms vragen of ze Bing niet konden meenemen? 'Naar Venetië,' antwoordde ze.
'Venetië. Leuk.' Stella's stem was breekbaar als glas.
'Het spijt me echt. Als we niet zouden weggaan, zouden we heus wel voor Bing hebben gezorgd.' Jemig, vijf minuten geleden had ze toch niet kunnen bedenken dat ze dit zou zeggen en het nog meende ook? Maar het was duidelijk dat Stella wanhopig was en in alle staten. Onder de zwaar opgebrachte make-up en het stijlvolle beige broekpak was ze zo gespannen als een veer.
'Oké. Nou, zeg maar tegen Fergus dat ik... Nee, laat ook maar.' Er verschenen tranen in Stella's ogen, en ze draaide zich abrupt om en liep de winkel uit.
Erin zag dat ze in haar auto stapte die dubbel geparkeerd stond. Nog geen seconde later nam de auto een snoekduik naar voren, bijna tegen een oude dame met een geruit boodschappenkarretje aan. Toen schoot hij weer naar achteren, reed de stoep op en knalde tegen een lantaarnpaal aan.
Tegen de tijd dat Erin bij Stella was, zat die hyperventilerend en kreunend achter het stuur te wiegen. 'Ik weet niet wat ik moet doen...'
'Stella, wat is er? Vertel het me.'
Ze schudde woest haar hoofd. 'Neeee!'
'In deze toestand kun je niet rijden. Je bent net tegen een lantaarnpaal op gereden.'
'Wie moet er nou voor Bing zorgen?'
Wat harder vroeg Erin: 'Waar ga je dan naartoe?'
'Niet naar zoiets leuks als jullie.' Stella sloeg haar handen voor haar gezicht en mompelde iets wat de naam van een hotel zou kunnen zijn.
Allemachtig, zeg. 'Welk hotel?'

Stella liet haar handen weer zakken en zei mat: 'Geen hotel. Een ziekenhuis. Ik word vanmiddag opgenomen.'
Erin staarde haar aan. 'Waarom?'
'Dat gaat je niks aan. Wat heb jij daar nou mee te maken? Ga jij maar lekker met mijn man naar Venetië. Veel plezier zou ik zeggen.'
'Vertel me waarom je wordt opgenomen,' zei Erin.
'O, niks bijzonders. Ik heb kanker, dat is alles. En wil je nu alsjeblieft het portier dichtdoen?'
'Heb je kanker? Echt?'
'Ja, echt, dat zweer ik op het graf...' Ze stopte abrupt en schudde haar hoofd. 'Maar ik moet nu echt gaan.'
'Je kunt zo niet rijden. Er zit al een deuk in je bumper.'
'Nou, een deuk in mijn bumper is echt niet het einde van de wereld, hoor.'
'Maar als je iemand doodrijdt, is dat voor diegene wel het eind van zijn wereld. Wacht even op me.' Voor de zekerheid haalde Erin het autosleuteltje uit het contact. 'Ik breng je wel. Ik ga snel even de winkel afsluiten.'

36

De auto was gelukkig een automaat, anders had Erin er net zo'n potje van gemaakt als Stella. Terwijl ze door Roxborough reden, schoot het wel even door haar heen dat Stella misschien had gelogen. Stel je voor dat Stella haar in de val wilde lokken... Maar ze wist dat dat niet zo was. Stella had de waarheid verteld.
God, kanker.
'Het is net alsof ik in slow motion van een rots val,' zei Stella. 'Volgens mij ben ik in shock. Ik heb al tijden pijn en ook steeds krampen, maar dat heb ik gewoon genegeerd. Ik slikte gewoon nog wat extra pijnstillers, dronk iets meer wijn. Ik dacht dat ik me zo beroerd voelde omdat mijn huwelijk voorbij was. Ik bedoel, dat ligt toch voor de hand? Liefde doet pijn.

Je ontdekt dat je man een nieuwe vriendin heeft, dus heb je pijn. Ik ben alleen maar naar de dokter gegaan, omdat ik hoopte dat hij me antidepressiva wilde voorschrijven. Maar omdat ik zo was afgevallen, begon hij in me te knijpen en prikken. Hier links, het is het huis bij de tweede lantaarnpaal, met de groene voordeur.'

Nu Stella eenmaal was begonnen, was ze net een kraan die niet meer kon worden dichtgedraaid. Erin parkeerde de auto langs de stoeprand, en ze stapten uit.

'En toen zei hij dat hij voor de zekerheid een scan wilde laten maken, dus toen ben ik maandag maar naar het ziekenhuis gegaan, alleen maar om van zijn gezeur af te zijn, maar toen ik vanmiddag weer bij dokter Harrison kwam zodat hij me eindelijk prozac kon geven, vertelde hij het me. Ik heb kanker. Ik bedoel, dat slaat toch nergens op? Dat soort dingen overkomt mij niet.' Haar handen trilden zo erg dat ze de sleutel niet in het slot kreeg. 'Ik denk steeds: ik wou dat ik wakker werd en dat alles weer normaal was. Het is al erg genoeg, die kanker en zo, maar dat jij nu ook nog met me mee naar huis komt, maakt het allemaal nog surrealistischer.'

'Kom, laat mij het maar doen.' Erin pakte de sleutel en opende de deur. Ze stapte even opzij om Stella voor te laten gaan. Een luide snik ontsnapte Stella toen Bing aan kwam drentelen, zijn blauwgrijze lijf soepel als dat van een slang. Toen ze hem optilde, barstte ze in tranen uit, terwijl Bing, met zijn geelgroene ogen, onbezorgd en onbewogen naar Erin keek, alsof hij wilde vragen: wat is er nou weer aan de hand?

Typisch een kat dus. Ongetwijfeld liet hij zich de aandacht alleen maar welgevallen, omdat hij zich afvroeg wat hij vanavond te eten kreeg.

Een uur later hadden ze Stella's weekendtas ingepakt en vertrokken ze naar het ziekenhuis. Lijstjes hielpen dus niet tegen dit soort onverwachte gebeurtenissen. Onderweg zei Stella tegen Erin, die weer achter het stuur zat: 'Ik ben bang, ontzettend bang. Is dat erg?'

'Het is logisch dat je bang bent. Iedereen zou bang zijn in zo'n situatie.'

'Ik verlang naar mijn moeder.'

'Waar is ze? Wil je haar bellen?'
'Ze is dood.' Stella veegde langs haar ogen. 'Maar toch verlang ik naar haar.'
O god. Erin kreeg een brok in haar keel.
'Dit had echt niet mogen gebeuren, hoor. Ik wil geen kanker. Ik wil een kind.'
Hulpeloos zei Erin: 'Maar er zijn duizenden mensen die kanker hebben gehad en het hebben overleefd. Je kunt daarna altijd nog een kind krijgen. Ze zijn tegenwoordig zo goed, ze kunnen praktisch alles behandelen!'
'Maar wie zorgt er nou voor Bing? Hij vraagt zich vast af waar ik ben.'
'Ik verzin er wel iets op, echt waar.' Ze waren bij het ziekenhuis aangekomen, en Erin volgde de borden tot ze bij de ingang kwamen waar de afdelingen lagen. Ze stopte en zei ongemakkelijk: 'Zo, we zijn er.'
Stella keek even in de achteruitkijkspiegel en veegde met een papieren zakdoekje wat uitgelopen mascara weg. Toen keek ze Erin aan en flapte er verlegen uit: 'Wil je niet met me meekomen? Ik wil niet in mijn eentje naar binnen.'

Het ziekenhuis bracht duizenden herinneringen naar boven, en maar weinige daarvan waren prettig. Na de eerste hersenbloeding van haar moeder had Erin wekenlang zo'n beetje in een stoel naast haar bed gebivakkeerd. En daarna had hun leven in het teken gestaan van de vele bezoeken aan de revalidatieafdeling, de afdeling fysiotherapie en de polikliniek. Urenlang wachten en proberen vrolijk te doen, terwijl er niets was om vrolijk over te zijn. Eindeloos proberen om gespreksonderwerpen te verzinnen, terwijl je allang was uitgepraat. Stukgelezen tijdschriften, pislucht, andere patiënten die gefrustreerd jammerden, omdat ze niet meer konden praten, vast komen zitten in een smalle gang achter iemand met een looprek die zich voortbewoog in een tempo van twee meter per uur, de alomtegenwoordige stank van lysol en doorgekookte groente...
Toen Erins moeder eindelijk was gestorven, was er tenminste een einde gekomen aan de eeuwige bezoekjes. Eigenlijk was ze hier liever helemaal nooit meer gekomen.

Nou ja. Andere afdeling, ander personeel, andere patiënt. Alleen de stoelen waren nog hetzelfde. Erin zat op zo'n stoel – van gegoten feloranje plastic, zo ongemakkelijk dat je na een tijdje geen gevoel meer in je achterste had – en een jonge blonde verpleegster zat op het puntje van een andere stoel, terwijl Stella in bed lag. De verpleegster vulde behoedzaam Stella's gegevens in. Haar handschrift was vol lussen, en ze schreef heeeeel langzaaaam.
'Godsdienst?'
'Geen,' antwoordde Stella.
'Oké, zullen we dan maar invullen: anglicaans?' Ze deed er een halve minuut over. 'Heel goed. En wie moeten we als naaste familie invullen?'
Stella was druk bezig de rand van het ziekenhuislaken tussen haar vingers op- en af te rollen. Zo te zien kostte het haar grote moeite niet te gaan huilen.
'Moeder? Vader?' zei de verpleegster hulpvaardig. 'Broer of zus?'
'Ik heb geen familie.' Terwijl Stella steeds sneller met het laken rolde, wierp ze een blik op Erin en zei toen bruusk: 'Mag ze jouw naam opschrijven?'
Op troostende toon zei de kleine verpleegster: 'Dat is prima. Wie bent u?'
'Ze is de vriendin van mijn man,' vertelde Stella.
'O! Nou. Moeten we hem dan niet als naaste familie invullen?'
'Dat weet ik niet. Hij geeft geen moer om me. En hij kan sowieso niet tegen ziekenhuizen.' Ze schudde haar hoofd en zei: 'Schrijf Erins naam maar op. Hoe lang moet ik hier blijven?'
'O, dat hangt af van wat de artsen zeggen, hè?' babbelde de verpleegster gezellig. Ze lachte troostend en uit haar hele manier van doen bleek dat ze getraind was om lastige vragen te ontwijken. 'Dokter Wilson komt zo naar u kijken.'
'Ik heb meer pijnstillers nodig,' zei Stella kortaf.
'Geen enkel probleem, daar wordt voor gezorgd.'

Met knikkende knieën zat Erin voor het ziekenhuis op een zonnige bank en probeerde weer Fergus' mobieltje. Deze keer nam hij wel op.

‘Ha, liefje, heb je al gepakt?’
Het was bizar om zijn stem te horen, heel normaal en vrolijk. ‘Trouwens, heb jij een adapter, want ik kan die van mij niet...’
‘Fergus, er is iets gebeurd.’ Te laat besefte ze dat ze haar tekst niet had voorbereid. ‘Het gaat om Stella.’
‘O god, wat heeft ze nu weer gedaan? Nou heb ik er echt genoeg van. Waar ben je?’
‘In het ziekenhuis.’
‘Wat? Jezus. Is alles goed met je? Wat heeft ze gedaan?’
‘Ze is ziek, Fergus. Ze heeft me niks gedaan. Ze is opgenomen omdat ze wat testjes willen doen.’
Verbijsterd zei hij: ‘Oké, maar ik snap nog steeds niet wat jij daar doet.’

Toen Erin terugkwam op de afdeling waren de oranje-met-blauwe gordijnen om Stella’s bed dichtgetrokken. Vlak daarna werden ze zwierig opengetrokken en verscheen er een lange, redelijk aantrekkelijke man in een wapperende witte jas. Toen hij Erin zag aarzelen, wees hij naar haar en vroeg: ‘Stella’s vriendin?’
Ze had niet gedacht dat iemand haar ooit nog eens zo zou omschrijven. Ze knikte, met droge mond, en hij gebaarde dat ze hem moest volgen. ‘Ik wil u even spreken, terwijl ze Stella’s bloed afnemen. Ik ben dokter Wilson.’
Hij nam haar mee de zaal uit, door een gang, naar een klein kantoortje zonder ramen en met schappen vol boeken en dossiermappen aan de muren. Hij bood haar een stoel aan, ging tegenover haar zitten en zei: ‘Ik zal er geen doekjes om winden, uw vriendin zal uw steun hard nodig hebben. Het spijt me heel erg, en natuurlijk moeten we nog een biopsie doen, maar uit de scan blijkt dat de kanker al in een behoorlijk vergevorderd stadium is. U zult ook sterk moeten zijn. Het spijt me, ik snap dat dit een schok voor u is.’
Erin had het gevoel alsof ze naar zichzelf op tv keek, alsof ze per ongeluk terecht was gekomen in een aflevering van *Casualty*. Het leek haar niet echt het goede moment om hem te vertellen dat ze helemaal geen vriendin van Stella was en dat ze

eigenlijk hoognodig naar huis moest om haar koffers te pakken voor de vakantie.
'Maar het is toch nog wel te behandelen?' Omdat ze hem niet aan durfde te kijken, hield ze haar ogen gericht op zijn lange, vaardige vingers.
'We zullen natuurlijk alle mogelijkheden bekijken, maar ik moet u waarschuwen dat het er niet goed uitziet. Helemaal niet goed zelfs. De kanker heeft zich al uitgezaaid. Op de scan zijn uitzaaiingen naar de darmen, de longen en de lever te zien. Het is een erg agressieve vorm.'
Tja, iemand als Stella had natuurlijk geen verlegen, teruggetrokken vorm van kanker. Erin pakte een tissue uit het doosje dat op het bureau voor haar stond en veegde er haar klamme handen mee af. Afschuwelijke, gênante gedachten streden om de voorrang in haar hoofd, want natuurlijk had ze intens veel medelijden met Stella, maar aan de andere kant had Stella haar leven tot een hel gemaakt... En hoe moest het nu verder met Venetië en het veertiende-eeuwse palazzo met het prachtige dakterras en het ongeëvenaarde uitzicht over het Canal Grande?
O god. Lever. Darmen. Longen. Agressief.
Ze werd misselijk.
Nee, ze had gewoon geen keus.

'Annuleren?' Fergus, die wist dat ze zich er vreselijk op had verheugd, keek haar aan alsof ze haar verstand had verloren. 'Je wilt echt onze vakantie annuleren, alleen maar omdat Stella ziek is?'
Ze stonden voor het ziekenhuis. Erin greep zijn handen beet; het had niets met willen te maken. 'We kunnen niet anders, ze heeft verder niemand. Ik was erbij toen ze vanmiddag een paar vriendinnen van haar belde. Deedee en Kirsten?'
Fergus trok smalend zijn lip op. 'O, die. Ja, die ken ik wel.'
'Ja, nou. Ze hadden het te druk om vandaag op bezoek te komen. Deedee is blijkbaar een paar pondjes aangekomen de afgelopen tijd en wil haar gymles niet missen. En Kirsten heeft het heel druk op haar werk en moet er per se bij zijn als haar nieuwe keuken wordt geplaatst. En Amy heeft een nieuwe

vriend, dus dat is leuk voor haar.' Het had weinig gescheeld of Erin had de hoorn uit Stella's magere, gemanicuurde hand gegrist om die zogenaamde vriendinnen van haar de huid vol te schelden en te schreeuwen dat ze van hun luie reet af moesten komen en meteen naar het ziekenhuis gaan.

'Luister, ik ben natuurlijk ook geschrokken, maar dit is onze vakantie. En Stella is altijd heel vervelend tegen je geweest.'

Fergus fronste zijn wenkbrauwen, verbaasd dat ze plotseling een andere houding tegenover Stella had aangenomen. Na het telefoontje was hij meteen naar het ziekenhuis gereden. Zijn maag rammelde, en hij was kapot. Stella had altijd al van drama gehouden. Dikke kans dat het uiteindelijk iets kleins zou blijken te zijn dat heel goed te behandelen was. Hij was ontroerd door Erins bezorgdheid – jemig, hoeveel vrouwen zouden nou nog hebben gedaan wat zij had gedaan na de manier waarop Stella haar had behandeld? – maar het was niet nodig zover te gaan. 'Ik vind het echt heel aardig van je het aan te bieden, maar het komt wel goed. We gaan maar een weekje weg. En als ze dan nog in het ziekenhuis ligt, gaan we wel bij haar op bezoek. Maar je weet nooit, misschien is ze dan wel allang weer thuis!'

Erin leek echter helemaal niet opgelucht. Ze had een afgetrokken en bleek gezicht en haar hele lichaam stond stijf. 'Ik heb met de arts gepraat. Het is echt ernstig, Fergus.' Haar stem brak. 'De kanker zit overal.'

37

Dit was nou wat ze noemden in het diepe gegooid worden. Wat gisteren, toen Erin alles met haar had doorgenomen wat er maar te weten viel, nog zo eenvoudig en ongecompliceerd had geleken, bleek verontrustend gecompliceerd te zijn. Omdat Erin bij Stella in het ziekenhuis was, had Kaye een dag eerder dan afgesproken in de winkel moeten beginnen, en daar was ze – zo bleek – helemaal niet op voorbereid. Nog voor de

middag was ze er al in geslaagd om een bazige vrouw van middelbare leeftijd te beledigen door haar voor haar mannelijke uitziende tweedbroek niet het bedrag te bieden waar de vrouw vond dat ze recht op had.
'Hoeveel? Dat is niet genoeg!' Haar borstelige wenkbrauwen trilden bijna van verontwaardiging. 'Maar ik heb er negentig pond voor betaald!'
Ja, in een herenmodezaak waarschijnlijk. De broek was echt foeilelijk, geen enkele vrouw zou hem willen kopen. Kaye keek de vrouw na die de winkel uit beende en besefte dat Erin veel bedrevener moest zijn in de kunst van het afwijzen. Zelf was ze meer van de botte bijl. Misschien was het geen slecht idee om te proberen iets diplomatieker te worden.
God, maar het was vreselijk moeilijk om mensen niet te beledigen wanneer ze kleren pasten die hun gewoon niet stonden, of blind waren voor de gebreken van hun eigen afdankertjes. Tegen lunchtijd had ze nog vier klanten beledigd, dus toen Tilly om halftwee de winkel inkwam, begroette ze haar opgelucht.
'Hoi! Wat zie je er fantastisch uit!'
Tilly keek haar bevreemd aan. 'Ik ben net met een schuurmachine in de weer geweest. Ik zit onder het stof.'
'Ja, maar je hebt zo'n mooi T-shirt aan! En die spijkerbroek past je zo goed, maar ja, met zo'n figuur staat natuurlijk alles fantastisch! En bij die kleur van je topje komen je ogen echt heel mooi uit!'
'Ik vind het een beetje eng worden, hoor,' zei Tilly. 'Is dit voor zo'n programma met verborgen camera's?'
Kaye trok een gezicht. 'Ik oefen in aardig doen, in complimentjes maken. Klanten houden er niet van als je zegt dat ze net een nijlpaard lijken als ze iets passen.'
'Dat moet je ook op een vriendelijke manier zeggen. Erin kan dat heel goed. Ze is eerlijk, maar tactvol.'
'Nou, ik niet. Als er nog iemand binnenkomt om spullen te verkopen, zeg ik gewoon dat ze het hier maar moeten laten en dat Erin later wel een prijs met ze zal afspreken.'
Tilly zuchtte. 'Niet te geloven dat ze niet naar Venetië gaat, dat ze op het allerlaatste moment hun vakantie hebben geannuleerd.'

Kaye knikte meelevend en gaf haar de sleutel van Stella's huis. 'En ik vind het niet te geloven dat we om de beurt voor de kat van Enge Stella zorgen.' Aangezien Bing zo verwend was, hadden ze besloten hem in zijn eigen huis te laten. Vier of vijf keer per dag ging een van hen even bij hem kijken, vulde het eten en water bij en zorgde ervoor dat de kattenbak keurig schoon bleef. Want Bing was Stella's kind, het belangrijkste wat ze had, en zij had verklaard dat het het beste was om hem in zijn vertrouwde omgeving te laten.
En ze had ook gezegd dat hij op het tapijt zou plassen en poepen als de kattenbak niet schoon was.
Dus had Erin een schema opgesteld. Toen Tilly had durven voorstellen – puur hypothetisch natuurlijk – dat ze Bing ook in een pension konden stoppen zonder dat Stella het ooit hoefde te weten, had Erin gezegd: 'Laten we het nou maar gewoon doen. Het laatste wat Stella kan gebruiken, is dat ze zich zorgen moet gaan zitten maken om haar kat.'
'Oké,' zei Tilly nu tegen Kaye. 'Dan ga ik maar eens even bij Bing kijken. Ik hoop dat het je lukt om de winkel niet meteen vandaag al failliet te laten gaan.' Ze schudde met haar vinger. 'Denk eraan, eerlijkheid en tact.'
Kaye knikte. 'Absoluut. Ik moet bijvoorbeeld zeggen: gelukkig is uw neus heel groot, daardoor valt die dubbele onderkin van u een stuk minder op.'
'Precies. Heel goed.'

Een uur later kwam een lange vrouw van in de zestig de winkel in. Ze keek verbaasd naar Kaye. 'Je bent niet de gebruikelijke dame.'
'Ik ben het reserveteam.'
'Maar je hebt wel verstand van mode. Dat hoop ik tenminste, want ik ben er hopeloos in! Goed, twee dingen. Ik heb een nieuwe avondjurk nodig, zonder tierelantijntjes en bloemetjes en zo, maat 40. Maar ik heb ook je advies nodig.' Onder het praten smeet ze een plastic tas op de toonbank neer. 'En ik kan je wel zeggen dat ik me vreselijk schuldig voel dat ik dit doe, maar we zitten echt met onze handen in het haar. De schoonmoeder van mijn zoon heeft me deze voor kerst ge-

geven. Ik weet dat het een heel duur merk is, want ze komt om in het geld en blijft maar doorzagen over hoe duur hij wel niet was. Maar voor mij is hij gewoon een beetje te chic, en nu een van de grote prijzen voor onze liefdadigheidsveiling ineens niet doorgaat, heb ik besloten deze als prijs te doneren.' Ze maakte de plastic tas open en keek Kaye hoopvol aan. 'En ik vroeg me af of je me bij benadering zou kunnen vertellen hoeveel hij waard is, dan kunnen we er reclame voor maken als Prachtige Hermèstas, zes miljoen pond in de winkel! Nou ja, niet echt zes miljoen natuurlijk, maar toch heel duur!'

O hemel. Eerlijkheid en tact. Om tijd te rekken bestudeerde Kaye de schouderband en trok wat aan een losse draad. 'Het spijt me, maar dit is geen Hermèstas. Het is een namaak.'

'O nee! Echt waar? Hoeveel is hij dan waard?'

Kaye schudde haar hoofd, zich tegelijkertijd afvragend hoe ze het moest zeggen en hoe het mogelijk was dat de vrouw geen echt van nep kon onderscheiden. 'Niets. Het is gewoon zo'n goedkoop namaakproduct. Ziet u hoe slecht hij in elkaar is genaaid? En het zijvak zit er helemaal scheef op. Bovendien is het niet eens echt leer, het is plastic.'

En hij was bijna gedoneerd aan een liefdadigheidsveiling ook nog. Vreselijk gewoon.

'O. Nou, dank je. Verdorie.' De vrouw slaakte een zucht.

'Het spijt me.'

'Ach, jij kunt er toch niets aan doen? We verzinnen er wel wat op. En het voordeel is dat ik me nu niet meer schuldig hoef te voelen omdat ik een cadeau weg wilde geven! Eerlijk gezegd kan ik de schoonmoeder van mijn zoon toch niet uitstaan. Altijd maar aan het opscheppen over haar miljoenen. Vreselijk mens. Nou ja, laten we het niet meer over haar hebben. Laten we gewoon een avondjurk voor me gaan uitzoeken.' Ineens keek ze Kaye fronsend aan. 'Ik heb steeds het gevoel dat we elkaar ergens van kennen, maar dat is niet zo, hè?'

'Ik geloof van niet.'

'Toch kom je me heel bekend voor. Heb je wel eens in een andere winkel hier in de stad gewerkt?'

'Eh, nee.' Kaye begon tussen de avondjurken te zoeken en pak-

te een statige nachtblauwe tafzijden jurk uit het rek. 'Wat denkt u hiervan? De kleur past echt goed bij...'
'Hotels misschien? Restaurants? Het rare is dat ik je stem ook herken.' De vrouw schudde verbaasd haar hoofd. 'Je moet het niet verkeerd opvatten, hoor, maar... maar ik heb het idee dat ik je ook een keer heb zien huilen.'
'Nou, ik heb de afgelopen paar jaar in Amerika gewoond, dus...'
'O, maar wij zijn vorig jaar een maand in Texas geweest! Misschien was je daar toen ook.'
'Nee, ik zat in L.A. Ik ben actrice,' zei Kaye.
'Allemachtig! *Over the Rainbow*!' De vrouw slaakte een opgewonden kreetje toen ze Kaye ineens herkende. 'Ik ken je uit die serie – jij was die vrouw van wie de man ervandoor ging met haar zus!'
'Inderdaad.' Kaye glimlachte. Het was geen moment bij haar opgekomen dat de vrouw die serie wel eens had kunnen zien.
'O, we waren echt fans van *Over the Rainbow*! Wat toevallig dat je daar in zat en nu hier woont!' De vrouw klapte verrukt in haar handen, zonder ook maar iets van belangstelling te laten blijken voor de jurk die Kaye voor haar had uitgezocht. 'Dit moet gewoon het lot zijn!'
Het lot. Tja. 'Hoezo?'
'Omdat je een beroemde Hollywoodactrice bent! En je zou me een grote gunst kunnen verlenen, als je dat zou willen tenminste.'
Kaye nam haar achterdochtig op. Ze bezat maar één echt goede designertas en daar was ze dol op. Liefdadigheid of geen liefdadigheid, als ze die tas aan die vrouw zou moeten afstaan, ging ze kapot van verdriet.
Voorzichtig vroeg ze: 'Wat voor gunst?'
'Nou, de reden dat we met onze handen in het haar zitten, is dat dat meisje net heeft afgezegd voor die avond. Misschien heb je wel eens van haar gehoord. Antonella Beckwith. Die zangeres?'
Het was een beetje alsof haar werd gevraagd of ze wist wie de Rolling Stones waren. Een rockband? Misschien heb je er wel eens van gehoord. Want Antonella Beckwith was jong,

glamoureus en had in de afgelopen twee jaar ongeveer vijftig miljoen cd's verkocht. Kaye knikte, terwijl haar een angstig voorgevoel bekroop.
'Nou, ik kan niet zeggen dat ik echt wist wie ze was, maar blijkbaar was het heel wat dat we haar konden krijgen. Een tante van haar is bevriend met een van onze organisatoren en zij hebben dat samen geregeld. Alleen heeft die rotmeid nu afgezegd, terwijl het al over twee weken is! Blijkbaar heeft ze iets belangrijkers in Londen aangeboden gekregen, dus ze heeft ons als een baksteen laten vallen. En nu proberen we een andere beroemdheid te strikken, maar iedereen die we hebben benaderd, heeft al andere verplichtingen. Dus we zijn echt de wanhoop nabij!'
'Oké, twee dingen,' zei Kaye. 'Eén: ik ben niet echt een beroemdheid, niet hier in Engeland in elk geval. Op die avond weet vast niemand wie ik ben.'
'Maar ík weet wie je bent! En mijn man ook! We zullen iedereen vertellen dat je een grote ster bent in Hollywood!'
Oké, tenenkrommend gênant mocht je dit toch wel noemen.
'Maar er is nog iets. Ik heb onlangs een ongeluk gehad en heb daardoor behoorlijk veel negatieve publiciteit gekregen.' Ze trok een gezicht. 'En ik zit ook niet meer in *Over the Rainbow*. Ze hebben me eruit gegooid, daarom woon ik ook weer hier.'
'Maar dat is juist heel goed!' Onder het praten pakte de vrouw een visitekaartje. 'Als de mensen je toch niet kennen, dan weten ze dat ook niet. Dus dat is dan geen enkel probleem!'
De vrouw was een wervelwind, een niet te stuiten natuurkracht. Op het kaartje las Kaye dat ze Dorothy Summerskill heette.
'Het is zaterdag over een week in het Mallen Grange Hotel,' zei Dorothy.
Goed, dit was dus het moment om treurig te gaan kijken en heel hard te roepen: 'O nee! Zaterdag over een week? Wat jammer!' en dan met een plausibele reden te komen waarom ze niet kon. Maar twee dingen hielden haar tegen. Ten eerste kon ze niet zo snel een plausibele reden verzinnen, en ten tweede had ze het gevoel dat Dorothy haar toch niet zou geloven, wat ze ook zei.

'Het is voor een heel mooi goed doel,' probeerde Dorothy haar te overreden. 'Het is voor de Alzheimerstichting, "Help for Alzheimer's".'

'O, ik heb een vriend die die stichting ook steunt! Jack Lucas.'

'Ken je Jack? Maar dat is fantastisch! Hij komt ook, dus dat is helemaal perfect!'

'Goed, ik doe het.' Niet dat ze ooit echt keus had gehad, realiseerde ze zich. Ach, wie weet werd het wel leuk. Bovendien had haar impresario gezegd dat het wel slim zou zijn iets aan liefdadigheid te gaan doen, dan zou ze misschien niet meer zo worden gehaat. 'Wat moet ik precies doen? Gewoon de avond openen?'

'O ja.' Dorothy knikte zorgeloos, 'dat ook. Maar de belangrijkste trekpleister is natuurlijk de veiling.'

De veiling? De paniek sloeg meteen toe. Bezorgd zei Kaye: 'Ik weet dat sommige mensen heel goed zijn in veilingen voor goede doelen, maar volgens mij kan ik dat niet.'

'Ach schat, je hoeft niet voor veilingmeester te spelen, hoor! Nee, in plaats van op Antonella kunnen ze op jou bieden!'

Wat?

'Het hoogtepunt van de avond,' vervolgde Dorothy. 'Mensen kunnen bieden op een etentje met jou. Het wordt beslist fantastisch!'

'Nou, niet als er niemand op me biedt.' O god, die vrouw had haar verstand verloren; vergeleken met Antonella Beckwith zou ze voor net zoveel opwinding zorgen als een... als een mier.

'Doe niet zo raar, het komt allemaal goed. Wie zou er nou niet uit eten willen gaan met een echte Hollywoodster?'

'Maar je weet niet eens hoe ik heet,' protesteerde Kaye.

'Ik verzeker je dat je je niet zult hoeven generen. De mensen die ons steunen zijn echt heel vrijgevig. En de veiling is na het diner, dus dan hebben ze allemaal de tijd gehad om flink wat drank achterover te slaan!' Dorothy straalde, blij dat het geregeld was. 'Zo, dat is dan voor elkaar. Het enige wat je nu nog hoeft te doen, is me helpen een jurk voor die avond uit te zoeken. En kijk niet zo bezorgd,' voegde ze er vrolijk aan toe, terwijl ze de nachtblauwe tafzijden jurk van Kaye aanpakte. 'Het wordt hartstikke leuk!'

38

Bij Stella was de shock overgegaan in glasharde ontkenning. Erin wist dat de dokter haar de uitslag van de naaldbiopsie had verteld, maar Stella had besloten dat ze niet ziek wilde zijn en had iedere verwijzing naar een prognose ontweken. In plaats daarvan wilde ze het per se hebben over toekomstige vakanties, terwijl ze rechtop in bed dikke lagen make-up zat op te brengen. In nog geen week tijd was haar uiterlijk onherroepelijk veranderd. Het was vreselijk om daar dag na dag getuige van te moeten zijn, en te moeten doen alsof je het niet zag, was nog erger. Iedere keer dat Erin de zaal op liep, moest ze zich schrap zetten; het was alsof ze naar een versneld afgedraaide film keek. Toen Stella voor het eerst het woord kanker had genoemd, had Erin zich een jarenlang ziekbed voorgesteld, maar dit was van een heel andere orde. Stella's huid was groengeel geworden, haar ogen waren ingevallen, en het leek alsof ze met het uur magerder werd. Haar bewegingen waren ook trager, vanwege de pijn, maar toch stond ze erop om voortdurend haar lippenstift bij te werken, nog meer oogschaduw op te doen en haar gezicht en borst royaal te bepoederen.

De arts had nog een keer met Erin gesproken, om haar tot in detail uit te leggen wat zij ook niet wilde horen.

'Het spijt me, maar veel erger kan het niet. We kunnen de pijn beheersen, maar helaas is de kanker niet te behandelen. Ik heb het onderwerp wel aangesneden, maar Stella wilde er niets over horen. Maar haar man hoort het wel te weten.' Hij wierp Erin een kort meelevend lachje toe. 'Het is fijn dat jij en Stella het zo goed met elkaar kunnen vinden.'

Waarmee hij bedoelde dat ze zo'n beetje de enige was die bij Stella op bezoek kwam. Erin vertelde hem niet hoe het werkelijk zat.

'En we houden haar hier,' voegde de arts eraan toe. 'Het heeft geen zin haar nog naar een hospice te sturen. We hebben het hier over hooguit een paar dagen.'

Zelfs geen weken dus. Dagen. Erin deed haar ogen even dicht; ze had niet geweten dat kanker zo snel kon gaan.

'Je hebt een stukje vergeten,' zei Stella op ruzieachtige toon. Ze lag dood te gaan, maar was ontevreden over de manier waarop haar nagels werden gelakt. 'Sorry,' zei Erin, terwijl ze het nagelrandje overdeed.
'Ik wil er mooi uitzien voor Max. Waarom is hij er nog niet?'
'Waarschijnlijk zoekt hij een parkeerplek. Soms is het gewoon een ramp.'
De deuren van de zaal werden opengegooid.
'Eindelijk,' zei Stella. 'Je bent laat.'
Max liep naar het bed toe; als hij al schrok van de verandering in Stella's uiterlijk sinds zijn laatste bezoekje, dan wist hij dat goed te verbergen. 'Altijd nog even lastig. Verdomme zeg, sommige mensen moeten werken, hoor, voetbalvrouwtjes tevreden houden.' Hij boog zich voorover om haar te omhelzen. 'Tandy heeft het nu alleen nog maar over de kracht van kristallen – ze wil per se een twee meter hoge piramide van een of ander blauw kristal in de hal. Maar goed, hoe gaat het nou met jou?'
'Klote. Ik haat het hier. En Erin zit mijn nagels helemaal te verknallen.' Ze hief haar gezicht naar hem op voor een kus en vroeg: 'Hoe zie ik eruit?'
'Fantastisch. Ik durf te wedden dat je met alle dokters zit te flirten.'
'Zou kunnen. Alleen zijn die alleen maar geïnteresseerd in akelige lichaamsfuncties en zo.' Ze tuitte haar lippen en deed haar haren goed. 'Ik bedoel, zit je lekker te flirten en met je wimpers te knipperen, en dan vragen ze ineens of je vandaag ook last hebt gehad van je darmen.'
'Ik vind het altijd vreselijk als dat gebeurt,' zei Max. 'Meteen alle romantiek weg. Hier, ik heb wat bladen voor je meegebracht.'
'Dank je. Die heb ik al. En die ook.'
Hij schudde zijn hoofd. 'Ik had me de moeite beter kunnen besparen. Heeft niemand je ooit verteld dat het beleefd is te doen alsof je het leuk vindt als iemand je wat geeft?'
Stella perste er een lachje uit; haar gebleekte tanden staken bizar wit af tegen het modderige bruin-geel van haar huid. 'Alsof jij verstand hebt van beleefdheid. Sorry. De rest heb ik nog

niet gelezen.' Ze pakte een van de glossy's en bekeek het omslag. 'Heb je deze soms expres uitgekozen?'
'Nee, hoezo?' Max keek Erin aan, en dacht duidelijk hetzelfde als zij: o god, er stond toch geen artikel in over dingen die je kon doen als je nog een week te leven had?
Stella wees met haar nog natte bordeauxrode nagel naar de woorden: 'Hoor je je biologische klok tikken? Bel een bevriende homo!' Ze zei: 'Ik dacht dat dit misschien jouw manier was om me te vertellen dat je van gedachten bent veranderd.'
'Nee, hoor.'
'Maar dat komt misschien nog.'
'Nee, echt niet,' zei hij.
'Nee, nu niet natuurlijk, maar als ik weer beter ben.' Ze keek hem strak aan. 'Ik wil een kind, Max. Alsjeblieft.'
Erin keek ook naar Max.
Max schudde zijn hoofd. 'Dat weet ik, maar niet van mij. Sorry, je zult een ander slachtoffer moeten zoeken.'
'Oké, dan doe ik dat.' Nog een klein lachje tevoorschijn toverend, vervolgde ze: 'Bovendien zou ik toch niet willen dat mijn kind jouw neus erft.'
Max bleef nog veertig minuten. Hij katte wat met Stella, vertelde de laatste roddels uit Roxborough en at niet alleen de hele inhoud van Stella's fruitschaal leeg, maar ook een stuk of vijf koekjes van de vrouw in het bed naast Stella.
Stella keek hem na toen hij wegging en liet zich toen zuchtend achteroverzakken in de kussens. 'Hij is echt te gek, hè?'
'Hm.' Erin haalde haar schouders op en knikte wat, maar inwendig was ze woest over Max' gedrag. God, was het nou echt te veel moeite voor hem geweest om...
'Ik voel me een stuk beter.'
Nou, bedankt. Max komt even aanwaaien en de genezing is daar, terwijl anderen hun vakanties annuleren en bijna de hele week in het ziekenhuis doorbrengen; goh, wat fantastisch dat zo'n bezoekje van hem zoveel effect heeft.
'Ik vind het een beetje stom om te zeggen, maar nou weet ik tenminste zeker dat ik niet doodga.'
'Wát?'

'Nou, je weet wel.' Schaapachtig zei ze: 'Als je je zo klote voelt als ik en iedereen doet dan ook nog eens heel aardig tegen je, dan komt die gedachte wel eens bij je op. En dat is verdomd eng, hoor. Maar als ik echt zou doodgaan, zou Max me niet hebben tegengesproken. Dan zou hij me alle kindertjes van de wereld hebben beloofd, gewoon om mij een plezier te doen. Geef me er even eentje.' Ze gebaarde zwakjes naar de doos tissues, terwijl de tranen over haar wangen rolden. 'Maar dat heeft hij niet gedaan. Hij zei dat ik de pot op kon, dus dat betekent dat alles weer goed komt.'
'Nou. Mooi.' Erin wist niet wat ze anders moest zeggen.
'God, het is zo'n opluchting! Ik hoef nu alleen maar te zorgen dat ik weer aansterk, zodat ze met de behandeling kunnen beginnen. Wanneer willen Fergus en jij eigenlijk gaan trouwen?'
Het kostte Erin moeite om het gesprek te volgen. 'Daar hebben we het nog niet over gehad. Jullie zijn nog niet eens gescheiden.'
'Dat is zo gebeurd, dat regelen we wel. Fergus kan me niets meer schelen, je mag hem hebben. Ik wil alleen dat je me één ding belooft.'
Help, wat nu weer? 'Wat dan?'
'Dat jullie mij uitnodigen voor de bruiloft. Dan zorg ik dat ik er echt absoluut fantastisch uitzie, met echt prachtige kleren aan. Ik zal slank en stijlvol en supermooi zijn,' zei Stella, 'en dan zal iedereen zich afvragen waarom Fergus zich ooit van me heeft laten scheiden.'
'Weet je wat?' zei Erin. 'Ik heb het rare gevoel dat jouw uitnodiging wel eens kan zoekraken in de post.'
'Nou, zonder uitnodiging kom ik ook wel binnen.' Stella kromp even ineen van de pijn, maar toen verscheen er weer een tevreden grijns om haar mond. 'Ha, de show stelen op de bruiloft van je ex. Dat is wel heel cool, vind je ook niet?'

39

'Je raadt nooit wat ik de hele dag heb gedaan!' Tilly kwam de winkel binnenstormen en gooide haar armen in de lucht. 'Dat raadt je echt nooit!'
Kaye, die bezig was voorzichtig pluisjes los te trekken van een kasjmieren Broratrui, keek naar Tilly die met haar armen stond te zwaaien en zei: 'Je hebt gespeeld dat je een orang-oetan was die van tak naar tak slingerde. O nee, ik weet het al, je hebt geleerd voor trapezeartiest!'
'Nou, dat zou allebei een stuk leuker zijn geweest. Nee, ik heb Swarovskykristallen op een nachtblauw plafond zitten plakken. Negentig vierkante meter plafond. Vijftienduizend Swarovskykristallen. Mijn handen zitten onder de lijm, en ik heb geen gevoel meer in mijn vingers.' Haar pijn verbijtend toen ze haar armen weer liet zakken, vervolgde ze: 'En ik had nog wel het briljante idee om eerst met een roller lijm aan te brengen op het plafond en er de kristallen dan gewoon tegen aan te smijten, maar dat mocht niet van Max.'
'Hij is gewoon een slavendrijver.'
'Zeg dat wel. O, en je moet even naar de website van de Alzheimerstichting kijken.' Tilly reikte om haar heen en bewoog de muis om het computerscherm tot leven te brengen. 'Jack heeft Max gebeld om te zeggen dat hij even moest kijken.'
'O, mijn god,' jammerde Kaye toen ze de homepage van de stichting zag.
Tilly, die hem al had gezien, kneep haar troostend in haar arm. Onder de kop: LAATSTE NIEUWS LAATSTE NIEUWS, verscheen de aankondiging: 'Wegens onvoorziene omstandigheden heeft Antonella Beckwith zich moeten terugtrekken uit de veiling. Tot onze vreugde kunnen we echter meedelen dat haar plaats zal worden ingenomen door een onvervalste beroemdheid, de sensationele en geliefde superster en prijswinnares uit Hollywood: KAYE MCKENNA!'
'O god.' Kreunend sloeg Kaye haar handen voor haar gezicht. 'Wat vreselijk gênant.'

'Ach, dat valt wel mee.' Soms moest je gewoon liegen, vond Tilly.
'Nee. Het is alsof er een miljoen mensen naar een optreden van Madonna in Wembley komt en dat jij dan het podium op moet om ze te vertellen dat je haar vervangster bent.'
'Dat zou wel fantastisch zijn, hè?' Enthousiast zei Tilly: 'Dat is een geheime droom van me, zingen in Wembley.'
'Maar daar krijg je dan de kans niet voor, want het publiek heeft je dan al levend gevild, nog voordat je ook maar één noot hebt gezongen. En zo gaat het straks bij mij ook.' Kaye sloeg met haar hand tegen haar voorhoofd. 'Boze oude mensen die zich genept voelen en "boe" roepen en met hun kunstgebitten naar me gooien – en ik durf te wedden dat Max het allemaal heel komisch vindt.'
'Een beetje maar.'
'Niet te geloven dat Dorothy me dit heeft geflikt. Ze vroeg me of ik al eens een Emmy of een Oscar had gewonnen, en toen zei ik dat ik maar één prijs had gewonnen in mijn leven, en dat was met zaklopen, toen ik zeven was.'
'Ach, het is voor een goed doel. Mensen vinden dat niet erg.'
'Misschien niet, maar wie zal er geld willen betalen om een paar uur in mijn gezelschap te mogen verkeren?' Om zich heen gebarend zei Kaye hulpeloos: 'Als ze dat willen, kunnen ze net zo goed een paar uur hier in de winkel komen zitten. Dat is gratis. Ze hoeven me alleen maar te helpen met het ontpluizen van wollen truien.'
De deur ging open. Er kwamen twee vrouwen binnen die Tilly vaag herkende. Ze waren goed verzorgd, in de dertig en kletsten er lustig op los met elkaar. Tilly wist zeker dat ze ze ergens van kende. Van de Lazy Fox waarschijnlijk. Ze zag dat Kaye zich voorbereidde om vriendelijk naar de vrouwen te lachen en wachtte tot de potentiële klanten haar glimlach zouden beantwoorden.
Nou, dat gebeurde dus niet. De twee vrouwen negeerden Kaye en Tilly volledig en begonnen in de rekken te rommelen. Kaye haalde haar schouders op en richtte haar aandacht weer op de computer. Tilly keek op haar horloge; het was tijd om naar Harleston te gaan en Lou op te halen.

'Ik bedoel, niet te geloven toch? Ik weet dat ze altijd al een slet is geweest, maar dat je niet eens weet wie de vader van je kind is, god, dat vind ik echt smerig.'
'Nou! Maar volgens mij kunnen we wel raden wie ze hoopt dat de vader is.'
Tilly wisselde even een blik met Kaye. Het was verdorie alsof ze onzichtbaar waren. Toch had het zo zijn amusementswaarde. Zoals Erin wel eens had gezegd: in een winkel werken was fantastisch als je ervan hield om voor luistervinkje te spelen.
'Nou, als het van Andrew is,' zei de langste van de twee, een blondine, 'dan krijgt het hele rare korte beentjes.'
'En als het van Rupert is,' zei de brunette met een vies gezicht, 'dan krijgt het een kale kop, puntige oren waar haren uit groeien, en komt het eruit in een mosterdgele corduroy broek!'
Ze barstten allebei in lachen uit. Slet of niet, Tilly kreeg gewoon medelijden met de vrouw die het voorwerp was van hun spot. Terwijl ze op haar horloge tikte, zei ze zacht tegen Kaye: 'Ik moet gaan...'
'Logisch dat ze zich zorgen maakt. Maar als het van Jack is, weet ze tenminste zeker dat het geen monstertje is. Laten we alleen al voor het kind maar hopen dat hij de vader is. Wat vind je trouwens van die knopen? Ziet de blouse er daardoor niet een beetje te kantoorachtig uit?'
Tilly voelde de grond onder haar voeten wegzakken. Het was een beetje zoals in *Tom and Jerry*, als Tom nog even in de lucht blijft hangen voordat hij ter aarde stort. Ze keek naar Kaye, die naar de twee vrouwen zat te staren, net zo verbaasd als zij.
'De schouders lijken een beetje vierkant. En die kraag... Ik weet het niet. Als het van Rupert is,' zei de brunette giechelend, 'dan komt het er misschien wel uit met dat lachje van hem, als van een hyena die helium heeft ingeademd.'
Over wie hadden ze het? Over wie?
'En als het van Andrew is, dan draagt het van die armoedige gestreepte sokken.'
Tilly deed haar ogen dicht. Laat het alsjeblieft een andere Jack zijn.
'God, wat zal zij graag willen dat het van Jack is. O, moet je

eens kijken!' Triomfantelijk trok de vrouw een grijze schuin gesneden jurk van krip uit het rek. 'Spookachtig!'
Tilly had het gevoel alsof ze inderdaad een spook had gezien. Haar hart bonkte als een gek en ze was misselijk.
'Bovendien,' zei de blondine, 'heeft hij tenminste een fatsoenlijke achternaam. Stel je voor dat ze met Rupert trouwde!'
'Daar had ik nog niet eens aan gedacht. God, wat vreselijk,' gilde de andere vrouw. 'Dan zou ze Amy Pratt heten!'
Amy, o god, nee. Tilly kon zich nog levendig herinneren dat ze in de kroeg, op Declans verjaardag, was ondervraagd door de magere Amy op haar hoge hakken. Ze was toen helemaal weg geweest van Jack. En nu was ze zwanger, en hij kon wel eens de vader zijn. Hoe was het mogelijk dat Jack zo roekeloos was geweest?
Maar dat was natuurlijk een retorische vraag. Want het antwoord op die vraag was dat hij een man was, en als het op seks aankwam, namen mannen niet de moeite om even stil te staan bij de mogelijke gevolgen. Tilly werd duizelig, en tot haar afschuw ook een heel klein beetje jaloers.
'En wat vindt Amy's nieuwe vriend er allemaal van?' De blondine stond nog steeds uitgebreid de spookjurk te bestuderen.
'Heb je dat nog niet gehoord? Hij is ervandoor. Heeft haar als een baksteen laten vallen. 'Weet je, als je er die gouden Kurt Geigers van je bij voorstelt, heeft die jurk toch wel wat.'
'Dus ze gaat nou achter alle drie aan.'
'Arme kerels. Ze zullen er nou wel spijt van hebben dat ze hem ooit uit hun broek hebben gehaald.'
'Eh, pardon?' Fronsend vroeg Kaye: 'Hebben jullie het over Jack Lucas?'
De twee vrouwen draaiden zich om en keken haar aan, met opgetrokken wenkbrauwen – voor zover de botox dat tenminste toeliet. De blondine antwoordde: 'Dat klopt. Ken je hem soms?'
Kaye was zichtbaar van streek. 'Ja, erg goed zelfs.'
'O o.' De brunette knikte langzaam en veelbetekenend. 'Je bent er ook een. Nou ja, het zat er dik in dat het een keertje moest gebeuren. Ik bedoel, ik weet dat het zijn eigen schuld is, maar toch heb ik medelijden met hem.'

Tilly's mond was kurkdroog. Er bestond een kans van één op drie dat Jack Amy zwanger had gemaakt, en dat nieuws was bij haar ingeslagen als een bom.
De andere vrouw schudde haar hoofd. 'En je weet hoe Amy is als het op geld aankomt. Ze hoopt vast dat het van Jack is. Als hij de vader is, zal ze haar advocaat overuren laten draaien om aan Jacks centen te komen.'

40

Fergus schoof ongemakkelijk heen en weer op de feloranje ziekenhuisstoel. De aanblik van zijn van hem vervreemde vrouw, ingevallen en bleek en met de dag zichtbaar zwakker, riep een mengeling van gevoelens bij hem op die hij nauwelijks kon omschrijven. Jaren geleden had hij genoeg van Stella gehouden om met haar te trouwen. Maar hij had met haar nooit zo'n vanzelfsprekende, gemakkelijke relatie gehad als hij nu met Erin had. Stella's enorme ego, haar zelfingenomenheid en het mateloze plezier dat ze eraan ontleende om anderen te bekritiseren, had in de loop der jaren zijn liefde voor haar doen bekoelen. Maar hij vond het vreselijk om haar te moeten zien lijden; hij voelde zich schuldig en beschaamd en boos en... o god, nog een keer schuldig, want als Stella haar symptomen niet had toegeschreven aan het feit dat haar man haar had verlaten, was ze misschien maanden eerder naar de dokter gegaan en was de kanker ontdekt voordat hij zich had kunnen uitzaaien...
'Toe zeg, er wordt wel van je verwacht dat je een beleefd gesprek voert, hoor.' Zelfs nu nog lukte het Stella om de spot met hem te drijven.
En ze had gelijk; hij was makelaar, een verkoper. Hij hoorde de kunst van het er lustig op los kletsen te beheersen, en hij beheerste die normaal gesproken ook. Maar hier, in het ziekenhuis, vond hij dat moeilijk, bijna onmogelijk. Hij begreep niet hoe Erin het deed. Uitgerekend Erin, die het meest te ver-

duren had gehad van Stella. Het was ongelooflijk dat ze dat achter zich had kunnen laten. Dag in dag uit zat ze hier, uren achter elkaar, Stella gezelschap te houden en met haar te praten over het ziekenhuispersoneel, over welke dokters en verpleegsters het leukst waren, over de andere patiënten, over kleren, tv, hun schooltijd – over van alles en nog wat.

'Je kijkt als iemand die zwaar in de problemen zit en zo meteen een afspraak heeft bij de bank,' zei Stella.

Fergus probeerde wat vrolijker te kijken, hoewel hij zich inderdaad voelde zoals ze had beschreven. Op de klok aan de muur zag hij dat het bijna drie uur was. Gelukkig zou Erin zo komen. En dan kon hij weer naar zijn werk. Toen hij naar Stella keek, vroeg hij zich af of ze, diep vanbinnen, niet wist dat ze stervende was. En als ze het wist, hoe voelde dat dan? Er waren zoveel vragen die hij haar zou willen stellen, maar hij kon het gewoon niet. God, wie had ooit kunnen denken dat dit zou gebeuren?

Sarcastisch zei Stella: 'We kunnen altijd nog ik-zie-ik-zie-wat-jij-niet-ziet spelen.'

Zijn schuldgevoel werd almaar groter. Hij was ook nog eens een slechte ziekenbezoeker. 'Wil je dat?'

Ze sloeg haar ogen ten hemel. 'Nee.'

'Erin komt zo.'

'Gelukkig wel. Zij is een stuk leuker gezelschap dan jij, verdomme. Maar ja, zelfs een ondersteek is nog leuker gezelschap dan jij.'

'Sorry.'

'Weet je, ik mag Erin wel. Ze is aardig.'

Hij knikte langzaam. Eindelijk.

'Ik kom ook op jullie bruiloft. Heeft ze je dat al verteld?' Ze glimlachte. 'En als dan dat gedeelte komt waarin de dominee vraagt of er iemand nog een reden weet waarom dit huwelijk geen doorgang zou mogen vinden, dan sta ik op en zeg ja, want de bruidegom draagt in bed vrouwenondergoed.'

Nu was het zijn beurt om te glimlachen. Hoewel het niet waar was, kon hij zich levendig voorstellen dat Stella dat zou doen. Alleen zou ze er de kans niet voor krijgen, omdat ze tegen die tijd... O god, nee, hij mocht beslist niet gaan huilen...

Maar zonder enige waarschuwing werd hij overmand door emoties, en luid snikkend, met het taterende geluid van een geschrokken gans, sloeg hij zijn handen voor zijn gezicht en stortte volledig in. Hij bleef maar snikken, niet in staat zichzelf weer in bedwang te krijgen, en de vrouw in het bed aan de andere kant van de zaal stuurde haar man naar hem toe met een doos tissues.

Na een tijdje hervond hij zijn zelfbeheersing. Hij droogde zijn tranen, snoot luidruchtig zijn neus en toen hij weer opkeek, zag hij dat Stella in haar kussens onbewogen naar hem lag te staren.

'Sorry.' Hij schudde zijn hoofd, beschaamd om zijn uitbarsting. 'Ik weet niet waar dat ineens vandaan kwam.'

Wist Stella dat ze op sterven lag? Of had hij dat nu met zijn huilbui verraden?

Haar magere arm schoof over het bed. Ze pakte zijn hand. Haar huid was droog en papierachtig en te groot voor de botten eronder. 'Het geeft niet, ik weet waarom je huilt.' Met een zweem van een glimlach vervolgde ze: 'Het drong ineens tot je door dat je nu met Erin zit opgescheept, terwijl je eigenlijk bij mij zou willen blijven.'

Omdat Stella nu eenmaal Stella was, wist hij niet of ze een grapje maakte of niet.

Hij wilde dat eigenlijk ook helemaal niet weten, dus keek hij nog een keer op zijn horloge en zei: 'Ze kan er elk moment zijn. Ik ga even een verpleegster zoeken, dan kunnen we je in een stoel zetten.'

Samen met de opgewekte hoofdverpleegster lukte het hem Stella van het bed in de rolstoel te zetten. Haar gezicht vertrok van de pijn, maar ze beklaagde zich niet. Toen de zak van het infuus aan de haak boven haar hoofd hing, was ze klaar voor vertrek.

Dit, ook een idee van Erin, was het hoogtepunt van Stella's dag. Fergus duwde haar de zaal uit en de lange gang door tot ze bij de hoofdingang waren. Buiten verzamelden zich de rokers in het zonnetje. Op een bank tegenover de ingang, onder een kastanjeboom, zat Erin al op hen te wachten.

Nu waren het Stella's ogen die zich met tranen vulden. Fergus parkeerde haar voor de bank, en Erin maakte de reismand die naast haar stond open. Bing stapte soepel naar buiten, ongeduldig miauwend, en installeerde zich op de deken op Stella's magere schoot.

'O Bing, schatje van me.' Stella aaide hem liefdevol, en Bing, die haar aankeek met zijn gebruikelijke onheilspellende blik, stond toe dat ze hem kuste. Hij onderging alle aandacht met de weerspannige blik van een puber die wordt gedwongen zijn besnorde, incontinente oma te bezoeken.

Maar in elk geval bleef hij waar hij was en probeerde hij niet te ontsnappen. Erin keek toe terwijl Stella haar kat in haar armen wiegde en lieve woordjes in zijn oor fluisterde. Stella was echt opgevrolijkt sinds ze Bing naar het ziekenhuis brachten; ze had nu iets om iedere dag naar uit te kijken. Erins geduld werd echter danig op de proef gesteld, want Bing liet zich slechts onder groot protest in de reismand stoppen en onderweg in de auto zat hij altijd woedend te jammeren en te miauwen.

'Het komt wel goed, liefje, mama komt heel snel weer thuis.' Stella kuste zijn voorpoten. 'Je mist me, hè?'

'Hij heeft gisteren een blik zalm opgegeten.' Nou ja, dat was enigszins optimistisch uitgedrukt. Toen Erin zijn bakje op de grond had gezet, had Bing haar zijn meest hooghartige blik toegeworpen, alsof hij wilde zeggen: wat een smerig eten zet jij me nou weer voor, amateurkattenverzorger? En meteen daarna was hij weggebeend. Toch was vanochtend het meeste eten op geweest.

'Hij wil liever gerookte zalm, in kleine stukjes van ongeveer anderhalve vierkante centimeter gesneden. Och lieverd, proberen ze je van dat vieze blikvoer te laten eten? Ach, arme schat van me, wat zijn ze toch slecht voor je.'

Erin voelde zich niet beledigd; op dankbaarheid van Stella had ze niet gerekend. Ze leunde iets achterover en volgde het komen en gaan bij de ingang van het ziekenhuis, daarna draaide ze zich om om een jongen na te kijken die op krukken naar het hek liep.

Wacht eens even. Wie liep daar langs die jongen heen?

Was dat niet...

Jemig, inderdaad.

'Stella.'
'O, wat heb je toch een mooi snorretje, net zijde.'
'Stella.' Erin duwde zacht tegen de zijkant van de rolstoel. 'Zo te zien krijg je nog meer bezoek!'
'Wat?'
'Kijk eens wie daar aankomt.' Eindelijk, maar beter laat dan nooit. Blij voor Stella wees Erin naar de bezoekster. Amy, gekleed in een narcissengeel topje met v-hals, een beige broek en hoog gehakte open schoenen, kwam hun kant uit lopen.
Stella glimlachte, zichtbaar opgelucht dat haar vriendin eindelijk was gekomen.
Amy kwam steeds dichterbij. Eerst herkende ze Erin, daarna Fergus, en ze knikte even naar hen.
Maar ze liep gewoon door.
Aarzelend keken ze haar na, terwijl ze op haar hakken voorbij tikte en naar de glazen schuifdeuren van de ingang liep.
'Amy!' riep Fergus. Toen ze bleef staan en zich omdraaide, voegde hij er ten overvloede aan toe: 'We zitten hier!'
Verbaasd keek Amy van Fergus naar Erin. Daarna gleed haar blik eindelijk naar Stella in haar rolstoel, en een blik van afschuw trok over haar gezicht toen ze haar vriendin herkende.
Het drong ineens tot Erin door dat Amy helemaal niet was gekomen om Stella te bezoeken; de gedachte dat ze haar hier wel eens tegen het lijf kon lopen, was blijkbaar zelfs niet eens bij haar opgekomen.
'Stella? Hoe gaat het met je?' Zonder zich te verroeren, zwaaide Amy naar haar alsof ze op een afstandje een vage vriendin begroette tijdens Ladies' Day op Ascot. 'Wat leuk om je te zien! Je ziet er... eh...'
'Verbazingwekkend uit,' mompelde Stella droog. 'Ik weet het.'
'Goh, ik zou heel graag even bijpraten, maar ik ben al te laat voor mijn afspraak! Ik krijg mijn eerste scan.' Amy straalde van opwinding.
'Ja, Erin vertelde al dat je zwanger was,' zei Stella. Ze zweeg even. 'Gefeliciteerd.'
'Dank je! Nou, dan ga ik maar, want ik wil de dokter niet laten wachten. Wens me maar geluk,' jubelde Amy. 'Ik zie je nog wel!'

Zwijgend keken ze Amy na die door de glazen schuifdeuren verdween.
Stella ging door met Bing strelen. Na een tijdje zei ze: 'Dat arme kind van haar. Weet niet eens wie de vader is. Denken jullie dat op een scan te zien is of het Ruperts oren heeft?'

41

Voor deze ene keer was het 's ochtends om zeven uur een drukte van belang op het parkeerterrein van de school. Max parkeerde zijn auto en pakte Lou's turkooiskleurige koffer van de achterbank.
Ze sloeg haar armen om hem heen, kuste hem op beide wangen en gaf hem nog een extra knuffel omdat ze dacht dat dat geluk bracht. Het was een gewoonte waarmee ze als peuter was begonnen, en hij hoopte dat ze er nooit mee zou ophouden. Als je optelde hoeveel extra knuffels hij in de loop der jaren had gehad, dan waren dat er waarschijnlijk wel... God, tienduizend of zo. En geen enkele daarvan had hij willen missen.
'Bedankt dat je me zo vroeg hebt willen brengen.' Lou's krullen kriebelden in zijn neus. 'Ik hou van je. Dag, pap.'
'Wacht even.' Hij liet haar los, liep om de auto heen en maakte de kofferbak open.
'Hoezo? Wat zit daarin dan?' Haar verbaasde frons werd dieper toen ze zag dat hij er nog een koffer uit haalde. 'Wat is er aan de hand? Van wie is die?'
De bus stroomde al vol met leerlingen en docenten; over tien minuten zou hij vertrekken naar Parijs.
'Van mij,' antwoordde Max.
'Waarom? Jij gaat toch niet naar Parijs?'
'Jawel.'
'O, papa, nee!' Lou keek paniekerig en bezorgd.
Max, die precies wist waarom, kreeg medelijden met haar. 'Hé, het komt wel goed. Niks aan de hand.'

'Het komt niet goed! Eddie Marshall-Hicks gaat ook mee, en zijn vriend Baz ook... Misschien gaan ze wel van alles roepen...'
'Laat ze het maar proberen. Ik sla hun hoofden tegen elkaar en duw ze zo de Eiffeltoren af. Nou ja,' verbeterde hij zichzelf, 'als dat zou mogen dan.'
Om hen heen zwermden ouders en kinderen. Lou keek bezorgd naar iedere auto die kwam aanrijden, duidelijk niet in haar sas met de situatie. 'Papa, ze zijn echt heel gemeen. Dit wordt vreselijk.'
Wat echt zo was, want, in tegenstelling tot wat ze haar vader had verteld, waren de rotopmerkingen niet opgehouden.
'Lieverd, denk je nou echt dat ik een stelletje verwende etterbakken niet aankan? Na mijn gesprekje met Mrs. Heron ben ik zelf op het idee gekomen om mee te gaan. Ze stond er helemaal achter.'
'Dus je hebt dit weken geleden al bedacht en het is geen moment in je opgekomen om het mij te vertellen?' vroeg ze op klagerige toon. 'Pap, dit is mijn schoolreisje.'
'Daarom hebben we het je ook niet verteld. Je zou me hebben gesmeekt om niet mee te gaan.'
'Ik smeek het je nu ook.'
'Te laat. We zijn er al. Verdorie, kijk me niet zo aan.' Max hoopte met heel zijn hart dat hij geen grote vergissing beging. 'Ik doe dit niet om je te plagen. Mrs. Heron vond het een fantastisch idee.'
Ze kneep haar ogen samen. 'Ja, logisch, je bent niet háár vader.' Toch kon ze er niets meer aan veranderen; hij had haar voor een voldongen feit gesteld.
In het kwartier daarna werden veertig kinderen en vierenveertig stuks bagage in alle vormen en maten in de bus geïnstalleerd. Astrid Heron kwam nog even langs om iedereen uit te zwaaien. Ze ging voor in de bus staan, keek haar opgewonden leerlingen aan en hield een kort directriceachtig toespraakje.
'Jullie kennen miss Endell en Mr. Lewis al, dus ik zal alleen even de twee ouders voorstellen die als vrijwilliger meegaan. Mrs. Trent, de moeder van Sophie.'

Een stralende Fenella Trent, die naast Max zat, kwam overeind op haar verstandige schoenen, zwaaide enthousiast en jubelde: 'Hallo, allemaal!'
'En de vader van Louisa, Mr. Dineen.'
Als ze maar niet verwachtten dat hij ook zou gaan staan stralen en zwaaien. Hij stond op, liet zijn blik over de massa gezichten voor hem dwalen en zei: 'Hallo, jullie mogen gewoon Max zeggen, hoor.'
Je hoefde niet bijster slim te zijn om te ontdekken waar Eddie en zijn maatje zaten. Iedereen in de bus kon hun gegniffel achter in de bus horen, gevolgd door het luid gefluisterde: 'Of we noemen je Mietje.'
Woedend blafte Mrs. Heron: 'Wie was dat?'
'Het geeft niet.' Max legde haar met een lachje het zwijgen op; ze hadden toch afgesproken dat hij dit op zijn manier zou doen? Zich tot de achterbank richtend zei hij vriendelijk: 'Dat zouden jullie inderdaad kunnen doen, maar misschien zullen jullie niet zo blij zijn met hoe ik jullie dan ga noemen.'
Aan Astrid Herons gezicht was te zien dat ze al bijna spijt had van haar besluit. 'Goed. Nou, dan wens ik jullie allemaal een prettige reis. En vergeet niet dat jullie Harleston Hall vertegenwoordigen, dus gedraag je een beetje! Zorg dat we trots op jullie kunnen zijn! *À bientôt! Bonne chance! Au revoir!*'
Eindelijk ging ze weg, en de bus reed langzaam de oprijlaan af die in de schaduw van de bomen lag. Max ging achteroverzitten en vroeg zich af of ze ook hem had bedoeld toen ze zei dat iedereen zich moest gedragen. Als de zee ruw was en de gelegenheid zich voordeed, zou het dan heel erg verkeerd zijn om Eddie en zijn gniffelende maatje over de reling te kieperen, rechtstreeks het Kanaal in?
Naast hem deed Fenella haar roze haarband goed en zei vrolijk: 'Zo, daar gaan we dan! Dit wordt vast hartstikke leuk!'
'Laten we het hopen.'
Ze boog zich iets naar hem toe en vroeg fluisterend: 'Waar ging dat net over? Ik begreep het niet echt.'
'Een paar jongens maakten een rotopmerking over mij,' zei hij, 'omdat ik homo ben.'

Fenella's wenkbrauwen kwamen bijna in botsing met haar haarband. 'Dat is een grapje zeker?'
'Nee, hoor.'
'Maar... maar je bent Louisa's vader!'
Hij haalde zijn schouders op. 'Toch ben ik homo.'
Blijkbaar had Fenella een extreem beschermd leventje geleid, want ze bloosde en schoof wat bij hem weg. 'Nou, ik... Ik had er geen idee van! Tjonge.'
'Tja. Schokkend, hè?' zei Max.

God, veertig opgewonden dertien- en veertienjarigen in de gaten houden was echt slopend. Nadat ze 's middags de bezienswaardigheden hadden bekeken – de Eiffeltoren, het Louvre, de Arc de Triomphe – aten ze 's avonds pizza aan tafels buiten voor een enorme pizzeria. (Pizza? *Mais naturellement!*) Na het eten bleven ze nog wat zitten kletsen, wisselden van plaats en flirtten wat met andere groepen tieners die in de buurt zaten. Een paar jongens voetbalden met ballen die ze van aluminiumfolie hadden gemaakt. Ze dribbelden tussen de tafels door en lieten hun kunstjes zien.
Max nam een slok van zijn zwarte koffie en keek naar de lichaamstaal van Josie Endell, terwijl ze geanimeerd tegen Tom Lewis zat te praten. Tijdens haar tweede glas wijn – *o la la!* – boog ze zich steeds naar voren en leunde dan weer naar achteren om met haar decolleté te pronken, terwijl ze haar handen gebruikte om te illustreren wat ze zei. Kortom, ze zat behoorlijk met hem te flirten. Als ze hem iets duidelijk wilde maken, raakte ze even zijn arm aan. En iedere keer dat ze lachte, gooide ze haar haren naar achteren. O ja, het klassieke baltsgedrag van de geschiedenisjuf met haar stralende ogen en wapperende haren. Er was geen twijfel mogelijk, miss Endell was verliefd op Mr. Lewis en daar maakte ze geen geheim van. En ze was niet de enige. Geamuseerd keek Max naar het tafereel voor hem. De tienermeisjes kwamen op Tom af als motten op het licht, ze stelden hem vragen, maakten grappige opmerkingen en oefenden op een onschuldige manier hun prille flirttechniek uit op iemand die aantrekkelijk, maar veilig was.
'Meneer? Wilt u op mijn mp3-speler passen?'

Wat ook interessant was om naar te kijken, was de interactie tussen de...
'Meneer?'
'O sorry.' Max draaide zich naar links. 'Ik wist niet dat je het tegen mij had. Ik ben nog nooit met meneer aangesproken. Ja, ik wil er wel op passen.' Hij liet de mp3-speler in zijn jaszak glijden. 'Maar het is makkelijker als je me gewoon Max noemt.'
'Goed, meneer... Max.' Het meisje giechelde.
'Dat klinkt nog eens goed. Meneer Max. Ja, mooi.' Hij knikte. 'Hoe bevalt het je hier trouwens? Vermaak je je een beetje?'
'O ja, Parijs is hartstikke cool. Ik vond de *Mona Lisa* vanmiddag mooi. Ik heb een keer een tv-programma over Leonardo da Vinci gezien en hij heeft echt te gekke dingen gemaakt.'
Een van de ballen van aluminiumfolie kwam onder Max' stoel terecht. Eddie Marshall-Hicks wipte hem er behendig weg met zijn voet, haalde zijn neus op en zei spottend: 'Leonardo da Vinci was een homo.'
Het meisje sloeg haar ogen ten hemel. 'Eddie, je bent echt achterlijk.'
Gespeeld onschuldig zei hij: 'Maar dat was hij écht! Dat is het enige wat ik zeg.'
'Je hebt gelijk. Hij was een genie,' zei Max. 'Er zijn maar weinig mensen geweest die op zoveel gebieden getalenteerd waren als hij.'
Terwijl Eddie met de geïmproviseerde bal wegdribbelde, mompelde hij zacht: 'En een potloodventer.'
Het meisje schudde vol afkeer haar hoofd. 'Let maar niet op hem, meneer... Max. Hij is echt heel onvolwassen.'
'Goh, dat was me nog niet opgevallen.'
'Het was echt fantastisch toen Lou hem in elkaar sloeg. Maar we zijn niet allemaal zoals Eddie, hoor. Ik vind je wel oké.'
Max grinnikte. 'Daar kan ik je geen ongelijk in geven.'
Toen het meisje weer was teruggelopen naar haar vriendinnen, stak Tom Lewis zijn hand op om Josie Endell midden in haar flirtpartij het zwijgen op te leggen en vroeg aan Max:

'Alles in orde? Moet ik anders even met hem gaan praten?'
'Nee, dank je, niks aan de hand.' Max schudde even zijn hoofd en gebaarde naar de leuke serveerster dat hij nog een koffie wilde. Toen ze hem de koffie kwam brengen, gleed haar zwoele blik goedkeurend over het supergetrainde lijf van de gymleraar. Tom Lewis, die een zwarte spijkerbroek droeg en een kakihemd waarvan de kraag openstond, straalde een mannelijkheid en fitheid uit die vrouwen blijkbaar onweerstaanbaar vonden.
'*Non, merci.*' Tom schudde zijn sluike haar toen ze hem vroeg of hij nog wat wilde, en Josie Endell, waarschijnlijk zonder dat ze het zelf merkte, keek de serveerster aan met een blik alsof ze wilde zeggen: afblijven, hij is van mij.
Max stopte met in zijn koffie roeren. Was het Superman die een röntgenblik had waarmee hij dwars door de kleren van mensen heen kon kijken? Als dat zo was, dan was hij nu Superman, want hij was de enige die zonder ook maar een spoortje van twijfel wist dat Josie haar tijd verspilde.
Echt, het was gewoon een genot om over een homoradar te beschikken.

42

Toen Max de volgende dag in de bus stapte, kreeg hij bijna medelijden met de kinderen. Als je dertien of veertien was en er was een Disneyland in de buurt, dan was het moeilijk om je te verheugen op een bezoek aan Versailles.
Nou ja, dat had je nou eenmaal met schoolreisjes. Niemand had ooit beweerd dat die leuk moesten zijn. En voor Eddie Marshall-Hicks werd het zelfs nog minder leuk.
'Zo, ik zit vandaag achterin. En jij,' Max wees naar Baz, 'mag naar voren gaan om Mrs. Trent te laten zien wat een charmante gesprekspartner je kunt zijn.'
'Hè?' Met open mond keek Baz hem onnozel aan.
'En ik ga lekker naast onze vervelende Eddie zitten.'

Eddie stoof op. 'Wat? Waarom? Ik wil niet dat je naast me komt zitten!'
'Sorry, maar dit is je straf voor al die grappige opmerkingen van gisteren. En ik ben hier de baas, dus je moet doen wat ik zeg.'
Het meisje van gisteravond, dat Saskia bleek te heten, kraaide: 'Hup, meneer Max! Zet 'm op!'
Baz en Eddie keken elkaar vies aan. Als een geïrriteerde gorilla hees Baz zich van zijn plaats en kloste naar voren. Een leuke verrassing voor Fenella.
Uit zijn ooghoeken zag Max dat Lou bezorgd naar hem keek over de rij stoelen voor hem heen. Ze kon Eddie zelf wel aan en vond het maar niks dat haar vader – de oorzaak van alle moeilijkheden – zich er nu mee ging bemoeien.
Max negeerde haar en ging zitten. Mocht hij al van plan zijn geweest om Eddie voor zich te winnen met zijn warmte, humor en onweerstaanbare persoonlijkheid, nou, inmiddels wist hij dus dat dat niet zou werken. Vooral niet in drie dagen tijd. Dus stapte hij over op plan B. Maar plan B was behoorlijk afhankelijk van een goddelijke tussenkomst, want er moest een of ander vreselijk ongeluk gebeuren waarbij Eddie in doodsnood zou komen te verkeren zodat Max heldhaftig zijn leven kon redden.
En de kans daarop was, dat moest gezegd, nogal klein.
Hetgeen betekende dat hij zijn toevlucht moest nemen tot plan C. Max was niet trots op zichzelf, maar soms kon een mens niet anders. De tactiek die hij ging toepassen, was misschien achterbaks, maar als het werkte, wat maakte dat dan nog uit?
Eddie was ondertussen helemaal tegen het raam aan gekropen.
'Verheug je je een beetje op Versailles?'
Kon een wenkbrauw sneren? Die van Eddie blijkbaar wel. 'Nee.'
'Het is anders behoorlijk spectaculair.'
'Ja, als je van kroonluchters en spiegels en dure gordijnen houdt.' Nadrukkelijk uit het raam kijkend, zei Eddie: 'Ik niet dus.'
'Het is mijn werk. Heeft Lou je wel eens verteld dat ik interieurontwerper ben?'

Eddie snoof minachtend. 'Goh, wie had dat gedacht?'
'Ja. Nou. Het is best leuk. Je leert interessante mensen kennen.'
'Ja, zoals die homo van tv zeker, met zijn interieurprogramma.'
Schouderophalend vouwde Max de krant van gisteren open. Terwijl de bus de binnenplaats van het hotel afreed, begon hij aan het cryptogram.
Twintig zwijgende minuten later pakte hij zijn mobieltje en belde naar huis. 'Tilly? Ha, schat, met mij. Ik wilde even vragen of de jongens gisteravond nog klaar zijn gekomen met het betegelen van de badkamer?'
'Ja, om tien uur,' antwoordde Tilly. 'Hoe is het daar?'
'Prima. We kunnen het allemaal erg goed met elkaar vinden.' Max grinnikte. 'Iedereen is dol op me.'
Naast hem slaakte Eddie een diepe zucht met een blik van: goh, wat zijn we weer grappig.
'Dat lieg je,' zei Tilly vrolijk.
'Tja. Maar nog even over de badkamer. Is Jamie er een beetje tevreden over?' Iets zachter vervolgde hij: 'En Tandy?'
Eddie hield abrupt op met het peuteren aan de losse draadjes op de knie van zijn gescheurde spijkerbroek.
'Ze zijn door het dolle heen. Toen Tandy het zag, moest ze zelfs huilen.'
'Tandy moest huilen? God, die meid is niet goed bij haar hoofd. Wacht maar tot ze de rekening krijgen, dan heeft ze pas een reden om te huilen.'
'Maar dat geld verdienen ze weer terug met die fotoreportage.'
Max grinnikte. 'Lang leve *Hi!* Maar ik moet ophangen, want we zijn bijna bij Versailles. Bel me als er problemen zijn.'
'Versailles. Wat zielig voor je. Ik kan me niks saaiers voorstellen.'
'Ik ook niet. Vertel dat maar niet aan Jamie, anders is hij zwaar teleurgesteld in me. Goed, we spreken elkaar nog. Dag.' Hij borg zijn mobieltje op.
Eddie bleef uit het raam zitten staren, zijn profiel gebeiteld en volmaakt als een beeld van Rodin.
Max ging verder met het cryptogram. Stomme cryptogram-

men, hij haatte die dingen. Waarom bestonden ze eigenlijk? Een beetje proberen om stomme letters in stomme vierkantjes te passen! Pure verspilling van je kostbare hersencellen. En over stom en nutteloos gesproken, zou Eddie ooit nog zijn mond opendoen of bleef hij uit dat stomme...
'Waar ging dat over?'
Ha, beet!
'Hè? Sorry?' Max keek op van de krant en tuurde hem over de rand van zijn bril aan. 'O, dat was mijn assistente. Ik bel haar iedere dag even, want we moeten onze klanten natuurlijk wel tevreden zien te houden.'
'O.' Eddie haalde nonchalant zijn schouders op, maar je kon de nieuwsgierigheid bijna door zijn T-shirt van Led Zeppelin heen zien branden. 'Enne... wie zijn die klanten dan?'
Want dat was het mooie aan Jamie en Tandy. Aan hun voornamen alleen al had je genoeg. Ze zouden vast en zeker de nieuwe Posh en Becks worden, de nieuwe Wayne en Coleen – nou ja, als Tandy haar zin kreeg tenminste.
'Ik mag eigenlijk niet over mijn klanten praten.' Max aarzelde even en vervolgde toen onwillig: 'Gewoon een voetballer en zijn vriendin.'
Eddie staarde hem aan. 'Jamie Michaels en zijn vriendin? Echt, werk je voor die twee?'
'Sst. Anders hoort iedereen het.'
'Jemig. En heb je ze echt ontmoet? Ik bedoel, met ze gepraat en zo?'
'Natuurlijk heb ik met ze gepraat.'
'Maar Jamie Michaels is geen... eh... homo.'
'Nee, dat klopt.' De werking van het brein van een veertienjarige was Max een raadsel. 'Ik heb vorig jaar het huis van een vriend van hem gedaan en die heeft me aanbevolen bij Jamie en Tandy.'
'Wie was die vriend dan?'
'Eh, Colin...' Max deed alsof hij probeerde het zich te herinneren en fronste zijn wenkbrauwen. 'Nee, Cal. Ja, dat was het. Cal Cavanagh.'
Eddie schoot overeind en schreeuwde: 'Meen je niet! Cal Cavanagh!'

'Wil je alsjeblieft niet zo hard praten?'
'Maar... maar hij is... hij is zo'n beetje de allerbeste voetballer van de wereld!'
'O ja? Ik heb niet zoveel verstand van voetbal. Goh, die Cal.'
Eddie keek hem met samengeknepen ogen aan. Hij zat zichtbaar te hyperventileren. 'Hou je me soms voor de gek of zo?'
Schouderophalend vroeg Max: 'Waarom zou ik?'
Eindelijk overtuigd liet Eddie zijn hoofd tegen het zachte velours van de rugleuning vallen. 'Dat is echt te gek. Echt, man. Cal Cavanagh en Jamie Michaels spelen voor het beste elftal ter wereld en jij kent ze. Stel je voor dat je telefoon zo meteen gaat en dat het een van hen is? Ik ben supporter van hun club, weet je. Altijd al geweest. Gisteren had ik hun shirt nog aan.'
Dat wist Max, hoewel het even had geduurd voordat het kwartje was gevallen. Hij had niet gelogen toen hij zei dat hij weinig verstand had van voetbal.
'Niet te geloven,' vervolgde Eddie, 'dat Lou daar nooit iets over heeft gezegd.'
'Lou houdt ook niet van voetbal.'
'Cal Cavanagh, die woont zeker in een heel groot landhuis of zo...'
Max knikte. 'Behoorlijk groot, ja. Acht slaapkamers, negen badkamers, een snookerruimte en een binnenbad met op de bodem in gouden tegeltjes de namen Cal en Nicole.' Ze waren inmiddels bij de ingang naar het park van Versailles aangekomen.
'Cal en Nicole?' Eddie keek hem met grote ogen aan. 'Maar dat is een halfjaar geleden uitgegaan. Hij heeft haar gedumpt!'
Max knikte even. 'Dat weet ik. Ik had hem nog zo gezegd dat hij die gouden tegeltjes niet moest doen.'

Op zaterdagavond aten ze op de binnenplaats van het hotel. Het was bijna volle maan en de hemel was helder en met sterren bezaaid. De geur van bougainville, knoflook en Gauloises vermengde zich met die van de leerlingen van Harleston Hall – een niet zo exotische mix van pubers en oververhitte sportschoenen.
Terwijl de kinderen stoom afbliezen door jeu de boules te spe-

len tegen een ploeg Franse tieners, zaten Max en Fenella Trent aan een lange schraagtafel met Tom Lewis en Josie Endell te kletsen. Ze hadden het inmiddels lang genoeg over Versailles gehad. Max schonk Josies en zijn eigen glas nog eens bij en wist – via Sophia Coppola's zwoele vertolking van Marie Antoinette – een nieuw onderwerp aan te snijden: lievelingsfilms.
'*It's a Wonderful Life*!' Fenella's glanzende haar wapperde van links naar rechts toen ze opgewonden in haar handen klapte. Allemachtig, en ze dronk alleen maar jus d'orange. 'O, eh, *Follow the Fleet*! Of *Top Hat*! Alle films met Fred Astaire en Ginger Rogers!' Extatisch naar haar borst grijpend riep ze: 'Daar kan ik eindeloos naar kijken.'
Jemig, hoe oud was dat mens? Negentig?
'Nou, dan nodig ik jou nooit uit voor een film.' Op zijn nonchalante, laconieke manier leunde Tom Lewis achterover in zijn stoel en telde op zijn vingers. 'Oké, mijn top drie. *Terminator. Gladiator. Rambo.*'
Josie Endell gaf hem speels een stomp tegen zijn arm. 'Jij en die testosteron van je. Je bent ook echt een mannetje, hè?'
Een fractie van een seconde keken Max en Tom elkaar aan en er werd iets onuitgesprokens uitgewisseld. Tom wist dat hij het wist. Het was een zwijgende bevestiging. Toen was het moment weer voorbij, en Tom haalde zijn schouders op.
'Wat is daar mis mee? Ik vind het nou eenmaal leuk om naar dat soort films te kijken.'
'Audrey Hepburn!' piepte Fenella.
Max hield zijn gezicht in de plooi. 'Zat zij ook in *Rambo*?'
'Nee, gekkie! *Breakfast at Tiffany's*!'
Josie zei kalmpjes: 'Mannen houden van mannenfilms en vrouwen van vrouwenfilms. Mijn lievelingsfilms zijn *Love, Actually* en *When Harry Met Sally*. Er gaat niks boven een lekkere romantische komedie.' Toen ze lachte, kreeg ze kuiltjes in haar wangen. 'Ik durf te wedden dat Claudine precies hetzelfde is, hè?' vroeg ze aan Tom.
Claudine, o ja, zo heette ze. Max herinnerde zich dat Lou hem had verteld over Toms bijzonder aantrekkelijke vriendin. De vraag was: wist Claudine dat haar vriendje homo was?
'O ja, van dat meidenspul.' Tom nam een slok bier en veegde

het condens op zijn hand af aan zijn spijkerbroek. 'Als ik aan het trainen ben, kijkt ze naar haar films, en als zij een handtas koopt of bij de kapper zit, kijk ik naar mijn films. Er is maar één film die we allebei mooi vinden, en dat is *The Great Escape*.' Hij keek naar Max en vroeg vrolijk: 'En jij?'
'Ik ben een beetje een purist als het om films gaat. Het liefst kijk ik naar zwart-witfilms met ondertiteling. Fassbinder,' zei Max, 'Wenders, Almodóvar, Truffaut.' Hij knikte op een bedachtzame, intellectuele manier. 'Maar als ik gedwongen word het terug te brengen tot een top drie, dan zijn dat: *Borat*, *Mr. Bean* en *ET*.'
Tom grijnsde. Josie greep Toms pols beet en gilde van het lachen. Eddie en Baz, die van een afstandje hadden staan kijken, kwamen aarzelend dichterbij.
Fenella keek Max begripvol aan. 'Ja, die gaan allemaal over buitenstaanders die graag geaccepteerd willen worden. Daarom zijn het natuurlijk jouw lievelingsfilms, omdat je je kunt identificeren met de hoofdpersonen.'
'Nee, het zijn mijn lievelingsfilms omdat ze me aan het lachen maken,' zei Max. 'Dat jij *Breakfast at Tiffany's* leuk vindt, wil toch nog niet zeggen dat je stiekem prostituee wil worden?'
Eddie en Baz gniffelden. Ze pakten nonchalant twee stoelen en kwamen ook aan tafel zitten. '*Mr. Bean* is grappig,' zei Eddie op goed geluk. 'Je lacht je echt rot om hem. Kennen jullie die waarin hij een spion speelt?'
'Ja, die vind ik ook leuk.' Max knikte.
Gretig vroeg Baz: 'En *Alien* dan? Waar ze in een ruimteschip in de ruimte zitten en zo'n... zo'n buitenaards wezen uit de buik van die ene vent barst?'
'Hemeltjelief!' Zichtbaar geschokt zei Fenella: 'Dat jullie van jullie ouders naar zulke films mogen kijken!'
'Maar hij is heel goed,' verdedigde Eddie zich.
'Het vervolg is zelfs nog beter,' zei Max.
'Nou, zeg,' zei Fenella gepikeerd.
'Ze zijn al veertien,' zei Max tegen haar. 'Kinderen van die leeftijd kijken tegenwoordig naar dat soort films.'
'Nou, Sophie niet! Dat mag ze niet van mij! We kijken alleen naar educatieve programma's.'

Wat een verklaring kon zijn voor het feit dat de stijve, verwende kleine Sophie altijd ongelukkig aan de kant leek te staan, terwijl de andere kinderen plezier maakten. Max was zo goed om dit niet hardop te zeggen. Hij wendde zich weer tot Eddie en Baz en vroeg: 'Wat vinden jullie van Bruce Lee? Kennen jullie zijn films?'
'Tuurlijk, Bruce Lee! Fantastisch!' Eddie nam een vechtpositie aan en begon te jammeren als een kat.
'Ik heb ze allemaal op dvd. Ja, bij nader inzien denk ik dat *Enter the Dragon* eigenlijk in mijn top drie hoort te staan.'
'Drie is niet genoeg.' Tom schudde zijn hoofd. 'Want we hebben het nog niet eens over James Bond gehad.'
'James Bond is ook goed.' Max ving Eddies vieze blik op. 'Maar *Shrek* vind ik beter.'
'*Shrek* is cool.' Heftig knikkend zei Eddie: 'Eh, je kent toch allerlei voetballers? Ken je soms ook eh... nou ja, filmsterren of zo?'
Over de tafel heen wierp Max een blik op Tom. Daar was het weer, die korte flakkering van lotsverbondenheid. Hij dacht even na en zei toen schouderophalend: 'Ik ken er wel een paar, ja.'

43

'O, ik moet heel nodig plassen, ik ben zo bang.' Kaye jammerde van angst toen de taxi voor het hotel stopte.
Tilly kon het haar niet kwalijk nemen. Als zij geveild zou worden voor een goed doel, zou ze ook in haar broek plassen van angst. Maar zoals het een goede vriendin betaamde, zei ze troostend: 'Het wordt vast fantastisch. Iedereen gaat op je bieden. Dorothy zal het niet pikken als ze dat niet doen.'
'Ja, dat zal wel.' Kaye leek niet erg overtuigd. 'Nee, het wordt vast heel gênant. God, waarom ben ik niet Beyoncé of Helen Mirren of een andere vrouw met wie mannen weglopen?'
'Niet zo gestrest. We gaan gewoon lol maken.' Terwijl Tilly

haar uit de taxi trok, vervolgde ze: 'En het is allemaal voor een goed doel toch? Dus zelfs als je maar vijftig pond opbrengt, dan is dat nog steeds vijftig pond meer dan ze zonder jou zouden hebben gehad.'

Kaye slaakte een jammerkreet. 'Vijftig pond!'

'Dat was alleen maar een voorbeeld. Je brengt veel meer op, dat weet je best.'

'Dat weet ik niet, dat is nou net het punt. O god, misschien moet ik maar op mezelf gaan bieden.'

Binnen was het een drukte van belang. Overal zag Tilly vaag bekende gezichten van het bal. Toen ze Dorothy en Harold zag staan, bracht ze Kaye naar hen toe. Nadat ze haar uitbundig hadden verwelkomd, namen ze Kaye – die keek als een zeehondje dat op het punt stond te worden doodgeknuppeld – op hun beurt mee om haar te laten kennismaken met potentiële bieders.

Arme Kaye.

'Ze overleeft het wel,' zei een stem achter Tilly.

Tilly's hart maakte een reusachtige sprong. Terwijl ze zich omdraaide, maakte het medelijden met Kaye plaats voor medelijden met zichzelf. Ze had natuurlijk geweten dat Jack hier vanavond ook zou zijn en had zich ertegen proberen te wapenen, maar toch had hij haar overvallen.

Het was Jacks hobby om harten te breken. Hij was beschadigd door verdriet, niet in staat zich volledig aan iemand te geven. Hoe onweerstaanbaar hij ook was, haar besluit stond vast. Ze zou zich tegen hem verzetten, want dat was het enige wat erop zat. De ironie van de situatie ontging haar niet; ze was nog nooit in staat geweest om iemand af te wijzen nadat haar liefde was bekoeld, maar nu was ze gedwongen om Jack, die meer voor haar betekende dan welke man vóór hem dan ook, af te wijzen.

En dat heette dan zelfbescherming. Het mocht vreselijk veel pijn doen, maar het was ongetwijfeld het verstandigste wat ze kon doen. Jack Lucas was niet te vertrouwen, hij wilde zich niet binden, hij kon alleen maar voor problemen zorgen.

En als ze daar nog bewijzen voor nodig had, dan hoefde ze alleen maar aan Amy te denken.
Het zou ook handig zijn geweest als hij een grote bel om zijn nek had gedragen.
Hij stond nog steeds op een reactie van haar te wachten. Verdomme, waar hadden ze het ook alweer over gehad? O ja, Kaye.
'Ze is doodsbang,' zei ze.
'Moet je haar zien.' Jack kwam naast haar staan en wees met zijn hoofd naar waar Dorothy Summerskill Kaye voorstelde aan een groepje luidruchtige mannen. 'Ze draait zo haar actriceknop om. Ha, zie je wel?'
Hij had gelijk. Kaye had de knop omgedraaid en haar lampje was aangegaan. Voor de oppervlakkige toeschouwer leek ze zelfverzekerd, oogverblindend en volledig op haar gemak, terwijl ze lachte en praatte en zonder enige moeite een groepje volslagen onbekende mannen wist in te palmen.
'Heel goed,' zei Tilly verbaasd. 'Maar vanbinnen sterft ze duizend doden.'
'Dat heet nou flink zijn en doorbijten.'
Ze slikte. Wat dacht hij dat zij nu probeerde te doen? Ze toverde een luchtig lachje tevoorschijn. 'Je gaat me toch niet vertellen dat je vanavond alleen bent?'
Hij schudde zijn hoofd. 'Mijn gaste werd opgehouden, ze komt wat later. Zie je trouwens die dikke man met dat witte haar?' Hij wees naar de mannen die om Kaye heen stonden. 'Dat is Mitchell Masters. Hij bezit de helft van de nachtclubs hier in de buurt. Echt steenrijk.'
Dat kon zijn, maar hij had nog steeds een Kerstmannenbuik. Zonder nadenken zei ze voor de grap: 'Hij lijkt wel zwanger.' Oeps.
'Nou, ik kan je verzekeren dat hij dat niet is.' Jack klonk geamuseerd.
Hij nam een slokje, ogenschijnlijk niet in het minst van zijn stuk gebracht door haar faux pas. Dacht hij soms dat ze het nieuwtje niet had gehoord? O help, nu ze eenmaal was begonnen, kon ze niet meer ophouden. 'Hoe gaat het eigenlijk met Amy?' flapte ze eruit.

Hij keek haar kalm aan. 'Ik heb gehoord dat ze zwanger is.'
'Heb je al met haar gepraat?'
Hij haalde zijn schouders op. 'Nee.'
'Maar misschien is het jouw kind wel!' Verbijsterd over zijn nonchalante houding ging ze vanzelf harder praten. 'Ze is drie maanden zwanger! En drie maanden geleden had je wat met haar. Stel je voor dat jij de vader bent?'
Een stelletje dat langsliep, draaide zich om om naar hen te kijken. 'Wil je er niet liever een megafoon bij pakken?' mompelde hij.
O god, ze werd nog een echte helleveeg. Terwijl ze haar best deed zich te beheersen, zei ze: 'Maar het kan toch echt jouw kind zijn? Kan dat je dan helemaal niks schelen?'
Zo te zien kon het hem inderdaad niks schelen. 'Ik heb gehoord dat ze ook met andere mannen naar bed is geweest. Ik betwijfel of dat kind van mij is.'
Hoe kon hij nu zo doen?
'Je bedoelt dat je een voorbehoedmiddel hebt gebruikt, dus dat je daarom niet de vader kunt zijn? Geen enkel voorbehoedmiddel is echt honderd procent veilig,' zei ze. 'Behalve castratie.'
'Au,' zei hij lachend.
'Het is heus niet grappig!' protesteerde ze. 'Stel je voor dat het van jou is? Wat dan? Ga je dan met Amy trouwen?'
Hij trok een wenkbrauw op. 'Ik denk dat ik die vraag gevoeglijk met nee kan beantwoorden.'
'Ga je dan met haar samenwonen?'
Hij schudde zijn hoofd.
Snapte hij dan niet hoe schokkend ze zijn houding vond? Als zij in Amy's schoenen had gestaan, had hij haar dus op dit moment gewoon afgewezen. Wanhopig zei ze: 'Maar ga je überhaupt wel naar de baby kijken?'
Hij stak zijn handen op. 'Denk je nou echt dat ik zo'n klootzak ben? Want dat is echt niet zo. Oké, ik zal je iets beloven. Als blijkt dat ik de vader ben, ga ik absoluut naar de baby kijken en ik zou hem ook financieel ondersteunen. Erewoord.'
Alsof het daarom ging. Nog steeds van streek zei ze: 'Geld is ook niet alles.'

Jack grinnikte. 'Ik denk dat Kaye dat op dit moment niet met je eens zal zijn.'

Na het diner begon het belangrijkste onderdeel van de avond. Het ging er vrolijk en ontspannen aan toe, met veel gevlei en gechanteer en gelach. De eerste, kleinere kavels bestonden uit van alles en nog wat – een avondje uit eten voor zes personen in een Indiaas restaurant, een gesigneerd voetbalshirt, een gebreide trui met een tekenfilmfiguur naar eigen keuze erop.

'Vooruit, Mitchell, laat eens zien dat je een echte kerel bent!' Dorothy Summerskill, die naast de veilingmeester op het podium stond, had er duidelijk zin in.

Mitchell Masters ging gehoorzaam iets naar achteren zitten en stak zijn hand op om tweehonderd pond te bieden, waar hij de kavel in kwestie meteen ook mee in de wacht sleepte. Toen hij ontdekte dat hij net voor een maand lid was geworden van een sportschool, slaakte hij een schreeuw van ontzetting en moest een dubbele cognac achteroverslaan om van de schok te bekomen.

Maar hij was niet gierig. Een paar minuten later zat hij alweer enthousiast te bieden op salsalessen.

'Nou, die kun je wel gebruiken,' plaagde Dorothy hem vanaf het podium. 'Vergeet niet dat we je allemaal wel eens hebben zien dansen.'

'Brutaaltje! Ik kan je wel vertellen dat niemand zo goed de *hokey cokey* kan dansen als ik.'

'O god,' fluisterde Kaye tegen Tilly toen hij ook de salsalessen in de wacht sleepte. 'Waarom stopt hij nou niet met bieden? Zo meteen heeft hij geen geld meer over voor mij.'

Er werden nog een paar kavels geveild, en Kaye werd steeds zenuwachtiger.

Tilly had net een pepermuntje in haar mond gestopt toen Jack aan hun tafel verscheen.

'Gaat het nog?' Hij legde even een hand op Kaye's blote schouders.

Tilly's huid ging plaatsvervangend tintelen toen ze zich voorstelde hoe dat voelde.

'Ik mag er vanboven dan heel kalm uitzien, maar onder tafel ben ik stiekem een vluchttunnel aan het graven.'

Hij gaf een troostend kneepje in haar schouder. 'Max belde net uit Frankrijk. Hij zei dat ik maar op jou moest gaan bieden als niemand anders het doet.'
Somber zei ze: 'Nou ja, beter iets dan niets.'
'Ach, het komt wel goed. Ik zou sowieso geboden hebben. Jezus, wat was dat?'
De luide krak was afkomstig van Tilly's pepermuntje dat doormidden brak toen ze erop kauwde. 'Dat was mijn pepermuntje maar. Is jouw gaste nog komen opdagen?'
'Ja, ze is er. Hoezo, maakte je je soms zorgen om me?' Geamuseerd voegde hij eraan toe: 'Dacht je soms dat ik een blauwtje had gelopen?'
Ze wendde haar blik af, zichzelf vervloekend dat ze ernaar had gevraagd. Nog irritanter was het dat ze, toen Jack terugging naar zijn eigen tafel achter in de zaal, ontdekte dat ze met geen mogelijkheid kon zien wie Jacks tafelpartner was. Tenzij ze op haar stoel klauterde om over alle hoofden heen te kunnen kijken, maar dat zou hij ongetwijfeld merken.
'O god, als mij dat maar niet gebeurt,' piepte Kaye, toen de veilingmeester op het podium een bod probeerde te krijgen voor een lunch met een plaatselijke schrijfster. De arme vrouw, knipperend als een uil in haar hobbezakkerige paarse jurk, leek doodsbang.
'Vooruit, dames en heren, dit is dé kans om een echte schrijver in levenden lijve te ontmoeten! Marjorie heeft een prachtig boek geschreven over oude Engelse kerkhoven! Ze zal zelfs een gesigneerd exemplaar weggeven! Wie biedt er dertig pond?'
Kaye, die de ellende van de vrouw geen seconde langer kon aanzien, riep: 'Ik!'
Tilly kreeg een droge mond. Dertig pond, dat was echt zo zielig. Dat zag eruit als een bod uit medelijden. Als er verder niemand bood, zou de vrouw zich vreselijk vernederd voelen.
'We hebben een bod van dertig pond.' De veilingmeester keek opgelucht, maar niet erg blij. 'Hoor ik veertig zeggen?'
Ach, wat. Tilly stak haar hand op. De blik van opluchting en dankbaarheid op Marjories gezicht was het waard.

44

'Daar gaan we dan,' kraaide de veilingmeester. 'Goed gedaan van de dame in het roze vooraan. Fantastisch begin. Hoor ik iemand vijftig bieden?'
'Ja, hier,' klonk een mannenstem achter in de zaal. Misschien was het Jack wel.
'Prima! Zestig?'
Tilly merkte dat ze fanatiek begon te knikken. Om de een of andere voor haar onbegrijpelijke reden leek het van groot belang om Jack af te troeven, misschien omdat hij toch altijd al kreeg wat hij wilde.
'En zestig hier. Hoor ik zeventig?'
'Ja.'
Nu wist ze zeker dat het Jack was; alle haartjes op haar armen waren overeind gaan staan toen ze zijn stem herkende.
'Tachtig?'
'Ja!'
'Negentig?' De veilingmeester was niet meer te stoppen.
Stilte. Toen Jacks stem weer. 'Ja.'
'En honderd.' Triomfantelijk keek de veilingmeester weer naar Tilly. 'Hoor ik daar honderd?'
Ze begon te hyperventileren; honderd pond was best veel geld, vooral als het van jezelf was. Misschien dat haar hart Jack per se wilde verslaan, maar haar hoofd kreeg een complete paniekaanval. Waar was ze in vredesnaam mee bezig?
In elk geval niet met iets waarvoor een logische verklaring bestond, zoveel was zeker. Hoewel ze van plan was geweest haar hoofd te schudden en haar nederlaag te erkennen, merkte ze dat ze toch weer zat te knikken.
'Honderd pond!' brulde de veilingmeester opgetogen. 'Fantastisch!'
Wat had ze in vredesnaam gedaan? Dit was echt belachelijk. Ze kon zich dat helemaal niet veroorloven. Als Jack zijn bod niet verhoogde, zou ze een cheque moeten uitschrijven en dan kwam ze rood te staan...

'Tweehonderd pond.' Jacks stem klonk luid en duidelijk en iedereen kon horen dat hij er genoeg van kreeg.
Godzijdank. Tilly voelde zich net een vis op het droge die op miraculeuze wijze net op tijd weer in het water was gegooid. Ze schudde haar hoofd naar de veilingmeester, nam een grote slok wijn en slaakte een zucht van verlichting. Als Jack dan per se zo graag wilde winnen, dan ging hij zijn gang maar.
Er werd verder niet meer geboden. Terwijl Marjorie bijna huilde van opluchting, sloeg de veilingmeester met zijn hamer en ging verder met kavel 15.
'O god, daarna ben ik.' Kaye schoof haar stoel naar achteren. 'Ik moet alweer plassen.'
Ze was nog niet weg, of Jack kwam aanlopen. Hij ging op de lege stoel zitten. 'Nou, je wordt bedankt.'
'Wat?' Verontwaardigd zei Tilly: 'Je hebt toch gewonnen, of niet? Je hebt gekregen wat je wilde.'
'Ik wilde jou alleen maar helpen. Waarom bleef je nou bieden?'
'Omdat ik medelijden met die vrouw had.'
'En kon je je die veertig pond veroorloven?'
'Niet echt, nee.'
'Precies. Daarom bood ik vijftig pond, om jou uit de nesten te helpen.' Hij schudde zijn hoofd. 'Het was niet de bedoeling dat je doorging.'
'O.' Ineens snapte ze hem. 'Shit. Ik dacht dat je mij per se wilde verslaan.'
'Dat wilde ik ook. Maar op een goede manier, omdat Max me toevallig net had verteld dat je helemaal blut bent. Ik wilde je helpen.'
'O. Sorry.' En door haar was hij tweehonderd pond armer.
'Niet te geloven dat je gewoon doorging,' zei hij.
'Ik wilde niet dat jij zou winnen.'
'Nou, je staat nu wel bij me in het krijt.' Hij klopte op haar hand. 'Je zou me zelfs een groot plezier kunnen doen.'
Hij kon nu wel van alles gaan roepen. Ze keek hem behoedzaam aan. 'Wat voor plezier?'
'Je kunt met die schrijfster gaan lunchen voor me.'
'Heel aardig aangeboden, maar dat kan ik echt niet doen.'

'Waarom niet?'
'Omdat ik dat niet wil! Ze heeft een boek geschreven over Engelse kerkhoven! Ik zou me dood vervelen.'
'Maar ik wil ook niet met haar lunchen,' zei hij.
'Jammer dan. Jij hebt op haar geboden en haar gekregen.'
'Maar...'
'Eigen schuld dikke bult. Je kunt nu niet meer nee zeggen. O kijk, ze is hartstikke blij. Ze zwaait naar je!'
'Wie zwaait naar hem?' Kaye, terug van de wc, duwde Jack van haar stoel.
'Marjorie. Daar, aan de zijkant van het podium.' Tilly knikte die kant uit, en ze keken alle drie naar de oudere vrouw die woest gebaarde en opgewonden kusjes naar Jack blies.
'Je hebt beet,' zei Kaye.
'Hm, zo te zien krijg ik wel waar voor mijn geld.' Hij knipoogde naar hen. 'Ik ga maar weer eens terug naar mijn tafel, anders wordt mijn tafeldame nog jaloers.'
Tilly kon het niet helpen. 'Als je gaat lunchen met mevrouw Kerkhof, pas dan op dat je haar niet zwanger maakt.'
'Ik zal opletten,' zei hij.
De volgende kavel was verkocht, en Kaye was aan de beurt. Tijdens haar aankondiging prees Dorothy haar de hemel in en nodigde haar toen uit op het podium, terwijl ze luid applaudisseerde. Mitchell Masters, die een paar tafels verderop zat, stak zijn worstvingers in zijn mond en begon oorverdovend hard te fluiten. Dat was bijzonder veelbelovend. Vanaf het podium wierp Kaye hem een dankbare blik toe.
Achter Tilly mopperde een vrouw: 'Kaye wie? Ik heb nog nooit van haar gehoord.' Waardoor Tilly gewoon zin kreeg om haar een theelepeltje tegen het hoofd te gooien, maar ze wist zich te beheersen en begon in plaats daarvan extra hard te klappen.
Terwijl de veilingmeester aan zijn showtje begon, wist Kaye haar zenuwen weer in bedwang te krijgen. Gelukkig was er nu geen oorverdovende stilte aan het begin. Mitchell Masters bood als eerste, gevolgd door nog wat mensen, en toen, bij driehonderd pond, hoorde Tilly dat Jack ook een bod deed.
'Vierhonderd!' riep Mitchell.

Tilly ontspande zich. Zo, Kaye hoefde zich geen zorgen meer te maken. Vierhonderd pond was een keurig bedrag; ze zou niet publiekelijk vernederd en van het podium gegooid worden.
'Vijf? Hoor ik daar vijfhonderd? Ja, die meneer daar,' riep de veilingmeester, terwijl hij naar achter in de zaal wees. 'Dank u. We hebben vijfhonderd pond.'
Jemig, Jack was wel bezig, zeg. Hij wilde zeker niet onderdoen voor Mitchell.
'Zes!' bulderde Mitchell.
'Zeven achterin,' bevestigde de veilingmeester, terwijl iedereen opgetogen begon te joelen.
'En ze is iedere cent ervan waard,' deed Dorothy een duit in het zakje.
'Acht!' Mitchell zweeg even, schudde zijn hoofd en schreeuwde toen: 'Nee, maak er maar meteen duizend van, verdomme!'
Tilly slaakte een diepe zucht. Jacks koelbloedigheid was echt bewonderenswaardig. Hij had zijn doel bereikt en kon nu achterover gaan zitten en...
'Twaalfhonderd,' verkondigde de veilingmeester, met zijn hamer naar Jack wijzend.
'Vijftienhonderd,' brulde Mitchell.
'Achttien,' zei de veilingmeester er meteen overheen.
Jezusmina, waar was Jack mee bezig? Kaye was zichtbaar met stomheid geslagen. Niet in staat zich te beheersen, sprong Tilly op en tuurde over de hoofden van de applaudisserende gasten heen. Net toen Mitchell luidkeels riep: 'Tweeduizend!' zag ze Jack zitten.
Jack merkte dat ze naar hem keek. Op het podium hoorde ze de veilingmeester zeggen: 'Die meneer achterin? Hoor ik tweeduizendtweehonderd?'
Tilly staarde Jack ongelovig aan. Jack haalde zijn schouders op, te kennen gevend dat hij net zo verbaasd was als zij. Pas toen zag ze een oudere man achter hem knikken en een knokige hand opsteken naar de veilingmeester. De man was in de tachtig, had een blikje bier in zijn hand, en hij droeg een grijs slobbervest en pantoffels. O god, geen wonder dat Kaye zo geschokt keek. Wie was die vent? Stel je voor dat het een of

andere dakloze alcoholist was die toevallig binnen was komen lopen?
'Tweeduizendtweehonderd!'
'Tweevijf,' bulderde Mitchell, die het zo te merken haatte om overvleugeld te worden.
'Drieduizend pond!'
'Vier!'
'Vijfduizend!' brulde de veilingmeester. 'We hebben vijfduizend pond achter in de zaal!'
'Ach, ze kunnen de pot op ook.' Mitchell schudde zijn hoofd, slaakte een diepe zucht en sloeg de inhoud van zijn inmiddels weer bijgevulde glas achterover. 'Ik geef het op. Ik stop ermee.'
En dat was dat. De oude man in het vest had gewonnen. Iedereen in de zaal juichte en applaudisseerde enthousiast, en Tilly verwachtte dat de winnaar wel naar het podium zou komen om aan Kaye te worden voorgesteld.
Maar, na een kort onderhoud met een van de organisatoren, liep hij de deur uit. De organisator kwam naar voren om even met Kaye en Dorothy te praten. Even later kwam Kaye weer bij Tilly aan tafel zitten.
'O, mijn god!' Tilly schonk hun glazen bij. 'Wie was dat? Deed hij maar wat of... Waar is hij ineens gebleven?'
'Hij is de vader van de eigenaresse van dit hotel.'
'Hij is stokoud! Nou ja, dan weet je tenminste zeker dat hij niet zal proberen om je te versieren.' Ineens kwam er een afschuwelijke gedachte bij Tilly op. 'Tenminste, laten we dat hopen.'
'Ik ga niet met hem uit eten. Hij bood uit naam van iemand anders.'
'Echt? Wie dan?'
Kaye zat nog steeds te trillen en te hyperventileren van de kwelling die ze had ondergaan. 'Iemand die vanavond niet kon komen.'
'Nee!' Tilly was stomverbaasd. 'Heeft Max vijfduizend pond geboden?'
'Iemand die vanavond niet kon komen, omdat hij in New York woont. Hij heet Price,' zei Kaye. 'Parker Price.'

Wacht eens even. Bij die naam ging vaag een belletje rinkelen. Price... Price...

'O, mijn god!' Ze schoot overeind. De wijn klotste over haar borst. 'De stalker!'

Kaye knikte gelaten. 'Ik weet het.'

'Wie is dat?' Jack was weer komen aanlopen, met zijn tafeldame in zijn kielzog. Het was Monica. Haar turkooiskleurige glitteroogschaduw paste precies bij haar rubberachtige jurk in Mae West-stijl.

'Die vent die haar steeds van alles stuurt.' Tilly schudde haar hoofd toen ze Kaye aankeek. 'Nou, als hij maar niet denkt dat je gewoon even naar New York vliegt om met hem uit eten te kunnen gaan. Dat is gewoon stom.'

'Dat verwacht hij ook niet, hij komt hiernaartoe. We moeten gewoon een datum afspreken.'

'Maar... maar hij stalkt je! Misschien is hij wel knettergek! Nee, nee.' Tilly schudde verwoed haar hoofd. 'Dat gaat niet gebeuren.'

'Ik moet wel. Hij heeft heel veel geld voor me betaald. Ik vind het nog steeds ongelooflijk dat hij van de veiling wist... Dat is zo bizar...'

'Het stond toch op internet?' De altijd even praktische Monica zei met haar hese, sexy stem: 'Hij heeft zich vast aangemeld bij Google Alerts. Dan krijgt hij gewoon bericht van ze als jouw naam weer ergens op een website verschijnt.'

Jack fronste zijn voorhoofd. 'Heb je hem een bedankbriefje gestuurd voor dat schilderij van hem?'

'Natuurlijk. Een heel beleefd briefje, gewoon om hem te bedanken. Maar ik heb hem echt niet aangemoedigd, hoor.' Ze wriemelde onrustig met haar vingers. 'Ik heb echt geen seconde gedacht dat hij zoiets zou kunnen doen.'

'Begrijp me niet verkeerd, schat, maar je kunt maar beter voorzichtig zijn,' zei Monica. 'Hij wil vijfduizend pond op tafel leggen om met je uit te kunnen gaan. Als je het mij vraagt, moet het dan toch wel een behoorlijke mafkees zijn.'

45

Het was kwart over elf, maar Lou kon niet slapen. De leerlingen waren allemaal naar hun kamers gestuurd, maar de volwassenen waren beneden in de bar blijven zitten. Lou nam een besluit. Ze kroop uit bed, stilletjes, om Nesh niet wakker te maken, trok snel een T-shirt en spijkerbroek aan en liep zachtjes de kamer uit.
Het was nog steeds druk in de bar beneden, maar ze zag Max nergens. En Mr. Lewis ook niet. Alleen miss Endell en Mrs. Trent waren er nog. Ze zaten aan een tafeltje, samen met een paar Franse mannen van middelbare leeftijd, die duidelijk probeerden om hen te versieren. Wat behoorlijk walgelijk was. Miss Endell vermaakte zich zo te zien wel, maar Mrs. Trent hield haar glas jus d'orange stevig tegen haar borst geklemd. Zich afvragend of haar vader en Mr. Lewis soms samen naar een ander café waren gegaan, bleef ze even aarzelend in de deuropening staan, maar liep toen toch naar het tafeltje toe.
'God, nee, ze zijn niet onze mannen, gelukkig niet!' Sophie Trents moeder leek het idee alleen al schandalig te vinden. 'We zijn samen op schoolreisje. Ik ben als vrijwilliger mee! En de man met de bril is homo!'
'En ik ben ook niet met de andere getrouwd. Nog niet.' Miss Endell, die duidelijk al wat glazen wijn achter de kiezen had, giechelde en knipoogde – bah, ze knipoogde echt – naar de Fransman. 'Maar daar wordt aan gewerkt! Hij heeft op het ogenblik een vriendin, maar die krijg ik wel weg. Geen probleem!'
Wat gewoon om te gillen was en ook echt niet zou gebeuren, want Claudine, de vriendin van Mr. Lewis, was een stuk mooier dan miss Endell.
'Ahem.' Toen Mrs. Trent Lou ontwaarde, kuchte ze en zei luid: 'Hallo, Louisa. Hoor jij niet in bed te liggen?'
Lou hield haar gezicht in de plooi. Ha, dit was toch behoorlijk gênant voor miss Endell.
'Sorry, maar ik wilde even met mijn vader praten. Ik dacht dat hij hier nog wel zou zijn.'

Miss Endell deed snel een knoopje van haar blouse dicht dat op mysterieuze wijze open was gegaan.
'Hij is naar boven gegaan... zo'n twintig minuten geleden al. Samen met Mr. Lewis,' vertelde Mrs. Trent. 'Ze waren allebei moe. Ik neem aan dat je vader inmiddels wel slaapt. En dat zou jij ook moeten doen, meiske.'
Meiske. Echt, alleen iemand als Mrs. Trent kon met zo'n woord op de proppen komen. En ze schudde met haar vinger naar haar alsof ze zes was.
'Oké, ik ga wel weer naar boven.' Lou dankte God op haar blote knieën dat ze niet Mrs. Trents dochter was.
'En meteen naar bed.' De wijn mocht dan uit miss Endells scheve glas lopen, ze articuleerde zorgvuldig. 'En meteen gaan slapen. Tot morgen.'
'Oké.' Alleen heb ík dan geen knetterende kater, dacht Lou vrolijk, maar jij lekker wel.
Trouwens, ze wist bijna zeker dat haar vader nog niet sliep. Het was pas halftwaalf en hij ging nooit voor twaalven naar bed. Ze nam de trap naar de tweede verdieping en liep door de stille, met dik tapijt gestoffeerde gang. Ze telde de deuren aan haar linkerhand. Kamer 303, dat was die van Mr. Lewis. Daarnaast, 305, zat miss Endell. Daarna kwam 307, die het geluk had Mrs. Trent als gast te mogen verwelkomen. En toen bereikte ze 309, de kamer van haar vader.
Ze klopte aan. Ze moest hem spreken.
Geen reactie. Het leek haar raar als hij echt al sliep. Ze klopte nog een keer. 'Papa? Ik ben het.'
Eindelijk ging de deur open. Max zei: 'Hoi, lieverd, wat is er? Alles in orde?'
'Ja, hoor.' Ze volgde hem de kamer in. Haar vader ging in de badkamer verder met tandenpoetsen en kwam toen terug. Hij had in bed liggen lezen. Ze pakte de stukgelezen pocket op en vroeg: 'Is dit wat?'
'Een stuk beter in elk geval dan beneden in de bar zitten met Fenella en Josie.' Hij rilde, terwijl hij weer in bed ging liggen. 'Ik moest daar echt weg.'
'Ik weet het, ik heb ze net bezig gezien. Miss Endell is straalbezopen en probeert een paar fransozen te versieren, maar dat

is niet waarom ik hier ben.' Ze stuiterde op haar knieën op het bed.
'Au! Waarom ben je hier dan wel? Om mijn voet te verbrijzelen soms?'
'Watje. Eddie kwam me achterna op de trap, toen we naar bed gingen.'
Max keek haar behoedzaam aan. 'En?'
'Hij gaf me een duwtje in de rug. Net als vroeger. Dus draaide ik me om om hem een optater te verkopen, maar hij wist me te ontwijken.'
'Die kleine etterbak.' Max kookte van woede.
'Wacht, en toen zei hij: "Hé, doe normaal, ik wilde alleen iets zeggen." Dus ik vroeg: "Wat dan, stomme zak?" En toen keek hij me aan alsof hij zich echt beledigd voelde en toen zei hij: "Ik wilde alleen maar zeggen dat ik met je vader heb gepraat. Behoorlijk lang wel. En weet je? Hij is echt cool."'
Max duwde zijn bril goed. 'Zei hij dat echt?'
'Ja, echt.' Grijnzend stortte ze zich op hem om hem te omhelzen. 'Echt, je hebt geen idee hoe maf dat was. Net zoiets als dat P. Diddy zou zeggen dat hij op... eh... op... Cherie Blair valt!'
'Dus daar vind je me op lijken? Nou, dank je wel.'
'Je weet best wat ik bedoel. Ik kon mijn oren gewoon niet geloven. Hij zei dat je ook met jou kon lachen.'
'Toe maar, het kan niet op.'
'Dus hij vindt je wel leuk eigenlijk.'
'Dat is omdat ik ook leuk bén,' zei Max.
'Hm. Het maffe is dat hij lijkt te denken dat je de beste maatjes bent met allerlei beroemdheden.'
'Cal Cavanagh. Jamie en Tandy.' Haar vader haalde bescheiden zijn schouders op.
Lou trok een wenkbrauw op. 'Om maar te zwijgen van Johnny Depp.'
Hij trok aan een rode krul. 'Het is waarschijnlijk het beste om maar te zwijgen van Johnny Depp.'
'Papa! Je hebt gelogen! Dat is slecht!'
'Nou en?' Zonder ook maar een spoortje berouw lachte hij naar haar. 'Daar komt hij toch nooit achter. Als dat joch op-

pervlakkig genoeg is om van dat soort dingen onder de indruk te raken, dan ben ik oppervlakkig genoeg om het te zeggen.'

Zondagavond om tien uur reed de bus de oprijlaan van Harleston Hall op. Veertig uitgeputte, maar vrolijke, kinderen stroomden naar buiten, waar hun ouders al stonden te wachten. In het donker drentelde iedereen rond tot de koffers werden uitgeladen. Max, die hielp met de bagage uit de bagageruimte halen, zag zijn eigen koffer staan en gaf hem aan Lou.
'Hier.' Hij gooide haar zijn autosleuteltjes toe; ze was kapot, en het begon ook nog te regenen. 'Leg die van mij vast in de kofferbak en wacht op me in de auto. We zijn hier zo klaar.'
Lou knikte, gaapte uitvoerig en liep weg, de duisternis in, de koffer op wieltjes achter zich aan slepend.
Naast Max pakte Tom Lewis een donkergroene koffer en zei: 'Die valt in de auto al in slaap.'
'Die is van mij.' Eddie wurmde zich langs Tom heen om de groene koffer te pakken. 'Dank u wel.' Toen wendde hij zich tot Max. 'Tot ziens, Max. Leuk schoolreisje was het, hè?'
Max knikte met een uitgestreken gezicht. 'Ja, fantastisch. Dag, Eddie.'
'En als je ooit hulp nodig hebt... Je weet wel, als je het echt druk hebt met een klus en je wel wat hulp kunt gebruiken, dan moet je me gewoon bellen.'
'Ik zal eraan denken,' zei Max ernstig. 'Zijn je ouders er al?'
'Ja.' Tevreden pakte Eddie het handvat van zijn koffer beet en reed ermee weg.
'Goed gedaan,' zei Tom Lewis met een klein lachje. 'Het is je gelukt.'
'Ik heb vals gespeeld.' Max pakte een blauwe koffer met aluminiumfolie om het handvat gewikkeld en keek nog even naar Eddie, die inmiddels bij een glanzende Mercedes stond en door zijn moeder werd omhelsd, terwijl zijn vader de koffer in de kofferbak smeet.
'Nou ja, zolang het werkt.' Tom keek fronsend naar een zwarte Nikerugzak. 'Hier zit geen bagagelabel aan.'
Een van de meisjes die bij de uitgeladen koffers stonden, zei:

'Die is van Eddie. Kunt u die van mij even pakken? Die geruite daar, achterin.'
'Ik ga kijken of ik hem nog te pakken kan krijgen.' Max pakte de rugzak en liep het parkeerterrein op. De motor van de Mercedes draaide al en de koplampen waren aan, maar hij zag dat Eddie hem vanaf de achterbank opmerkte. Vlak daarna ging het portier aan de bestuurderskant open en stapte de vader van Eddie uit. Hij beende naar Max toe.
'Hallo. Dank je. Ted Marshall-Hicks.' Zijn toon was joviaal, zijn handdruk stevig. Eddies vader had een afgemeten, deftige stem en een indrukwekkende snor. 'Hij heeft ons net over je zitten vertellen! Het was jouw dochter die mijn zoon een blauw oog heeft bezorgd, meen ik?'
Max knikte. 'Helemaal.'
'Goed van haar, hoor. Het kan geen kwaad als een jongen een keer een lesje leert van iemand van het andere geslacht.' Hij pakte de Nikerugzak van Max aan en vervolgde vrolijk: 'Hoe dan ook, dat is allemaal verleden tijd. Zo te merken heeft mijn zoon zijn fout ingezien. Tja, dat hoort bij volwassen worden, hè?'
'Vast wel,' zei Max.
'Prima. En voor het geval dat je je het afvraagt, hij had die mening niet van mij, o nee.' Ted Marshall-Hicks schudde zijn hoofd als een grote beer en vervolgde wat zachter: 'Ik heb nu natuurlijk vrouw en kinderen, maar toen ik op kostschool zat, al die jongens samen, toen hebben we er lustig op los geëxperimenteerd! Dolle pret nadat het licht uit was, als je snapt wat ik bedoel. Dat waren nog eens tijden. Hoe dan ook, we moeten maar eens op huis aan. Leuk je even gesproken te hebben.' Hij schudde Max' hand nog een keer, met een stoer enthousiasme, en draaide zich toen om en liep terug naar zijn auto.
Vanaf de achterbank zwaaide Eddie naar Max.
Max stak automatisch ook een hand op, terwijl de Mercedes de oprijlaan afreed.
Zo, zo. Met een klein lachje om zijn lippen liep Max terug naar de bus. Het leek de omgekeerde wereld wel. In zijn schooltijd had hij juist geëxperimenteerd met meisjes.

46

Toen Tilly Max op woensdagochtend zag, wist ze meteen wat er aan de hand was. Normaal gesproken was hij altijd walgelijk vroeg op en kwam hij gedoucht en keurig aangekleed de keuken in zetten. Nu was hij echter nog in zijn badjas en zag hij eruit alsof hij een week lang aan de boemel was geweest. Maar om dat nou hardop te zeggen... Nee, ze zou haar woorden zorgvuldiger kiezen.

'Ik vind het niet leuk om te zeggen,' loog ze, 'maar ik had je gewaarschuwd.'

Hij schuifelde naar de dichtstbijzijnde stoel en ging kreunend zitten. 'En nou heb je dat toch fijn gezegd.'

'Maar het is toch ook je eigen schuld! Niet te geloven dat je dacht dat dit niet zou gebeuren!' Ineens had ze medelijden met hem. 'O god, je ziet er echt vreselijk uit. Voel je je zo beroerd?'

Hij knikte. Zijn huid was groenig en flets. 'Ik ga die stomme afhaaltent aanklagen.'

'Dat kan niet. Zij kunnen er niks aan doen dat je het eten de hele nacht op tafel hebt laten staan en het de volgende ochtend alsnog hebt opgegeten.'

'Ik vind het zonde om eten weg te gooien. En het smaakte nog goed.' Zuchtend greep hij naar zijn maag. 'God, ik heb overal spierpijn. Weet je wel hoe vaak ik heb overgegeven?'

'Nee, en dat wil ik ook niet weten. Ik vraag me alleen af hoe het vandaag moet. Ik kan die klus bij Jamie en Tandy niet in mijn eentje doen.'

'Dat snap ik ook wel. Breng jij Lou nou maar naar school, dan verzin ik ondertussen wel wat.' Hij pakte zijn mobieltje van de keukentafel en stond vermoeid op.

Net op dat moment kwam Lou de keuken in stormen. Ze deinsde achteruit toen ze haar vader zag. 'Gadverdamme, papa, je bent helemaal groen!'

'Ja, ik hou ook van jou.'

'Komt dat door die kip?'

Hij knikte. 'Waarschijnlijk wel.'

'O, arme papa! Maar we hadden je nog gewaarschuwd.'

'Ja. Fijn dat je me daar nog even op wijst. Je bent niet de eerste.'
'Maar jij zei steeds dat het nog goed was. Dus dat betekent dat wij gelijk hadden,' hield Lou vol, 'en dat jij ongelijk had.'
'Weet je wat?' Max stak slapjes een arm uit om haar een tik te geven, maar hij miste. 'Misschien geef ik je wel op voor adoptie.'

Toen Tilly terugkwam nadat ze Lou naar school had gebracht, had Max de noodzakelijke maatregelen getroffen. 'We zitten op een te strak schema om een dag niks te doen, dus ik heb Jack gebeld. Hij is al onderweg.'
Nou, dat kon ze nou net gebruiken. Nu was Max niet de enige meer die misselijk was. Maar gezien de omstandigheden had ze weinig keus.
Tien minuten later arriveerde Jack. Max sloeg zijn map met ontwerpen open en nam de lijst door van dingen die moesten worden afgemaakt.
'Geen probleem, daar zorgen wij wel voor.' Na de schetsen even te hebben bestudeerd, stopte Jack de map onder zijn arm.
'Dank je wel,' piepte Max.
'Het is altijd heerlijk om voor de redder in de nood te kunnen spelen.'
'Ja, vast. Je bent gewoon nieuwsgierig naar Jamie Michaels' huis.'
Jack grinnikte. 'Dat ook. Weet je, je lijkt met de minuut groener te worden.'
'O god, daar gaan we weer.' Kreunend joeg Max hen weg. 'Oprotten jullie. Laat me in vrede ziek zijn.'
Toen ze alles wat ze nodig hadden in Jacks busje stonden te laden, ging zijn mobieltje. Onbedoeld kon Tilly het hele gesprek volgen. Het was een of andere vrouw die Jack probeerde over te halen om morgenavond met haar uit te gaan.
Vriendelijk maar vastbesloten wees Jack haar af. 'Zie je nou wel?' zei hij spottend, terwijl hij zijn mobieltje in zijn zak stopte. 'Als ik wil, kan ik best nee zeggen.'
'Het is een wonder.'
'En afgelopen zaterdagavond dan? Geef maar toe,' vervolgde

hij, 'jij had verwacht dat ik met heel iemand anders zou komen opdagen, hè? Maar dat was niet zo. Toen Monica zei dat het haar wel een leuke avond leek, heb ik haar uitgenodigd, dus...'

'Kunnen we het ergens anders over hebben?' Tilly deed een stap naar achteren en stak haar handen op. 'Ik vind het prima dat we vandaag moeten samenwerken, maar kunnen we ons gesprek alsjeblieft tot ons werk beperken, want ik zit echt niet te wachten op verhalen over jouw sociale leven.'

'Maar...'

'Nee, ik meen het. Sorry.' Ze glimlachte verontschuldigend om de klap wat te verzachten. 'Je moet het beloven, anders stap ik niet in het busje.'

Verbaasd zei hij: 'Zelfs niet...'

'Zelfs niet niks. Ik meen het, hoor.' Ze hield voet bij stuk en gaf een klein knikje om te laten zien dat ze echt geen grapje maakte. En het was ook geen grapje voor haar; het was al moeilijk genoeg om de hele dag in zijn gezelschap te moeten doorbrengen zonder ook nog eens bang te hoeven zijn dat hij te persoonlijk zou worden.

Hij nam haar even op, maar ze weerstond zijn blik. Uiteindelijk zei hij schouderophalend: 'Oké dan.'

Aan de drukte voor het hek zagen ze al dat er iets aan de hand was.

'Staan er altijd zoveel paparazzi?' vroeg Jack, terwijl hij het busje door de menigte manoeuvreerde.

'Nee.'

Toen de beveiliger Tilly en het busje herkende, maakte hij het hek voor hen open en liet hen door.

'Hoi! Wat is hier vandaag aan de hand?' vroeg Tilly op familiaire toon toen Tandy de deur voor hen opendeed. Pas toen zag ze Tandy's opgezwollen, roodomrande ogen, en ze sloeg een hand voor haar mond. 'O, mijn god, wat is er gebeurd?'

'De verloving is verbroken. Jamie is naar bed geweest met een of andere stomme slettenbak. Kom verder.' Met een matte blik keek Tandy langs Tilly heen naar Jack die druk bezig was de platina wandsculpturen uit te laden. 'Wie is dat?'

'Jack Lucas. Max heeft voedselvergiftiging. God, niet te geloven dat Jamie dat heeft gedaan. Is hij thuis?'
Ongelukkig schudde Tandy haar hoofd. Ze begon weer te huilen. 'Hij is gisteravond vertrokken. Ik zei dat ik hem nooit meer wilde zien. Wat raar dat je het nog niet wist. Wil je een kop thee?'
Tilly volgde haar de enorme keuken in. Het kookeiland was bedolven onder de kranten. Van alle voorpagina's keek Tandy's vrolijke gezicht hen stralend aan. De echte Tandy, tenger en zonder make-up, was een hoopje ellende in haar fluorescerende roze sweatshirt. Met een mouw die te lang was, veegde ze de tranen van haar gezicht.
'Ach, arm kind.' Tilly, die intens medelijden met haar had, sloeg haar armen om haar heen. 'Wat een klootzak. Dit verdien je echt niet.'
'Dat weet ik. En zij is... ze is niet eens mooi, dat is het stomme. Gewoon een zielig sletje dat als paaldanseres werkt en zichzelf heel wat vindt. Het is... O god, het is zo vernederend.'
Tilly klopte haar op haar vogelachtige schouders. En dan te bedenken dat ze Tandy erom had benijd dat ze Jamie had leren kennen en verliefd op hem was geworden. Ze was pas negentien, had gedacht dat al haar dromen uitkwamen, en nu was het allemaal alweer voorbij.
'Hoe kon hij me dat nou aandoen?' jammerde Tandy. 'Ik kan wel gillen!'
Au. Een beetje dicht bij haar trommelvlies.
'Logisch.' Tilly maakte zich van haar los, zich ervan bewust dat Jack in de deuropening stond. Ze draaide zich om en zei: 'De wandsculpturen zijn voor de grote slaapkamer, boven aan de trap links en dan de vierde deur rechts.'
'Hallo. Wat rot voor je allemaal,' zei hij tegen Tandy. 'Betekent dat dat het feest van vrijdag ook niet doorgaat?'
God, over ongevoelig gesproken. Tilly keek hem vol ongeloof aan. En bovendien, wat ging hém dat feest eigenlijk aan?
'Natuurlijk gaat het niet door.' Tandy wierp hem een ijzige blik toe. 'Het was ons verlovingsfeest.' Ze stak haar linkerhand op waaraan geen ring meer schitterde. 'En ik ben niet meer verloofd toch?'

Dus geen feest. Tilly had medelijden met Tandy, maar ook een ietsepietsie met zichzelf. Daar ging haar idee om een nieuwe jurk te kopen en zich in volle glorie te mengen onder de beroemdheden; haar enige kans om ooit in *Hi!* te schitteren, werd haar hierdoor wel mooi door de neus geboord.
Jack stond ondertussen zijn hoofd te schudden. 'Dus... Sorry, maar Max had het erover dat een of ander tijdschrift de rechten op dat feest had gekocht en dat daarmee zijn rekening was gedekt.'
'Ja-a-a.' Tandy knikte langzaam.
'Dus geen feest betekent geen geld van het blad. En ik wil echt niet onbeleefd zijn,' zei Jack, 'maar kan dat soms een probleem worden?'
Tilly kromp ineen. Daar had ze nog helemaal niet aan gedacht.
'Het feest gaat niet door.' Tandy stak haar kleine puntige kin naar voren. 'Maar ik doe nog steeds die zestien pagina's voor het blad, dus Max krijgt zijn centen heus wel. Mijn agent heeft zelfs nog een hoger bedrag weten te bedingen.'
Verbaasd vroeg Tilly: 'Alleen voor de foto's van het huis?'
Tandy keek haar aan met een blik van: ben je nou echt zo dom of... Ze hield een magere hand omhoog en begon op haar vingers af te tellen. 'Om te beginnen wordt het een exclusief interview. Mijn hart is gebroken door Jamies verraad. Ik dacht dat we zo gelukkig waren samen, het was gewoon een sprookje, maar nu heeft hij iets vreselijks gedaan en ben ik kapot van verdriet.' Ze zweeg en dacht even na. 'En ik dacht dat ik zwanger was en daar was ik zo blij om, want we wilden heel graag een kind, maar toen ik over dat andere meisje hoorde, heb ik een miskraam gekregen.'
'Wacht eens even.' Verbijsterd vroeg Tilly: 'Heb je gisteren een miskraam gehad? Had je dan niet in het ziekenhuis moeten liggen?'
'Waarom?'
'Omdat vrouwen toch altijd gecuretteerd worden na een miskraam?'
Afwerend zei Tandy: 'Ik dacht dat ik misschien zwanger was. Ik ben een dag te laat ongesteld geworden. Hoe dan ook, dit overleef ik natuurlijk nooit. En dat allemaal terwijl ik zo hard

heb gewerkt om een droomhuis voor ons tweeën te creëren, dus ze gaan heel veel foto's van mij in het huis maken. Dus het moet nog steeds allemaal perfect zijn.'
'Als dat zo is, kunnen we maar beter aan de slag gaan.' Jack tilde een wandsculptuur op en liep ermee de trap op.
Toen hij buiten gehoorsafstand was zei Tilly troostend: 'Ik weet dat je nu het gevoel hebt alsof je leven voorbij is, maar je komt er echt wel overheen. Je leert wel weer iemand anders kennen met wie je wél gelukkig zult worden.'
'Echt niet.' Tandy schudde fanatiek haar hoofd.
'Jawel.'
'Niet waar, want ik wil helemaal niet iemand anders leren kennen.'
'Dat denk je nu, maar je moet het gewoon even de tijd geven,' zei Tilly, 'en dan verander je vanzelf wel van gedachten, echt waar.'
Tandy wierp haar een rare blik toe. 'Nee, je snapt het niet. Ik bedoel dat ik niet iemand anders hóéf te leren kennen, omdat Jamie en ik volgende week weer samen zijn.'
'Pardon?'
'Hij heeft buiten de pot gepist. Hij is gesnapt. Ik kan hem er wel om vermoorden.' Tandy slaakte een luidruchtige zucht. 'Maar hij wil niet dat we uit elkaar gaan. Hij is niet verliefd of zo op dat andere meisje. Ze heeft zich gewoon aan hem aangeboden, meer niet.'
'Ga je hem dat vergeven dan?' vroeg Tilly hoofdschuddend.
'Je hoeft me niet zo aan te kijken! Snap het dan! Ik móét het hem wel vergeven! Want wat gebeurt er met me als ik dat niet doe?'
'Maar...'
'Zonder Jamie ben ik gewoon een van de vele ex-voetbalvrouwen.' In Tandy's ogen glansden tranen. 'En dan moet ik weer bij mijn moeder gaan wonen. En dan wil ze dat ik werk zoek. En iedereen zal me achter mijn rug uitlachen. En stel je voor dat ik geen andere voetballer kan krijgen? Dat ik eindig met een of andere saaie man die in een tv-zaak werkt en een... een... aftandse Ford Fiesta heeft?'
Tilly was met stomheid geslagen. 'Maar als je bij Jamie blijft,

zul je je dan niet altijd blijven afvragen of hij het weer doet?'
'Dat weet ik niet,' zei Tandy schouderophalend. 'Vast wel, maar dat moet ik er dan maar voor overhebben.'
'En Jamie weet dan dat hij kan doen waar hij zin in heeft, dat hij met iedereen het bed in kan duiken, en jij pikt dat gewoon.'
'Niet alleen ik, hoor. Zo doen alle vrouwen dat.'
'Ik niet!' riep Tilly uit.
'Ik bedoel geen vrouwen zoals jij,' diende Tandy haar meteen van repliek. 'Ik bedoel vrouwen zoals ik, die een relatie hebben met voetballers uit de Premier League. Zo gaat dat nou eenmaal. We maken stampij als ze het doen, maar daarna vergeven we het ze. Want als we dat niet doen, staan er duizend andere vrouwen voor ze klaar.'
'En je denkt echt dat dat het allemaal waard is?' vroeg Tilly.
Tandy keek haar aan alsof ze vijf was. 'Kijk nou eens naar dit huis. Kijk nou eens naar mijn schoenenverzameling. Ik woon samen met Jamie Michaels, en er zijn miljoenen meisjes die me daarom benijden. Dit is een droomleven toch?'
Tilly deed net haar mond open om te protesteren toen Jack weer beneden kwam en haar een waarschuwende blik toewierp vanuit de deuropening. 'Ja,' zei ze alleen maar. Ze gaf het op. Tandy wist wat ze deed en diep vanbinnen wist ze waarschijnlijk ook dat het verkeerd was. 'Ik ga maar eens aan het werk.'
Jack droeg de rest van de sculpturen naar boven en ze begonnen met ophangen. Nadat ze zo'n tien minuten aan het werk waren, zei hij: 'Ik heb iemand eens een keer horen zeggen: "Als je om het geld trouwt, dan verdien je uiteindelijk iedere cent die je krijgt."'
'Hm.' Tilly was nog steeds woedend om de onrechtvaardigheid van alles, om Jamie, die te slap was om zijn broek dicht te houden, om Tandy, die hem ermee liet wegkomen, die deed alsof het bijna logisch was dat het gebeurde...
'Ben je boos op haar?'
'Boos zou ik het niet willen noemen.' Ze hield een van de grote, ingewikkelde sculpturen stevig op zijn plaats, terwijl Jack, achter haar, een schroef in de muur bevestigde. 'Ik zou het woedend willen noemen.'

Toen hij lachte, voelde ze zijn warme adem in haar nek. 'Dat dacht ik al.'
'Jamie gaat haar heel ongelukkig maken.' Zich superbewust van zijn nabijheid ondersteunde ze de andere helft van de sculptuur. 'Ik bedoel, dat heeft hij nou al gedaan, maar hij zal het nog veel vaker gaan doen.'
'Of je er wat aan hebt of niet, maar ik ben het met je eens.' Zijn hand streek langs de hare toen hij zich opmaakte om de volgende schroef vast te zetten. 'Ik sta aan jouw kant.'
'Pff.'
'Ik ben Rose nooit ontrouw geweest.'
'Ja, logisch dat je dat zegt,' zei ze, misschien niet terecht.
Zzzzzzrrrrrrgggggg deed de elektrische boor, terwijl de schroef in de muur werd gedraaid.
'Maar het is waar.' Jacks mond was nu gevaarlijk dicht bij haar oor.
'Oké. Ik geloof je.' Terwijl ze goed oplette dat ze hem niet aanraakte, liet ze de sculptuur los en glipte bij hem weg. 'Zo. En zullen we nu verdergaan met de andere klussen? We hebben nog heel veel te doen en ik moet om vier uur Lou van school ophalen.'

47

Het zou nu niet lang meer duren. De gordijnen om het bed waren permanent gesloten, en Stella werd steeds maar heel even wakker om dan meteen weer in slaap te vallen. De afgelopen achtenveertig uur was ze net een klok geweest waarvan de batterijen bijna op waren. Voor Erin, die aan het bed zat en haar hand streelde, duurden de stiltes steeds langer. Om hen heen ging het geklets van het verplegend personeel en de bezoekers en het gekletter van de trolleys gewoon door, maar in hun afgesloten hokje klonk alleen Stella's rasperige ademhaling en het onophoudelijke gebonk en gesis van de elektronische pomp die voor de morfinetoevoer in haar arm zorgde.

Toen Stella zich iets verroerde en wat onduidelijks mompelde, boog Erin zich naar haar toe. 'Wat zeg je?'
Stella deed haar ogen open. Het oogwit was gelig en haar oogleden waren zwaar. 'Ik ben niet bang.'
'Mooi.' Erin kreeg een brok in haar keel. Gisteren had Stella voor het eerst toegegeven dat ze het wist. 'Ik weet dat het afgelopen is,' had ze gezegd. 'Ik wil het alleen niet hardop zeggen.'
Nu mompelde ze: 'Ik heb nergens pijn. Dat is fijn, hè? Ik voel me een beetje zweverig.'
'Mooi zo. Heel goed.' Erin kneep zacht in Stella's hand.
'Jammer dat ik de begrafenis moet missen.' Stella toverde een klein lachje tevoorschijn en haar stem werd wat krachtiger. 'Ik zou best willen horen wat ze allemaal voor aardige dingen over me zeggen. Zelfs als ze het niet menen.'
Aangezien Erin niet wist wat ze daarop moest zeggen, bleef ze alleen maar Stella's hand strelen.
'Geen zwart,' zei Stella na een tijdje.
'Wat?'
'Ik wil niet dat ze zwart dragen op mijn begrafenis. Dat moet je ze echt vertellen. Alleen felle kleuren.'
'Oké.' Erin knikte. 'Felle, vrolijke kleuren.'
'Ha, die zogenaamde vriendinnen van me zullen niet vrolijk zijn als ze geen zwart aan mogen. Ze gaan alleen maar naar begrafenissen om er slank en elegant uit te zien in hun zwarte kleren. Net goed voor die trutten.'
Sis-bonk deed de elektronische pomp.
'En zorg goed voor Bing.' Stella's ogen vielen weer dicht.
'Natuurlijk.'
'Beloof het me.' Haar stem werd zwakker.
'Ik beloof het je.'
'... goed... baasje...'
Goed baasje? Wat betekende dat? Zei Stella dat ze wilde dat zij, Erin, Bings nieuwe baasje moest worden? Of wilde ze zeggen dat ze begreep dat dat moeilijk zou zijn voor Erin, dus of ze er alsjeblieft voor wilde zorgen dat Bing een ander goed baasje kreeg?
'Wat zei je?'
Geen reactie.

Erin boog zich naar voren en schudde zacht aan Stella's hand. 'Stella? Wil je dat ik een goed baasje voor Bing zoek?'
Niets. Stella's ademhaling was langzaam en regelmatig. Ze zou nu geen antwoord op haar vraag krijgen. Ze zou moeten wachten tot Stella weer wakker werd en het onderwerp dan opnieuw ter sprake brengen en hopen dat Stella het tweede bedoelde.
Na een uur deed Stella haar ogen open, staarde zonder iets te zien naar het plafond, en sloot haar ogen weer nog voordat Erin haar de o zo belangrijke vraag had kunnen stellen.
Een van de verpleegsters, die vlak daarna even bij Stella kwam kijken, legde een hand op Erins schouder en zei discreet: 'Misschien kun je maar beter Fergus gaan bellen. Het duurt nu niet lang meer.'
De paniek sloeg toe bij Erin. 'Wát? Maar ik moet haar nog iets vragen!'
'Volgens mij moet hij komen.'
'Ja, maar mijn vraag dan? Het is echt belangrijk.'
De verpleegster knikte meelevend, maar gaf niet toe. 'Maak je daar nou maar niet druk om. Wat doen we? Bel jij hem of zal ik het doen?'

Fergus arriveerde veertig minuten later. Zijn grijze pak rook nog naar de wereld buiten waar het leven ondanks alles gewoon doorging. Stella ademde inmiddels heel traag. Tijdens onweer telde Erin altijd het aantal seconden tussen de lichtflitsen en de daaropvolgende donderslag om uit te rekenen hoe ver weg de storm nog was. Nu betrapte ze zich erop dat ze hetzelfde deed met Stella's rasperige ademhaling. Het had iets verschrikkelijk onontkoombaars... negen... tien... elf...
Stella's borst ging op en neer.
'Is het zover?' fluisterde Fergus.
Erin knikte bedroefd.
'O god.' Hij pakte een stoel en ging zitten. 'Ze heeft toch geen pijn, hè?'
Erin schudde haar hoofd, en schrok ineens op toen iemand aan de andere kant van het gordijn schreeuwde: 'Ik haat je, ik haat je, verdwijn uit mijn leven!'

De vrouw in het bed ernaast zei door het gordijn heen: 'Oeps, sorry,' en zette haastig het geluid van de tv wat zachter.
Tien... elf... twaalf... Erin hield haar eigen adem in onder het tellen, vastbesloten om zich niet te ergeren aan de twee actrices van *EastEnders* die fel ruziemaakten op nog geen twee meter afstand van Stella's bed.
'O god...' Fergus staarde naar Stella's roerloze borst.
Veertien... vijftien... zestien...
Erin bleef Stella's hand strelen. Bij dertig stopte ze met tellen en veegde een haar van Stella's marmergladde voorhoofd. Het was gebeurd. Het zat erop. Stella was niet meer bij hen.
Waar was ze heen?
Het was raar om het antwoord daarop niet te weten.
Sis-bonk deed de elektronische pomp, terwijl hij morfine pompte in een lichaam dat het niet meer nodig had.

Tilly nam vrolijk op. 'Hoi, Erin, hoe gaat het?'
Erin peuterde aan de schilfertjes groene verf op de muur in de ziekenhuisgang. 'Stella is overleden.'
'O.' Tilly ging meteen zachter praten. 'O Erin, wat erg.'
Erin voelde een pijnlijke brok in haar keel. Even deden ze er beiden het zwijgen toe, maar ze wisten allebei dat die laatste twee woorden eigenlijk heel ironisch waren. Toch meende Tilly ze, en Erin was blij met haar medeleven. De brok wegslikkend zei ze: 'Het is heel vredig gegaan, ze heeft geen pijn gehad.'
'Nou, dat is fijn. Is Fergus bij je?'
'Ja. Hij is ook van streek.'
'Och, lieverd toch. Maar het was fijn voor haar dat jij erbij was. Zal ik het aan Max vertellen? En aan de anderen?'
'Graag. Dat zou fijn zijn.' Terwijl ze tegen de muur leunde, stroomden de tranen haar over de wangen. 'Is het raar om te zeggen dat ik haar zal missen?'
'Natuurlijk niet.' Aan de andere kant van de lijn zei Tilly troostend: 'Dat is helemaal niet raar.'

48

'Weet je nog dat ik voor de veiling van vorige week zei dat ik bang was?'
'Ja, je was bang dat er niemand op je zou bieden,' zei Tilly.
'Maar nu er wel geboden is, ben ik nog banger. Dit is echt vijftig keer erger.' In de bar schoten Kaye's ogen alle kanten uit, en ze wriemelde aan de franje van haar zijden sjaal. 'Het voelt alsof ik zo meteen de allerhoogste bungeejump ter wereld moet doen.'
'Je hoeft je echt nergens zorgen om te maken. We zijn er toch allemaal bij? Er kan niks gebeuren.'
'Ik ben misselijk. En ik moet ook plassen.'
'Het is echt helemaal veilig.' Tilly keek Max veelbetekenend aan; het kwam allemaal door zijn imitaties van Anthony Perkins in *Psycho* dat Kaye zo'n bazelende zenuwpees was.
'Ga je naar de wc? Pas maar op dat hij zich niet achter de deur heeft verstopt.'
'Papa, hou op,' zei Lou. 'Je maakt het alleen maar erger.'
Het was tien voor acht, en ze zaten met z'n vieren in de bar van de White Angel, een druk restaurant in Tetbury dat bekendstond om zijn goede keuken. Max had alles geregeld, hij had de plek uitgekozen en het tijdstip. Parker Price zou om acht uur komen. Terwijl Kaye met hem dineerde, zouden de andere drie aan een tafel in de buurt gaan zitten om hen discreet in de gaten te houden en meteen te kunnen ingrijpen zodra Kaye's grootste fan iets deed of zei wat hun zorgen baarde.
Max' mobieltje ging over. Hij keek wie het was en zei: 'Dat is 'm.'
Kaye zette grote ogen op. Ze luisterden allemaal naar Max' kant van het gesprek dat erop volgde en dat bestond uit een reeks Goed, Oké, Prima, Geen probleem en Als je het zeker weet. Aan het eind zei hij: 'Nou, dag dan maar,' en hing op.
'Hij komt toch niet te laat, hè?' vroeg Lou verontwaardigd.
'Hij komt helemaal niet.'
'Wát?' Tilly schoot rechtovereind. 'Waarom niet?'

'Hij heeft het gevoel dat het verkeerd is.' Max haalde zijn schouders op. 'Dus heeft hij besloten om niet te komen. Mij best.'
'Dat meen je niet!' Kaye's stem ging omhoog. 'Het is helemaal niet best! Ik... ik... o, mijn god, ik heb net een blauwtje gelopen bij een stalker!'
'Ik dacht dat je blij zou zijn,' zei Max.
'Nou, dat ben ik dus niet. Hier, geef me die telefoon.' Ze griste het mobieltje uit zijn handen en drukte op wat toetsen. 'Hallo? Hallo? Ben jij dat? Ja, natuurlijk ben ik het! Goh, jij bent ook niet van gisteren, hè? Ja, natuurlijk ben ik boos, hoe durf je!'
Lou vroeg zich af of haar moeder gek was geworden. Ze keek naar haar, terwijl Kaye naar de uitleg van Parker Price luisterde.
'Nee, ik begrijp het niet. Ik ben in mijn hele leven nog nooit zo beledigd! Waar ben je?' Stilte. 'Nou, zorg maar dat je onmiddellijk hiernaartoe komt. Je hebt betaald om met mij uit eten te kunnen gaan, dus dan moet je dat verdomme doen ook.'
Ze dachten allemaal dat ze haar verstand had verloren, maar dat kon Kaye niets schelen. Ze had zich toch verdorie niet voor niets zitten opfokken en de hele tijd met buikpijn van de spanning rondgelopen? Dan moest het doorgaan ook.

Parker Price zag er helemaal niet eng uit. Hij zag er volkomen normaal uit. Hij had donker haar met een paar zilveren streepjes bij zijn slapen. Hij was begin veertig, lichtelijk gebruind, en had warme grijze ogen en het begin van een onderkin. Hij had gezonde tanden, mooie handen en droeg een goed gemaakt donkergrijs pak.
Zodra Kaye hem zag, verdwenen haar zenuwen als sneeuw voor de zon. Er daalde een grote kalmte op haar neer. Ze hoefde zich nergens druk om te maken. Vanaf de andere kant van de zaak hielden Max, Tilly en Lou haar als haviken in de gaten, maar hier aan hun tafel had zij de touwtjes in handen.
'Vertel me eerst maar eens waarom je wilde afzeggen.'
Parker Price trok een gezicht. 'God, dat spijt me echt. Ongelooflijk dat je zo kwaad was door de telefoon.'

'Nou, ik vind het ongelooflijk dat je helemaal uit Amerika hiernaartoe komt en dan op het allerlaatste moment ineens terugkrabbelt. Ik bedoel, waarom zou je? Het is gewoon bizar.'
'Oké, ik zal eerlijk tegen je zijn. Toen ik me vanavond in mijn hotel klaarmaakte voor dit etentje, verheugde ik me er echt heel erg op om je te leren kennen. Maar toen bedacht ik ineens iets.' Parker schudde zijn hoofd en vervolgde wrang: 'Ik vroeg me af wat jij van onze afspraak zou denken, en toen besefte ik opeens dat je waarschijnlijk doodsbang was.' Hij zweeg even. 'Had ik gelijk of niet?'
'Nou ja, misschien wel. Misschien niet echt doodsbang,' zei Kaye, 'maar wel op mijn hoede.'
'Dat zeg je alleen maar uit beleefdheid. Net zoals je vanavond vast ook heel beleefd tegen me zou hebben gedaan. Maar eerlijk is eerlijk, ik had wel een of andere gestoorde gek kunnen zijn. En wie weet, misschien ben ik dat nog steeds wel.'
'Nee, dat ben je niet.' Kaye wist het honderd procent zeker.
'Nee, ik weet dat ik dat niet ben.' Hij glimlachte. 'Maar jij kunt dat niet weten. Het feit dat ik vijfduizend pond voor je bied op een veiling, lijkt me toch wel een reden tot zorg. Hoe dan ook, daarom vond ik opeens dat ik niet kon gaan. Ik vond het een vreselijke gedachte dat je tegenover me zou zitten, terwijl je eigenlijk ergens anders wilde zijn en het allemaal even erg vond. Ik wilde je die ellende gewoon besparen, want ik vond alles beter te verdragen dan de gedachte dat je bang voor me was.'
'Ik ben niet meer bang,' zei Kaye. 'Echt niet.'
'Fijn om te horen. En dank je wel dat je me niet hebt laten wegkomen met die afzegging.' Hij ontspande zich zichtbaar in zijn stoel. 'Ik vind het echt leuk om je te leren kennen.'
'Ik jou ook.' Kaye zou met de beste wil van de wereld niet weten hoe ze het gevoel moest omschrijven dat deze vriendelijke, gevoelige man bij haar opriep; het enige wat ze wist, was dat hij iemand was die ze volledig kon vertrouwen.
'We worden in de gaten gehouden,' zei Parker.
'Ik weet het. Sorry.'
'Je beveiliging. We kunnen ze anders wel vragen om bij ons te komen zitten, als je wilt. Als we het vriendelijk vragen, willen

de obers de tafels vast wel anders neerzetten, zodat we bij elkaar kunnen zitten.'
'Nee, dat hoeft niet. Ze zitten daar goed.' Kaye wilde niet dat Max en Lou hen continu zouden onderbreken, vragen zouden stellen, de avond voor hen zouden verpesten. 'Ik ben zo weg van dat schilderij dat je me hebt gestuurd. Het hangt in mijn huiskamer. Ik vond het echt heel aardig van je.'
'Graag gedaan. Je hebt een rottijd achter de rug, veroordeeld door de roddelbladen. Ik wilde je gewoon wat opvrolijken,' zei Parker.
'Maar je had echt niet zoveel geld voor me moeten uitgeven.'
Hij haalde zijn schouders op. 'Geld is niet echt een probleem voor me. Maar dat had je inmiddels wel door, denk ik. Maar hoe dan ook, ik ben blij dat het schilderij je bevalt.'
Hij had ontzettend lieve ogen, warm en glinsterend, met kraaienpootjes wanneer hij glimlachte. Kaye, die er geen gewoonte van maakte impertinente vragen te stellen, vroeg: 'Hoe komt het dat je zo rijk bent dan?' Nou ja, ze wilde dat gewoon weten. Toen ze Parkers naam had gegoogeld, had dat weinig opgeleverd. Maar ze hoopte echt dat hij zijn geld zelf had verdiend en niet gewoon geërfd.
'Ik ben architect. Niet heel opwindend, maar we hebben een succesvol kantoor. P.K. Price, aan Hudson Street.' Hij haalde zijn portefeuille uit zijn zak om een visitekaartje te pakken. 'Woningen, bedrijven, grote gebouwen, kleine gebouwen, wat je maar wilt. Roep het maar, en wij ontwerpen het voor je.'
'Vonden ze het op je kantoor niet erg dat je vrij nam om hiernaartoe te komen?'
'Erg? Ze waren blij dat ze even van me af waren. Nee, het kwam nu goed uit. Ik heb net een groot project afgerond en was wel aan een korte vakantie toe.'
Hij leek heel normaal, maar wat hij had gedaan, viel toch echt onder het kopje abnormaal. 'Tot wat voor een bedrag was je gegaan op de veiling?' vroeg ze hem op de man af. God, niet te geloven dat ze er steeds zulke rare vragen uitflapte.
Maar het mooiste was nog wel dat hij ze gewoon beantwoordde.
'Tot twintigduizend. Dollar,' voegde hij er snel aan toe toen

hij zag dat ze hem met grote ogen aankeek. 'Tienduizend pond, heb ik telefonisch aan die oude man doorgegeven. Ik vond het behoorlijk eng, maar ik moest toch ergens een grens stellen. Ik hoop niet dat je je beledigd voelt, maar ik wilde niet het risico lopen dat hij me zou terugbellen met de mededeling dat hij een half miljoen voor je op tafel had moeten leggen.'

'Nee, een half miljoen ben ik beslist niet waard.' Ze schudde haar hoofd. 'Ongelooflijk dat je vond dat ik wel tienduizend pond waard was.' Ze keek hem aan, in het geheel niet bang meer, en vroeg: 'Maar waarom ben ik dat waard voor jou? Waarom ben je helemaal hiernaartoe gekomen?'

Tien minuten geleden had de serveerster hun de menukaarten gebracht, maar ze hadden er nog niet eens een blik in geworpen.

Kalm zei hij: 'Ik kan je niet vertellen waarom. Dat klinkt...' Hij stopte en schudde zijn hoofd. 'Nee, sorry, dat kan ik je echt niet vertellen.'

Het beviel haar wel dat hij haar dat niet kon vertellen. Je kon niet zeggen dat hij bloosde, maar het zat er dicht tegenaan. Toen ze de serveerster van een afstandje aarzelend naar hen zag kijken, zei ze: 'We houden de keuken op. Laten we iets uitkiezen. Heb je erge honger?'

'Niet echt,' zei hij met een ironisch glimlachje.

Haar ogen dansten. 'Ik ook niet.'

49

'Moet je ze nou eens zien.' Het was halfelf, en Max begon er genoeg van te krijgen. 'Ze hebben nog geen moment hun tater gehouden. Hij krijgt verdomme wel waar voor zijn geld, zeg?'

'Papa, wind je niet zo op. Hij heeft er veel geld voor betaald.'

'Maar het is al laat, en jij moet morgen weer naar school.'

'Dat weet ik,' zei Lou, 'maar de eerste twee uur hebben we aardrijkskunde, en dan slaapt toch iedereen.'

'Daar komen de stormtroepen,' zei Parker. 'Ze komen je redden. Zo te zien zit mijn tijd erop.'
Toen Kaye op haar horloge keek, kon ze bijna niet geloven dat het al elf uur was. En daar kwam Max al vastbesloten aanbenen door het bijna verlaten restaurant. 'Ik regel het wel.'
'Hoi. Goedenavond. We moeten gaan,' viel Max met de deur in huis.
'Prima, gaan jullie maar vast. Ik blijf nog even.'
'Nee nee nee.' Hij schudde zijn hoofd. 'Dat kan niet.'
'Jawel, hoor.' Met haar ogen probeerde ze hem duidelijk te maken dat alles in orde was. 'We hebben het heel gezellig, en ik wil nog niet weg. Ik neem wel een taxi als ik naar huis wil.'
'Nee, dat doe je niet,' zei Max, 'want we hadden afgesproken dat wij hier een oogje in het zeil zouden houden, dus het zou belachelijk zijn als we je alsnog alleen zouden laten met een onbekende man die – sorry dat ik het zeg – wel eens een complete freak zou kunnen zijn.'
'Maar dat hadden we bedacht toen we hem nog niet kenden. En Parker is geen freak, dus je hoeft je nergens meer zorgen over te maken!'
Parker stak zijn hand op. 'Ach, het geeft niks. Hij heeft gelijk. We hebben het erg leuk gehad, maar het is tijd om te gaan.'
Kaye voelde zich net een puber die veel te vroeg door haar vader werd afgehaald van de disco. Ze slaakte een zucht en zei toen tegen Max: 'Geef me even twee minuten.'
'Goed. Twee minuten.' Hij keek haar aan met een blik van: ben je wel goed bij je hoofd? 'En geen seconde langer.'
Zodra hij buiten gehoorsafstand was, zei Kaye: 'Let maar niet op mijn ex, hij is nooit erg tactvol geweest.'
'Hij wil je beschermen, dat is mooi.'
Ze staarde Parker aan. Zijn gelaatstrekken werden haar met de minuut vertrouwder. Ze hadden het over hun jeugd gehad, over vakanties, oude schoolvrienden, gênante situaties, eten dat ze wel of niet lekker vonden, rare kerstcadeaus die ze hadden gekregen, lievelingsfilms en de stomste versierpraatjes. Ze waren eindeloos van onderwerp naar onderwerp gesprongen, simpelweg omdat er zoveel te vertellen viel. En nog zoveel te leren. Was dit wat er gebeurde als je je soulmate vond?

Zonder nadenken flapte ze eruit: 'Wanneer zien we elkaar weer?'
Parkers hele gezicht lichtte op. 'Zeg je dat soms alleen uit beleefdheid?'
'Nee, helemaal niet.'
Hij ontspande zich zichtbaar. 'Ik wil je heel graag weerzien.'
'Morgenavond?'
'Hm.' Glimlachend deed hij alsof hij iets uit zijn jaszak wilde pakken. 'Dan zal ik even in mijn agenda moeten kijken of ik wel kan.'

'Nou, dat werd tijd, verdomme,' zei Max, toen Parker het restaurant verliet en Kaye bij hen in de bar kwam staan. 'Klus geklaard. Laten we meteen gaan. Ik had niet verwacht dat het later dan tien uur zou worden.'
'Hoe was hij?' vroeg Tilly nieuwsgierig.
Kaye voelde dat ze gloeide. 'Heel aardig, echt heel aardig.' Ze kon hun onmogelijk uitleggen wat ze voelde zonder dat ze dachten dat ze gek was geworden. Maar aan de andere kant, wat kon het haar schelen wat ze dachten? 'Ja, ik vind hem echt heel leuk. We hebben voor morgenavond weer afgesproken.'
'Over mijn lijk.' Max snoof luidruchtig.
'Wat je wilt.' Ze richtte twee vingers op hem en vuurde af. 'Beng, dood.'
'Nee, dat ben jij als hij je wat aandoet. Jezus christus, snap je het dan echt niet?' vroeg hij ongelovig. 'Je kent die man helemaal niet. Het enige wat je weet, is dat hij je van allerlei spullen heeft gestuurd, dat hij je zo'n beetje heeft gestalkt en ook nog eens belachelijk veel geld heeft uitgegeven om hiernaartoe te vliegen om met je uit eten te kunnen gaan. Zeg eens eerlijk, klinkt jou dat soms normaal in de oren?'
Kaye haalde haar schouders op. 'Toch zie ik hem morgenavond weer. En jij hoeft heus niet meer mee.'
'Natuurlijk wel! Er moet toch iemand met je mee? Verdomme nog aan toe, ik kan gewoon niet geloven dat dit echt gebeurt,' bulderde Max.
Ik ook niet, dacht Kaye blij, maar het is wel zo.
Fantastisch toch?

Er waren een paar dingen die je echt niet verwachtte te zullen zien wanneer je op een donderdagmorgen om kwart voor acht op weg was naar je werk, en Jack Lucas met een krijsende, halfnaakte baby in zijn armen was daar een van.
Tilly, die moest tanken, ging bij de benzinepomp in de rij achter een wit busje staan en bekeek het tafereel met gemengde gevoelens. Jacks auto stond naast een pomp geparkeerd, en naast de wasstraat stond een rode Fiat met alle portieren open. Een peuter zat te blèren in zijn autostoeltje, terwijl zijn geïrriteerde moeder hem probeerde te kalmeren met een pakje vruchtendrank. Toen die klus was geklaard, richtte ze haar aandacht weer op de baby. Ze stroopte het doorweekte witte kruippakje over de fanatiek trappelende beentjes heen, heel voorzichtig, zodat Jacks poloshirt niet onder de babykots zou komen. Toen ook die missie was geslaagd, stopte ze het kruippakje in een plastic tas. De baby in zijn luier, nog steeds onder zijn armpjes vastgehouden door Jack, begon meteen weer over te geven, waarbij hij Jacks spijkerbroek op een haar na miste. Jack gaf de baby aan zijn moeder, liep naar zijn auto en kwam terug met een doos tissues die de vrouw dankbaar van hem aanpakte.
Het witte busje reed weg. Tilly schoof een plaats door en begon haar tank te vullen. In de andere rij deed Jack inmiddels hetzelfde. Nadat de moeder haar brullende baby had schoongeveegd en weer in zijn babyzitje had gelegd, bedankte ze Jack – haar redder in de nood – uitvoerig.
Tilly wist niet goed wat ze ervan moest denken. Aan de ene kant moest ze erkennen dat hij iets aardigs had gedaan. Aan de andere kant was ze gefrustreerd omdat ze gewoon echt niet snapte hoe hij het ene moment zo attent kon zijn en het andere zo egoïstisch.
Uit de verte knikte Jack naar haar en riep vrolijk: 'Goedemorgen!'
'Goedemorgen.' Tegenstrijdige gevoelens bleven in haar om de voorrang strijden. In zijn zandkleurige poloshirt, zijn verschoten spijkerbroek en lage laarzen zag hij er... hartstikke goed uit. Zijn donkere haar glinsterde in het ochtendlicht, en terwijl hij de pomp bediende, zag ze zijn spieren bewegen on-

der de glanzende gebruinde huid van zijn onderarm. Kortom, als je een YouTube-clip zou maken van Jack die zijn benzinetank volgooide, zou je er steeds opnieuw naar willen kijken. Lichamelijk was hij gewoon volmaakt. Wat die andere kant van hem des te teleurstellender maakte.

'Heb je dat gezien, dat die baby me bijna onderkotste?'

Jemig zeg, vond hij het soms leuk om haar te irriteren? 'Ja, dat heb ik gezien. Je hebt je als een echte held gedragen, hoor. Maar ja, misschien was het sowieso wel een kind van jou.'

'Nou, nee.' Hij klonk geamuseerd. 'Ik had die vrouw nog nooit eerder gezien.'

'Nou, dan kun je haar tenminste van je lijstje schrappen. Heb je trouwens al contact opgenomen met Amy?'

Zijn glimlach stierf weg. 'Nee.'

De blik van complete desinteresse was veelzeggend.

'Dus je doet wel je best om aardig te zijn voor een baby van een onbekende vrouw, maar je trekt je niets aan van een kind dat misschien wel van jou is.' Haar tank was vol, en ze haakte de slang met veel kabaal aan de pomp vast. 'Snap je dan niet dat dat heel wreed is? Ik snap gewoon niet hoe je dat voor jezelf kunt goedpraten.'

Hij schudde zijn hoofd. Blijkbaar had ze hem ook geïrriteerd. Nou, prima. Iemand moest het hem toch zeggen?

'Goed, laat me je één ding vertellen. De reden waarom ik geen contact heb opgenomen met Amy, is omdat ik niet de vader ben van dat kind van haar.'

'Maar...'

'En dat weet ik toevallig zeker omdat ik niet met haar naar bed ben geweest.'

Ze bleef als aan de grond genageld staan. Wat? Wat? Meende hij dat?

Ze keek hem aan. 'Je bedoelt dat je... dat je geen seks met haar hebt gehad?'

De oudere vrouw aan de volgende pomp luisterde gretig mee.

'Zo kun je het ook zeggen, ja,' zei hij.

'Wat, nooit?'

'Nee, nooit.'

'Maar... maar zij zei van wél!'
Schouderophalend draaide hij zich om.
Tilly kon haar oren niet geloven. 'Maar waarom zou ze dat zeggen als het niet zo is?'
'Ja, wie weet?' schreeuwde de man in de Volvo achter haar. 'Stomme wijven, niet te snappen gewoon, ze maken ons allemaal gek. En jij bent er ook zo eentje!' Woedend wees hij naar Tilly. 'Dat staat daar maar te kleppen alsof ze alle tijd van de wereld heeft, terwijl wij hier met z'n allen in de rij staan te wachten tot je verdomme eens doorrijdt met die klotewagen van je!'
Oei. Tilly keek even achterom en zag dat hij gelijk had. Blozend stapte ze in en reed naar een van de parkeerplekken. Ze zag dat Jack ook de slang ophing en de dop op zijn tank draaide. Ze liep de winkel in om te betalen, in de verwachting dat hij zo ook wel zou komen, dan kon ze haar ondervraging voortzetten. Maar tien seconden later zag ze door het raam zijn Jaguar de weg op rijden.
Ze slaakte een kreet van verbazing, en de caissière keek haar met opgetrokken wenkbrauwen aan. 'Er is net iemand weggereden zonder te betalen,' jammerde Tilly.
De caissière keek haar verveeld aan. 'Die stond bij de snelpomp, daar stop je je creditcard in voordat je gaat tanken.'
O.
Oké dan.
Dus er zou geen vloot politieauto's op Jack worden af gestuurd. Jammer.
Maar wat was er eigenlijk tussen hem en Amy voorgevallen? Waarom hadden ze er allebei over gelogen? Tilly snapte er geen snars van, maar één ding was zeker.
Ze moest en zou erachter komen.

50

Toen ze uit Londen hiernaartoe was gekomen om voor Max te gaan werken, had ze niet kunnen bedenken dat het bij haar baan hoorde om tevens voor chaperonne/vijfde wiel aan de wagen te spelen.
'Ik heb vanavond een afspraak met Matt en Lizzie Blake in Bath,' had Max eerder die dag gezegd. 'Dus dan zul jij Kaye in de gaten moeten houden.'
'Oké.' Tilly had haar schouders opgehaald. Er waren beroerdere manieren om de avond door te brengen. 'Ga je gezellig met me mee, Lou?'
'Als je wilt dat ik van school word getrapt, ja.' Lou trok een gezicht. 'Ik moest vandaag al nablijven, omdat ik niet had opgelet bij aardrijkskunde, en vanavond moet ik een opstel schrijven voor Frans, plus dat ik nog geschiedenis moet leren, en ik heb een hele berg wiskunde. Analyse. Bah.' Hoopvol voegde ze eraan toe: 'Tenzij je een brief wilt schrijven aan mijn mentor om te zeggen dat ik geen huiswerk kon maken omdat ik met jou mee uit moest.'
En zo zat Tilly als een eenzame zielenpiet in haar eentje aan een tafeltje in de tuin van de Horseshoe Inn, aan de rand van Roxborough. Nou ja, niet helemaal in haar eentje. Ze had Betty bij zich. Maar hoe schattig Betty ook was, als het op sprankelende conversatie aankwam, was ze beslist geen Dawn French.
Aan de andere kant van de tuin gingen Kaye en haar stalker helemaal op in hun gesprek. Ze zaten te lachen en hadden al met al ontzettend veel lol. Daarbij kwam nog dat een stuk of tien tafels bezet werden door klanten die genoten van een warme zomeravond in de tuin van een pittoreske pub in de Cotswolds. En die hadden zo te merken ook allemaal ontzettend veel lol. Maar ja, die zaten dan ook niet opgescheept met gezelschap dat al een uur lang in het gras aan het snuffelen was op zoek naar oude chips.
Tien minuten later kwam Jack de kroeg uit zetten, en Tilly's hart maakte een sprongetje. Hij keek wat om zich heen, en

Betty liet meteen haar chipsjacht voor wat hij was en rende naar haar held toe om hem als een dolenthousiaste groupie te begroeten.
Zie je nou wel? Zelfs Betty was volledig in zijn ban.
Toch was Tilly blij dat hij er was. Max had hem vast verteld dat ze hier in haar eentje zat, en nu was Jack hiernaartoe gekomen om haar gezelschap te houden. Wat inhield dat ze hem kon ondervragen over wat er echt tussen hem en Amy was gebeurd. Ze wilde dat echt heel erg graag weten.
Jack kwam naar haar toe lopen, terwijl Betty om hem heen sprong.
'Hoi,' zei Tilly stralend. 'Max heeft je zeker gebeld.'
Hij knikte. 'Ja.'
'Betty, laat Jack met rust. Dan kan hij gaan zitten.' Snel haalde ze haar glas jus d'orange, de lege zak chips en haar tas weg.
'Ik kan niet blijven. Vanavond trekken er nieuwe huurders in de flat aan Farrow Road. Ik heb ze beloofd dat ik daar over een halfuur zou zijn.'
Wat? Ze moest haar hand boven haar ogen houden tegen de ondergaande zon achter hem. 'Wat doe je hier dan?'
Hij trok een wenkbrauw op. 'Omdat Max me dat heeft gevraagd. Ik kan mensen namelijk heel goed inschatten. Vijf minuten is voldoende om me een idee van hem te geven.'
Dus hij was hier helemaal niet voor haar. God, wat stom weer.
Terwijl ze Betty op haar schoot tilde, keek ze Jack na die naar Kaye en haar stalker liep. Hij gaf Kaye een kus, Parker een hand en ging bij hen aan tafel zitten.

'Ik ga weer.' Er waren vier minuten verstreken, en Jack was alweer terug.
'Nog één ding voordat je weggaat,' flapte ze eruit, want ze zat de hele dag al met de vraag in haar maag. 'Want ik begrijp iets echt niet. Waarom zou Amy beweren dat ze met je naar bed is geweest als dat niet zo is?'
Hij schudde zijn hoofd en glimlachte vaag. 'Dat zou ik niet weten.'
Wat inhield dat hij het dus wel wist.
'En als het echt zo is dat je niet met haar naar bed bent ge-

weest, waarom heb je me dat dan niet eerder verteld, in plaats van me te laten denken dat dat wel zo was?'
'Luister jij eigenlijk wel naar wat ik zeg?' Hij keek haar kalm aan. 'Ik heb je maanden geleden al verteld dat ik niet praat over mijn seksleven. Dat heb ik nog nooit gedaan en dat zal ik ook nooit doen. Want ik heb zo mijn normen.' Met glinsterende ogen vervolgde hij: 'Als wij samen iets hadden, zou je het dan leuk vinden als je wist dat ik het er met Jan en alleman over zou hebben? Dat ik alles uitgebreid met iedereen zou bespreken? Nou, zou je dat leuk vinden?'
Blozend schudde ze haar hoofd. 'Nee.'
'Nee, natuurlijk niet. Dat zou geen enkele vrouw leuk vinden. Dat respecteer ik, en dus hou ik mijn mond.' Stilte. 'Ik had je dat vanochtend ook niet moeten vertellen over Amy, maar dat gedoe met die baby begon een beetje uit de hand te lopen. Zo, nu heb je je antwoord. Tevreden?'
Ze voelde zich behoorlijk op haar nummer gezet, maar was – helaas – geen steek wijzer geworden. Terwijl ze een insect dat om haar heen vloog, wegsloeg, mompelde ze: 'Ja.'
'Mooi zo.' Jack pakte zijn autosleutels uit zijn broekzak, klaar om weg te gaan. Met een knipoog voegde hij er nog aan toe: 'Dat had je niet gedacht, hè, dat ik over normen en waarden beschikte. Geef maar toe dat je stiekem diep onder de indruk bent.'
Nadat hij haar zo op haar nummer had gezet zeker? Mooi niet. Zijn woorden negerend vroeg ze: 'Wat is het vonnis over Kaye's stalker?'
'Lijkt me wel in orde. Niet overduidelijk gestoord in elk geval. Kaye vindt hem leuk.'
'Een beetje maar.'
'Nou, ik moet ervandoor.' Hij boog zich voorover om even achter Betty's oor te krabbelen. Betty ging meteen op haar rug liggen, schaamteloos met haar vier poten in de lucht wiebelend en kroelend van genot.
'Nou, tot ziens dan maar.' Tilly hield zich sterk. God, je wist pas echt hoe beroerd je eraan toe was als je zou willen ruilen met een hond.

Om te zeggen dat Kaye Parker leuk vond, was nog zacht uitgedrukt. Ze was gewoon stapelverliefd. Toen hij tegen sluitingstijd afscheid van haar nam, kon je gewoon zien dat ze dolgraag wilde dat hij haar kuste. En misschien had hij dat ook wel gedaan als Tilly er niet was geweest. Maar als chaperonne zou ze geen knip voor de neus waard zijn als ze dat liet gebeuren, dus trok ze zich niet discreet om de hoek terug, maar bleef op haar post.
Daarna was Parker met de taxi teruggegaan naar zijn hotel, en Tilly en Kaye wandelden samen het korte stukje naar het centrum van Roxborough.
Nou ja, Tilly en Betty wandelden. Kaye zweefde waarschijnlijk een paar centimeter boven de stoep. En proberen haar aandacht vast te houden was net zo moeilijk als een jong katje leren lezen.
'Hij is echt een schat, hè? Jij vindt hem toch ook aardig? Echt, ik kan me gewoon niet herinneren dat ik me ooit zo op mijn gemak heb gevoeld bij een man. Het is alsof we elkaar al jaren kennen...'
'Sorry,' zei Tilly ineens op beschuldigende toon. 'Maar huppelde je net?'
'Wat?'
'Huppelen. Je weet wel.' Ze wees op Kaye's rode sandaaltjes. 'O, mijn god, je huppelde echt, hè? Jezus.'
En in plaats van schuldbewust en beschaamd te kijken en het glashard te ontkennen, grinnikte Kaye slechts en schudde haar haren naar achteren. 'Nou, misschien kan ik daar wel niks aan doen. Zo voel ik me nu eenmaal als ik aan hem denk!'
'Toch moet je je verstand blijven gebruiken.' Tilly vond het haar plicht om Kaye daarop te wijzen. Per slot van rekening was ze een chaperonne.
'Dat weet ik, dat weet ik. En dat doe ik ook!' Vrolijk huppelde ze nog een keer en maakte daarna een paar rondedansjes.
'Mag ik je iets vragen?'
'Over Parker? Wat je maar wilt!'
'Nee, over Jack.'
Kaye stopte met dansen. 'Wat zei Jack over hem?'
'Niks. Ik bedoel dat hij zei dat hij wel in orde leek.'

'Niet te geloven toch van Max, om Jack langs te sturen om Parker aan een kruisverhoor te onderwerpen?'
'Dat over Jack.' Tilly deed nog een poging. 'Dat heeft niks te maken met Parker. Weet je nog, nadat jij en Max uit elkaar waren?'
Kaye trok haar neus op. 'Wat dan?'
'Je vertelde me dat je toen met Jack naar bed was geweest.'
'Ja-a.'
'Was dat echt zo?'
'Pardon?' Kaye klonk verbaasd. 'Of wat echt zo was?'
'Of je echt met Jack naar bed bent geweest.'
'Natuurlijk ben ik echt met Jack naar bed geweest.' Op ongelovige toon vervolgde ze: 'Waarom zou ik dat zeggen als het niet zo was?'
Ja, precies. Precies. En er was geen sprake van dat ze Kaye niet kon geloven. Het punt was dat ze Jack ook geloofde. Tilly trok Betty weg bij een chocoladereepwikkel op de grond en wachtte tot Kaye zou vragen waarom ze dat eigenlijk wilde weten.
'Maar moet je horen. Parker was eigenlijk van plan een week te blijven, maar hij gaat proberen om er nog een weekje aan vast te knopen. Fantastisch, hè?'
Geen nieuwsgierige vragen dus. Kaye had blijkbaar belangrijkere dingen aan haar hoofd. Tilly keek haar glimlachend aan en zei: 'Hartstikke leuk.'

Max was al terug van zijn afspraak in Bath. Hij stond eieren met bacon te bakken en brood te smeren. Ter begroeting stak hij het mes op en zei: 'Lou is al naar bed. Hoe ging het met de stalker?'
'Prima. Ze heeft morgen weer met hem afgesproken, maar deze keer wil ze er geen chaperonne bij. Ze zegt dat ze een grote meid is en dat je niet haar vader bent en dat je haar en Parker ook even wat tijd voor zichzelf moet gunnen.'
'Oké.'
'Echt?' Tilly was verbaasd; ze had niet verwacht dat hij zo gemakkelijk zou toegeven.
Max haalde zijn schouders op. 'Ze mogen samen uitgaan. Maar niet samen thuisblijven.'

'Nou ja, het is een begin. Kaye zal wel blij zijn.' Het verwonderde haar een beetje dat hij van mening was veranderd. 'Is er genoeg bacon voor mij en Betty?' vroeg ze.
'Ja, hoor.' Toen hij bezig was de plakjes bacon om te draaien, ging zijn mobieltje op de keukentafel over. 'Wil jij even kijken wie dat is?'
Tilly tuurde naar het schermpje. 'Het is Kaye. Zal ik opnemen?'
Verbeeldde ze het zich of moest hij zijn best doen om zijn gezicht in de plooi te houden? 'Ga je gang.'
'Is Max er ook? Niet te geloven wat hij heeft gedaan,' schreeuwde Kaye door de telefoon. 'Zeg hem maar dat hij een vuile rotzak is!'
Tilly gaf het gehoorzaam door. 'Je bent een vuile rotzak. Hoezo, wat heeft hij dan gedaan?'
'O, niks. Alleen maar Parkers kantoor gebeld en iedereen die daar werkt, ondervraagd! Ik schaam me echt dood!' krijste Kaye. 'Wat zullen ze wel niet van me denken? Parker is al gebeld door twee architecten die bij hem werken, door zijn secretaresse en door de schoonmaker. Hij overleeft dat echt niet – ze zullen hem er zijn leven lang mee blijven pesten.'
'Oké.' Max pakte het toestel van Tilly over en zei laconiek: 'Wat kun jij gillen, zeg. Mij leek het gewoon een goed idee. Stel je voor dat ze hadden gezegd: "Parkers vriendinnen? O, dat is altijd zo raar, na een week of zo lijken ze ineens helemaal van de aardbodem verdwenen... O ja, en nou je het zegt, in zijn appartement komt ook een hele rare lucht onder de vloer vandaan."'
Max kon heel goed een New Yorks accent imiteren. Glimlachend nam Tilly zijn taak over en draaide de bacon om. Nu was het haar beurt om Kaye's woedende gegil uit de verte aan te horen.
'Nee.' Max sprak weer op normale toon. 'Dat hebben ze niet gezegd. Ze hebben me verteld dat hij een gewone, aardige kerel is, iedereen mag hem, niks bekend over een verleden vol in stukken gehakte vrouwen.' Stilte. Gekrijs. 'Ik dacht dat je wel blij zou zijn om dat te horen.' Stilte. Gekrijs. 'Hoor eens, ik wilde gewoon zeker weten dat er niets engs kon gebeuren, en

Parker snapt dat vast wel. Ze zeiden alleen maar aardige dingen over hem... Ja, ja, ja, dat kan van mij niet gezegd worden, ik weet het. En volgens Jack is hij ook in orde. Dus nu we dat allemaal weten, mag je van mij morgenavond wel weer met hem uit, zonder chaperonne.' Stilte. Gekrijs. 'Dank je.'
'Wat zei ze?' Tilly was druk bezig de knapperige plakjes bacon op de boterhammen te schuiven.
'Ze schold me voor iets heel ergs uit.' Max keek met een zielige blik naar Betty, die slechts geïnteresseerd was in het feit of er wel genoeg bacon voor haar zou overblijven. 'En toen hing ze op. 'Voor hetzelfde geld heb ik haar het leven gered, en wat krijg ik, stank voor dank.'

51

Terwijl Tilly de liturgie van de rouwdienst bestudeerde, voelde ze zich er een beetje schuldig over dat het haar allemaal weinig deed. Het was alsof het vals spel was om de begrafenis bij te wonen van iemand die je maar heel kort had gekend en niet eens erg graag had gemogen.
O god, zelfs dat was nog overdreven. Ze had Stella nauwelijks gekend en had haar helemaal niet gemogen. Maar Erin had haar gesmeekt om vandaag met haar mee te gaan, en ze had het niet over haar hart kunnen verkrijgen om nee te zeggen. Doodsbang dat er niemand zou komen opdagen, had Erin zo'n beetje iedereen die Stella wel eens had ontmoet, achter de vodden gezeten om te komen, want ze wilde er zeker van zijn dat de kerk niet al te leeg bleef.
En gelukkig – al was het maar voor Erin – was de kerk niet leeg. Er waren meer dan honderd mensen gekomen. Een potentiële ramp was afgewend. De zogenaamde vriendinnen die Stella in het ziekenhuis niet één keer hadden opgezocht, waren er allemaal. Óf Erin had hun geweten goed weten te bespelen, óf ze hadden de kans niet voorbij willen laten gaan om er glamoureus uit te zien in zwart. Het verzoek om vrolijke

kleuren te dragen was door de meeste vrouwen genegeerd; zwart was veel stijlvoller en kleedde ook veel beter af.
Tilly, steels om zich heen kijkend terwijl iedereen zat te wachten tot de dienst begon, herkende wat medewinkeliers van Stella, een handjevol buren en een aantal gezichten uit de Lazy Fox. Er was ook personeel van Fergus' makelaardij, inclusief zijn secretaresse Jeannie van wie Tilly wist dat ze helemaal niet met Stella had kunnen opschieten.
En daar, achter in de kerk, zat de nog steeds magere, maar zichtbaar zwangere Amy, met een donkere zonnebril op (misschien verbeeldde ze zich dat ze in Hollywood was) en gekleed in een elegant zwartfluwelen overslagjurkje. Tilly begreep nog steeds helemaal niets van dat gedoe met Amy. Had Jack haar soms stomdronken gevoerd? Was ze de volgende ochtend wakker geworden met barstende koppijn en geheugenverlies en had Jack haar toen verteld dat ze dé daad hadden verricht, terwijl dat helemaal niet zo was?
Had hij haar gehypnotiseerd, zodat ze op de een of andere manier dacht dat ze woeste seks met hem had gehad?
Tilly hapte naar adem. Och hemel, nu dacht ze ook nog aan woeste seks met Jack. Dat was toch wel heel ongepast op een begrafenis... Hou onmiddellijk...
Max, die haar naar adem had horen happen, stootte haar even aan en mompelde: 'Gaat het?'
Met droge mond knikte ze. De zon stroomde naar binnen door de glas-in-loodramen aan de westkant van de kerk en strooide regenbogen van gekleurd licht over de aanwezigen uit. Ze dwong zichzelf om langzaam uit te ademen, en ademde daarna de kerkachtige luchtjes in van stof en door de zon verwarmd geboend hout en oude kalkstenen muren. Trouwens, als je het over de duivel had... Jack kwam net de kerk in lopen. Tilly deed haar best om niet te kijken alsof ze keek.
Maar aan de andere kant, alle anderen keken ook.
Knikkend naar de mensen die hij kende – maar niet naar Amy, viel haar op – liep hij het gangpad door en ging toen naast Declan van de Fox zitten. Hij droeg een donkergrijs pak, een wit overhemd en een zwarte das. Alleen al zijn aanblik zorgde voor de gebruikelijke reactie bij Tilly. Ze vroeg zich af of

dat ooit zou ophouden. Het leven zou dan echt een stuk eenvoudiger zijn. Het kon gewoon niet goed zijn voor een mens om dit voor iemand te voelen en er dan van jezelf niets mee te mogen doen.
Oké, adem in. Adem uit. Natuurlijk was het pijnlijk, maar op de lange duur was het vast veel veiliger om afstand te bewaren. Dat was onmiskenbaar zo. En adem in, adem uit. Deze manier was duizend keer minder pijnlijk dan het alternatief.
Hoe dan ook, daarvoor was ze hier niet. De dominee maakte zich klaar voor de dienst. Fergus en Erin kwamen nu ook de kerk in, als laatsten, en liepen langzaam naast elkaar door het gangpad, als het exacte tegenovergestelde van een bruidspaar. Fergus was nu gek genoeg ook weduwnaar. En Erin, die probeerde zich goed te houden, beet even op haar onderlip bij de aanblik van Stella's kist. Toen ze op de voorste rij hadden plaatsgenomen, schraapte de dominee zijn keel en gebaarde dat de organist moest stoppen met spelen.
Het was tijd om afscheid te nemen van Stella Welch.

Na afloop gingen er veel mensen mee naar de Fox, dankzij het feit dat de begrafenis om drie uur had plaatsgevonden. Toen alles achter de rug was, had niemand zin om nog naar zijn werk te gaan; het was veel prettiger om de klap van de sterfelijkheid te verzachten met een paar drankjes. Het was echt een schok om te bedenken dat iemand die je kende nog voor haar veertigste was gestorven. Jezus, veertig stelde helemaal niets voor. Ineens drong het tot je door dat je er niet zomaar van uit kon gaan dat je ooit bejaard zou zijn. Er kon van alles gebeuren, op elk moment van je leven. Dat vooruitzicht bracht een sfeer van een bijna grimmige roekeloosheid met zich mee, en Tilly, die het allemaal van een afstandje bestudeerde, zag dat Stella's vrijgezellenvriendinnen hun flirtpogingen met de beschikbare mannen zichtbaar opvoerden. Een exotisch uitziend meisje met zwart haar tot op haar middel had Jack klemgezet. Ook Fergus' collega's waren doelwit geworden. En zelfs Declan, die hard aan het werk was achter de bar, kreeg ruimschoots aandacht. Iedereen dronk net iets sneller dan normaal. En waarom ook niet?

Toen een van de barmeisjes kwam aanlopen met een open fles Moët, stak Tilly haar glas uit om zich te laten bijschenken. Kaye had aangeboden om Lou vandaag van school af te halen, dus het mocht. Ze merkte dat haar blik weer naar Jack gleed.

'Gaat het? Een dubbeltje voor je gedachten.'

Tilly keek opzij, glimlachte naar Fergus en besloot dat het beter was om hem niet te vertellen waar ze aan had gedacht. 'Ik zat te denken dat Stella vast tevreden zou zijn geweest met dit alles.'

'Ja.' Fergus knikte. 'En we hebben het voornamelijk aan Erin te danken dat iedereen vandaag is komen opdagen. Ze is echt fantastisch geweest.'

'Natuurlijk is ze fantastisch. Ze is mijn beste vriendin.' Tilly wierp een liefdevolle blik op Erin die aan de andere kant van de zaak met een gezette, witharige dame van in de zestig stond te praten. 'Je mag je handen dichtknijpen met haar.'

'Ze voelt zich schuldig. Wij allebei. Geen advocaten op oorlogspad meer, geen dure, akelige scheiding. We kunnen nu gewoon gaan trouwen, wanneer we maar willen. En ik wil dat ook, maar Erin zegt dat het nog niet kan, dat het een slechte indruk zal maken. Ze wil het er niet eens over hebben, ze zegt dat ze niet wil dat mensen ons Charles en Camilla gaan noemen... O hallo, ja, fijn dat je bent gekomen.'

Fergus was aangesproken door de man van de antiekzaak uit dezelfde straat als waar Stella's winkel was. Tilly maakte zich tactvol uit de voeten en liep naar Erin toe.

'Nou, als Fergus er niet weer gaat wonen, hoop ik dat het huis aan een leuk gezin wordt verkocht. We hebben geen zin in luidruchtige pubers met skateboards.' De intimiderende stem behoorde toe aan een van Stella's buren. Tilly herinnerde zich dat ze haar wel eens over de schutting had gehoord wanneer het haar beurt was geweest om Bing eten te geven.

Erin knikte, als een angstig muisje dat in de val zat. 'Ik zal het Fergus zeggen. Hij zal vast zijn best doen.'

'En hoe moet het met de kat? Wie neemt Bing?'

Zenuwachtig antwoordde Erin: 'Eh... Nou, we gaan waarschijnlijk...'

'Stella wilde dat hij een goed baasje kreeg,' bemoeide Tilly zich ermee. 'Dat was haar laatste wens.'
'Echt?' De kin van de vrouw trilde. 'Nou, ik vraag het alleen maar, omdat ik hem wel zou willen nemen als je niemand anders kunt vinden.'
Aangezien Erin stond te aarzelen, zei Tilly snel: 'Dat zou fantastisch zijn, heel goed. Hè, Erin? De perfecte oplossing. Precies wat Stella zou hebben gewild.'
Toen de vrouw was weggelopen, mompelde Tilly triomfantelijk: 'Zo. Geregeld.'
Erin maakte zich zorgen. 'Maar misschien wilde Stella dat helemaal niet. Misschien bedoelde ze mij wel toen ze zei dat er een goed baasje voor Bing moest worden gezocht.'
'Je hebt net een goed baasje gevonden.'
'Ach, je weet best wat ik bedoel!'
'Je wilt helemaal geen kat.' En al helemaal Bing niet, die eeuwig en altijd keek alsof hij mijlenver boven je stond.
'Ja, maar als het nou is wat Stella wilde, dan moet ik misschien proberen om...'
'Nee.' Tilly schudde vastbesloten haar hoofd. 'Nee, nee, en nog eens nee. Luister, je hebt al genoeg voor Stella gedaan. Meer dan genoeg. Meer dan ze verdiende, en nu kun je daarmee ophouden. Laat iemand anders Bing maar nemen.'
Langzaam, als een blad dat zich ontvouwt, liet Erin haar schouders zakken van opluchting. 'Goed, dan doen we dat. Dank je.'
'Nergens voor nodig om je schuldig te voelen.'
'Dat weet ik wel. Met mijn verstand weet ik dat.' Erin toverde een wrang lachje tevoorschijn en nam een slokje wijn. 'Maar ik kan er niks aan doen. Omdat ik er nog ben, en zij niet, en ik het leven zal leiden dat zij wilde leiden.'
Trouwen met iemand van wie je houdt, kinderen krijgen, ze zien opgroeien en zelf kinderen nemen, getrouwd blijven tot de dood je scheidt... Nou ja, dat was het sprookje waar miljoenen mensen van droomden, maar hoe vaak gebeurde het nou echt? Er bestond geen enkele garantie voor geluk. Kijk maar naar Max en Kaye, naar Jamie Michaels en Tandy. Of naar Jack en Rose.
Onwillekeurig gleed Tilly's blik weer naar de andere kant van

de zaak. Het exotische meisje stond nog steeds druk met Jack te flirten, als een pony met haar lange haren wapperend. 'Wie is dat die daar met Jack staat te praten?'
'O, Stella zat op een fitnessclub in Cheltenham. Ik ben er woensdagavond geweest om te zeggen dat ze vandaag zou worden begraven. Volgens mij geeft ze yogales.'
Hm, lenig dus.
Met een blik op Jack en het meisje zei Erin geamuseerd: 'Zo te zien heeft Jack het voor vanavond alweer voor elkaar.'
Ze had ongetwijfeld gelijk. Tilly deed haar best om zich niet voor te stellen tot welke acrobatische, opwindende en onwaarschijnlijke standjes een yogalerares in staat zou zijn. Toen werd haar aandacht ineens getrokken door het gesprek dat rechts van hen plaatsvond tussen een welgevormde blondine in een smaragdgroene zomerjurk en een graatmagere brunette in het zwart.
'Ik bedoel, over de doden niets dan goeds en zo, maar ze kon soms behoorlijk intimiderend zijn,' vertrouwde de blondine haar vriendin toe.
De andere vrouw zei: 'Je haalt me de woorden uit de mond. Ik was echt doodsbang voor haar.'
Erin stootte Tilly even aan om te laten merken dat ze ook luisterde.
'Stella zei een keer tegen me dat ik de plastisch chirurg die me met deze neus had opgezadeld, zou moeten aanklagen.' De brunette schudde haar hoofd. 'En toen ik zei dat ik niks aan mijn neus had laten doen, zei ze dat het dan hoog tijd werd.'
'Maar als je haar probeerde duidelijk te maken dat ze heel gemeen deed, was ze oprecht verbaasd,' zei de welgevormde blondine knikkend. 'Zij noemde dat eerlijk. Ze had vreselijk veel zelfvertrouwen, hè?'
'Ik zal je nog iets vertellen,' vervolgde de brunette. 'Ik laat mijn haar altijd doen door mijn tante Jean. Ze knipt en verft het bij haar in de keuken. Maar toen Stella een keer vroeg waar ik het had laten doen, wist ik dat ze me zou uitlachen als ik de waarheid vertelde. Dus zei ik bij Toni en Guy.'
Tilly grijnsde naar Erin. Was Stella echt zo intimiderend geweest?

'Moet je eens horen wat ik een keer heb gedaan,' deed de blondine een duit in het zakje. 'Vorig jaar vroeg ze of ik meeging naar dat nieuwe kuuroord in Cirencester. Ik bedoel, zie je het al voor je? Stella beeldschoon in haar bikini en ik met mijn lillende cellulitis in badpak. En dan Stella op mijn vetrollen wijzen en zeggen dat ik daar iets aan moet laten doen. Liever niet dus. Dus toen heb ik gezegd dat ik niet kon omdat ik naar mijn oma moest die in het ziekenhuis lag in Dundee. Maar toen ging Stella ook niet naar het kuuroord, en heb ik me het hele weekend thuis opgesloten uit angst dat ik haar tegen zou komen.'

'Wat een nachtmerrie,' zei de brunette.

'Zeg dat wel. En toen Stella me naderhand vroeg hoe het met mijn oma ging, kon ik me niet meer herinneren of ik had gezegd dat ze een hersenbloeding had gehad of een hartaanval, dus toen moest ik doen alsof ze allebei had gehad. Ik bedoel, god, zie je het voor je? Al die leugens die ik moest ophangen. En ik had ook nog het gevoel dat ik daarmee het lot tartte, dat mijn oma voor straf echt een hersenbloeding zou krijgen. God, wat zou ik me dan rot hebben gevoeld.'

'Vreselijk.' De brunette schudde meelevend haar hoofd. 'Maar het was toch aardig van Stella dat ze er nog naar vroeg.' Ineens klaarde ze op. 'O kijk, daar heb je Declan met nog meer van die gerookte zalmdingetjes, laten we er snel wat pakken voordat ze op zijn.'

Ze haastten zich weg.

Tilly fronste, ze had het gevoel alsof ze midden in de supermarkt stond en iets belangrijks was vergeten. Ze dacht koortsachtig na, op zoek naar iets wat haar geheugen zou opfrissen...

'Wat is er?' vroeg Erin.

'Ik weet het niet.' Het was net als wanneer je wakker werd en je je een droom probeerde te herinneren voordat hij helemaal weg was. Ze moest zich gewoon concentreren en proberen de gedachte te pakken te krijgen voordat hij compleet was opgelost... ja, bijna, bijna...

En ineens wist ze het. Het verband dat ze had proberen te leggen. Geen definitief antwoord op haar vraag, maar een mo-

gelijke verklaring, die weliswaar heel bizar was, maar ook heel aannemelijk, dus misschien klopte het wel.
Mijn god. Zou dat het zijn?
Erin keek haar aan. 'Tilly, wat heb je?'
'Je moet iets voor me doen.' Het begin van een plannetje stuiterde door haar hoofd als een vlieg door een jampot. Ze keek naar de verzamelde gasten – ja, daar had je Deedee, Kirsten, eh, dinges met dat rode haar die er ook bij hoorde. 'Als ik het zeg, geen vragen stellen, gewoon meekomen en met me meedoen.'
'Waarom?'
'Omdat ik een ingeving heb.'
'Waarover?'
'Wacht nou maar af.' Tilly sloeg haar glas achterover om zich moed in te drinken. 'Maar als het niet werkt, sta ik vreselijk voor aap.'
'Ik vind alles best, zolang we onze kleren maar mogen aanhouden,' zei Erin.

52

Ze hoefden niet lang te wachten. Twintig minuten later gingen Deedee en haar roodharige vriendin naar de wc.
'Daar gaan we dan,' mompelde Tilly, terwijl ze Erin ook die kant uit duwde. Ze keek expres niet naar Jack en Max die aan de bar stonden. Als ze zich vergiste, zou ze zich nooit meer in Roxborough kunnen vertonen.
Beide wc's waren bezet toen Tilly en Erin de wc-ruimte in liepen. Tilly ritste haar tas open om haar make-up te pakken en zei: 'Ik moet je iets opbiechten. Ik weet zelf niet waarom ik erover heb gelogen, maar ik schaamde me gewoon dood.'
Het leuke aan Erin was dat ze haar zo goed kende; als je een balletje opwierp, ving ze hem altijd op. 'O, dus nu wil je me ineens de waarheid vertellen? Oké, ga je gang. Ik luister.'
Tilly rommelde tussen haar make-upspulletjes en pakte toen

een lippenstift. 'Je weet dat ik vorige week met Jack uit ben geweest.' Terwijl ze dat zei, schudde ze haar hoofd.
In de spiegel naar haar grijnzend speelde Erin het spelletje mee. 'Ja-a.'
'En toen heb ik tegen je gezegd dat we fantastische seks hebben gehad.'
Erin trok een gezicht alsof ze wilde zeggen: o, mijn god! Hardop zei ze: 'Ja-a.'
'Nou, dat was dus gelogen.'
'Wat? Bedoel je dat het heel slecht was?'
'Nee, nee. Ik bedoel dat we helemaal geen seks hebben gehad. We zijn niet met elkaar naar bed geweest. Sorry.' Met haar mond deed ze Erin voor dat ze ongelovig moest vragen: Waarom?
Erin zat er helemaal in. 'Niet te geloven! Waarom zou je over zoiets liegen?'
'Ja, jezus, waarom denk je? Jack is zo'n stuk, hij is wel met honderd vrouwen uit geweest en hij gaat altijd met ze naar bed. Het stomme is dat het echt een leuke avond was, dus ik dacht echt dat het ging gebeuren,' jammerde Tilly, 'maar dat was niet zo! Hij bracht me naar huis, gaf me een kus op de wang en zei welterusten! Ik heb me nog nooit zo vernederd gevoeld! Ik bedoel, om de enige te zijn met wie hij niet naar bed wil, dat is toch een ramp? Gewoon totaal afgewezen!' Stilte. 'Dus daarom heb ik gelogen, sorry. Omdat ik me vreselijk schaamde.'
Er viel een wat langere stilte. De arme Erin, die nog steeds niet wist wat dit allemaal te betekenen had, zocht op Tilly's gezicht naar aanwijzingen voor hoe ze moest reageren, maar Tilly schudde haar hoofd en legde een vinger op haar mond.
Wachten.
Wachten.
O god, had ze zich soms helemaal vergist?
Toen hoorden ze dat de wc in het eerste hokje werd doorgetrokken, en meteen daarna ging de deur open en kwam de roodharige vrouw naar buiten zetten. Even later kwam Deedee uit de wc ernaast tevoorschijn. Ze keken eerst even schaapachtig naar elkaar en toen naar Tilly. Met ingehouden adem wachtte Tilly af wat er zou gebeuren.

'Oké,' flapte Deedee eruit, 'je bent niet de enige die dat is overkomen.'
De roodharige vrouw sloeg een hand voor haar mond en slaakte een ongelovige kreet. 'Wat? Meen je dat? Dat wilde ik ook net zeggen!'
Yes! Bingo! Langzaam herademend dankte Tilly de hemel in stilte voor de tongen losmakende eigenschap van Moët.
Deedee staarde haar vriendin aan. 'Jij ook?'
'Ja, ik ook! Ik dacht dat ik de enige was! Ik voelde me zo'n lelijke heks...' Terwijl ze ongelovig begon te lachen, riep de roodharige vrouw uit: 'Maar ik kon dat moeilijk vertellen, toch? Dus deed ik net alsof het wel was gebeurd...'
'En omdat iedereen altijd zegt dat hij zo fantastisch is in bed, zei ik het ook maar.' Deedee schudde haar hoofd.
'Ja, en hij zal je dan ook minder gauw voor leugenaar uitmaken,' wees Tilly hen erop.
'Wacht eens even.' Verwonderd nam Erin hen op. 'Weten jullie zeker dat jullie het allemaal over dezelfde man hebben?'
'Natuurlijk. Jack Lucas.' Deedees ogen waren als schoteltjes zo groot. 'O mijn god, dit is echt ongelooflijk. Daar staan we dan met ons drieën, en we hebben allemaal hetzelfde meegemaakt!'
'Vier. Nee, niet jij,' voegde Tilly eraan toe toen Erin haar verbijsterd aankeek. 'Amy. Die is ook niet met hem naar bed geweest.'
'Weet je? Ik voel me ineens stukken beter,' gilde de roodharige vrouw. Toen de deur openging en er nog iemand de wc-ruimte in kwam, vervolgde ze: 'Kirsten! Moet je eens horen! Je weet toch dat we allemaal seks hebben gehad met Jack? Nou, dat was gelogen. Niemand van ons is met hem naar bed geweest!'
Aan de blik in Kirstens zwaar opgemaakte blauwe ogen zagen ze het meteen. Schuldgevoel mengde zich met opluchting terwijl ze zei: 'O, godzijdank. Ik dacht echt dat er iets mis was met me.'
Ze begonnen allemaal tegelijk te praten. Gilletjes van de lach weerkaatsten van de betegelde muren.
Erin keek naar Tilly en vroeg: 'Hoe wist je dat?'
'Ik wist het niet echt zeker, maar ik wist wel dat Amy niet met

hem naar bed was geweest.' In de spiegel boven de wasbak zag ze dat ze rode wangen had. 'En toen hoorden we die twee vrouwen praten over hoe bang ze waren geweest voor Stella en dat ze tegen haar hadden gelogen over hun kapper en hun oma, en toen dacht ik ineens... Stel je voor dat...'
'En je had gelijk. God.' Erin dacht even na en zei toen op verbaasde toon: 'Betekent dat dat hij... homo is?' Ze zei het zacht, maar niet zacht genoeg.
Kirsten draaide zich om en gilde: 'Dat is het! Hij is natuurlijk homo! Dat verklaart alles.'
Triomfantelijk zei Deedee: 'Daarom kan hij natuurlijk ook zo goed opschieten met Max Dineen.'
Oei, nou begon het een beetje uit de hand te lopen. Tilly vermoedde dat Jack het niet leuk zou vinden als hij hoorde wie hem onopzettelijk uit de kast had laten komen. Snel zei ze: 'Hij is geen homo, want hij is echt met een vriendin van me naar bed geweest.' Ze kon maar beter niet vermelden dat die vriendin Kaye was, want die stond er nou niet om bekend dat ze zo goed een hetero van een homo kon onderscheiden.
Maar het probleem dat haar maandenlang door het hoofd had gespookt, was eindelijk opgelost. Dankzij de onzekerheid van vrouwen en hun wens om niet voor elkaar onder te doen, had Jack zich een reputatie weten te verwerven als legendarisch verleider. En hij had niks gedaan om de mensheid van dat idee af te helpen.
Nou ja, waarom zou hij ook?

'Daar ben ik weer.' Kaye kwam bij Max aan de bar staan. 'Ik heb Lou naar huis gebracht en haar wat te eten gegeven. Ik heb haar gezegd dat jij over een uur of twee wel weer thuis zou zijn.'
'Prima. En waar ga jij naartoe?' Max keek haar met opgetrokken wenkbrauwen aan. Het ontging hem niet dat ze andere kleren had aangetrokken, zich opnieuw had opgemaakt en parfum had opgedaan.
'Parker is al onderweg hiernaartoe met de taxi en dan gaan we eten in het Hinton Grange.'
'Misschien moet ik maar meegaan. Voor alle zekerheid.'

'Max, dat hoeft echt niet. In het Hinton Grange kan echt niks gebeuren.'
Hij dacht even na. 'Goed dan, maar blijf waakzaam. Als je je ergens zorgen over maakt, bel me dan. Of gil om hulp. En wat je ook doet, zorg ervoor dat hij daar geen kamer boekt.'
Ze knikte gehoorzaam. 'Rustig nou maar, dat laat ik echt niet gebeuren.'
'Mooi zo.' Max sloeg zijn glas cognac achterover.
'Mag ik wel zelf een kamer boeken?' Ha, dat gezicht van hem. 'Grapje,' zei ze.
'Dit is niet iets om grapjes over te maken. "Hollywoodactrice Vermoord door Stalker." Vind je dat geen mooie tekst voor op je graf?'
'Je hebt gelijk. Ik zal verstandig zijn. Geen kamers boeken, geen risico's nemen. Maar ik zeg je, zo is hij echt niet,' zei ze. 'Hij is gewoon een aardige man.'
'Die op je heeft geboden.' Max' stalen bril glinsterde in het licht dat van boven de bar kwam. 'Ik bedoel, dat is toch geen normale manier om een relatie te beginnen?'
'Sst. Daar is hij al. Goed, dan gaan we maar.'
'Hallo,' zei Parker vanuit de deuropening tegen Max, terwijl Kaye zich naar hem toe haastte om hem te begroeten.
'Veel plezier,' zei Max. Hij knikte naar haar. 'En na afloop meteen naar huis.'
Ze sloeg haar ogen ten hemel. 'Ja, pa.'

In de taxi leunde Parker naar voren om tegen de taxichauffeur te zeggen: 'Naar het Hinton Grange, graag. Dat ligt...'
'Gewoon deze straat uit rijden,' onderbrak Kaye hem, 'en dan linksaf.'
De taxichauffeur gehoorzaamde. Nadat hij links af was geslagen, wilde hij verder de straat uit rijden.
'Tot hier,' zei Kaye. 'Stopt u maar bij de brievenbus.'
Parker keek haar aan. 'Dit is toch jouw huis? Ben je soms iets vergeten?'
God, wat een schatje was het ook. Zo schattig dat ze niet eens zenuwachtig was, en dat mocht wel in de krant. 'Nee, ik heb een besluit genomen.'

'Wat dan?'
'Ik heb besloten dat ik geen honger heb. Ik wil niet naar het Hinton Grange.'
Zijn gezicht betrok. 'Nee?'
Ze boog zich naar hem toe en raakte zijn wang aan. 'Kijk niet zo. Ik laat je heus niet in de steek. Ik wil ook niet dat jij naar het Hinton Grange gaat.'
De taxi reed weg, en Kaye nam Parker aan zijn hand mee haar kleine cottage in. Eerst wees ze hem op het schilderij dat hij voor haar had gekocht en dat in de huiskamer hing. Daarna nam ze hem mee naar boven.
'Weet je het zeker?' Hij keek haar onderzoekend aan, terwijl ze voor hem stond.
'Of ik het zeker weet?' Ze onderstreepte haar woorden met kussen. 'Ik heb in mijn hele leven nog nooit iets zo zeker geweten als dit.'

Na afloop lag ze met haar hoofd op het kussen naar het plafond te staren. Een traan gleed van haar oog naar haar oor.
'O, mijn god. Je huilt.'
'Sorry.'
'Was ik zo erg?'
Ze glimlachte, want alleen een man die zeker wist dat hij niet erg was, zou zo'n vraag durven stellen. 'Volgens mij heb ik net de grootste fout van mijn leven gemaakt.'
Teder streelde hij haar andere oog droog. 'Sst. Hoe kan wat we net hebben gedaan nou fout zijn?'
'Omdat je hier nog maar een paar dagen bent, en dan moet je weer terug naar Amerika.' Terwijl ze hem aankeek, voelde ze zich al bedroefd. 'En ik weet dat ik dit niet zou moeten zeggen, maar ik kan er niks aan doen.'
'Weet je wat?' Hij hield haar vast en streelde haar gezicht. 'Mag ik je iets vertellen? Ik hou van je.'
Ze klampte zich aan hem vast en barstte in tranen uit. 'Ik hou ook van jou.'
Hij legde zijn voorhoofd op het hare en zei droog: 'Dat zal je ex niet leuk vinden.'
'Dat kan me niks schelen. Niet te geloven gewoon dat dit ge-

beurt. Maar ik ben er zo blij om.' Ze sloot haar ogen toen hij haar weer kuste. 'Ik ben zo blij dat je op me hebt geboden. Stel je voor dat je dat niet had gedaan!'
'Goed, nou zal ik je nog iets vertellen. Ik durfde dat niet eerder te doen,' zei Parker, 'want dan zou je je dood zijn geschrokken. Maar nu dit allemaal is gebeurd, vertel ik het toch. Vijfenveertig jaar geleden, in New York, was mijn vader kerstcadeautjes aan het kopen. Toen hij door Bloomingdales liep, zag hij een meisje in een rode jas. Ze stond te lachen en te kletsen met het personeel op de hoedenafdeling, terwijl ze voor de spiegel hoeden paste. En mijn vader wist meteen dat dat het meisje was met wie hij wilde trouwen. Het was liefde op het eerste gezicht.'
'O, mijn god, wat een mooi verhaal! Is hij gewoon op haar afgestapt en...'
'Sst, nee, terwijl hij zich stond af te vragen hoe hij het zou aanpakken, draaide het meisje zich om en liep weg. Natuurlijk volgde hij haar, helemaal de winkel uit en Lexington Avenue op, maar het was echt heel druk op straat, dus in de menigte verloor hij haar uit het oog. Ze was ineens weg, in rook opgegaan. Mijn vader kon het gewoon niet geloven. Ze was zijn toekomstige vrouw, en nou had hij haar gevonden en weer verloren in het tijdsbestek van nog geen vijf minuten.'
Kaye kon het bijna niet aanhoren. Ze had een verhaal met een gelukkig einde verwacht, maar in plaats daarvan werd het er een van verloren kansen en spijt. 'Dus hij heeft haar nooit weergezien? Dat is...'
'Wil je eindelijk eens ophouden met me steeds te onderbreken en me mijn verhaal laten afmaken?' Geamuseerd door haar ongeduld, vervolgde hij: 'Mijn vader deed het enige wat erop zat en ging terug naar de hoedenafdeling. Het meisje had staan kletsen met de vrouwen die daar werkten; hij nam dus aan dat ze een vaste klant was die misschien een rekening bij de winkel had lopen, en hij hoopte dat hij ze zover zou krijgen dat ze hem haar naam zouden vertellen. Toen hij het hun vroeg, ontdekte hij echter dat ze geen vaste klant was en er ook geen rekening had lopen.' Hij zweeg even. 'Maar ze werkte wel bij Bloomingdales, boven op de damesmode.'

'O!' Kaye greep naar haar borst van opluchting. 'Dan wordt het toch nog een mooi verhaal!'
'Die middag had ze vrij. Nou, mijn vader sliep die nacht dus niet. Hij ging de volgende ochtend terug en kamde de hele modeafdeling uit tot hij haar had gevonden. En toen werd het een beetje ingewikkeld, want zij dacht dat hij een jurk voor zijn vriendin kwam kopen, maar uiteindelijk biechtte hij op waarvoor hij was gekomen. Dat 'liefde op het eerste gezicht' gedeelte hield hij natuurlijk voor zich. Maar hij vroeg wel of ze na haar werk een kopje koffie met hem wilde gaan drinken, en omdat ze hem wel leuk vond, zei ze ja. Ze vertelde hem dat ze Nancy heette, nog bij haar ouders in Brooklyn woonde en eenentwintig was.'
Nu begreep Kaye waarom hij haar dit vertelde. 'Nancy is je moeder.'
'Ja. Ze zijn nog altijd samen en nog altijd idioot gelukkig met elkaar, zelfs na al die jaren. Mijn vader zei altijd tegen me dat mij dat op een goede dag ook zou overkomen, dat ik een meisje zou zien en meteen zou weten dat ze de ware was. Liefde op het eerste gezicht.' Hij haalde diep adem. 'En raad eens? Hij had gelijk. Zo is het ook gegaan. Ik zag een mooie vrouw en wist dat ze alles was wat ik ooit had gewild.'
De tranen prikten haar alweer achter de ogen, maar het waren tranen van geluk. Voor de zekerheid vroeg ze toch even: 'Was ik dat?'
'Ja. Alleen stond je niet in levenden lijve voor me toen het gebeurde. Je was op tv. Wat op zijn zachtst gezegd nogal lastig was,' zei hij droog. 'Liefde op het eerste gezicht in de echte wereld is heel romantisch, maar als het via een tv-scherm gebeurt, heet je ineens een stalker.'
'Michael Caine heeft het ook gedaan. Hij zag Shakira op tv, spoorde haar op, en nu zijn ze al een eeuwigheid getrouwd.'
'Tja, dat was misschien omdat hij Michael Caine was. Als je een wereldberoemde filmster bent, kun je overal mee wegkomen. Voor een onbekende architect uit New York ligt dat wel even anders.' Glimlachend vervolgde hij: 'Hoe dan ook, ik kan met de hand op mijn hart zeggen dat je in levenden lijve ontmoeten geen teleurstelling is geweest. Mocht ik daarvoor al

hebben gedacht dat ik van je hield, ik weet nu dat het echt zo is.'

Was dit een van de mooiste momenten uit haar leven? Zeker weten. 'En als ik de keus had tussen jou en Michael Caine, zou ik jou kiezen. Om precies te zijn,' zei ze, 'als ik de keus had tussen jou en alle mannen ter wereld, dan zou ik nog steeds jou kiezen.' Ze schoof naar hem toe en kuste hem op de neus. 'En het verhaal over je ouders is prachtig, maar ik weet nog steeds niet hoe het verder moet met ons.' Gefrustreerd eindigde ze: 'Die stomme klote Atlantische Oceaan.'

Hij sloeg zijn armen om haar heen en streelde haar haren. 'Hé, we vinden er wel wat op. Laten we er nu nog even niet aan denken.'

53

'Sorry, maar ik voel me gewoon hondsberoerd. Zo heb jij er ook niks aan.' Erin, die het afgelopen uur hoestend en proestend in de Fox had gezeten, schudde verontschuldigend haar hoofd en zei: 'Zullen we maar naar huis gaan?'

Tilly vond het voor hen allebei vervelend. Na alle stress van de afgelopen weken had Erin een virus opgelopen, en het was duidelijk dat ze liever thuis in bed lag. Waar ze natuurlijk niets aan kon doen, maar het was toch jammer, want Tilly had zich er echt op verheugd om op haar vrije vrijdagavond met haar te gaan stappen. Lou logeerde het weekend bij Nesh, die veertien werd, en Max zat thuis te werken aan een ingewikkelde opdracht voor de herinrichting van een hotel. Toen ze weg was gegaan, had ze hem verteld dat ze rond twaalf uur weer thuis zou zijn.

Nou, het leek erop dat dat rond negen uur werd. Ja, het was echt een ruige avond geweest.

Het was halftien toen ze thuiskwam. Ze was eerst met Erin meegelopen naar haar huis en had daarna in de rij gestaan bij de cafetaria voor patat met kerriesaus. Plus een extra portie

patat voor Max en Betty. Die konden ze dan samen delen, zodat ze niet de helft van haar patat zouden inpikken, iets wat haar altijd woest maakte.
Om het huis vlogen als razenden vleermuizen rond. Omdat ze gewoon niet wilde geloven dat ze ongevaarlijk waren en slim genoeg om niet in haar haren vast te komen zitten, sprong ze uit de auto en rende snel over het grind. Met de zakken patat tegen haar borst geklemd, deed ze de voordeur van het slot en – oef.
De fiets die tegen de muur in de hal had gestaan, kletterde op de grond en nam haar bijna mee in zijn val. Struikelend en een gilletje van verbazing slakend, dacht ze razendsnel drie dingen na elkaar:
Eén: wat een rare plek om een fiets neer te zetten.
Twee: wie was hier op zaterdagavond om halfnegen naartoe komen fietsen?
Drie:... jemig, allemachtig, nee toch?
Toen ging er boven een deur open, en Max verscheen boven aan de trap in een badjas.
'God, sorry.' Tilly wilde dat ze ter plekke in rook kon opgaan.
'Nou ja, gelukkig ben jij het maar.' Max keek opgelucht. 'Je had gezegd twaalf uur.'
'Erin was ziek. Het spijt me echt... Ik ga wel weer...'
Max schudde zijn hoofd. 'Dat hoeft echt niet. Hij wilde toch net weggaan. Eh, we komen zo beneden.'
Beschaamd ging ze in de keuken zitten wachten. Precies zoals Max had gezegd, kwam hij nog geen drie minuten later naar beneden, gevolgd door een duidelijk gegeneerde Tom Lewis.
'Nou, dit is wel heel ongemakkelijk.' Max besloot er geen doekjes om te winden. 'Ik zal eerlijk zijn. Dit is de eerste keer. Ik dacht dat we niet gestoord zouden worden. Tom vertrekt aan het eind van het schooljaar van Harleston Hall. In september begint hij op een school in Dundee. Ik hoop dat je dit... van vanavond... omwille van hem voor je wilt houden.'
Tilly bloosde. Alsof ze het zou gaan rondbazuinen. 'Natuurlijk. Ik zal het niet verder vertellen, en al helemaal niet aan Lou.'
'Dank je,' zei Tom. 'Oké, dan ga ik maar weer eens. Tot ziens. Ik kom er zelf wel uit.'

'Ik hoop dat je fiets nog heel is.' Ze wist niet wie er een rodere kop had, zij of Tom.
'Vast wel.' Hij glimlachte even en vertrok.
'O god, het spijt me zo,' zei Tilly kreunend toen ze de voordeur hoorden dichtslaan.
'Ach, hij stond toch op het punt om weg te gaan. Hij kwam hier tien minuten nadat jij naar Erin was vertrokken.'
Dus ze hadden in elk geval anderhalf uur samen gehad voordat ze alles had verpest met haar komst. 'Ongelooflijk dat hij ook homo is. O god, Lou vertelde me dat hij het had uitgemaakt met Claudine. Is dat de reden? Heeft ze het ontdekt?'
Max schudde zijn hoofd. 'Claudine is nooit zijn vriendin geweest, alleen maar zijn huisgenote. Ze hielp hem wanneer hij een partner nodig had.'
Zelfs nu nog voelden veel mensen zich dus genoodzaakt om hun seksuele geaardheid te verbergen. Tilly dacht aan alle schoolmoeders die al die tijd voor niets hadden geflirt met de superfitte gymleraar van hun kinderen.
'O, Max. En nou verhuist hij nog naar Schotland ook. Vind je hem echt leuk?'
Hij haalde zijn schouders op. 'Hij is leuk, ja. Maar we wisten allebei dat het niks kon worden. Die arme Lou, het was al traumatisch genoeg voor haar toen ze bang was dat haar moeder haar zinnen op hem had gezet.'
Daar zat wat in. Bij wijze van zoenoffer – hoe pover ook – gaf Tilly hem een van de zakken gloeiend hete patat. 'Hier, voor jou en Betty.' Ineens bedacht ze wat. 'En die arme Kaye, ze viel echt een beetje op Tom.'
'Ik weet het. Laten we het haar dan ook maar niet vertellen, hè?'
'Nee, beter van niet. Iedereen op wie ze valt, blijkt van de verkeerde kant te zijn. O god...' Een vreselijke gedachte schoot door haar heen. 'Je gaat me toch niet vertellen dat Parker ook homo is?'
Grinnikend stak Max een frietje in zijn mond. 'Je kunt gerust zijn, ik beschik over een betere homoradar dan mijn ex-vrouw en ik zeg je dat Parker beslist geen homo is.'

Op zaterdagavond was het Tilly's beurt om alleen thuis te zijn met Betty. Max had de trein naar Londen genomen voor een afspraak met de eigenaren van het hotel in West Kensington dat hij zou opknappen en hij zou morgen tussen de middag weer terugkomen. Lou logeerde nog steeds bij Nesh, en Kaye was met Parker naar Oxford getogen om hem de bezienswaardigheden te laten zien, wat te gaan winkelen, en een gedenkwaardige nacht door te brengen in de prachtige presidentiële suite van het Randolph.
Nou ja, men beweerde tenminste dat hij prachtig was. Tilly had nooit het geluk gehad om die tent zelf uit te proberen. Maar toch, er waren slechtere manieren om een zaterdagavond door te brengen dan lekker op een gemakkelijke bank hangen, met een breedbeeld-tv voor je neus en een lieve hond op je schoot. Buiten regende het pijpenstelen en windvlagen deden de takken van de beukenbomen schudden, maar binnen was het warm en droog en een van haar lievelingsfilms zou zo beginnen.
Betty, die over een perfecte timing beschikte, rekte zich uit, sprong van schoot en liep naar de kamerdeur, waar ze zich omdraaide en Tilly veelbetekenend aankeek.
'Oké, maar wel snel, hè?' Ze hees zich van de bank en deed de kamerdeur voor Betty open. Het probleem met honden was dat ze niet snapten hoe erg het was om de eerste paar minuten van een film te moeten missen. Ze snuffelden gewoon op hun dooie akkertje in de tuin rond op zoek naar het perfecte plasplekje. Toen Tilly de keukendeur opendeed, sloeg de regen haar in het gezicht. 'Bah, ik wacht hier wel. En niet zo sloom, hè?' Hopelijk deed Betty met dit weer snel wat ze moest doen en kwam ze meteen weer naar binnen.
Het hondje glipte gehoorzaam langs haar heen de duisternis van de achtertuin in.
'En niet bij vriendjes blijven rondhangen!' riep Tilly haar voor de grap na.
Later vroeg ze zich af of ze daarmee het lot niet had getart. Het ene moment hoorde ze niets behalve de wind en de regen, en het volgende moment klonk er hoog geblaf, gevolgd door een soort vechtgeluiden. Ze zag Betty over het gazon rennen,

achternagezeten door een vos. Ze slaakte een schreeuw van schrik. De lange, volle staart van de vos die Betty opjoeg, verdween uit beeld, het struikgewas achter in de tuin in.

O god, Betty...

Ze rende op blote voeten achter hen aan, maar ze waren al verdwenen, het stenen muurtje over en het bos erachter in. Paniekerig en hijgend schreeuwde ze steeds opnieuw Betty's naam. Vorige week nog had een grote, oude mannetjesvos een tunnel gegraven onder het kippenhok van Barton's Farm en zestien kippen doodgebeten. Die arme Esme Barton was ontroostbaar geweest. Vossen waren nare beesten die moordden voor de lol, en Betty was maar klein, ongeveer een derde van het formaat van de vos die haar de stuipen op het lijf had gejaagd en waarvoor ze over de muur was weggevlucht.

Vermoordden vossen ook honden? Tilly's hart bonkte tegen haar ribbenkast. Ze had daar nog nooit van gehoord, maar ja, ze was een echt stadsmens en wist ook niet alles.

En dat het nou uitgerekend moest gebeuren terwijl Max weg was. Ze rende weer naar binnen, trok rubberlaarzen aan en pakte een zaklantaarn uit een keukenla. Hij deed het niet. Na lang zoeken vond ze Lou's gameboy, haalde de batterijen eruit en stopte ze in de zaklantaarn. Oké, ze kon de achterdeur maar beter open laten staan voor het geval Betty thuiskwam, terwijl zij naar haar op zoek was... O, als die vos haar maar niet had verscheurd...

Twintig minuten later was Tilly weer terug, doorweekt en hees van het schreeuwen van Betty's naam. Ze had keelpijn en maakte de hele keukenvloer nat en Betty was nog steeds niet thuis. Dit was ernstig. Ziek van angst en naar adem happend, dronk ze een mok water leeg en pakte de telefoon. Ze had hulp nodig, dat leed geen twijfel, maar wie moest ze bellen? Als ze Lou belde, verpestte ze het verjaardagsfeest van Nesh. Max zat honderdvijftig kilometer verderop. Kaye zat in het Randolph in Oxford. Erin was nog steeds ziek...

Goed, ze wist wat haar te doen stond. Ze scrolde langs de opgeslagen namen tot ze bij de naam was aanbeland die ze wél kon bellen. Erin mocht dan ziek zijn, Fergus was dat niet. Hij zou haar wel willen helpen. Alleen kende Betty Fergus niet;

als ze bang was of zich had verstopt of ergens gewond lag en dan een onbekende man haar naam hoorde roepen, zou ze dan wel tevoorschijn komen uit het struikgewas?
Misschien niet, en dat risico kon ze niet nemen. En er was één iemand op wie Betty zo stapel was dat ze desnoods over glasscherven zou kruipen om naar hem toe te gaan. Net als de meeste vrouwelijke singles in Roxborough overigens.
'Jack?' Tilly's stem kraakte van spanning toen hij opnam. Regendruppels gleden van haar neus en ze veegde ze met een trillende hand weg. 'Sorry dat ik je lastigval, maar Betty is zoek. Kun je me helpen?'
Ze vroeg niet of ze hem stoorde, wat hij op zaterdagavond om tien uur aan het doen was, en hij vertelde het haar ook niet. Maar hij verspilde ook geen seconde. Nog geen acht minuten na haar telefoontje was hij er al, en hij luisterde grimmig naar Tilly's beschrijving van de vos die Betty uit de tuin had verjaagd. Uit zijn auto pakte hij een veel krachtiger zaklantaarn dan dat zwakke geval van haar en zei: 'Oké, we beginnen in het bos en daarna verspreiden we ons. Heb je je mobieltje bij je?'
Ze knikte en klopte op haar jaszak.
'Goed.' Terwijl hij de kraag van zijn Barbour optrok, zei hij: 'Kom, dan gaan we.'
Hij was zo sterk en betrouwbaar. In een situatie als deze, als je wanhopig verlegen zat om hulp, was Jack de allerbeste.

54

Tegen middernacht was bijna al Tilly's hoop vervlogen. Het regende nog steeds pijpenstelen, ze was nog nooit zo nat geweest, en de wind huilde als een wolf in de bomen. Betty was in geen velden of wegen te bekennen. Ze hadden onophoudelijk naar haar gezocht en haar naam geroepen, en als ze nog leefde, hadden ze haar inmiddels toch al wel moeten vinden. Als ze nog leefde... O god, daar wilde ze niet eens aan denken. Lou zou er kapot van zijn... Ze zouden er allemaal kapot van zijn. Terwijl Tilly door het donker strompelde, probeerde ze niet te denken aan wat Betty misschien allemaal had moeten doorstaan – scherpe tanden die zich in haar nek boorden, bloed dat eruit spoot, vlees dat werd verscheurd...

In haar zak ging haar mobieltje over. Het ergste vrezend, grabbelde ze in haar zak en zette zich schrap. Voor haar geestesoog verscheen het beeld van Jack, voorovergebogen over een levenloos lichaampje. Ze liet de telefoon nog twee keer overgaan, puur uit lafheid, om het moment uit te stellen waarop Jack haar zou vertellen dat Betty dood was.

'Ja?'

'Ik heb haar. Alles in orde.'

De woorden weerkaatsten door haar hoofd. Heel even wist ze niet zeker of ze hem wel goed had verstaan. Klappertandend vroeg ze: 'Leeft ze nog?'

'Ze leeft nog en ze zit onder de modder.' Jack klonk alsof hij glimlachte. 'Ik zie je zo thuis.'

Tilly rende de hele weg. Jack en Betty arriveerden twee minuten later.

'O, Betty, moet je jou nou eens zien.' Huilend van opluchting stak ze haar armen naar haar uit, maar Betty wilde, heel voorspelbaar, liever in Jacks armen blijven liggen. 'Waar was je nou?'

'Ze zat vast in een konijnenhol. Ze is er waarschijnlijk in gevallen toen ze op de vlucht was voor die vos en toen kon ze er niet meer uit komen. Toen ik haar riep, hoorde ik heel zacht blaffen,' vertelde hij. 'Het geluid werd gedempt door het gras. En toen moest ik mijn arm in het hol steken, haar voorpoten vastpakken en haar eruit trekken. Het was net alsof ik een kalf haalde.'

'Och, schatje, wat erg voor je.' Tilly streelde liefdevol Betty's oortjes; de rest van haar zat namelijk onder de modder. 'Je moet meteen in bad.'

Jacks mondhoeken vertrokken iets. 'Nou, nee, dank je.'

'Niet jij.' Tilly zweeg even. Toen zei ze: 'Godzijdank dat je bent gekomen. Als jij haar niet had gevonden, was Betty vast doodgegaan. Je hebt haar het leven gered.' Ze had het nog niet

gezegd of de betekenis van haar woorden drong tot haar door. God, wat ironisch. Rose had de hond van haar ouders gered, maar had daarbij zelf het leven gelaten.
Jack zei er gelukkig niets over. Hij keek haar alleen maar aan en zei: 'Ik zal je even helpen.'
Boven in de badkamer wasten ze Betty met shampoo in het vrijstaande bad. Betty, die een hekel had aan afgespoeld worden onder de douchekop, verzette zich hevig met haar kleine wriemelende lijfje, maar na twintig minuten hadden ze haar schoon. Jack sloeg een handdoek om haar heen en wreef haar voorzichtig droog. Betty, uitgeput na alle inspanningen, viel meteen in slaap.
Beneden legde Jack de zacht snurkende Betty in haar mand.
Toen Tilly een glimp van zichzelf opving in de spiegel, verbaasde ze zich erover dat Jack erin slaagde om er glanzend en onweerstaanbaar uit te zien als hij nat was, terwijl zij meer een verzopen kat leek. Niet dat het uitmaakte. De tijd dat ze zich nog voor hem uitsloofde, was voorbij.
'Nou, nogmaals bedankt.' Het drama was afgelopen, dus duwde ze Jack zijn Barbour in de handen, want ze wilde graag dat hij wegging. 'Ik hoop dat we je avond niet hebben verpest.'
Hij pakte de waxcoat van haar aan. 'Dus nu moet ik weer weg? Ik heb mijn nut gehad en nou gooi je me eruit.'
Ja. Want dit is niet gemakkelijk voor me, hoor.
Hardop zei ze: 'Het is al laat. Je wilt vast wel naar huis.' Voordat hij kon zeggen dat hij geen haast had, voegde ze er snel aan toe: 'Ik ben kapot.' Om haar woorden kracht bij te zetten, begon ze uitgebreid te gapen.
Aan Jacks gezicht zag ze dat hij er niet in trapte. 'Tilly.' Hij schudde zijn hoofd. 'Waarom maak je het me nog steeds zo moeilijk?'
O god. 'Dat doe ik niet. Ik ben gewoon moe.' Ze liep naar de deur en deed hem open. Ga alsjeblieft weg, alsjeblieft.
Jack liep ook naar de deur, maar hij draaide zich ineens om en legde een hand in haar nek. Toen boog hij zich iets voorover, trok haar tegen zich aan en kuste haar.
Het was net alsof ze thuiskwam. Het gevoel van zijn mond op

de hare, warm en droog, was tegelijkertijd de mooiste ervaring uit haar leven en de meest kwellende. Ze kon het gewoon allemaal niet aan, want haar lichaam wilde hem, maar haar hoofd schreeuwde dat ze het niet – echt absoluut niet – moest laten gebeuren. Haar hele leven had ze iets van zichzelf achtergehouden, uit angst om gekwetst te worden. Daarom was het nodig dat zíj binnen een relatie degene was die de touwtjes in handen had, en tot nu toe was haar dat gelukt. Alleen de gedachte al de touwtjes uit handen te geven, was doodeng, vooral omdat het om een man ging die iedereen kon krijgen wie hij maar wilde. Want waarom zou hij, van alle vrouwen ter wereld, uitgerekend haar willen? Zelfs nu, terwijl haar hart als een gek tekeerging en haar hele lichaam tintelde en bruiste door de adrenaline, wist ze dat dit voorbijgaande moment van genot niet opwoog tegen het verdriet dat er ontegenzeggelijk op zou volgen.

Terwijl zijn ene hand van haar nek naar haar achterhoofd gleed en zijn andere om haar middel lag, fluisterde hij: 'Zie je nou wel? Zo beroerd ben ik toch niet?'

Ze sloot haar ogen. Het zou zo gemakkelijk zijn om toe te geven. Ze voelde zich net een koorddanseres die wankelend haar weg zocht. Eén foutje, en ze zou hulpeloos ter aarde storten. En dat was niet iets waar je snel van herstelde.

Toe, weeg het tegen elkaar af. Eén nacht, misschien een paar, misschien zelfs wel een hele week met Jack. Tegen maanden en jaren van intens verdriet en spijt. Want zo zou het voelen, en zo zou het ook precies gaan.

'Ik wil dat je weggaat.'

Weer die blik, de iets opgetrokken wenkbrauw die aangaf dat hij wel beter wist. 'Echt?'

'Ja, echt.' Ze legde een hand op zijn borst en deed een stap naar achteren, terwijl ze zichzelf dwong om kalm te blijven.

'Waarom?'

'Omdat ik dat wil.'

Hij nam haar rustig op. 'Ik zal je eerlijk zeggen dat ik er niks van snap. Je vond het vreselijk toen je dacht dat ik met duizend vrouwen naar bed was geweest. Maar inmiddels weet je dat dat niet zo is, dus ik had verwacht dat je daar wel blij om

zou zijn.' Hij schudde ongelovig zijn hoofd. 'Jezus, ik dacht dat je in de wolken zou zijn.'
Ze slikte. Het had vanzelfsprekend niet lang geduurd voordat die onweerstaanbare roddel algemeen bekend was geworden en ook Jack ter ore was gekomen. 'Maar het gaat niet alleen daarom, toch?' Natuurlijk was het aan de ene kant fijn geweest te ontdekken dat hij niet met alle vrouwen uit Roxborough het bed had gedeeld, maar toch was dat niet het voornaamste. Ze zei: 'Er is ook nog zoiets als vertrouwen, als tot een serieuze relatie in staat zijn. Ik weet dat ik je nooit kan vertrouwen, en jij weet dat je moeite hebt met serieuze relaties. En dat kan ik je niet kwalijk nemen, na wat er met Rose is gebeurd. Maar tegelijkertijd wil ik geen relatie beginnen als ik weet dat het toch niks wordt.'
'Wie zegt dat het niks wordt? Misschien wordt het wél wat.' Blijkbaar niet van plan haar afwijzing te accepteren, zei hij glimlachend en op overredende toon: 'Ik denk echt dat het wat kan worden tussen ons. Wat ik voor jou voel, is... nou ja, anders. Luister, ik ben niet goed in dit soort dingen zeggen, maar ik heb echt het gevoel dat we iets speciaals hebben samen. En volgens mij weet jij dat ook.'
Wat precies de woorden waren die een man die geen afwijzing accepteerde, zou gebruiken.
'Volgens mij wil je graag dat ik denk dat je het meent, maar toch gaat het niet gebeuren.'
Getergd spreidde hij zijn handen. 'Wat moet ik doen om je op andere gedachten te brengen?'
Eigenlijk was het heel zielig. Ze schudde haar hoofd. 'Niets.'
'Eén avond, één afspraakje. Zeg nou gewoon ja, dan kan ik bewijzen dat ik niet lieg. Noem maar een dag,' zei hij, 'welke dag je maar wilt.'
'Een afspraakje? Nou, ik zou bijvoorbeeld morgenavond kunnen zeggen...'
'Prima. Oké.' Toen hij knikte, viel zijn nog vochtige haar voor zijn ogen. 'Morgen.'
'Maar ik zeg het niet,' vervolgde ze, 'omdat het geen zin heeft om me voor te bereiden en te verwachten dat het doorgaat, want waarschijnlijk kom je toch niet opdagen.'

Hij slaakte een diepe zucht. 'Dat is één keer gebeurd. Ik kon toen toch niet weten dat de ouders van Rose ineens op de stoep zouden staan?'
Oké, dat was onder de gordel geweest. Ze was nu oneerlijk. Maar die avond was ook de avond geweest waarop tot haar was doorgedrongen dat ze het niet zou aankunnen om door hem te worden afgewezen. Het zou haar kapotmaken.
'Laten we het er gewoon op houden dat ik geen zin heb om de zoveelste naam op je lijstje van veroveringen te worden. Of je nu met ze naar bed bent geweest of niet,' voegde ze eraan toe, want het ging in feite niet om de seks. Hoe je het ook wendde of keerde, die vrouwen waren veroveringen.
'Dat zou je echt niet zijn.'
'Dat zeg je nu, maar kijk maar eens naar je verleden.'
'Dus ik kan nooit winnen.' Met glanzende ogen zei hij op kalme toon: 'Jij bent degene die ik wil, maar jij vertrouwt me niet, omdat je ervan overtuigd bent dat ik niet in staat ben om een normale, gelukkige, langdurige relatie aan te gaan. Dus de enige manier waarop ik je zou kunnen overtuigen, is door een normale, gelukkige, langdurige relatie met iemand anders aan te gaan.'
Ja, ze wist best dat het heel ironisch was. Maar op een rare manier was het ook waar.
'Dus dat is de oplossing?' hield hij vol. 'Dan zou je pas gelukkig zijn?'
Ze kreeg een droge mond. Alleen de gedachte al maakte haar misselijk, maar wat kon ze zeggen?
De handschoen oppakkend zei hij: 'Nou, mij best, dan doe ik dat.' Hij liep naar de deur, waar hij bleef staan, met een ondoorgrondelijke blik in zijn donkere ogen, wachtend tot ze van mening zou veranderen.
Niet toegeven, niet toegeven. Wat je ook doet, niks zeggen. Maar ze moest iets zeggen.
'Jack...' Haar stem brak.
'Ja?'
Ze schraapte haar keel. 'Nog bedankt dat je hebt helpen zoeken.'
Hij keek haar aan. Toen deed hij de deurknop naar beneden, liet zichzelf uit en – klik – trok de deur achter zich dicht.

55

Kaye kon niet slapen. Ze lag in Parkers armen naar het plafond te staren. Over vier dagen zou hij terugvliegen naar New York, en ze vond het een onverdraaglijke gedachte dat ze elkaar niet meer iedere dag zouden zien. In deze korte tijd was hij... god, zo'n beetje bij haar gaan horen. Ze was drie jaar single en eenzaam geweest, maar nu had ze weer iemand gevonden die haar het gevoel gaf dat ze leefde, en alles zou volmaakt zijn, als hij niet zo onattent was geweest om op een ander continent te wonen.

Waarom moest het leven altijd zo moeilijk zijn? Waarom was ze niet op een acteur gevallen toen ze in L.A. had gewoond en gewerkt? Of waarom had ze sinds ze terug was in Engeland niet een oogje laten vallen op iemand die hier woonde, een stoere boer uit de Cotswolds bijvoorbeeld, of een aardige, aantrekkelijke loodgieter?

Maar nee, dat zou al te gemakkelijk zijn geweest. En trouwens, ze zouden geen van beiden Parker zijn geweest. Glimlachend keek ze naar Parker, die vredig naast haar lag te slapen, zonder te snurken, godzijdank, alleen maar rustig ademhalend en...

'Shit, wat is dat?' Met een schok werd Parker wakker. Hij schoot overeind en greep naar zijn borst, terwijl een hels gejammer opklonk.

O fijn, net nu ze haar grote liefde had ontmoet, stierf hij door haar schuld aan een hartaanval.

'Niks aan de hand, sorry, dat is mijn mobieltje.' Ze griste het toestel van het nachtkastje, zich verbazend over haar eigen stommiteit om haar dochter een nieuwe beltoon voor haar te laten uitkiezen. Ze had om iets rustigs gevraagd, maar Lou had een of andere thrashmetalrocker uitgezocht die op de toppen van zijn longen 'Answer me!' krijste.

'Kaye?'

'Met wie spreek ik?' Kaye fronste haar voorhoofd, want ze kon de stem niet zo gauw thuisbrengen.

'Kaye, schat, je spreekt met Macy!'

Macy Ventura, een van haar collega's uit *Over the Rainbow*. Kreunend liet Kaye zich achterover in de kussens vallen. De vijf keer getrouwde Macy die, zonder aan het tijdsverschil te denken, haar belde om haar te vergasten op de nieuwste bochten en wendingen in de achtbaan die haar nooit saaie liefdesleven was.

'Macy, het is één uur 's nachts. Hier slaapt iedereen al.' Ze wreef over Parkers arm bij wijze van stille verontschuldiging. Macy, die geen last had van scrupules, riep: 'Nou en? Moet je eens raden wat ik in mijn hand heb?'

Kaye wilde het niet eens weten. 'Macy, zeg nou maar gewoon wat er is.'

'Oké, schat, zet je schrap.' Kaye hoopte echt dat Macy het tegen haar had. 'Ik heb iets in handen wat jouw hele wereld op zijn kop zal zetten. Je zult het echt fantastisch vinden. Ja, ik zou zelfs durven beweren dat...'

'Zeg het nou maar gewoon, anders hang ik op,' beval Kaye.

'Oké, daar gaan we dan. Ik heb een bandje in mijn hand, met opnames van een bewakingscamera, waarop jij over Babylamb heen rijdt. Of laat ik zeggen, per ongeluk over hem heen rijdt.'

'Wát?'

'Het staat allemaal op het bandje, zo duidelijk als maar kan. Jij rijdt langzaam over de oprijlaan, de hond schiet ineens over de weg, jij remt zo hard als je maar kunt, maar het is te laat, je kunt hem gewoon onmogelijk nog ontwijken.'

'Ja, dat weet ik.' Kaye ging rechtop zitten. Het hart klopte haar in de keel. 'Ik bedoel, hoe kom je aan dat bandje? Er waren geen opnames van, de bewakingscamera's waren uit toen het gebeurde.'

'Aha, dat was dus niet zo.' Triomfantelijk vervolgde Macy: 'De camera deed het gewoon. Charlene heeft het ongeluk vanuit haar slaapkamerraam zien gebeuren, en het eerste wat ze deed, was een van de beveiligers, Antonio, opdragen de opname te vernietigen.'

Kaye deed haar ogen dicht. 'Maar waarom zou hij naar haar luisteren?'

'Hé, we hebben het hier wel over Charlene, hoor! Ze neukte hem! Plus dat ze hem met ontslag dreigde als hij niet deed wat

ze zei. Dus pakte hij het bandje en zei tegen haar dat hij het zou regelen.'
'Had Charlene iets met die beveiliger? Maar ze was juist zo kwaad op mij omdat ze dacht dat ik met Denzil flirtte!' Kaye was woedend; werkelijk, over hypocriet gesproken.
'Ja, nou, ze voelde zich verwaarloosd, omdat Denzil niet meer met haar naar bed ging. Ze was ervan overtuigd dat dat betekende dat hij het met iemand anders deed. Wat ook zo bleek te zijn,' vervolgde Macy, 'dus nu laat hij zich van Charlene scheiden, zodat hij met zijn grote liefde kan trouwen. Dus Charlene is ergens anders gaan wonen, en de beveiliger hoeft dus niet meer bang te zijn dat hij wordt ontslagen, en omdat hij een goed katholiek is, heeft hij last gekregen van zijn geweten. Dus biecht hij alles op aan de nieuwe grote liefde van Denzil, en die weet precies wat haar te doen staat. Ze moet meteen Kaye McKenna bellen om haar te laten weten dat ze van alle blaam is gezuiverd.'
'Nou, ze heeft anders nog niet gebeld.' Kaye was verontwaardigd. 'Wanneer is dat allemaal gebeurd? Heeft ze mijn nummer wel? Wil jij het haar anders geven?'
'O, schat, je bent echt niet een van de slimsten, hè? Natuurlijk heeft ze je nummer,' zei Macy vrolijk, 'en natuurlijk heeft ze je wel gebeld. Om precies te zijn, ze is je nu aan het bellen.'
'Wat? Jíj?'
'Heel goed, je hebt het eindelijk door. Fantastisch toch? Ik ben de nieuwe grote liefde van Denzil!'

Met haar ene hand bracht Tilly de mok koffie naar haar mond, terwijl ze met de andere Lou's gymkleding streek. Het was acht uur 's ochtends. Een halfuur geleden hadden Kaye en Parker ineens op de stoep gestaan, en Kaye zat nog steeds te bruisen als een fles champagne.
'Dus geen wonder dat Charlene zo nerveus en paranoïde was! Al die tijd dat ze dacht dat Denzil iets met mij had, had hij iets met Macy!'
'Dus hij is gewoon een overspelige klootzak die jou ervoor liet opdraaien,' zei Max vol minachting. 'Als ik die kerel tegenkom, ram ik hem in elkaar.'

'Oké, maar hij geloofde Charlene toen ze zei dat ik expres over Babylamb heen was gereden. Hij voelt zich vreselijk schuldig nu hij weet dat dat niet zo was. Ik heb hem vanochtend gesproken, en hij vindt het echt heel erg allemaal. Hij heeft zijn pr-afdeling al aan het werk gezet. Ze geven de opnames vrij. Ik ben onschuldig, en iedereen zal dat straks op tv kunnen zien.' Kaye knuffelde Lou even, die naast haar zat. 'Ze zullen er allemaal vreselijk veel spijt van hebben dat ze zo rot tegen me hebben gedaan!'
'Je moet ze aanklagen,' vond Lou, 'dan kun je miljoenen eisen.'
'Vertel ze eens wat Denzil nog meer zei,' drong Parker aan.
'Hij wil me weer in de serie.' Kaye pakte stralend het sneetje toast van Max. 'De schrijvers werken er al aan. Uiteindelijk zal ik toch niet verdrinken. Iedereen denkt dat ik ben verdronken, maar het blijkt dat ik op het allerlaatste moment ben gered door mijn verdwenen halfbroer die priester is! En Denzil verviervoudigt mijn salaris! Het is allemaal fantastische publiciteit voor de nieuwe reeks. Niet te geloven, hè? Ze willen me dolgraag terug!'
Tilly deed het strijkijzer uit en vouwde Lou's gymkleren op, onderwijl een blik op Parker werpend. Hij deed zijn best om blij te kijken, maar ze voelde gewoon dat hij bang was dat hij Kaye zou kwijtraken aan haar oude Hollywoodleventje.
'Nou, ik vind het verdomd brutaal van ze, en je moet ze gewoon zeggen dat ze de pot op kunnen.' In tegenstelling tot Parker deed Max geen enkele moeite om zijn gevoelens te verbergen. 'Ze hebben je gewoon laten barsten! Ik snap niet waarom je nog iets met dat stelletje te maken wilt hebben.'
Kaye keek hem glimlachend aan. 'Ik weet wat je bedoelt, maar dat is nu verleden tijd. En ik kan het Macy en Denzil ook niet echt kwalijk nemen. God, ik vind het nog steeds onvoorstelbaar dat die twee samen wat hebben. Ze is al vijf keer getrouwd geweest!'
'Maar het gaat niet alleen om hen.' Max haalde zijn schouders op. 'Het is die hele Hollywoodmachinerie. Als een stelletje wilde beesten hebben ze zich op je gestort. Als je teruggaat, is het net alsof je het hun vergeeft. Ik zou echt tegen ze zeggen dat ze verdomme kunnen oprotten.'

'Papa. Denk aan je taal.'
'Lou.' Max tikte op zijn horloge. 'Denk aan je school.'
'Oké, twee dingen,' zei Kaye. 'Ten eerste ben ik actrice. Ik werk in Hollywood, en als ik tegen Hollywood zeg dat ze verdomme kunnen oprotten, snijd ik mezelf in de vingers.'
'Mam, als ik geld ga vragen voor iedere keer dat jullie vloeken, word ik nog rijk!'
'En ten tweede...' Onder het praten pakte Kaye Parkers hand beet. 'Als heel Amerika me niet had gehaat, had deze schat van een man hier me geen bloemen en bonbons gestuurd om me op te vrolijken. Zelfs al heb ik ze dan nooit gekregen. En als ik niet terug was gekomen, was ik ook nooit een prijs op een veiling geworden, toch?' Met glanzende ogen vervolgde ze: 'Dus het komt erop neer dat als al die vreselijke dingen niet waren gebeurd, Parker en ik elkaar nooit hadden leren kennen. Dus dan kan ik toch niet boos blijven? Ik ben nog nooit zo gelukkig geweest.'
'O, mam. Wat schattig.' Lou omhelsde haar, stond toen op en liep naar Parker toe om hem ook te omhelzen. 'En ik heb echt nooit gedacht dat je een enge stalker was, hoor.'
Zichtbaar geroerd zei Parker: 'Nou, dank je.'
'Ik wel.' Max schonk Parker koffie bij. 'Maar ik wil best toegeven dat ik het bij het verkeerde eind had.'
'En wat gebeurt er nu?' vroeg Lou met stralende ogen. 'Hoe gaat het verder met jou en Parker als je teruggaat naar Hollywood? Gaat hij daar dan ook wonen?'
Oei. Kinderen... Lou stelde in feite de vraag die Kaye noch Parker had durven te stellen.
Tilly pakte haar autosleuteltjes en zei: 'Ga je tas pakken, anders kom je nog te laat op school.'
Lou trok haar neus op. 'Nou en? Dit is een bijzondere gelegenheid, hoor. Mijn moeder wordt zo meteen niet meer door heel Amerika gehaat. Dus volgens mij mag ik best iets te laat komen. Nou, wat ga je doen?' Ze keek Parker aan en vervolgde: 'Verkoop je je kantoor in New York en ga je bij mama wonen?'
Haastig zei Kaye: 'Liefje, het is nog veel te vroeg om over dat soort dingen na te denken!'

'Ik zou niet weten waarom.' Lou smeerde boter op nog een geroosterde boterham. 'Je zei net dat je nog nooit zo gelukkig bent geweest. En Parker is gek op je, dat is wel duidelijk. Dus dan willen jullie toch bij elkaar zijn?'
'Nou... Eh... Daar moeten we het nog over hebben...'
'Mam, je bloost! Luister, nou heb je eindelijk een leuke man gevonden en dan...'
'Nou, je wordt bedankt,' zei Max.
'Ach, pap, je weet best wat ik bedoel. Leuk en geen homo.' Lou wendde zich weer tot Kaye. 'Dus dan moet je beslissen hoe je alles in de toekomst gaat organiseren.'
Tilly kreeg een steek van jaloezie. Voor Lou was een dilemma iets wat je gewoon moest oplossen. Zo simpel zag haar wereld eruit. En voor Kaye gold dat ook, want ze hield van een man die ook van haar hield, en ondanks het niet erg veelbelovende begin, kon Kaye zich voorstellen dat ze samen gelukkig konden worden zodra alle hobbels waren genomen.
'Lieverd, je moet ons wat tijd gunnen. We hebben heel veel te bespreken.' Kaye had nog steeds een rood hoofd.
Maar Lou deed in vasthoudendheid beslist niet onder voor een Turkse tapijtenverkoper. 'Maar je kunt niet echt een stel zijn als je zo ver uit elkaar woont.'
'Naar school,' verkondigde Tilly, terwijl ze Lou vaardig van haar stoel kiepte. Want misschien zei Parker dan niets, je hoefde niet over telepathische gaven te beschikken om aan de blik in zijn ogen te kunnen zien dat hij er heel weinig voor voelde om weg te gaan uit New York.

De dagen die volgden, waren ronduit krankzinnig. Toen de opnames van de bewakingscamera op tv waren vertoond, werd heel Amerika opnieuw verliefd op Kaye McKenna, en Charlene Weintraub, in een oogwenk gebombardeerd tot Boze Heks, liet zich met hangende pootjes opnemen in een afkickkliniek.
Kaye had nauwelijks tijd om op adem te komen. Roxborough werd overspoeld door journalisten en tv-verslaggevers, en de telefoon stond roodgloeiend. Ze was uren kwijt aan interviews en fotoshoots. Het was heerlijk om van alle blaam te zijn ge-

zuiverd, maar het enige wat ze wilde, was samen zijn met Parker, die nog maar heel kort hier zou zijn.
Op de avond van de tweede dag zette Kaye haar mobieltje uit, en ze verschansten zich samen in zijn hotelkamer.
'Denzil oefent steeds meer druk uit. Hij wil per se dat ik dat nieuwe contract onderteken. En hij heeft weer meer geld geboden.'
Parker streelde haar haren. 'Nou, dat is toch mooi? Dat is wat je wilde.'
'Ik weet het.' Ze knikte halfhartig, want ze wilde hem nog meer. Ze haalde diep adem om de moed te verzamelen om de vraag te stellen die al twee dagen door haar hoofd speelde. 'Zou je naar L.A. willen verhuizen?'
Zo. Ze had het gezegd.
'Luister.' Parker, die tijdens de recente gekte ongelooflijk geduldig was geweest, keek haar aan met de blik die ze had gevreesd. 'Ik hou van je. Je bent echt alles voor me, maar ik kan mijn bureau niet zomaar in de steek laten. Dat zou niet eerlijk zijn tegenover mijn personeel en mijn opdrachtgevers. En ik zou ook niet zomaar bij je kunnen intrekken zonder zelf werk te hebben, dan zou ik me een parasiet voelen. Iedereen zou denken dat ik... dat ik niets waard ben.'
Ze kreeg een brok in haar keel. Hij had natuurlijk helemaal gelijk, en wie wist beter dan zij hoe giftig de roddelpraatjes in Hollywood konden zijn?
'Het spijt me.' Hij omhelsde haar. 'Ik vind het lief dat je het me hebt gevraagd, maar het zal wel te maken hebben met de mannelijke trots. Ik heb een succesvol bedrijf opgebouwd, en daar ben ik trots op. Maar we kunnen elkaar toch gewoon blijven zien? We vinden er wel wat op. Het is maar zes uur vliegen van New York naar L.A.'
Het klonk redelijk zoals hij het bracht, maar het was alleen maar zes uur in theorie. Je moest ook nog van en naar het vliegveld zien te komen, in de rij staan voor de beveiliging en het hoofd bieden aan allerlei andere vertragende factoren die haar altijd als een zwerm muggen leken te achtervolgen. Al met al had je het dan algauw over tien uur. Kaye staarde uit het raam naar de heuvels, de oranje-paarse lucht en de zons-

ondergang. Bovendien had ze nooit echt van vliegen gehouden. En als je in aanmerking nam hoeveel uur per week Parker werkte en ze ook nog rekening moest houden met haar eigen afmattende, hectische opnameschema, hoeveel tijd zou er dan eigenlijk voor elkaar overblijven?
Lang niet genoeg om het een echte relatie te kunnen noemen, dat was een ding dat zeker was.

56

'Liefje, ik wil echt weten wat je ervan vindt en ik wil dat je eerlijk tegen me bent.'
'O, mam, je maakt je ook altijd zo druk!' Lou schudde verwoed haar hoofd en zei teder: 'Ik vind het niet erg. Jij hebt je baan terug en dat is fantastisch. En met dat geld dat ze je bieden, zou je wel stom zijn om het af te slaan.'
Kaye werd nog steeds verteerd door schuldgevoel. 'Ik weet het, ik weet het. Maar het was gewoon zo fijn weer hier te zijn en jou iedere dag te kunnen zien.'
'Maar ik blijf toch gewoon in de vakanties naar je toe komen?' In tegenstelling tot Kaye, was Lou dol op vliegen. 'We houden toch gewoon contact als je weer in Amerika zit? Net als hiervoor? Mama, ik ben gelukkig hier, bij Tilly en papa.' Terwijl ze ineens een hoofd als een boei kreeg, voegde ze er terloops aan toe: 'En volgens mij krijg ik zo'n beetje een vriendje, dus ik wil hier toch niet weg.'
'Echt, liefje?' Overmand door emotie knuffelde Kaye haar. 'Wat enig. Is hij aardig?'
'Nee, het is een echte rotzak.' Glimlachend sloeg Lou haar ogen ten hemel. 'Het is Cormac.'
'O, die zit toch bij je in de klas?' Kaye kon zich hem vaag herinneren. 'Blond haar, behoorlijk sportief?'
'Aanvoerder van het voetbalelftal.' Lou keek er trots bij toen ze het zei. 'Hij is echt heel aardig. Maar we hebben nog niet echt iets, hoor. We sms'en elkaar vaak en zitten tijdens de

lunch naast elkaar en zo. Maar daardoor is het een stuk leuker geworden op school. Dus hou op met dat paniekerige gedoe van je, ik vind het echt niet erg dat je teruggaat naar Amerika. Ik maak me meer zorgen over hoe het verder moet met jou en Parker.'
Droog zei Kaye: 'Ik ook.'
'Ik vind hem echt heel leuk, mam.'
'Ik ook.'
'Je zult hem moeten overhalen om toch weg te gaan uit New York.'
Waar had ze een dochter als Lou eigenlijk aan verdiend? Terwijl Kaye Lou's gezicht streelde, zei ze: 'Ik weet het, liefje. Daar wordt aan gewerkt.'

Hoewel ze met z'n zevenen in de huiskamer van Beech House waren, met z'n achten, als je Betty meetelde, werd Tilly toch zenuwachtig van Jacks aanwezigheid. En van de zenuwen kreeg ze weer honger. Terwijl ze een beetje bij de openslaande deuren naar de tuin bleef rondhangen, brak ze haar zoveelste soepstengel in vieren en doopte het eerste stukje in het schaaltje guacamole dat op een tafeltje naast haar stond. Het was voor haar gemakkelijker om zich te concentreren op de verschillende dipsausjes dan naar Jack te moeten kijken. Ze nam ze om de beurt. De volgende was *chilli cheese*, dan salsa, dan mayonaise...
'Bah, je stinkt naar knoflook.' Lou wapperde fanatiek met haar handen.
Correctie, knoflookmayonaise. Als je het zelf niet meer proefde, wist je dat je de knoflooklimiet had overschreden.
'Ze zijn hartstikke lekker.' Tilly wees met haar soepstengel naar het blad met dipsausjes. 'Moet je eens proberen.'
'Nee, dank je, ik moet morgen naar school. Ik wil Cormac niet afschrikken.'
'O, daar heb je Erin. Die is niet bang voor een beetje knoflook.'
Erin trok haar neus op. 'Eerlijk gezegd stink je wel een beetje.'
'Ach, wat maakt dat nou uit?' Tilly stak haar armen uit naar

Betty. 'Kom eens hier, schatje, jij houdt nog steeds van me, hè?' Betty kwam enthousiast aanlopen, deinsde toen geschrokken achteruit en rende weer weg.
'Het lijkt wel of ik lepra heb.' Ze begon er spijt van te krijgen dat ze de dipsausjes had gemonopoliseerd; maar goed dat ze geen liefdesleven had, dat had ze hiermee in gevaar kunnen brengen. 'Hoe staat het er eigenlijk voor met de verkoop van het huis?'
'Wel goed. Vanmiddag laat Fergus het aan nog twee stellen zien.' Erin trok een beetje een gezicht. Ze voelde zich niet erg op haar gemak wanneer dit onderwerp ter sprake kwam. Toen Fergus en Stella uit elkaar waren gegaan, was Fergus in een huurflat getrokken. Omdat hij Stella's echtgenoot was, was het huis dat ze samen hadden gekocht nu van hem. Over een jaar of zo, wanneer Erin en hij het gepast zouden vinden om eindelijk met elkaar te trouwen, zouden ze een nieuw huis kopen in Roxborough.
'Goed, dan wil ik nu graag even een paar woorden zeggen.' Kaye klapte in haar handen om de aandacht van alle aanwezigen te trekken.
'Een paar maar?' vroeg Max. 'Dat mag wel in de krant.'
'Zoals jullie weten, vertrekken Parker en ik morgen.' Kaye gebaarde naar Parker om naast haar te komen staan. 'En ik zal jullie allemaal vreselijk missen. Nou ja, sommigen meer dan anderen.' Ze keek nadrukkelijk naar Max, grijnsde toen en haalde diep adem. 'Hoe dan ook, het punt is dat ik een besluit heb genomen. Ik zal mijn contract bij *Over the Rainbow* niet vernieuwen. Ik ga zelfs niet terug naar L.A. Omdat ik heb besloten dat ik veel liever naar New York ga.' Toen ze Parker aankeek en een ongelovige blik over zijn gezicht zag trekken – hij had klaarblijkelijk geen flauw idee gehad dat ze dit zou gaan zeggen – voegde ze eraan toe: 'Als deze man hier dat tenminste niet erg vindt.'
Hulpeloos schudde Parker zijn hoofd, want hij kon geen woord uitbrengen.
'En ik kan je één ding zeggen,' vervolgde ze, 'dit zou echt een heel slecht moment zijn me op te biechten dat er thuis een vrouw op je zit te wachten.'

Max kon zich niet beheersen. 'Of een man.'
Parker had Kaye's handen vastgepakt. 'Weet je het zeker? Echt?'
'Toe zeg, wat is er nou belangrijker? In een of andere stomme, nutteloze, zogenaamd glamoureuze soap spelen of bij degene zijn die het allerbelangrijkste ter wereld voor je is?' Kaye had tranen in haar ogen. 'Ik bedoel, ik hoop natuurlijk wel dat ik in New York iets krijg aangeboden, misschien toneel voor de verandering. Maar dat zal de toekomst uitwijzen. Hoe dan ook, ik heb het geluk gehad om een heerlijke man te vinden en ik zal niet zo stom zijn om het risico te nemen die weer kwijt te raken.'
Tot haar afschuw merkte Tilly dat ze zo mee zou kunnen huilen. Snel wreef ze over haar hete wangen en stopte nog een in knoflookmayonaise gedoopte soepstengel in haar mond, want het was lichamelijk onmogelijk om tegelijkertijd te eten en te huilen. Kaye en Parker waren elkaar inmiddels aan het omhelzen, zich overgevend aan een allesverterende vreugderoes. Natuurlijk had Kaye de juiste beslissing genomen; dat kon zelfs een blinde zien. Een gelukkige relatie was veel meer waard dan tien prachtcarrières.
Toen Tilly voelde dat er naar haar werd gekeken, hief ze haar hoofd en zag dat Jack haar van de andere kant van de kamer in de gaten hield. God, ze had vast last van hormonale oprispingen; gevaarlijk dicht bij tranen, maar belemmerd door haar mondvol eten, proestte ze bijna de uitgekauwde soepstengel uit over het tapijt. In plaats daarvan haalde ze snel adem, en het eindigde ermee dat ze begon te hoesten en te proesten en dat Erin haar op de rug kwam kloppen.
Wat nog nooit iemand had geholpen.
'Gaat het?'
Tilly knikte, hoestte, slikte en veegde de tranen uit haar ogen.
'Romantisch, hè, dat van Kaye en Parker?'
'Ja.' O god, en nu kwamen Jack en Max ook nog naar hen toe lopen; verontschuldigend naar haar keel grijpend, piepte ze: 'Kruimels... luchtpijp...' en rende langs hen heen de kamer uit.
Boven in de koele marmeren badkamer schraapte ze haar keel

en veegde met een tissue haar uitgelopen mascara af. Omdat ze geen zin had om meteen weer naar beneden te gaan, pakte ze de bladen die Lou op de vloer had laten liggen na haar bad van vanochtend. Op het omslag van *Hi!* stond met grote letters: STOP DE PERSEN! HIJ BRAK MIJN HART, MAAR IK VERGEEF HET HEM! boven een geposeerde foto van Tandy en Jamie. Om Tandy's roze mondje speelde een droevig, maar hoopvol lachje, terwijl Jamie er aantrekkelijk en voldoende berouwvol uitzag in een overhemd dat precies bij haar lippenstift paste.
Tilly had het interview in het blad al gelezen; met gemengde gevoelens had ze de glanzende pagina's omgeslagen; aan de ene kant had ze medelijden met Tandy, maar aan de andere kant zou ze haar wel door elkaar willen schudden. Om bij Jamie te kunnen blijven, was Tandy bereid steeds opnieuw gekwetst en vernederd te worden. En Jamie, in de wetenschap dat hij toch zou wegkomen met vreemdgaan, zou dat ook steeds weer blijven doen. Overspoeld door droefheid streek ze het verkreukelde omslag glad en legde het blad op de stapel tijdschriften op de vensterbank.
Toen ze de badkamerdeur opendeed, stond ze oog in oog met Jack. O god, dat was gewoon niet eerlijk!
'Ik kwam even kijken of alles goed was met je.' Hij nam haar even op. 'Gaat het?'
Verdomme, waarom had ze er niet aan gedacht even haar tanden te poetsen? Wat moest ze doen? Hem omverblazen met haar knoflookadem waar je ogen van gingen tranen, of het verbergen, gewoon haar mond stevig dichthouden en alleen maar knikken?
Ze knikte.
'Zeker weten?' Hij keek haar onderzoekend aan.
Ze hield haar adem in en knikte weer. 'Mm. Hm.'
'En... ben je al van gedachten veranderd wat mij betreft?'
Ze had haar kiezen strak op elkaar om te voorkomen dat er ook maar een vleugje dodelijke stank naar buiten zou lekken. Ze schudde haar hoofd.
'Oké, nou moet je eens goed naar me luisteren.' Zijn toon veranderde, werd terloops. 'Het probleem met jou is dat je altijd denkt dat je het beter weet. En achter een vrouw aan zitten

die moeilijk doet, is niet echt iets voor mij, maar de reden waarom ik het nog niet heb opgegeven, is omdat ik zeker weet dat ik gelijk heb. Dus, wat kan ik doen om jou dat ook te laten inzien?' Hij spreidde zijn handen. 'Je hoeft het maar te zeggen, en ik doe het.'

O nee, niet nog meer tranen, alsjeblieft niet. Ze knipperde met haar ogen in een poging ze tegen te houden. Als door een wonder werkte het ook nog. En ze dacht er zelfs aan om haar mond dicht te houden. Pas toen ze ver genoeg bij hem vandaan was, al halverwege de trap, zei ze: 'Alsjeblieft, Jack, niet doen.'

Want dit deed pijn, echt lichamelijk pijn, meer dan ze zich ooit had kunnen voorstellen. En ze kon de druk gewoon niet meer aan.

Jack was heus niet de enige die bang was voor een vaste relatie.

'Waar is Jack eigenlijk?' vroeg Erin twintig minuten later.

'Hij moest weg, iets met een huurder of zo.' Max haalde zijn schouders op en schonk hun glazen bij, terwijl ergens in de kamer een mobieltje overging. 'Ik vond hem wel chagrijnig vandaag. Geen idee wat hij heeft. Misschien gedoe met een vrouw.' Ineens ging hem een licht op. 'Misschien heeft het iets te maken met die mooie fysiotherapeute die net in dat huis aan Fallon Road is getrokken. Je hebt haar vast wel eens zien rondracen in haar witte MG. Lang, blond haar, lijkt een beetje op Claudia Schiffer.'

Tilly's maag draaide zich om. Was hij daar soms naartoe? Zouden die twee een...

'O nee!' Naast haar staarde Lou ontzet naar haar mobieltje. 'Niet te geloven gewoon.'

'Wat is dat, een sms'je van Cormac?' Max probeerde op het schermpje te turen, maar Lou griste het toestel weg met de behendigheid van een geoefende dertienjarige. 'Heeft hij je gedumpt?'

'Hou op, papa. Nee, hij heeft me niet gedumpt. Het gaat over Mr. Lewis. Hij heeft net aan iedereen verteld dat hij aan het einde van het jaar weggaat.'

Erin vroeg: 'Wie is Mr. Lewis?'
'Hij geeft Frans en gym. We vinden hem allemaal hartstikke leuk.' Lou, die vrij had gekregen voor Kaye's afscheidsfeestje, scrolde koortsachtig langs de rest van het bericht van Cormac. 'Hij heeft een nieuwe baan in Schotland. O, wat jammer, hij is zo cool. Hij heeft het pas geleden uitgemaakt met zijn vriendin. Misschien dat hij daarom gaat verhuizen, om over haar heen te komen en een nieuwe start te maken. Mam?' Ze riep naar Kaye en Parker die aan de andere kant van de kamer stonden. 'Je raadt het nooit! Mr. Lewis gaat weg! Hij verhuist naar Dundee! En jij viel nog wel op hem, weet je nog?' Ze trok een komisch gezicht. 'Hoewel je volgens mij helemaal zijn type niet bent.'
'Nou, misschien was hij ook wel niet mijn type. Er bestaat ook zoiets als té sportief zijn.' Kaye, die nooit was aangestoken door het fitnessvirus in L.A., verstrengelde haar vingers met die van Parker. Stralend van geluk zei ze: 'Bovendien heb ik nu iemand anders, en hij is beslist wél mijn type.'

57

'Zo, dan gaan we maar weer eens aan het werk.' Max dronk zijn koffie op, stond op en pakte de dossiermappen van tafel. 'Ik heb eerst een afspraak met de familie Peterson in Malmesbury en rij dan door naar Bristol. Ik wil dat jij contact opneemt met die stomme elektriciens om te zeggen dat we contactdozen van glanzend chroom willen in de flat in Rowell Street, geen mat chroom. En de gordijnen moeten ook worden opgehaald.' Zijn stalen montuur glinsterde toen hij haar met een schuin hoofd aankeek. 'Ik wil niet veel zeggen, maar je ziet er beroerd uit.'
'Nou, dank je wel.' Tilly perste er een glimlachje uit. Pff, alsof ik dat niet allang wist.
'En je stinkt nog steeds naar knoflook.'
Ook dat wist ze. Ze had gisteravond twee keer haar tanden

gepoetst en vanochtend drie keer, maar dat had niets uitgehaald; ze had er alleen pijnlijk tandvlees aan overgehouden en de smerige knoflooklucht een vleugje pepermunt meegegeven. Wat zoiets was als een fleurig roze kanten randje aan een ontsmettingspak.

'Weet je wat,' zei Max, 'blaas die elektriciens maar gewoon in hun gezicht. Dat moet afdoende zijn.'

'Nou, je weet wel hoe je een vrouw zelfvertrouwen moet geven, zeg.' Misschien zou een ontsmettingspak nog niet eens zo gek zijn; als ze zich daarin opsloot, kon ze zowel haar gezicht als haar adem voor de wereld verborgen houden.

'Sorry, schat. Maar je ziet eruit alsof je geen oog hebt dichtgedaan.'

'Dat heb ik ook niet.' Ze had de eerste helft van de nacht liggen woelen van ellende en de tweede helft de zon zien opkomen. Dat het een prachtige juni-ochtend was, onderstreepte haar eigen droefheid alleen maar. Om zeven uur was de lage mist opgetrokken en was de lucht prachtig helder hemelsblauw geworden. In de bomen hadden vogels gezongen. En ergens boven haar waren Kaye en Parker op weg naar New York en een heel nieuw leven samen.

Terwijl zij hier vastzat in haar oude leventje waar ze steeds minder grip op had.

'Jij en Kaye konden het echt goed met elkaar vinden, hè? We zullen haar allemaal missen, maar ik had niet verwacht dat jij het nog moeilijker zou vinden dan Lou. Was alles goed met haar toen je haar naar school bracht?'

'Ja, hoor. Even vrolijk als altijd.' Ze moest glimlachen bij de herinnering aan Lou die heel terloops had gezegd dat ze bij het schoolhek wilde worden afgezet, zodat ze samen met Cormac over de met bomen omzoomde oprijlaan kon wandelen. 'Ze verheugt zich er nu al op om bij Kaye en Parker op bezoek te gaan in New York.'

'Mooi zo. Goed, dan ga ik maar. O, wacht even, bijna vergeten.' Hij rommelde even in de linker keukenla en pakte er een sleutel uit. 'Ik had deze gisteren aan Jack willen geven; het is de sleutel van Devonshire Road. Kun jij hem even bij hem langsbrengen voordat je die andere dingen gaat doen?'

Bij Jack. Ze kon het echt niet aan om hem vandaag alweer te zien. 'Kun je dat zelf niet?'
'Het ligt op jouw route. Ik moet de andere kant uit. Ben je soms ziek?' Hij nam haar bezorgd op.
Ze liet haar schouders zakken. Natuurlijk was ze niet ziek. Schuldbewust schudde ze haar hoofd. 'Nee, hoor.'
'Hij is niet thuis, ik heb hem daarstraks proberen te bellen. Dus je hoeft hem alleen maar door de brievenbus te gooien. God mag weten waar hij nou weer uithangt,' zei hij laconiek. 'Zijn mobieltje staat ook uit.'
Hij werd bedankt. Dat was meer dan Tilly wilde weten, maar wat had ze dan verwacht? In elk geval wist ze nu tenminste zeker dat ze hem niet tegen kon komen. Terwijl ze de sleutel pakte, zei ze: 'Oké, ik gooi hem wel even door de brievenbus.'
Max vertrok. Hij nam Betty mee, want de familie Peterson in Malmesbury was gek op dieren.
Tilly stopte de sleutel van Devonshire Road in de achterzak van haar afgeknipte spijkerbroek, trok haar zilverkleurige slippers aan en liep naar haar auto. Zo, eerst langs Jacks huis en dan naar Rowell Street in Cheltenham om de elektriciens op hun donder te geven.

Het hek was dicht en de oprit was leeg. Blij dat Jack nog steeds niet thuis was, stapte Tilly uit en maakte het rechterhek open. Het mocht dan pas halftien zijn, het was al warm in de zon, en haar witte hemdje plakte aan haar rug. Toen ze bij de voordeur was, liet ze de sleutel door de brievenbus glijden. Zo, klaar. En dan nu de elektriciens. O god.
Dat overkwam háár weer. Jacks auto stopte voor het hek. Terwijl ze bleef staan kijken, als aan de grond genageld op het stoepje, stapte Jack uit, zette de hekken wagenwijd open, stapte weer in en reed de oprit op. Aangezien de afstand tussen de hekpalen en de auto te klein was om er moeiteloos langs te kunnen lopen, zou ze alleen over de bijna twee meter hoge muur kunnen wegvluchten. En heel even voelde ze er veel voor om dat te doen.
Maar dat kon ze niet maken, ze was geen inbreker. Bovendien

was ze niet atletisch genoeg om zonder haar enkels te bezeren weer op de grond te springen.
Dus bleef ze bij de voordeur staan wachten tot de Jaguar door het hek was, zodat ze erlangs kon en gauw in haar eigen auto kon stappen.
Maar Jack bleef staan waar hij was, zodat ze geen kant uit kon. Per ongeluk of expres? Het hart klopte haar in de keel, het was een soort onheilspellende junglebeat.
'Kwam je voor mij?' Hij stapte weer uit. Hij droeg zijn kleren van gisteren nog, een donkergrijze broek met een blauw-wit gestreept overhemd erop. Hij had ook een stoppelbaard, dus hij had zich niet geschoren. Nou, als dat niet genoeg zei.
'Ik kwam alleen even de sleutel van Devonshire Road langs brengen. Max was gisteren vergeten je die te geven.' Terwijl ze met een grote bocht om hem heen liep, zei ze: 'Als je je auto even aan de kant wilt zetten, ik moet naar Cheltenham.'
'Ik bijt niet, hoor,' zei hij.
'Dat weet ik ook wel! Maar ik heb gewoon haast, meer niet!'
Hij stond zo'n vier meter van haar verwijderd, maar zelfs buiten was ze zich bewust van haar knoflookadem. Van wat voor afstand kon je dat soort smerige geurtjes eigenlijk nog ruiken?
Jack wreef over zijn stoppelige kaak en keek naar de grond. Toen hief hij zijn hoofd, fixeerde Tilly en zei: 'Ik kom net thuis.'
'Ja, dat zie ik.' Het ergerlijke was dat hij nog steeds hartstikke sexy was als hij er verkreukeld en moe uitzag.
'Ga je me niet vragen waar ik ben geweest?'
Hij zou haar net zo goed kunnen vragen of ze zichzelf met een vork in haar oog zou willen steken. Ze deed haar best om te klinken alsof het haar allemaal niets kon schelen. 'Weet ik niet. Waar was je?' O, als hij maar niet begon te mekkeren over een meisje dat precies op Claudia Schiffer leek.
Jack verroerde zich niet. Hij had zijn handen in zijn zakken gestoken. 'Ik was bij Rose' moeder,' zei hij kalm. 'En haar vader.'
Dat was wel het laatste wat ze had verwacht. Helemaal op het verkeerde been gezet, zei ze: 'O.'

'Ik ben gistermiddag naar Wales gereden. Ik moest ze gewoon zien.' Hij keek haar strak aan. 'Omdat jij me niet vertrouwt. Je weigert me te geloven als ik je vertel wat ik voor je voel. En waarschijnlijk kan ik je dat niet eens kwalijk nemen, gezien mijn verleden. Maar gisteren, toen je zelfs niet met me wilde praten, nou, toen besefte ik ineens dat ik je moest bewijzen dat ik het serieus meen. Dus ben ik naar Bryn en Dilys gegaan.' Hij zweeg even. In zijn kaak bewoog een spiertje. 'En we zijn samen naar Rose' graf geweest. En daarna vroegen ze of ik een hapje bleef eten. En na het eten heb ik ze verteld dat ik een vrouw had leren kennen...'
Tilly had het gevoel alsof de grond onder haar voeten werd weggetrokken, als een tafelkleed. Haar voeten waren er nog wel, maar ze had geen flauw idee hoe ze erin slaagden haar overeind te houden.
'Ik wist niet hoe ze zouden reageren.' Hij schudde zijn hoofd. 'Het laatste wat ik wilde, was hun verdriet doen. Maar ze reageerden zo goed. Dilys zei dat ze heel erg blij voor me was, en dat ze steeds hadden gehoopt dat dit zou gebeuren. Bryn zei dat ze trots op me waren, dat Rose ook zou hebben gewild dat ik iemand anders zou leren kennen.'
Nu was het alsof de grond onder haar voeten scheef ging hangen. Haar hoofd tolde, en ze voelde het zweet langs haar rug lopen.
'Maar toen werd het een beetje ongemakkelijk, want ik moest ze uitleggen dat het allemaal niet zo soepel liep,' vervolgde hij. 'Maar ze stonden helemaal achter me. Bryn zei dat hij desnoods wel een referentie wilde geven. Ze zijn echt ongelooflijk. Ze wilden alles over je weten. Om één uur 's nachts zaten we nog te kletsen – en daarom ben ik daar blijven slapen.' Hij zweeg. Zijn ogen glansden in het zonlicht. 'En ze zijn het helemaal met me eens. Ze denken ook dat jij en Rose het prima met elkaar zouden hebben kunnen vinden.'
Tilly kon geen woord uitbrengen. Ze deed een stap naar achteren en ging in de schaduw van de moerbeiboom staan. Dat was al beter, minder warm.
'En ik kom daar nu net vandaan. Met de zegen van Bryn en Dilys.' Hij knikte naar zijn auto en zei: 'En met een halve ach-

terham in plasticfolie verpakt, tien Welshe koeken en *bara brith*, dat is een soort Welsh krentenbrood. Nou, is dat genoeg om je te overtuigen?'
Ze sloot even haar ogen. Ze wilde hem geloven, natuurlijk wilde ze dat. Maar wie weet, misschien veranderde hij volgende week wel weer van gedachten. Misschien was ze alleen maar interessant voor hem omdat hij haar niet kon krijgen.
Toen ze haar ogen weer opendeed, kwam hij aanlopen. O god... In paniek deed ze een stap naar achteren en knalde met haar rug tegen de boom.
'Ik heb je dus nog steeds niet weten te overtuigen.' Hoofdschuddend vervolgde hij: 'Dilys vroeg zich al af of dat wel genoeg zou zijn. Oké, dan stappen we nu over op plan B.'
'Nee!' Tilly sprong opzij en legde snel een hand voor haar mond, toen hij nog dichterbij kwam. 'Nee, alsjeblieft...'
'Toe zeg, zo eng ben ik nou ook weer niet.' Hij fronste ongelovig zijn wenkbrauwen.
'Dat is het niet.' Gegeneerd liet ze haar hoofd hangen en mompelde: 'Het is de knoflook.'
'Wat? Ik versta je niet. Praat eens normaal.'
Ze probeerde het vanuit een mondhoek te zeggen. 'Mijn adem ruikt naar knoflook.'
'Niet waar.' Hij stond nu vlakbij, op nog geen halve meter van haar gezicht. Binnen de gevarenzone dus. 'Ik ruik niks.'
'Max zei vanochtend nog dat ik stonk. En toen ik Lou naar school bracht, moest ik van haar alle raampjes openzetten. Zelf ruik ik het niet eens.' Haar huid tintelde van schaamte. 'Maar het is echt heel erg.'
Hij begon te lachen. 'Gelukkig maar dan dat ik gisteravond bij Dilys en Bryn heb gegeten. Lamsvlees met knoflook. En gegratineerde aardappelpuree. Omdat ze wist dat ik dat zo lekker vind.' Hij kwam nog een stap dichterbij en zei: 'Ruik ik er ook naar?'
Ondanks alles moest ze ook lachen. 'Geen idee. Ik kan dat toch niet ruiken.'
Dus dat was dat. Qua geur waren ze immuun voor elkaar. Heel goed.
Een paar tellen stonden ze onder de boom in elkaars ogen te

staren. Tilly wachtte tot Jack haar zou kussen. Tot haar frustratie gebeurde dat niet.

Uiteindelijk vroeg ze maar: 'Is dit plan B?'

'Nee. Plan B was om jou ten huwelijk te vragen.'

Oké, nu was de grond echt onder haar voeten verdwenen. Ze greep zich vast aan de ruwe bast van de boom.

'Is dat niet genoeg bewijs dat ik het serieus meen?' vroeg hij.

O god, dit moest een of andere hallucinatie zijn. Had iemand soms iets in die mayonaisedip van gisteren gedaan? Trillend zei ze: 'Dit is belachelijk.'

'Nog steeds niet goed genoeg? Aha, je bent bang dat ik het vandaag vraag, maar volgende week weer van gedachten verander. Dat is heel begrijpelijk.' Hij kreeg lachrimpeltjes om zijn ogen. 'Nou, dan gaan we maar verder met plan C.'

'Wat is plan C?' Ze hapte naar adem toen hij haar vingers losmaakte van de boombast en haar linkerhand stevig in zijn rechterhand nam. Tot haar verbazing gingen ze niet naar binnen, maar liep hij met haar het hek uit. Omdat de Jaguar nog steeds slordig op de oprit stond geparkeerd, kostte het hun moeite om zich erlangs te wurmen. Jack wees met zijn sleutels naar de auto om de portieren af te sluiten. Terwijl hij haar met zich mee over straat trok, vroeg ze hijgend: 'Waar gaan we naartoe?'

'Wacht maar af.' Hij zwaaide naar de man van middelbare leeftijd die bij het buurhuis de rozen stond te snoeien. 'Goedemorgen, Ted, dit is nou de vrouw die ik net ten huwelijk heb gevraagd.'

Wat?

Ted leek net zo verbaasd. 'Echt? Nou, eh, heel mooi. Goed gedaan, jongen.'

'O, mijn god, o, mijn god,' piepte ze, terwijl ze de hele straat afliepen.

'Goedemorgen, Mrs. Ellis, alles goed?' Vrolijk begroette Jack de dame op leeftijd die haar pekineesje uitliet. 'Dit is Tilly, mijn toekomstige vrouw, als alles meezit!'

'Jack!' Mrs. Ellis bleef als aan de grond genageld staan, waarbij ze bijna haar hond wurgde. 'Hemeltjelief, wat heerlijk. Ik had geen idee!'

'Is dit plan C?' wilde Tilly weten toen ze High Street naderden.
'Nog niet.' Terwijl hij haar meenam naar de overkant, riep hij naar een paar jongens op de fiets: 'Hé, jullie raden het nooit! Ik heb deze vrouw net ten huwelijk gevraagd!'
De tieners keken hem aan met een blik van: nou en? De langste van de twee sneerde: 'Loser!'
Tilly schudde haar hoofd. 'Je moet hier nu echt mee ophouden. Zo meteen word je nog gearresteerd.'
'Daar heb je Declan! Declan!' Jack schreeuwde naar de overkant van de straat: 'Mag ik je voorstellen aan mijn toekomstige vrouw?'
Declan knipperde met zijn ogen, hield toen een denkbeeldig glas op naar Tilly die achter Jack in elkaar kromp. 'Hoeveel heeft hij erop, schat?'
'Nee, ik heb niet gedronken. Ik ben juist net bij mijn positieven gekomen.' Hij trok Tilly weer mee. 'Nog even volhouden.'
Als volgende was Erins winkel aan de beurt. Jack stormde naar binnen. Erin en een welgevormde brunette die net een donkerrode strapless baljurk aan het passen was, keken verrast op.
'Jack! Dat is lang geleden,' riep de brunette, blijkbaar opgetogen om hem te zien. 'Hoe gaat het met je?'
'Beter dan ooit. Ik heb Tilly net ten huwelijk gevraagd.'
'Wat?' Erins mond viel open.
De brunette hapte hoorbaar naar adem. Ze keek hem aan alsof hij ineens twee hoofden had. 'Ga je trouwen?'
'Nou, ze heeft nog geen ja gezegd.' Jack grijnsde naar de vrouw. 'Wens me maar succes. Mooie jurk trouwens,' voegde hij er over zijn schouder aan toe, terwijl hij Tilly de winkel weer uit trok. 'Goed, verder met plan C.'
'Ik moet eigenlijk werken.' God, waar nam hij haar nu weer mee naartoe? Haar hoofd tolde, en ze zei hijgend: 'Ik krijg zo echt problemen met Max, hoor.'
'Laat Max maar aan mij over.' Jack bleef staan voor de deur van Montgomery's, de juwelier, en belde aan.
Het feit dat je er moest aanbellen voordat je de winkel in mocht, was de reden dat Tilly de mooiste juwelierszaak van

Roxborough nog nooit van binnen had gezien. Toen langzaam tot haar doordrong waarom ze misschien hier stonden, deinsde ze achteruit. 'Jack, hou op, dit is waanzin.'
De zoemer klonk, de deur ging open en Jack zei: 'Dit is Plan C. Ik wil dat jij en iedereen weten dat ik het serieus meen. En ik waarschuw je nu alvast...'
'Waarvoor?'
'Er is geen Plan D.'
Binnen werden de glanzende kasten vol met zowel antieke als moderne sieraden verlicht door slim geplaatste spotjes. Het topaaskleurige tapijt was dik en fluweelachtig, eikenhouten lambriseringen bedekten de wanden, en mocht de gecombineerde misselijkmakende adem van Tilly en Jack al een walgelijke inbreuk zijn op deze verheven omgeving, dan was Martin Montgomery te zeer een heer om er iets van te laten merken.

Twintig minuten later, via een proces van eliminatie en zonder haar ook maar een glimp te laten opvangen van de prijs, was Martin Montgomery erin geslaagd de keuze van de ring terug te brengen tot twee. Gekleurde stenen waren verworpen. Samengestelde stenen waren verworpen. Platina had de voorkeur gekregen boven goud. De twee overgebleven prachtige solitaire diamanten, waaruit glinsterende regenboogjes van licht schoten, waren zo mooi dat Tilly nauwelijks adem kon halen. De ene was vierkant, de andere ovaal. De vierkante was haar favoriet – de vorm van de ring en de vatting maakte hem bijzonderder – maar de diamant was groter. Hetgeen betekende dat ze de kleinere moest kiezen, want van het idee alleen al hoeveel duizenden ponden deze ringen per stuk moesten kosten, kreeg ze een paniekaanval. Geen wonder dat er elegante goudkleurige stoelen naast de toonbanken stonden – dan hadden de klanten iets om zich op neer te laten vallen wanneer ze schrokken van de prijzen.
Tilly keek Martin Montgomery vragend aan. 'Als hij volgende week weer van gedachten verandert en de ring terugbrengt, krijgt hij dan wel al zijn geld terug?'
Van zijn stuk gebracht zei Martin Montgomery: 'Eh...'

'Ik verander niet van gedachten.' Jack hield de twee ringen op. 'Vooruit, welke vind je het mooist?'
De grote vierkante natuurlijk. De vorm van de vatting paste precies bij haar hand. Het was de mooiste ring die ze ooit had gezien. 'Die ovalen.'
Jack trok een wenkbrauw op. 'Weet je het zeker?'
'Absoluut.' O god, ze werd meteen overspoeld door teleurstelling. Wat belachelijk was, want de ovalen ring was de op een na mooiste ring die ze ooit had gezien.
'Je zegt het niet alleen maar omdat je denkt dat hij goedkoper is?'
Ze schudde haar hoofd. 'Nee, hoor.'
'Want dat is hij namelijk niet.'
Niet? Er trok een scheut adrenaline door haar lichaam. Ze wendde zich tot Martin Montgomery. 'Is dat zo?'
De juwelier knikte en zei met een klein lachje: 'De helderheid en de kleur van de steen maken dat deze ring inderdaad van een hogere...'
'Oké!' Hem onderbrekend voordat hij weer kon gaan dooremmeren over kleur, cut en helderheid, pakte ze de vierkante diamant en zei vrolijk: 'Dan neem ik deze!'
'Je zegt het niet alleen maar omdat je denkt dat hij goedkoper is?' Jacks mondhoeken vertrokken iets.
'Nee! Ik vind hem schitterend!'
'Mooi. Ik ook. Dan wordt dat hem, Martin. We nemen deze.'
Toen Jack de ring van haar afpakte en hem langzaam en weloverwogen aan de ringvinger van haar linkerhand schoof, kreeg Tilly tranen in haar ogen. Want ze wist nu dat hij het serieus meende. Hij meende het echt.
Martin Montgomery trok zich diplomatiek terug en ging de ovalen ring terugleggen in de etalage.
Jack trok Tilly tegen zich aan en kuste haar op de mond. God, wat kon hij dat goed.
Hij fluisterde in haar oor: 'Dus Plan C heeft gewerkt?'
'Weet je wat?' Tilly schudde haar hoofd. Ze kon het zelf nog nauwelijks geloven. 'Het heeft echt gewerkt.'
Er verscheen een ondeugend lachje om zijn mond. 'Ik zal je nu mee naar huis moeten nemen.'

Een scheut van opwinding trok door haar heen. 'Je hebt de ring nog niet eens betaald.'
Ze wachtte op een discreet afstandje, terwijl Jack een creditcard uit zijn portefeuille pakte en de transactie werd gesloten.
Toen haar mobieltje ging, schrok ze zich wild. 'Oeps, het is Max.' Zelfs de telefoon vasthouden was een excuus om de ring te bewonderen die zo prachtig aan haar vinger glinsterde.
'Geef mij maar.' Jack nam de touwtjes in handen. Hij zei: 'Hallo, Max,' en zette de telefoon op speaker.
'Wat is er aan de hand?' In Max' stem klonk achterdocht door.
'Waarom neem jij Tilly's mobieltje op?'
'Ze staat hier naast me. Ik heb haar net ten huwelijk gevraagd.' Jacks geamuseerde blik gleed naar de ring aan Tilly's hand.
'En ze heeft min of meer ja gezegd.'
Stilte. Tilly had een kurkdroge mond, terwijl ze stond te wachten tot Max in lachen zou uitbarsten en met een of andere gore opmerking op de proppen zou komen.
Nadat Max de informatie had verwerkt, vroeg hij echter: 'Is ze de ware?'
Jack kneep geruststellend in Tilly's hand. 'Ja.'
'Dat dacht ik al,' zei Max. 'Geef me Tilly even.'
Nog steeds trillend pakte Tilly het mobieltje aan. 'Hoi, Max.'
'Is dit soms een grapje?'
'Nee. Het is nogal een rare ochtend.'
'Dat kun je wel zeggen. Dus het is serieus tussen jou en Jack?'
Ze zag Jack knikken. 'Ja.'
'Jezus, ik kan het ook allemaal niet meer bijhouden. De hele wereld lijkt wel gek geworden. Werk je nog wel voor mij?'
'Ja!' Hoewel, op dit moment natuurlijk even niet.
'Waar ben je?' vroeg Max streng.
'Eh, bij Montgomery's, de juwelier.'
'Dus je hebt nog niet met de elektriciens gesproken?'
Ze kromp ineen. Oeps. 'Nee. Sorry, Max.'
Jack bemoeide zich er weer mee. 'Max? Ik hou van Tilly. En ik hoop dat ze ook van mij houdt, hoewel ze dat nog niet met zoveel woorden heeft gezegd. Dit is nogal een bijzondere dag voor ons. Dus die elektriciens kunnen wat mij betreft even naar de pomp lopen.'

'Oké, zeg maar tegen Tilly dat ik dat zelf wel afhandel.' Na een korte stilte vroeg Max: 'Dus het is eindelijk gebeurd?'
Jack gaf weer een kneepje in Tilly's hand en wierp haar een blik toe waarvan ze helemaal smolt. Hij knikte en antwoordde glimlachend: 'Ja, het is eindelijk gebeurd.'
'Nou, dat werd tijd ook. En geloof me, als je haar echt net ten huwelijk hebt gevraagd, dan moet het wel liefde zijn.' Max klonk tegelijkertijd geamuseerd en diep onder de indruk. 'Want die meid stinkt echt heel erg naar knoflook.'